U0164086

仰看明月詩當枕

——論中國古典詩

張娣明　編著

目　錄

第一章
三曹戰爭詩探析

提　要

　　我國在東漢和帝之後，朝政日非，之後爆發黃巾之亂，接著三國鼎立，三國時代發生的重要戰役如：官渡之戰、赤壁之戰、蜀伐魏之戰、魏滅蜀之戰……等等，大小戰事不斷，三國時代就是這樣一個兵連禍結、家國殘破、民生凋弊的混亂時代，然而孕育了無數偉大的詩人。

　　筆者的碩士學位論文研究的是「三國時代戰爭詩」，由於是根據戰爭詩的內容進行分類後分析，可以看出不同題材內容的戰爭詩在表現內容與筆法上的不同，然而如此一來就缺乏對於個別作家的戰爭詩風格作個別的評述，因此本文將以當時文壇領袖──三曹父子為研究對象，探析此三人戰爭詩風格。希望經由研究戰爭詩，體察詩人們在身受戰爭之時，從犧牲中獲得了什麼教訓？「戰爭」在詩人心中有何意義？詩人對戰爭的認識又是什麼？詩人如何詮釋「戰爭」的真諦？戰爭詩如何表達戰爭背後的內容與境界？以喚醒人們對於「戰爭」這種暴力行為的覺醒，從戰爭詩中認識戰爭、吸取經驗，不再沉迷於

——論中國古典詩

「殘酷恐怖之美感」。

　　從本文可知，三曹戰爭詩作品的出現與當時社會情況與歷史背景有密切關係，而每一首戰爭詩背後也往往與一場戰爭的動機、過程、結果有關，也與政治目的息息相關。三曹的戰爭詩相同點呈現在三曹的戰爭詩多半有移情的手法、多半以情感為主要出發目的以及三曹的戰爭詩在闡述個人理念時，多徵引戰爭事實，此時敘事手法多為概括的敘事，如果為描寫個人親身經歷或想像中戰爭景況，則為具體的敘述等三個方面。不同之處則在於敘述觀點及情感表達兩方面。

關鍵詞：曹操　曹丕　曹植　戰爭詩　戰爭文學

第一節　前　言

　　從遠古以來，人們就運用各種方式進行戰爭，武器不斷地進步，從用石頭棍棒的戰爭，直到今日用不著擺開陣仗的「按鈕式」科學武器戰爭，人們用各式各樣的理由作為戰爭的藉口，於是千千萬萬的人投入這些比天災還要殘酷嚴酷的人禍裡，造成無數人喪失生命，無數家庭與親人離散，無數田園家產受到毀損。第一次與第二次世界大戰，全球發生戰爭，不論是戰勝國或戰敗國，無一不付出了慘重的犧牲與代價。我國在東漢和帝之後，外戚、宦官輪流專權，接連兩次黨禍，使得朝政日非，之後爆發黃巾之亂，接著三國鼎立，三國時代發生的重要戰役如：曹操破呂布、曹操定都許昌之戰、官渡之戰、孫策開拓江東、豫章之戰、赤壁之戰、劉備襲取漢中之戰、吳蜀

荊州、夷陵之戰、蜀伐魏之戰、魏滅蜀之戰……等等，大小戰事不斷，三國時代就是這樣一個兵連禍結、家國殘破、民生凋弊的混亂時代，然而孕育了無數偉大的詩人。面對時代的戰爭頻仍、動盪不安，詩人們又是如何描寫呢，相信這是大家所關切的，最重要的是，希望經由研究戰爭詩，體察詩人們在身受戰爭之時，從犧牲中獲得了什麼教訓？「戰爭」在詩人心中有何意義？詩人對戰爭的認識又是什麼？詩人如何詮釋「戰爭」的真諦？戰爭詩如何表達戰爭背後的內容與境界？以喚醒人們對於「戰爭」這種暴力行為的覺醒，從戰爭詩中認識戰爭、吸取經驗，不再沈迷於「殘酷恐怖之美感」。

　　筆者的碩士學位論文研究的是「三國時代戰爭詩」，由於是針對三國時代戰爭詩作一個宏觀的研究，所以根據戰爭詩的內容進行分類後分析，自然可以看出不同題材內容的戰爭詩在表現內容與筆法上的不同，然而如此一來就缺乏對於個別作家的戰爭詩風格作個別的評述，此點在論文口試之時，也被諸位口試委員提出，建議筆者於日後能再針對當時的作家一一補述，所以本文將以當時文壇領袖——三曹父子為研究對象，探析此三人戰爭詩風格。

　　至於戰爭詩的定義，洪讚在其博士論文《唐代戰爭詩研究》[1]中，首先對此議題有較深入之探析。洪讚對於「戰爭詩」定義的說明是這樣的：

> 「戰爭詩」就是指描寫一切戰爭或與戰爭有關係的事物的詩篇。[2]

　　由於筆者的學位論文對戰爭詩的定義，已經作了長篇幅的

討論與闡釋，在此僅簡要說明，不再贅述：由於凡是具有對抗性的思想或行為，都屬於廣義之戰爭，所以只要詩中描寫內容為具有對抗性的思想或行為，包括人與人、人與自然、人與自己、物與物等等之間的對抗，皆是廣義之戰爭詩。狹義的戰爭詩所描述的戰爭，則是就狹義的「戰爭」定義來說，是廣義的「戰爭」中的一部分，必須是動員全國的人力、物力、財力與智力，以求民族生存的戰鬥行為。在判斷一篇作品是否為戰爭詩，第一步須以其內容為主，也就是以文本作為基礎，觀察其內容是否為戰爭之呈現。此時可以時間與空間分別作為經線與緯線，去衡量作品，倘若內容空間設定為戰場，無論是前期、中期、後期，都無庸置疑是屬於戰爭詩之直接範疇。即使此戰場非寫實的，而是經由詩人想像假設而成，也是直接之戰爭詩。倘若作品內容在時間設定上為戰爭之前、中、後期，然而空間描述並非戰場上，則為間接之戰爭詩。或以時間來說，戰爭前期包括：緊急的備戰狀況，也就是在政治關係緊張而無法獲得解決，決策者開始深思熟慮是否以戰爭方式改善時，並且準備執行或下達命令算起，此期為正式進入戰爭之預備，通常已經快速地整飭裝備，並協調各個部隊、擬定作戰計畫與路線……等等工作[3]。戰爭中期即是指兩方正式宣戰之後，以征服或毀滅為目的的行為延續期。其間包括以殲滅敵方兵力為目的，甚至是導致對領土之征服的火力攻擊與破壞消耗……等等發生於宣戰之後，到戰爭結束之前的種種戰況，都為戰爭中期[4]。戰爭後期之活動則包括：勝利之慶祝、死傷及俘虜之處理、民生與心理之重建……。以上種種屬於戰爭時空的活動都可說是戰爭詩描述的對象。本文就以這樣的定義作一觀察。

第二節　三曹生平與其戰爭詩

一、曹　操

　　曹操生於東漢桓帝永壽元年（西元一五五年），卒於獻帝建安二十五年（西元二二○年）。綜觀其一生可以說是一生戎馬。中平元年（西元一八四年）爆發黃巾之亂，他被認命為騎都尉，鎮壓穎川。後董卓興起，曹操組織軍隊參加以袁紹為盟主討伐董卓的聯軍。初平元年（西元一九○年）與董卓部將徐榮戰於榮陽，因寡不敵眾失敗。初平三年領兵收編了青州等地的黃巾軍。建安元年（西元一九六年）挾天子以令諸侯，迎漢天子劉協到許昌。建安五年與袁紹在官渡決戰，以少勝多。建安十二年平定烏桓，統一北方。建安十三年進軍江陵，欲統一全國，然而在赤壁決戰時，敗給孫劉的聯軍，於是形成三國鼎立的局面。一生東征西討，然終未完成統一的宏願。

　　曹操一生不僅在政治上、軍事上有卓越的成就，在文學創作方面，也有顯著的成就。因為他對文學的提倡，形成了鄴下文人集團。而他自己在鞍馬間為文，在橫槊時賦詩，在幾十年軍旅生涯中，創作出優秀的詩篇，現存有二十一首，其中六首有描寫戰爭的部分。

　　〈薤露〉與〈蒿里行〉是反戰的態度，兩者都是用五言藉樂府古題寫時事，〈薤露〉內容是描述外戚大將軍何進欲殺害宦官張讓、段珪，結果反被殺，後導致董卓進兵洛陽，自封相國。〈蒿里行〉則是描述州郡軍閥集結欲征討董卓，後互相爭

奪,袁術、袁紹先後稱帝,韓馥則欲立劉虞。兩詩也都是採用敘事詩的方式。另外有三首對於戰爭的態度不明顯:〈苦寒行〉寫曹操由鄴縣率兵征討囤兵壺關口之袁紹的外甥高幹。〈步出夏門行〉寫北征烏桓,勝利班師回朝,路途上所見所感。〈卻東西門行〉寫因戰爭出塞北,記敘所見之景,抒發對故鄉之思念。三首都是使用記敘兼抒情的筆調。六首中只有〈短歌行〉是主戰,描述周文王之征伐為有德之戰,藉此闡揚戰爭如是為了正義,仍須戰鬥。

　　整體看起來,曹操的戰爭詩多與其生平所經歷的戰爭有關,多採用記敘與抒情的筆法,寫實地描述戰爭中所見所聞,細膩地刻劃他在戰爭中的情感,較少虛幻的成分,且由於是親身經歷,多表達其痛苦的心情與描繪壯烈的場景,例如即使是對戰爭態度不明顯的〈苦寒行〉內容也是極言行軍冰雪與谿谷的痛苦。鍾嶸《詩品》曾言:「曹公古直,甚有悲涼之意。」這一句話用在觀察他的戰爭詩上,也是恰當的,他的戰爭詩質樸古雅,直接表達其情感,少幻想,有濃厚的悲傷痛苦。

二、曹　丕

　　曹丕是三國時代戰爭詩作相當豐富的詩人,他是曹操的次子,曹操死後繼承其位,後逼迫漢獻帝讓位,自立為大魏皇帝。邱英生、高爽編著之《三曹詩譯釋》曾評論:

　　　曹丕的政治才能遠不如曹操,他放棄了曹操統一全國的
　　大業,復頒〈太宗論〉,明示不願征伐的心跡。[5]

　　姑不論曹丕的政治才能是否遠不如曹操，但他其實並未放棄曹操統一全國的大業，為了完成曹操統一天下的遺願，他曾經三次親征東吳孫權。第一次是在延康元年，治兵東郊，隨即南征，直到譙縣，雖然沒有真正發生戰爭，此舉振奮人心，提高了他的威望。第二次在黃初三年，此次兵分三路，各有所獲，後回師洛陽，詔令休力役，省徭戍，畜養士民，使天下安息。第三次在黃初六年，抵達廣陵，臨江觀兵，但因天寒水道結冰，戰船無法進入長江，故退軍。這三次的親征，在曹丕的戰爭詩中，都有詳細的記錄。至於「復頒〈太宗論〉，明示不願征伐的心跡。」一言，也可以從曹丕的戰爭詩來分析此一問題。曹丕現存的戰爭詩作品有十四首，其中多數對於戰爭的態度是不明顯的持平觀點，雖然隱含著對戰爭的怨懟，但終究不能說是非戰的作品。表現了曹丕對於戰爭的看法，也看出曹丕認為戰爭的目的為何，這種態度在曹丕其他的戰爭詩中，是一貫的。〈董逃行〉描寫戰爭時路途遙遠、士兵嘈雜、旌旗蔽日之景。〈黎陽作詩〉三首中的第二首記敘行軍途中遇到大雨之艱難情況。這兩首都是客觀地記述戰爭場景。而〈飲馬長城窟行〉描寫戰爭時船艦眾多、鑼鼓喧天、武器精良、士兵整齊之壯闊場景。〈黎陽作詩〉三首中的第三首形容騎兵大軍萬馬奔騰、雄壯威武之氣勢，兵器、軍旗、金鼓聲的壯盛軍威，及表達抵達黎陽之輕鬆愉悅，並讚美祖先。此二首雖隱含讚頌我方軍隊之意，但未明確表態，故仍不能歸為主戰之作品，應是由於身為軍隊將領，必須身先士卒，鼓舞士氣而作。

　　曹丕戰爭詩另外的一半，三首是主戰類的作品，〈至廣陵於馬上作詩〉一首即是描寫黃初六年八月，曹丕東征，十月，行幸廣陵，在長江邊舉行閱兵，向東吳孫權展現武力，詩中記

載了當時閱兵之雄壯與充滿自信的豪情,展現身為領軍親征的國君那份昂揚的鬥志。其他的兩首主戰詩,與其他戰爭詩的精神是一貫的,〈黎陽作詩〉三首中的第一首是由鄴城出征,途經黎陽而作,此首先記敘出征之情況,而後說明此戰之目的是為了「救民塗炭」,且以周公自比,強調靖亂的決心。〈令詩〉說明由於當時戰爭頻繁,生民塗炭,遍地白骨,自己想要整理當時政治情況之志向。都說明了他的政治抱負都需要以戰爭為手段,而最終的目的是要平亂,使人民獲得安居樂業的生活,可見曹丕的主戰態度與中國歷來的兵法家是一致的,皆主張「義戰」,而戰爭是以導向和平為依歸。

黃初三年冬十月,曹丕伐吳,隔年三月曾頒布詔令並還師,此詔《魏書》作「丙午詔」,《全三國文》卷四題作〈敕還師詔〉。內容中說到:

> 昔周武伐殷,旋師孟津;漢祖征隗囂,還軍高平,皆知天時而度賊情也。且成湯解三面之網,天下歸仁。今開江陵之圍,以緩成死之禽。且休力役,罷省繇戍,畜養士民,咸使安息。

曹丕詔中記載當時分三路征討,征東各路軍馬水戰,斬首四萬人,獲取戰船萬艘。大司馬曹仁擒獲敵軍,數以萬計。中軍將軍曹真、征南將軍夏侯尚圍攻江陵,左將軍張郃等率領船隊進擊南渚,敵軍被水淹死者數千人。而曹丕在此詔中解釋他為何退兵的原因,一方面是由於敵營中瘴癘之氣蔓延,疾病孳生,恐被傳染,另一方面舉出周武王與漢光武帝為典範,認為戰爭必須讓天下人都認為仁義,而甘心歸順為前提下,才能繼

續進行，所以他現在命令解開江陵的包圍，並免除征戰的勞役，使士民得到休養生息。

　　曹丕這種崇尚仁義，以先王聖賢為模範的戰爭觀，在其戰爭詩與詔令中，是統一的，對此，產生了許多不同的看法，一種是前面提到的，認為他是「放棄了曹操統一全國的大業」、「不願征伐」。筆者以為從曹丕三次東征的情況看來，應不是放棄曹操統一全國的志向，也非不願征伐，只是他一貫的「義戰」理念，所給予的錯覺。另一種看法則對曹丕多所迴護，如易健賢則認為這些事「體現了他思想氣度寬仁弘厚，躬修玄默的一面。」[6]這也可以聊備一說，但曹丕當時的戰功是否真如他所記錄的彪炳，則是有待考證的。對於曹丕當時的戰爭狀況，由於並非重要戰役，歷來的歷史學家多數著墨無多，如《三國志‧吳志‧吳主傳》記載：「魏文帝出廣陵，望大江，曰：『彼有人焉，未可圖也。』乃還。」僅簡單記錄其事。現代的歷史學家張曉生、劉文彥也只說：「曹丕曾三次發兵大舉攻吳，但均因阻於長江天險，未能成功。」[7]甚至有些連此段歷史都未加記錄[8]。當時戰爭事實雖然有待釐清，曹丕是否以仁義之戰作為退兵的委婉理由，尚無從得知，但可以肯定的是，曹丕對戰爭以仁義為指導原則，以人民生活的和平福祉為目的的態度，不僅繼承了中國兵法家的觀點，在文章或戰爭詩中，也是始終如一的。

　　曹丕除了上述數首戰爭詩外，還有四首非戰類的戰爭詩。〈黎陽作詩〉是以自身的經驗創作，記敘戰爭中出征，描寫征途所見，看到故宅頓傾，心中悲涼傷感。而〈陌上桑〉與〈雜詩〉兩首，這三首的共同點，皆是從平民征夫的角度來創作，描寫由於征戍頻繁，征夫被迫離鄉背井，跟隨軍隊出征與行軍

之經過，所以思念故鄉，進而抒發心中哀傷與惆悵之苦悶情緒。邱英生、高爽編著之《三曹詩譯釋》也曾評論：

> （曹丕）一方面向大貴族官僚地主集團靠攏，另一方面也就必然同勞動人民疏遠，所以在他現存的詩篇中看不到關心人民疾苦的作品。9

　　這種批評顯然受到馬克思社會主義的影響，認為作家必須關心人民疾苦，好的作品必須為勞動人民立言。這種文學批評，有它的局限與偏差，難道其他非關人民疾苦的作品，都是不佳的文學作品？那麼，《西遊記》那樣充滿想像力的小說，便罪大惡極，而莎士比亞的《仲夏夜之夢》，浪漫綺麗的情節，也毫無可取之處！在這種批評方式之下，只有社會寫實的作品才能生存，無疑地扼殺了文學豐富多變的生命力。事實上從〈陌上桑〉與〈雜詩〉兩首，以及前面的〈燕歌行〉兩首看來，曹丕並不是沒有關心人民疾苦的作品，這幾首便是替平民的征夫怨婦，對戰爭提出抱怨，只是他這一類的作品，是以悱惻纏綿的筆法寫作，讓人感到一股淡淡的悽涼哀傷，而不是強烈抨擊的大聲吶喊，對於戰爭殘酷血腥的場面，也沒有描述，才導致這種誤解。

　　總括來看，曹丕的戰爭詩多半對戰爭態度不明顯，反戰態度的詩作與不明顯態度的作品都以寫情為主，情感細膩委婉，而主戰多表達主張義戰的態度。

三、曹　植

　　曹植戰爭詩的創作數量也很多。他是曹丕的弟弟，頗受曹操喜愛，屢次想要封他為太子，曹丕即位後，對他壓迫迫害，數次貶爵徙封。他是一位生於亂長於軍的詩人，在他青少年時期，曾多次隨父親出征，十四歲隨曹操征袁譚、攻南皮、平冀州，十六歲隨父征烏桓，二十歲隨征馬超，二十一歲隨征孫權，戰爭對於他的影響很大。曹植的詩歌創作，可以用曹丕稱帝，也就是建安二十五年（西元二二〇年），作為前後的分期[10]，前期的詩歌，主要多半是歌詠都市貴公子享樂遊盪的生活，以及追求長生的詩篇。後期則充滿懷才不遇的激憤情緒，描寫受到迫害的抑鬱以及渴望自由解脫的心情。他的戰爭詩也跟隨著這樣的心情軌跡而改變，前期的戰爭詩作品，包括〈白馬篇〉中塑造了武藝高強的愛國者形象，歌頌其犧牲小我、視死如歸的高尚情操，此詩是前期作品中傑出的代表作，也是戰爭詩中的不朽佳作。在建安十六年（西元二一一年），曹植跟隨曹操征馬超，途經洛陽，後應瑒受命為五官將文學，行將北上，曹植設宴送別，便寫下〈送應氏〉二首，其中的第一首聯想起二十多年前，董卓挾持天子遷都、火焚洛陽，迫使人民大遷徙，以及後來連年戰禍的情形，並且表達自己的憤懣與對人民之深切同情，是一首非戰類戰爭詩的優秀作品。此期另外有三首對戰爭態度不明顯的戰爭詩，〈贈丁儀王粲〉寫曹操西征張魯，王粲、阮瑀、徐幹等隨行，後平定關中，隨即引軍自長安北征楊秋。此詩除歌頌曹操功勞外，並寫丁儀、王粲之處境，勸勉他們態度要執中道。〈離友詩〉三首中的第一首是建

安十七年冬，曹操東征孫權，曹丕、曹植隨軍，第二年春天回師北歸，途經譙縣，曹植與夏侯威結為好友而作，此首寫夏侯威陪送曹植返鄴，一路滿足與歡暢的情景。〈離友詩〉三首中的第二首則寫與夏侯威離別時眷戀、悲戚、且感到相會無期的愁苦。三首皆以抒情筆調來陳述戰爭。

曹植後期的戰爭詩作可以看到主戰類與非戰類的作品，各有其共同點，使兩類呈現明顯差異，筆者以為這是相當值得玩味之處。後期主戰類作品，都具有向曹丕陳述自己願意領兵征戰，希望為國赴難之志向的情況。〈責躬〉是曹植在黃初四年，徙封為雍丘王時，為了自劾其罪、頌揚帝德，所作的第一首獻詩。內容以歌頌國家及先祖之政治功業為主。其中提到亂事興起，而後發動戰爭才得以維持國之安定，而自己願意「甘赴江湘，奮戈吳越」。〈雜詩〉七首中第五首抒發詩人自身希望領兵南征孫權，實現自己為國建功，甘心為國赴難之豪情壯志，與未能實現此志願之苦悶心情。〈雜詩〉七首中第六首記敘登樓遠眺所見，並抒發對當時佞臣，如：司馬氏之擁兵自重、作戰不力，與對國事之憂心，並說明自己甘心為國赴難之情懷與壯志不遂之哀傷。

後期非戰類作品，則皆是以描述戰爭中流離失所的人民與征夫，來影射自己漂泊無依的可憐處境。〈門有萬里客〉記敘戰爭中人民流離失所、悲泣嘆息的情況，並藉此襯托曹植自身封地常常變更，飄落流盪之痛苦。〈雜詩〉七首中的第二首則是描繪一名為國獻身，在遠方征戰的士兵，卻因此衣不蔽體、食不充飢、浪跡天涯的貧苦漂泊，令人聯想到曹植的處境。

後期只有一首對戰爭態度不明顯的戰爭詩：〈雜詩〉七首中的第三首，寫西北方有一名善織女子，因為丈夫出外征戰，

久戍不歸，過了約定的日期，而悲苦嘆息，無法專心於織布的
工作上。全詩瀰漫著哀傷，作者對戰爭的態度沒有直接表明，
卻帶有非戰的傾向。

　　另外有數首無法考證是何時期之戰爭詩，列述於下。〈丹
霞蔽日行〉記敘紂王昏亂，凌虐忠正之士，周人起而代之，而
漢代興起也是因秦代無道，這兩場戰爭，皆為上天應允的光輝
戰爭。〈孟冬篇〉記敘孟冬十月之時，武官以打獵訓練士兵準
備戰爭的情況，並說明今日之努力，定能在未來獲得功效。
〈矯志詩〉主要為議論政治上用人之道，應舉用賢良合適其位
之人。其中提到國君鼓勵戰鬥，勇士遂敢於死戰的情況。三首
都是主戰類的詩作，第一首主張義戰，第二首不忘備戰，第三
首認為為人君者應鼓勵戰鬥，皆是從政治上位者來看戰爭。此
外另有一詩，原見於《太平御覽》，沒有題目，記敘他跟隨父
親出外征戰時，櫛風沐雨、劍不離手、鎧甲為裳的情況，親身
參與征戍的形象相當鮮明。

　　朴貞玉〈三曹詩賦考〉「征伐詩」一節下言：

> 曹植詩有關征戍敘述，在「離友詩」、「贈丁儀王粲」
> 中部分句子內，竭露出友人因征戍離別的情狀，但並沒
> 有跟曹操、丕一樣完整的征行詩；他詩歌中，沒有描寫
> 其艱難悲壯或威武雄姿的篇章。[11]

　　此文已經注意到戰爭詩其實包含有描寫戰爭中情感的詩
作，然而由於朴貞玉並沒有定義何謂「征伐詩」，所以所言
「完整的征行詩」一詞，與他所訂標題「征伐詩」用詞不統一
且令人困惑。何況前面提到有一首沒有題目，是曹植敘述自身

征戰形象的詩，然則曹植雖很少反映自己披堅執銳、征伐四方的從軍戰爭生活，但並非完全沒有從自身出發。且從前面所提十五首戰爭詩作來看，裡面亦不乏從他人角度描寫戰爭艱難悲壯或塑造英雄人物威武雄姿的篇章。所以，朴貞玉的說法是不能成立的。

　　總而言之，從曹植現存一百三十六首詩作看來，戰爭詩僅有十五首，占百分之十一點八，比例不高，筆者以為這正可看出曹植創作題材與內容的多變，不拘限於同一題材與內容。

第三節　三曹戰爭詩的內容與筆法

　　此部分將要討論三曹戰爭詩個別的內容與筆法，以下就從三曹的一些作品做討論。

一、悲涼豪邁的曹操戰爭詩

　　第一部分先討論曹操的作品與筆法。

　　首先以曹操〈短歌行〉作為例子。這是一首表明曹操心志的戰爭詩。曹操在戰爭中採取的重要策略是「挾天子以令諸侯」，這個策略使他在政治上與戰爭上得到主動與正當的地位，從這個戰略的使用，也可以看出曹操是一位傑出的軍事家與政治家。戰略屬於軍事藝術中最高層次的內容，如果戰略正確無誤，即使在戰術運用或作戰方法上出現一些失誤，也不會導致軍事全局上的逆轉。曹操深明此理，而且了解戰爭必須師出有名，於是制定了此一重要戰略，使自己的地位處於優勢，

並且取得戰爭主控權。李寶均言：

> 建安元年（西元一九六年），他把正在窮途末路中的獻
> 帝迎到許縣（河南許昌），置於自己的掌握之中。這是
> 曹操在政治上做出的一項重大戰略決策。在封建社會，
> 皇帝是權力和國家統一的象徵。他把獻帝掌握在手中，
> 控制了中央政權，在政治上就高居於其他競爭對手之上
> 而處於極大的優勢地位。[12]

　　已經注意到「挾天子以令諸侯」是曹操所做出的重大戰略
決策，當然如他所說「皇帝是權力和國家統一的象徵」，所
以曹操「控制了中央政權」。但筆者以為，若從戰爭與軍事的
角度看來，曹操為自己的出兵，找到合理的藉口，使自己能夠
主動進攻，先發制人地積極進攻，又使對方無從辯駁，也是重
要的致勝之道。

　　然而這樣的行為，自然受到其他各國的關注，其他各國也
了解其中的嚴重性，因此也受到政敵的攻擊，說他有「不遜之
志」。為了回應政敵之攻擊，他在這首詩中極力頌揚周文王、
齊桓公、晉文公，極力表明忠貞之志。開頭一句「周西伯
昌，懷此聖德」，概括說明周文王具有高尚道德，而後「三分
天下，而有其二。修奉貢獻，臣節不墜。」讚揚周文王占有
三分之二的疆域，但仍不廢臣節，此處曹操以文王自比，表明
自己絕不會廢棄臣節，會忠於臣職，侍奉君王。「崇侯讒
之，是以拘繫」揭示周文王就是由於受到崇侯的毀謗，才被
囚禁，以此暗諭其他人對自己的毀謗就像崇侯對周文王的讒言
一般。「後見赦原，賜之斧鉞，得使征伐。為仲尼所稱，

達及德行，猶奉事殷，論敘其美。」一筆蕩開，直指核心說明紂王賜給文王斧鉞，而賜與斧鉞代表的是授與征伐之權利。從此建立自己征伐之合理性。之後並以孔子稱讚周文王服事殷，來表達自己奉事漢室之心。

其下頌揚齊桓公與管仲。「齊桓之功，為霸之首。九合諸侯，一匡天下。一匡天下，不以兵車。」指出齊桓公任用管仲，以「尊王攘夷」為名，多次盟會諸侯，成為春秋時五霸之首。而最令人敬佩的是，他匡正了諸侯兼併的局面，靠的不是武力，以此期勉自己，也希望藉此遊說當時其他政敵。「正而不譎，其德傳稱。孔子所嘆，並稱夷吾，民受其恩。」是說孔子曾經讚美齊桓公是一位正派而不要手段之人，並且一併讚揚管仲。《論語·憲問》：「桓公九合諸侯，不以兵車，管仲之力也。」又說：「管仲相桓公，霸諸侯，一匡天下，民到於今受其賜。」孔子認為桓公能停止戰爭，是受到管仲的幫助，而人民也得到他的恩澤。「賜與廟胙，命無下拜。小白不敢爾，天威在顏咫尺。」引用周天子派宰孔將祭肉賜給桓公，並說因其年歲大，不用下階跪拜，然而桓公仍堅持以臣禮下拜接受祭肉之事。此事記載於《左傳·僖公九年》。曹操藉此說明桓公功勞高遠，受到周天子厚愛，仍然極其恭敬，表明自己也要效法桓公之心。

第三例舉晉文公之事，前半尊崇晉文公尊奉周事而受到諸侯敬仰，後半則對晉文公有所非難。

> 晉文亦霸，躬奉天王。受賜珪瓚，秬鬯彤弓，盧弓矢千，虎賁三百人。威服諸侯，師之者尊。八方聞之，名亞齊桓。

　　寫晉文公同樣是霸主，亦恭敬地尊奉周天子。並以晉文公在打敗楚國後，將楚國戰俘獻給周天子，表達對天子的敬重與忠誠，周天子因此命他為諸侯的領袖，並賜給車子、服飾與寶物之事，來說明這樣的行為值得尊敬。「河陽之會，詐稱周王，是以其名紛葩。」則非議晉文公因召請周天子參與會議，與禮制不合，於是讓天子狩於河陽，遇上諸侯盟會而參加會議，並假稱天子名義之事。以上二事皆記載於《左傳‧僖公二十八年》。曹操以此兩事並列，對比地說明自己絕不會像晉文公一樣做出使人非議之事，而要學習晉文公尊奉周室而贏得威信與聲望的行誼。

　　曹操此詩大加讚頌周文王、齊桓公、晉文公，就是要以此來表達自己對先賢功業的敬仰之情，並說明自己將以他們為榜樣，尊奉漢室，以獲得天下人之尊敬，使令名流傳於後的志向。此詩高明之處，筆者以為便是從以往政治上之事例，來破除政敵想要以此為藉口，從政治上孤立他，使他無法將戰爭合理化的不利情勢。除了此詩之外，他還寫了〈讓縣自明本志令〉，同樣也對於其他人攻擊他有「不遜之志」，以表明忠貞之誠，並無代漢之野心來作回應。此文中提到他：

> 遭值董卓之難，興舉義兵，是時合兵能多得耳，然常自損，不欲多之；所以然者，多兵意盛，與強敵爭，儻更為禍始。

　　講述自己作戰是為了和平與民族之和諧，並說明「設使國家無有孤，不知當幾人稱帝，幾人稱王」，表明自己無廢漢自立之野心。而後舉用樂毅被燕王驅往趙國，仍不忘故國，

以及蒙恬將被誅卻堅持君臣大義的事例，「孤每讀此二人書，未嘗不愴然流涕也。」表明自己十分欽佩他們，闡明自己雖然武力足以背叛朝廷，但其志向並非如此。最後以自家祖父曹騰任中常侍大長秋、父曹嵩官至太尉之事，說明自己感念恩德，忠於朝廷。雖然曹操並非真心要尊奉漢室，當其欲稱魏國公之時，荀彧提出「秉忠貞之誠，守退讓之節」，於是加害荀彧之行徑來看，他的這些詩文只是為了鞏固與發展自己的地位，但從這些詩文，仍可觀察出曹操反擊政敵、安撫人心、將戰爭合理化的高明政治手腕。

羅隱云：「魏武陰賊險狠，盜有神器，實竊英雄之名。」（《韻語陽秋》卷十九）便是以為曹操是陰險奸詐之人，竊據了英雄之名。然而當時適值亂世，成者為王，敗者為寇，論其詩文，條理清晰，例證鑿鑿，從此更可得知其運籌帷幄的軍事與政治長才，且其為三國首領之中，認真提倡文學之君主，實為兼具文學、軍事、政治等多方才能之優秀人物。

何以曹操冒著被人攻詰的危險，仍處心積慮要訂下此一戰略，並且多方論述，花費大量詩文，又寫詩，又公布詔令？筆者以為從軍事戰略與戰術的角度來看這個問題，便不難理解。因為在戰爭中，先發制人有四項優點，第一可以震撼對方士氣，第二可以達成突然襲擊的目的，第三可以在敵強我弱的情況下，透過搶先進攻改變力量對比，第四可以把戰爭引到敵國的土地上，減少對本國的破壞。因為優點多，所以古代兵家有些人主張兵貴先，甚至認為是天下之至權，兵家之上策。但先發制人也會帶來負面影響，也就是容易引起敵國民眾與軍隊的反感，也會遭致國際上其他國家的反對與譴責。西元二千零一年所發生的美國九一一事件便可視為先發制人之優缺點的最好

例證，恐怖組織先發制人地攻擊紐約，的確達到震撼、突襲的成果，並且改變了與美國強大力量之懸殊差距，也將戰爭引到美國本土上去。但他們忽略了其缺失，於是招致美國上下一心的反抗，也受到國際間的大聲撻伐，美國因此獲得無數的援助。相較之下，曹操便聰明得多，他先迎獻帝到許縣，然後寫作詩文表明心跡，使政敵無話可說，詩中以周文王的戰爭之權來自天子所授與，及晉文公戰爭是為了周天子之例，從此確立自己戰爭主控權的合理性與正當性，隨時可以先發制人，筆者認為他是要建立「戰權王授」的概念，這麼一來便巧妙地避開了先發制人戰爭的不義性質。其次，他在詩文中一再提及齊桓公與晉文公之最大貢獻，是不用戰爭卻能統合諸侯。這也是帶有古代軍事家的理想色彩，孫子曾曰：「是故百戰百勝，非善之善者也；不戰而屈人之兵，善之善者也。」（《孫子兵法·謀攻第三》）就已經提出百戰百勝算不上是真正的高明，能夠不經戰鬥便使對方軍隊屈服，才是真正的高明。從此詩便可見曹操對此一軍事戰爭最高境界的嚮往，也藉此詩呼籲敵方陣營效法春秋時的結盟，然而經由自己掌握中央的地位，便顯示其他結盟的不義，是為對抗漢獻帝而起，其中亦包藏著曹操破壞其他敵國結盟的用心。

　　曹操為魏朝建立了開國的氣象，綜觀曹氏一門，曹丕、曹植、曹叡的政治思想與軍事策略多繼承曹操，在他們的戰爭詩中，尤其可以看到一脈相承的痕跡，如曹丕〈黎陽作詩〉三首中的第一首，也是先將出兵合理化，並以周公自比；曹叡〈櫂歌行〉也將出征道德化；曹植〈丹霞蔽日行〉同樣讚頌周及漢興起戰爭的光輝；曹植〈送應氏詩〉二首中的第一首則憤恨董卓；而曹丕〈黎陽作詩〉三首中的第三首、曹植〈贈丁儀王粲

詩〉、〈責躬〉、曹叡〈苦寒行〉則懷念先祖之德，歌頌曹操戰功；在在可見他們對曹操的感念，以及曹操政治與軍事思想對他們的影響。

再看曹操〈薤露行〉。此詩敘述了漢末董卓之亂的前因後果。

> 惟漢廿二世，所任誠不良。沐猴而冠帶，知小而謀強。
> 猶豫不敢斷，因狩執君王。白虹為貫日，己亦先受殃。

從漢高祖劉邦到靈帝劉弘是二十二世，一說詩中舉其成數，如逯本作「二十世」，另說為三十二世，如《宋書》。中平六年（西元一八九年），漢靈帝崩，劉辨即位，何太后臨朝，宦官張讓、段珪等把持朝政，何太后之兄與大將軍何進謀誅宦官，密召董卓進京剷除宦官，謀泄，何進被張讓所殺，張讓又劫持少帝與陳留王奔小平津。此段正是譏刺何進徒有其表就像獼猴戴帽穿衣，智小而圖謀大事，猶豫不決，導致少帝被劫，自己也遭董卓殺害。「因狩執君王」是「為尊者諱」，「白虹貫日」則是一種天象，指太陽中有一道白氣穿過，古人認為是上天預示的凶兆，通常應驗在君王身上。

「賊臣持國柄，殺主滅宇京。蕩覆帝基業，宗廟以燔喪。播越西遷移，號泣而且行。」以下轉到董卓之亂。寫董卓將少帝與陳留王劫回，但不久廢少帝為弘農王，後將其殺死，立陳留王為獻帝，於是各州郡起兵討伐，社會陷入混戰局面，董卓焚毀京城洛陽，挾持獻帝西遷長安。「瞻彼洛城郭，微子為哀傷。」據《尚書·大傳》，微子在商朝滅亡後，經過殷墟，見到宮室敗壞，因而悲傷感嘆。這裡曹操以此來比

況自己對漢室傾覆之悲傷與感嘆。

　　接下來談談曹操的〈蒿里行〉。〈薤露〉與〈蒿里行〉都是古人出喪時所唱的輓歌，曹操藉古題寫時事，一首寫漢室之傾覆，一首寫軍閥間的爭權奪利，都寫出戰爭所釀成人民災禍的歷史事實。清人方東樹《昭昧詹言》：「此用樂府題，敘漢末時事。所以然者，以所詠喪亡之哀，足當哀歌也。〈薤露〉哀君，〈蒿里〉哀臣，亦有次第。」說明〈薤露〉與〈蒿里〉內容上的聯繫，而各有其側重。兩首都記錄現實，展現歷史，描繪出戰爭的悲哀，明代鍾惺《古詩歸》就稱此兩首「漢末實錄，真詩史也」。

　　曹操詩作，前人多以為有悲涼慷慨之格調，此風格在其戰爭詩中尤為明顯，或者可以說他的戰爭詩是塑造悲涼慷慨情調之來源。敖器之《敖陶孫詩評》：「魏武帝如幽燕老將，氣韻沈雄。」此詩中，曹操從大處落墨，以概括性語言描述數年以來的社會動亂，並未描寫其詳細過程，其中強烈的感情與批判色彩，不僅表達自己之感慨，也有別於史書式的客觀陳述，有感人的力量。而悲慘場面之廣大，也讓人感到氣魄之沈雄壯闊，其中具有深沈悲憤之情。而這種以古樂府來寫時事的方式，也開創了新的寫作風氣，清代沈德潛《古詩源》：「藉古樂府寫時事，始於曹公。」這一方面是因為樂府本身有緣事而發的民歌特點，另一方面也是因為曹操寫作的詩作情感跌宕真摯，被人所重視的緣故。

　　這兩首詩之所以情感真摯，從此可見曹操對於董卓之亂與漢末社會情勢之重視。曹操之祖為曹騰，是桓帝時代宦官集團之中堅份子，父親曹嵩，是曹騰的養子，曹操則是曹嵩之長子。雖然曹操與宦官集團關係密切，但他也與世家大族集團積

極交往,所以當袁紹勸何進殺宦官之時,也能參與意見。當袁紹主張全數消滅時,曹操則主張懲辦幾個罪魁禍首即可,這一方面是與曹操的出身有關,另一面也可看出他對於董卓力量評估的遠見。之後董卓入京,其政治措施及其軍隊毫無軍紀的狀況,都成為人民與曹操痛恨的目標,因此,雖然董卓想拉攏曹操並用政府名義任命曹操為驍騎校尉,可是曹操還是不願意與董卓合作,而與袁紹等人先後退出洛陽。曹操在陳留集結兵五千人,但那時因為沒有地盤,只得受陳留太守張邈的接濟,作戰上也受到張邈的牽制。由於這批聯盟的關東軍,在作戰經驗上遠不如董卓的西北軍,因此大多不肯向洛陽推進,只有曹操力主戰鬥,並將自己的軍隊向前移動,希望在他的影響下,聯盟也能向前推進。然而曹操進到滎陽汴水時,與徐榮遭遇,戰鬥失利,傷亡慘重,曹操自己也被流矢所傷,幸虧堂弟曹洪尋獲一條船,才得以趁夜逃脫。曹操經過這次挫敗,得到教訓,決定重新徵募軍隊,擴大自己的勢力,並在之後趁機取得兗州的統治地位。記載此段漢末史實者,除曹操之〈薤露〉與〈蒿里行〉外,繆襲〈楚之平〉與〈戰滎陽〉、韋昭〈漢之季〉都是以此為書寫內容。從此可知,董卓之亂對三國時代人民生活影響甚巨,也促使詩人們對其重視,而對於曹操而言更是他崛起的開端,也是他難忘的失敗戰役,所以他將其描寫得相當慘烈,是其來有自的。

　　除了從歷史的角度,可以觀察出曹操創作此詩的動機,另外此詩所呈現出的敘事技巧也是值得注意的。「詩中有畫」是詩歌中很優美的境界,而曹操此詩不僅是一幅動亂歷史畫卷,而且是有動作,有作者說話的史論圖畫,曹操的雙眼成為讀者觀賞到漢末董卓之亂的管道,但這個像攝影機一樣清楚明

確的觀視位置，是經由曹操安排且剪裁過的，近似於電影中的陳述過程，經由電影製作者的剪輯，而後才傳達給觀賞者。《電影敘事：劇情片中的敘述活動》中說：

> 一般而言，情節若要塑造觀眾的感知活動，可控制以下三者：（一）觀眾所接觸的故事訊息量；（二）訊息能被歸因的適切程度；（三）情節和故事間的形式對應。[13]

其實不只是電影如此，詩歌也可透過控制這三個條件，創造出所需的情節，曹操此詩也控制了這三個條件，有意地塑造讀者感知活動，他運用符合其想要傳達訊息的情節，使史實的建構一致而穩定的進行，因為歷史線索與寫作動機的提供訊息量正確，使得讀者容易理解，雖然情節上有飛快帶過以及未詳述的部分，正如電影中主角飛快長大的時間缺隙，但不至於影響讀者的體會，而且曹操剪裁得宜，沒有枝蔓或偏離主題的引言、牽強的隱喻、干擾，他以情節控制讀者接受訊息的數量與適切程度，從頭至尾持續採取同一觀點，嘲諷何進與董卓，提示與引導讀者的敘事活動，以上種種都可看出曹操對於訊息量與情節鋪排的掌握功力。

再看曹操〈苦寒行〉。〈苦寒行〉屬於〈相和歌・清調曲〉，此曲調始於曹操，因首句為「北上太行山」，故也稱〈北上行〉。吳兢《樂府古題要解》：「備言冰雪溪谷之苦，或謂〈北上行〉，蓋因魏武帝作此詞，今人效之。」建安九年（西元二零四年）十月，並州刺史高幹，也就是袁紹的外甥，投降曹操。建安十年（西元二零五年）秋，高幹乘曹操征討烏桓之際叛變，捉拿上黨太守，據守壺關口。建安十一年

春，曹操親征高幹，三月攻入壺關，高幹逃往荊州，途中為上洛都尉所殺。曹操在問罪高幹途經太行山，時值正月，冰雪紛飛，行軍異常艱難。

> 北上太行山，艱哉何巍巍！羊腸坂詰屈，車輪為之摧。
> 樹木何蕭瑟，北風聲正悲！熊羆對我蹲，虎豹夾路啼。
> 溪谷少人民，雪落何霏霏！延頸長嘆息，遠行多所懷。

描寫軍隊攀登巍峨的太行山，依次記述山路崎嶇、車輪毀損、蕭條的樹木、怒吼的北風，猛獸夾路、人煙稀少、雪落紛紛等景色，全為「苦景」，造成詩人嘆息，心事重重。

> 我心何怫鬱？思欲一東歸。水深橋梁絕，中路正徘徊。
> 迷惑失故路，薄暮無宿栖。行行日已遠，人馬同時飢。
> 擔囊行取薪，斧冰持作糜。悲彼〈東山〉詩，悠悠使我哀。

全以抒情為主，表達詩人希望儘早東歸，然而水深橋斷，徘徊於中路，而且無棲處，人馬飢渴，邊走邊砍柴，鑿冰作粥，句句突出作者與軍隊遭受的困苦，所以詩人聯想到《詩經‧東山詩》，感到悲從中來，也有以周公自況之意。

此詩借景抒情，所描寫之景全為悽涼蕭瑟之景，而且形象鮮明，行軍中所見之景，如實地勾畫，構成完整形象，從身邊景物到行軍動作，都形象性的描寫了艱辛困難的內容，使讀者得到真實的感受，也讓人感到作者雖未大力非戰，但卻隱約含有悲涼厭戰的感情。

　　陳祚明《采菽堂詩集》：「寫征人之苦，淋漓盡情，筆調高古，正非子桓兄弟所能及。」可見曹操將行軍之辛苦與己身的感情，刻劃入微，所以得到很高的評價。朱乾《樂府正義》：「魏武〈北上〉，擬〈東山〉詩也。魏武善用兵，今觀其言，與士卒同甘苦如此，魏安得而不昌乎？」曹操善於用兵，能夠身先士卒，與部下同甘共苦，從此詩看得十分清楚，也難怪當時魏國軍隊的戰爭力會強盛。

　　曹操此詩對後世影響不小，除建立了〈苦寒行〉一樂府題與體制外，如曹叡也沿用此題創作，內容中也對曹操無限追念。而此詩內容也對後世產生影響，像杜甫〈石龕〉：「熊羆咆我東，虎豹號我西。我後鬼長嘯，我前猿又啼。天寒昏無日，山遠道路迷。」明顯受到曹操〈苦寒行〉的影響。

　　此外如將此詩與〈步出夏門行〉作一比較，可以看出曹操在戰勝後與戰爭前對於景物的描述情調截然兩分，戰爭前與戰爭中憂心忡忡，馬到成功後，雄圖大略，一掃陰霾。曹操另有〈卻東西門行〉，也是描寫戰爭中戰士出征遠行的飄盪與家鄉想念的心情。其中以鴻雁擬人的手法影響了應瑒〈侍五官中郎將建章臺集詩〉，而用轉蓬比喻飄盪的手法則影響了曹植〈雜詩〉七首中的第二首。

二、細膩纏綿的曹丕戰爭詩

　　其次要討論曹丕的作品與筆法。

　　曹丕曾多次出征吳國，黃初五年（西元二二四年）八月，親自征吳，九月抵達廣陵（今江蘇揚州），未戰而還。次年再征，但因到處結冰，舟船難行，曹丕見長江洶湧，判斷與吳之

仰看明月詩當枕
——論中國古典詩

兩方情勢,只得再次回返,回來後為記此次大軍臨江之盛況,便賦〈至廣陵於馬上作詩〉一詩。

> 觀兵臨江水,水流何湯湯,戈矛成山林,玄甲耀日光,
> 猛將懷暴怒,膽氣正縱橫,誰云江水廣,一葦可以航。

寫出氣勢慷慨之場景,首先寫江水之浩盪渾闊,顯出長江此一天然屏障的險要,其次寫戈矛林立,兵多將廣,再寫出軍人渾身是膽、意氣昂揚之士氣,其後變化《詩經·衛風·河廣》:「誰謂河廣,一葦可航之」,成為「誰云江水廣,一葦可以航」。表現出我方軍隊藐視一切、銳不可當的氣勢。

> 不戰屈敵虜,戢兵稱賢良,古公宅岐邑,實始剪殷商,
> 孟獻營虎牢,鄭人懼稽顙,充國務耕殖,先零自破亡。

眼看戰爭一觸即發,曹丕此處卻想起孫武之名句「不戰而屈人之兵,善之善者。」(《孫子兵法·謀攻》),化為自己「不戰屈敵虜,戢兵稱賢良。」之慨嘆。接下來連用三個例證:「古公宅岐邑,實始剪殷商。」化用《詩經·魯頌·閟宮》:「居岐之陽,實始剪商。」指當初周族傳續至古公亶父時代,飽受戎狄威脅,只好從豳遷至岐陽,然而這正是後來代替殷商的開始。第二例是晉楚鄢陵之戰後,鄭伯依舊背叛晉、魯、宋、衛、曹等國,於是孟獻子獻計在虎牢一地築城,鄭國被迫求和。「充國務耕殖,先零自破亡。」是指西漢派趙充國征伐羌族的一支:先零,他在破先零之後,屯田罷兵。以此三例作為「不戰屈敵虜」的不朽典範。

興農淮泗間，築室都徐方，量宜運權略，六軍咸悅康，
豈如〈東山〉詩，悠悠多憂傷。

　　則是曹丕構想的一個輝煌藍圖，希望在淮泗這個廣大的平
原地區，興農屯田，建都於徐州，並等待良好時機，統籌計劃
可行之權謀策略，一展鴻圖大業，使全軍欣悅歡暢，就不會如
〈東山〉詩，一樣憂傷。

　　曹丕在此詩中，呈現出身為一國之君、六軍統帥之威風凜
凜、氣吞山河的氣概，及其尚武精神，展現陽剛之美。

　　再看曹丕〈黎陽作詩〉三首中的第一首。據《三國志》
〈武帝本紀〉與〈文帝本紀〉記載，曹操當年統一北方、征討
袁紹的戰爭中，曾多次用兵黎陽，曹丕多跟隨出征，而曹丕自
己亦曾用兵黎陽。究竟此詩所言年代為何，無法確知[14]，但從
內容以周公自比的情況推測，至少應是尚未受禪代漢之前的作
品。

　　黎陽，黎山在其南，黃河經其東，形勢險要，為兵家必爭
之地，地名因山取黎，因水取陽。「朝發鄴城，夕宿韓陵，
霖雨載塗，輿人困窮，載馳載驅，沐雨櫛風。」記敘從鄴城
出發，黃昏紮營於韓陵。鄴城在今河南安陽，韓陵即韓陵山，
在安陽東北約十七里，兩地相距不遠，但卻朝發而夕宿。與
〈木蘭詩〉：「旦辭黃河去，暮至黑山頭。」王粲〈從軍詩〉
第四首：「朝發鄴都橋，暮濟白馬津。」形容行動快捷，雖
然詞句相似，但其意義卻完全不同。其後說明了行軍速度緩慢
之原因，原來是因風雨滂沱，道路泥濘。然而我方戰士卻冒著
風雨，不畏險阻，奮勇前進。形容的景況雖與《詩經・東
山》：「我徂東山，慆慆不歸。我來自東，零雨其濛。」或

《詩經‧采薇》：「今我來思，雨雪霏霏。」極為近似，也許有人因此便以為曹丕此詩是描寫戰爭之苦，但仔細分辨，曹丕其實是藉著行軍之苦，來襯托出戰士之勇。尤其看到下文，更可了解其主戰之心。

「舍我高殿，何為泥中，在昔周武，爰暨公旦。」曹丕用設問提出，為何要放著高殿華屋不住，在這泥泊當中奔波受苦？並自問自答，說明是因為周武王與周公旦早已作了榜樣。曹丕與曹植都喜歡舉用周文王、周武王、周公之例，這是承襲了曹操之風，如曹操〈苦寒行〉、〈短歌行〉兩首，這是因為曹操「挾天子以令諸侯」，曹操將自己所發動之戰爭，都視為奉帝命征伐，如同周文王、武王、周公；另一方面，曹丕也是藉地名發揮，因《尚書》：「西伯既戡黎」，黎原屬於殷朝屬地，商末被周文王所滅，曹丕以地名相近藉此發揮。「載主而征，救民塗炭，彼此一時，唯天所讚，我獨何人，能不靖亂。」則真正點明出征的目的，在於救民塗炭，按照天的意志行事，將會如周公、武王一般，得到天助。「我獨何人，能不靖亂」則表明曹丕主戰的決心，清楚說明自己欲替天行道，平定叛亂，討伐不義。曹丕此篇情調不似一般主戰類詩作之凌厲剽悍，反以描述行軍之苦起筆，抒情意味較濃，用這樣站在與將士們一樣的立場，更能引起共鳴，而且更突顯出為天行道、救民塗炭之戰爭是勢在必行的，這些辛苦是值得的。

他的另一篇詩作〈令詩〉：「喪亂悠悠過紀，白骨從橫萬里，哀哀下民靡恃，吾將以時整理，復子明辟致仕。」也是以同樣筆調，以哀憐生民塗炭、感嘆時代動盪為基礎，彷彿是非戰派色彩，但實際上是表達以戰止戰之理想，希望能統

一天下，之後肅清政治，安撫百姓。

袁美敏《人品與文品相關性研究》認為「詩緣情」形成的背景是：

> 魏晉以降，緣於現實哀樂的刺激，中國詩人發現了以情感為生命內容與特質的自我主體。並由對個人生命特質的肯定，而建立六朝「詩緣情」之說。[15]

中國詩基本上是抒情的，即使是敘事或是議論筆法，還是會夾雜抒情的成分。例如曹丕此詩，本為記敘當時戰爭的作品，但他在記敘之中，參雜了大量的個人情感，如：「霖雨載塗，輿人困窮。」這「困窮」便是他對於雨的感受，並在詩中敘說個人的政治抱負，中國古人的心志情性，又往往是表現在政治與社會兩方面，許多詩人在詩歌中表達他們憂國憂民的情志，曹丕在此亦然，以敘事為輔，感事為主，透過自身參與的感受，把屬於客體的事件，以抒情的型態呈現，造成人與物互相感受的情況。曹丕的作品，不只是這一首有這樣的現象，大多數作品都成為他個人情感的投射，顯得情意纏綿，成為他心聲的代言，發自於內心的情感與觀點，所以容易引起讀者的多愁善感，與純粹記敘或說理的作品所帶來的影響不同。

這樣情志婉約的主戰類詩作在三國時代是較為少見的，但其中所表達的主戰意念卻是堅定的，如此的詩作反而更能向曹丕所率領的將士，宣示對戰爭的肯定。《太公兵法・文韜文師篇》：

> 同天下之利者則得天下，擅天下之利者則失天下……與

> 人同憂、同樂、同好、同惡者義也；義之所在，天下赴
> 之。凡人惡死而樂生，好德而歸利，能生利者道也；道
> 之所在，天下歸之。

　　戰爭勝敗的關鍵在於人心的歸向，而能感動民心的，便是
君王的愛心。曹丕在詩中，表現出他與戰士們一樣厭惡在大雨
中趕路，一樣不喜在風雨中駕車，一樣渴望在高樓華宅中舒適
的生活，但眼前有更重要的事等待完成，也就是救民塗炭，使
全天下人都能幸福愉悅，才是他終極的目標，如此更能使將士
們感同身受，使之樂戰樂死，而且曹丕身先士卒，與將士們同
飢寒，並以同理心去替士卒設想，照顧到他們生活與情緒，進
而宣示此趟戰爭的理念，使戰士們感到榮耀與尊嚴，認為此戰
是光榮而有德的，是為了愛民而作，將使得戰士們士氣更高。

　　再來看曹丕〈雜詩〉二首中的第二首。曹丕此詩的寫作背
景，《文選》李善注與李周翰注都認為是伐吳之事。這是因為
魏在西北，吳在東南，所以詩中有「西北浮雲」、「東南
行」、「至吳會」等語，「吳會非我鄉，安得久留滯」則是
寫伐吳不克，久滯欲歸的心情。而吳景旭《歷代詩話》曾經駁
斥這種說法，認為曹丕雄才且有智略，不可能作此詩示弱於孫
權，也不可能作此詩讓劉備笑話，同時吳會是指當時的吳郡與
會稽郡，在長江南，曹丕臨江觀兵而還，並未至江南。筆者以
為此說也很有見地，但是有時詩人寫作之地名與人名，未必確
指實地或確有其人，只是借題發揮，而且曹丕雖有雄才大略，
深諳兵法，這在前面論述中筆者也一再提到，然而就曹氏一門
或說整個建安文學的戰爭詩而言，內容上已經有濃厚的個人抒
情風格，文學已經漸漸脫離為經學服務的目的，就連曹操的戰

爭詩也多呈現出悲涼的氣氛。單以曹丕本身戰爭詩來說，具有激勵士氣、宣傳主戰思想的作品不少，但也有描寫戰爭中辛苦之作，或從征人怨婦角度側面抒發對戰爭的不滿。若僅從曹丕攻打吳國之作而言，有主戰的作品，如前面所提〈至廣陵於馬上作詩〉、〈黎陽作詩〉三首中的第一首與第三首，皆為主戰之作，但如〈黎陽作詩〉三首中的第二首則是描寫軍隊困於大雨中的情況，還有單首的〈黎陽作詩〉也是流露非戰情緒，凡此種種，曹丕作詩未必僅從政治目的或角度著眼，有時也以抒發個人情志為考量，所以在攻打吳國時作出此非戰詩也不無可能性。除此二說之外，吳淇《六朝選詩定論》與張玉穀《古詩賞析》等則認為此詩是曹丕早年疑懼父親曹操欲立曹植為世子而作，此說甚為牽強，故此處不做說明。此詩內容與戰爭有關，而且表現出曹丕對戰亂的厭倦情緒，這是無庸置疑的。以下不妨作一全詩的分析。

「西北有浮雲，亭亭如車蓋。」以浮雲自比，以車蓋借諭飄搖不定的景況。「惜哉時不遇，適與飄風會，吹我東南行，行行至吳會，吳會非我鄉，安得久留滯。」用感嘆寫出遇到飄風而漂泊流盪的行蹤，之後道出久攻不克，停滯於異鄉的思鄉之情。「棄置勿復陳，客子常畏人。」表露出羈旅他鄉的遊子，日久思反卻又怕勾起鄉愁的矛盾心情，其實這樣的矛盾，在一個位為君王的曹丕身上，恐怕是更明顯的吧！

而〈雜詩〉二首中的第一首，雖然沒有點明寫作背景，但在題目與內容上與第二首都是一致的，描寫遊子思歸，飄泊異鄉的濃厚抑鬱情緒。沈德潛《古詩源》：「二詩以自然為宗，言外有無窮悲感。」已經說明了曹丕此詩自然流露出他的心思，而且並不是大聲痛哭似地傾訴愁苦，而是言已終而情

未竟地使詩外餘音觸動著讀者心弦。陳祚明《采菽堂古詩選》:「二詩獨以自然為宗,言外有無窮悲感,若不止故鄉之思。寄意不言,深遠獨絕,詩之上格也。」也是承繼沈氏之說。至於吳淇《六朝選詩定論》評曰:

> 言行客在外,孤身無伴,易得人侮,況身為太子云云乎,前章寫得深細,後章促急,至末二句換韻處,其節愈促,其調彌急。

寫出當時戰亂頻仍,人民飽經動亂之苦,許多人因戰亂饑荒而流浪在外,或為兵役繇役而離鄉背井的心情,曹丕在此詩中便反映此類現象。而且如吳淇所言,曹丕〈雜詩〉的第一首寫得深入細膩,第二首則顯得節奏急促,表現出心情的煩躁不安。

其實從當時戰爭的情況看來,可以知道曹丕何以在面對戰爭時煩躁不安、沈悶憂鬱。趙海軍、毛笑冰《中國古代的軍事》:

> 三國兩晉南北朝是中國歷史上的大分裂、大融合時期,幾近四百年之久,歷經三十多個胡漢政權與王朝。分裂與混戰成為這個時期的標誌,戰事之頻繁是其他時期所不能比擬的,僅史料記載的就達約六百零五次。[16]

可見當時戰爭繁多,在征戍之間的煩悶思家、厭倦疲乏,是在所難免的。而且依據《中國古代的軍事》所言,此時期的戰爭特色為:各兵種的發展更為完善、戰略計畫的制定達到相

當水準、多種戰法靈活運用。可以得知三國時代之各種武器，在製作技術上都有長足進步，並因為戰爭的需要，不斷改良與發明，對於軍種的訓練方式，更是日新又新，再加以各個軍事將領鑽研戰略戰術，使得戰爭的策略也達到更全面更具體的水準，戰術則更力求多樣，輔以當時與其他民族交流愈密，產生新的政權組織型式與軍事制度，而且由於三國鼎立，除伐謀之外，還要伐交，聯盟戰與破交戰也是微妙的戰爭特色，種種情況顯示，三國時代不僅戰爭次數多，而且戰略、戰術、外交、兵器、兵種訓練，甚至於後援補給的情況都比前代要複雜許多，君王之心力交瘁，更是顯而易見。所以曹丕對於戰爭的憂心與不耐，是可以理解的。

再來看曹丕〈陌上桑〉。〈陌上桑〉是漢樂府〈相和曲〉名，原是漢代民間敘事詩，曹丕此詩是沿用樂府舊題，歌詠新事。曹丕年輕時正值天下大亂，兵馬倥傯，軍閥混戰，曹操轉戰四方，他也隨之到處遷徙，居無定所，而此詩主要就在寫征戰生活之苦。

「棄故鄉，離室宅，遠從軍旅萬里客」，先寫離家遠去，從軍萬里，哀怨之情已生。「披荊棘，求阡陌，側足獨窘步，路局苲，虎豹嗥動，雞驚禽失，雞鳴相索，登南山，奈何蹈盤石，樹木叢生鬱差錯，寢蒿草，蔭松柏。」描寫戰爭中行軍之景況，道路狹窄曲折，披荊斬棘，寸步難行，荒涼無人，只有豺狼虎豹出沒，怒吼哀嚎，野雞禽鳥，飛相索群，登上南山，腳踩盤石，身處於叢密樹林，露宿於蒿草松柏之中，行軍之艱難辛苦，歷歷在目。「涕泣雨面霑枕席，伴旅單，稍稍日零落，惆悵竊自憐，相痛惜。」直抒其情，寫其涕泣如雨，淚流滿面，浸溼枕席，想到同伴逐個死去，內心

惆悵哀慟。

　　曹丕此首〈陌上桑〉透過遠征戀鄉、征途艱辛惡劣、與戰友陣亡的敘寫，以及珠淚縱橫、孤苦無依的情感抒發，事中有景，景中含情，情景交融地表達了他的強烈非戰情緒。

　　賴麗蓉〈魏晉「人物品鑑」研究——創造性審美活動的完成〉：「敢於理直氣壯，毫不保留的流露真情應是魏晉風流的重大特色。」[17]「深情」在魏晉之前是一種任誕的行為，因為不符合溫柔敦厚的詩教，在以往而言，外在的行為舉止與內在的情感好惡都要接受禮樂的節制，然而魏晉人物開發了生命的真相，開始體會自然與深情。曹丕在這首詩中就毫不保留的流露真情，並不因為他的特殊身分而有所矜持，而許多曹丕的作品以寫情為主，雖被評論為柔靡，但筆者以為這反映出他重視自身的真情，而在詩中顯露的深情，也表現出他對於自身存在意義的重視，對於生命本身的愛戀，較能稍微超脫於禮法之外（雖然他也大量創作飛張揚厲的主戰類詩作，以符合他身為將領的身分）。鍾鳳鳴《心戰戰法研究》就將情激法列為說服的方法，重要的第一種。已經指出：「人類是感情的動物，而從感情方面著手，是最容易激動的。」[18]人們可以抵抗他人的屈辱，對於嘲諷或怒罵往往產生反效果，然而卻不能防禦他人的同情或憐憫，所以許多領袖會採取懇求的戰術，煽動群眾對於敵方的仇恨，利用強烈的情感刺激，擴張願意為國犧牲的公共意志。從主戰類詩作的分析中，可以得知曹氏一族，大多半生戎馬，作戰經驗豐富，熟諳兵法，怎會不知以情感訴求是最易打動人心之法？然而曹操、曹丕、曹植等人都有強烈非戰之作，與勸戒鼓舞軍心之做法背道而馳，更可看出其真情與深情，也更令人佩服他們能突破自身身分之勇氣。

三、高華多變的曹植戰爭詩

最後要討論曹植的作品與筆法。

首先看曹植〈孟冬篇〉寫出在孟冬十月時，天氣寒冷，武官就要實施田獵，講述軍旅之事與統籌軍隊。其下皆為描述田獵演習之場景，描摹仔細，猶如身歷其境。「亂曰」之下，則寫此次以田獵備戰的成果，並表示此種活動可以永保皇業。

此詩字句以四言為主，「亂曰」之下則為五言，字句華麗，鋪張陳述，近似於賦的筆法，可看出曹植不僅使五言詩的題材擴大，也開啟了詩極盡描繪之功能。正如鍾嶸《詩品》卷上所評：「詞采華茂。」文辭整練而華麗。

所謂「以不教民戰，是謂棄之。」[19]如果一支軍隊未經訓練，在戰爭時等於是白白犧牲，所以對士兵必須嚴格地訓練，《周禮》中就記載了我國古代軍隊利用狩獵進行軍事演習，把訓練與實戰結合起來。蘇軾在〈教戰守策〉中也提倡要使人民在斬刈殺伐之際，能夠習於鐘鼓金鳴之聲，而這些備戰的活動正是希望軍隊與人民能夠習於戰事，詩人透過詳細生動的描繪，使人們在文字上也能體會這種活動，在心理上接受戰爭的訓練。

再看曹植〈丹霞蔽日行〉。「紂為昏亂，虐殘忠正。」寫紂王昏庸，大肆殺害忠正之士。《韓非子·雜言篇》：「故文王說紂，而紂囚之。翼侯炙，鬼侯臘，比干剖心，梅伯醢。」許多忠義之士都被紂王以極為不人道之方式，殘害致死。「周室何隆，一門三聖，牧野致功，天亦革命。」周室興隆之因，是由於不疏遠宗室，而一門中有文王、武王及周

公,三位聖明之人。於是可以在牧野之戰中獲勝。牧野之戰發生在商都朝歌南郊三十里,當時是殷紂王三十三年(西元前一零二七年)。此戰之發生其來有自,文王曾遭紂王囚禁於羑里,後因商紂接受了文王臣子進獻的財寶,獲得釋放,並賜征伐之權,文王利用此權,爭取盟國、征伐犬戎、黎、崇等國,使周室三分天下有其二。武王時則收買內間,煽動中原各族反殷,爭取邊遠民族的支持,並掌握殷軍主力遠在東南地區討伐東夷之時機,一舉在牧野之戰中擊敗殷紂,紂王自焚而亡。牧野之戰的勝利,與其說是因為武力,不如說是政治與權謀的結果。因帝紂暴虐荒淫,文武二王才得以擴張,並以宣傳謀略之法,造成反殷勢力。並運用趁隙而入的奇襲戰略,以及大量戰車甲士猛襲紂軍。我國戰車的大規模運用及發揮其突襲性能,以此戰為始,對春秋戰國時代諸侯對戰車的重視,有莫大啟示。曹植因深深了解牧野之戰之前因後果,所以在詩中想像牧野之戰時,不以戰爭場景之描述為主軸,而以敘述其原因與結果為主,使讀者體會牧野之戰只是政治運作的結果,而戰爭勝利與否,與其政治之好壞有密切關係。

「漢祚之興,階秦之衰。」這裡寫另一場戰爭,也就是漢代取代秦代之事,這自然也是因秦始皇之暴政。「雖有南面,王道陵夷,炎光再幽,殄滅無遺。」此在寫漢代之所以衰滅,是由於王莽、董卓代漢擅權,使漢王朝陷入黑暗之境。

前面兩場戰役,皆是因君主昏庸暴虐,而曹植則已點出「牧野致功,天亦革命」,可見曹植已經知道為生存而戰是人類之天性,而且連天都要為此革命的,這個想法是很先進的。勞倫茲《攻擊與人性》:

攻擊性沒有傳統精神分析學家所想的毀滅本質，而實在
是與生俱來，為保存生命的結構中不可少的部分，雖然
會意外的走入錯誤的方向而引起毀滅，但他仍然是任何
制度中實用而有作用的部分。[20]

　　勞倫茲因觀察動物行為，研究出此理論，並據此研究一般
與特殊的攻擊，何以週期性的爆發，以及儀式化過程對壓抑攻
擊的影響；進化曾經製造哪些機能，讓攻擊性以不傷人之途徑
表現出來……等等。他因此研究獲得諾貝爾生物與醫學獎，並
成為美國時代雜誌之封面人物。戰爭屬於人類大規模的攻擊行
為，即使到今天有些軍事學家，仍然認為戰爭的起源來自於人
類攻擊性的毀滅本質，這兩種說法雖背道而馳，但各有其理，
也各有證據，實在難分軒輊。另有些軍事學家也像勞倫茲一般
相信戰爭來自於不同種族或不同團體間對利益的競爭，例如為
了飲水、食物、居住空間……等等，或對方之存在影響到己身
之安危而起，例如曹植此詩，也將戰爭歸結於此，可見中國比
西方了解到戰爭起因之一，是為了保存生命，是出於人類或動
物本能這項事實，要早得多。

　　曹植在詩中對此三事，沒有任何評語，僅記敘史實，實則
是對於魏朝的感慨，希望藉由闡述戰爭的起因，讓施政者早日
預防戰爭之發生及朝政的衰敗，言盡而意未窮，耐人尋味。而
且曹植在此處是用一種概括的敘事手法，並不寫出具體的戰爭
情況。洪順隆《抒情與敘事》就已提出我國史詩分為具體的敘
述與概括的敘事，他對於「概括的敘事」，定義為：

　　不以具體史事為處理對象，而綜合所欲頌美的對象的身

世、事蹟、德美，以及天瑞、人和、功業，已抽象的頌
美的語言加以敘述。[21]

　　事實上不僅是史詩如此，戰爭詩用敘事手法者，也可分為
這兩種形式。

　　再看曹植〈白馬篇〉。這首詩寫一位武藝精練的愛國英
雄，歌頌他為國獻身、視死如歸的高尚品格。《樂府古題要
解・卷下》：

　　〈白馬篇〉，曹植「白馬飾金羈」、鮑照「白馬騂角弓」、
　　沈約「白馬紫金鞍」，皆言邊塞征戰之狀。

　　已經說明了此種題目大致的內容走向。曹植在此詩中寄託
了他為國建功立業的雄心壯志，另如其〈求自試表〉云：
「而志在擒權馘亮，雖身分蜀境，首懸吳闕，猶生之年。」
也表達了希望能夠攻打孫吳與蜀漢，即使身首異處，也甘之如
飴的精神，可見得捐軀赴難、視死如歸的戰爭英雄，是曹植所
欽佩，而且一直想要效法的。之所以如此，他在〈陳審舉表〉
中言：「數年以來，水旱不時，民困衣食；師徒之發，歲
歲增調。」是由於關心民生疾苦，感到「輟食而揮餐，臨觴
搤腕」，非常憂心，因此他不斷地提出政見，並主張戰鬥：

　　以為當今之務，在於省繇役，薄賦斂，勸農桑，三者既
　　備，然後令伊管之臣得施其術，孫吳之將得奮其力。
　　（〈諫伐遼東表〉）

「白馬飾金羈，連翩西北馳。」開篇用襯托法，先寫馬，寫一匹白色的駿馬，套上金色的籠頭，如同鳥一般的飛翔，向西北方奔馳，氣勢非凡，如同電影剛開始即用一特寫鏡頭，表現英雄騎術高超，也從此得知戰況危急。「借問誰家子，幽並游俠兒，少小去鄉邑，揚聲沙漠垂。」用故意設問的方式，說明這位壯士是幽州並州的遊俠，從小離鄉背井，聲名在邊塞地區傳揚。

> 宿昔秉良弓，楛矢何參差，控弦破左的，右發摧月支，
> 仰手接飛猱，俯身散馬蹄，狡捷過猴猿，勇剽若豹螭。

用大量文字鋪敘形容這位遊俠的武藝精妙絕倫，弓不離手，利箭參差，左右仰俯，無論何方，皆能準確射中目標，靈巧敏捷勝過猿猴，勇猛剽悍彷如豹螭。

> 邊城多警急，胡虜數遷移，羽檄從北來，厲馬登高隄，
> 長驅蹈匈奴，左顧陵鮮卑。

邊塞地區戰爭頻傳，匈奴鮮卑常揮兵入侵，告急文書從北而來，遊俠立即策馬登上高堤，直搗匈奴陣營，轉頭又將鮮卑制服。此處敘寫這位壯士征戰沙場，奮勇殺敵之況。節奏緊湊，頃刻間強虜灰飛湮滅，更顯出其矯健俐落之雄姿。

> 棄身鋒刃端，性命安可懷，父母且不顧，何言子與妻，
> 名編壯士籍，不得中顧私，捐軀赴國難，視死忽如歸。

　　揭示遊俠壯士的精神層面，之所以能克敵制勝，主因在於他的愛國情操，見大利而忘小利，父母都不顧了，何況是妻子與兒女。

　　在此詩中，讀者可以清楚地想像一位充滿愛國熱血、擁有卓越武藝、一身是膽的戰爭英雄，彷彿有血有肉，栩栩如生。也可從此看出曹植慷慨激昂的熱情，與他描寫細緻的筆觸。陳桂珠《才高八斗曹子建》言：

> 曹植的詩弘壯慷慨，抑揚哀怨，便是他簡易率真，不自雕飾，以忠義為懷，以氣節為尚的性情，及親睹建安兵亂所使然。[22]

　　正是曹植〈白馬篇〉極佳的注腳。

　　再來看曹植〈送應氏詩〉二首中的第一首。〈送應氏詩〉一共兩首，作於建安十六年（西元二一一年），當時曹植二十歲，被封為平原侯，應瑒被任為平原侯庶子。七月曹植隨父親西征馬超，途經洛陽，應氏兄弟行將北上，曹植設宴送別，並寫下此二首詩作。

　　「步登北邙阪，遙望洛陽山。」寫登高遠望，提供了詩人綜覽洛陽的立足點與觀察角度。「洛陽何寂寞，宮室盡燒焚，垣牆皆頓擗，荊棘上參天。」寫洛陽舊都故址及其周圍之景況，描繪宮室被毀、垣牆頹敗、荊棘叢生之景象，表達了對二十多年前因關東州郡結成聯盟，起兵討伐董卓，董卓遂挾持天子遷都長安，火焚洛陽，迫使人民遷徙，以及連年混戰的極度憤懣，與對人民之深切同情。

　　不見舊耆老，但睹新少年，側足無行徑，荒疇不復田，
遊子久不歸，不識陌與阡，中野何蕭條，千里無人煙。

　　耆老多被遷走，壯年遊子外出謀生，久別不歸，只剩下不
能勞動的新生少年，田園荒蕪，生產遭受破壞，廣大地區蕭條
無人煙，描寫出戰爭對人民生活與經濟生產帶來的嚴重危害。
「念我平常居，氣結不能言」最後直抒心中無限的感慨，對
於戰爭造成的禍害顯然抱著憎惡的心情。

　　這是曹植前期的作品，前期的作品由於生活經驗的關係，
反映人民生活的題材很少，此篇可說是前期作品中思想性較高
的佳作。同樣是前期作品的〈愁霖賦〉，也流露出同樣的心
情：

　　迎朔風而爰邁兮，雨微微而逮行。悼朝陽之隱曜兮，怨
北辰之潛精。車結轍以盤桓兮，馬踟躕以悲鳴。……哀
吾願之不將。

　　寫建安十七年東，隨曹操東征孫權，次年返回鄴都，途遇
霖雨，表達出揮師遠伐、鞍馬勞頓的征戰生活。從這些作品都
可觀察出，曹植以形象描畫委婉寫出對戰爭厭倦之沈鬱深情。

　　不過，筆者認為曹植對於戰爭所帶來的破壞，並不是一味
地消極反對，他是將對軍閥連年禍亂的反對，化為想要經世濟
民的力量，所以他大多數的詩作仍是以主戰為主軸，表現出想
要建功立業的志向，也就是他對於戰爭的態度，仍是「以戰止
戰」的，此種情況與曹丕是一致的，而與嵇康以及晚年的阮
籍，對於無論何種戰爭都應消弭的主張，是不同的。廖美玉

〈文心曹植說〉：

> 這種自覺的超乎流俗的心志，表現在曹植的作品中，是
> 對現實人、事、物的廣泛而深入的關注，對季節、流光
> 的敏感，對親情友誼的迷戀，對酣宴豫樂的追求，而尤
> 其汲汲於榮聲勳業的建立。[23]

　　已經說明了曹植對於榮聲勳業的建立特別重視，在他的詩
文中可以一再發現這樣的心跡，一再強調自己對奮節顯義、烈
士捐軀成仁的崇尚，是一種曹植對自我的期許，希望改善時代
的離亂悲苦與危殆。
　　王世德《影視審美學》：

> 既然要創造影視藝術美，當然，首先就必須按照影視思
> 維方式，運用影視語言，去感受和反映生活，表現審美
> 感情。[24]

　　事實上不只是電影或戲劇會按照影視思維方式，運用影視
語言，去創造影視藝術美，去感受與反映生活，文學作品也常
常借助於影視語言，去表達生活，表現審美感情，像曹植此詩
便是用形象的描繪去圖解當時戰爭後的洛陽，在他體驗了當時
的情況與積累了素材後，就從看到的畫面，揀擇後呈現為詩中
的畫面、構圖與線條等，雖然文字是抽象的，需要經過讀者的
加工，才能轉換為具體的形象，但所得的效果與影視戲劇所放
映的連續活動畫面與長短鏡頭的場面調度是相近的，甚至可以
經由想像而得到更廣闊的思考視野。

　　再看曹植〈雜詩〉中的第二首。「轉蓬離本根，飄颻隨長風。何意迴飆舉，吹我入雲中。高高上無極，天路安可窮？」描寫轉蓬隨風飄盪，又被捲入高空。〈吁嗟篇〉也寫道：「吁嗟此轉蓬，居世何獨然！……卒遇回風起，吹我入雲間。自謂終天路，忽然下沈泉。」都運用了轉蓬的形象來說明詩中主角之遭遇。「類此遊客子，捐軀遠從戎。毛褐不掩形，薇藿常不充。」以「類」字連接起喻體（轉蓬）與本體（遊客子），之後著墨於描繪一個衣不遮體、食不充飢、捐軀從戎的「遊客子」形象。「去去莫復道，沈憂令人老。」最後兩句是詩人針對前面描述情況的感慨，而「去去莫復道」直接運用樂府詩的套語。曹植會有這樣的描寫與感慨，一方面起因於當時軍人的生活與地位相當貧困與低落。建安元年（西元一九六年），曹操開始在許下屯田。屯田分為民屯與兵屯，兵屯自然是軍事建制，而民屯之掌管農官稱為典農中郎將、典農都尉、屯司馬，也充滿著濃厚的軍事色彩。由於官府對於屯田者過度剝削，而且受到農官的管轄與支配，身分低落與失去自由，因此屯田者（包括士兵）就發生不是逃亡便是起義的現象。曹操只好改強制政策為自願應募，同時允許應募而來者只要種田，不必作戰。但在此同時，曹操對於士兵的逃亡，採取了更高壓的政策，凡是士兵逃亡者，罪及妻子。到此，士兵在性質上，不但是個戰士，而且是國家軍屯下的隸屬農民，如此一來，制止逃亡不但依靠有形的軍法，而且還有束縛於土地的經濟關係與家族的血緣親情關係。從此以後，士兵多是父子相承，地位日益低下。屯田制度的施行，使得農村經濟逐漸恢復，但生產提高後，剝削也加重了，魏末晉初，租稅提高到「持官牛者，官得八分，士得二分，持私牛及無牛者，官得

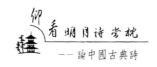

七分，士得三分。」（《晉書‧傅玄傳》），人民生活苦不堪
言，生產情緒也開始低落，造成「天下千城，人多游食」
（《晉書‧束皙傳》），又開始有逃亡的現象。此時為了增加稅
收，政府只好補充勞動人手進入兵屯之中，於是用「鄴奚官
奴俾，著新城代田兵種稻。」（《晉書‧食貨志》），這時奴婢
身分的一部分人成為戰士，兼具農民身分，戰士的地位也就更
加大不如前。在此同時，世家大族有時還想霸占屯田的土地，
如曹爽專政之時，與何晏等人「共分割洛陽野王典農部桑田
數百頃……以為產業。」（《三國志‧魏志‧曹真傳子爽附
傳》），這也加速了屯田制度的毀壞。屯田制度發展到這個地
步，已經不能藉此束縛流民與增加稅收，完全無利可圖，等到
司馬炎滅吳，連軍事目的都已經消逝，便改用占田法了。

曹植在此詩中便簡明扼要地，將這種屯田戰士們的窮苦生
活情景描述出來。另一方面也反映了淪為政治囚犯的自己的生
活，曹植〈遷都賦序〉：「連遇瘠土，衣食不繼。」〈轉封東
阿王謝表〉也說：「桑田無葉，左右貧窮，食裁糊口，形有
裸露。」都可看出他不僅像詩中的「遊客子」一般輾轉遷
徙，而且生活困難，常常衣不蔽體，食不充飢。

陳晉卿〈六朝行旅詩之研究〉：

> 如同《詩經》中「征戰戍邊」類型行役詩所反映出的，
> 戰爭仍是人民百姓流離失所，棄鄉背井的主要因素。[25]

可見戰爭造成人民流離失所，是許多文學家早已採用的題
材之一，也是用來表現戰爭面向的重要內容，這種情況也被許
多研究者所注意與觀察到了。筆者認為曹植在這首詩中不僅標

舉出這種情況，他還留意到戰爭造成屯田制度，而屯田制度與
戰爭又同時影響了戰士生活的這種情形，更可看出曹植觀察之
細微，與其又能切合時事，又能雙關自己生活之巧心。

謝思煒〈文人形象的歷史演變〉：

> 由於動亂時代的刺激，建安詩人開始將文人詩賦中的抒
> 情成分與民歌中的民生成分結合在一起，由泛泛的人生
> 抒情轉變為圍繞個人經歷的政治抒情、社會抒情。[26]

前面提過建安時代是文人抒情文學發展的一個高潮，在曹
植此詩中可以看到濃厚的抒情成分，他表現了人民的形象與自
己的形象，正如謝氏所說，是經由時代動亂的刺激造成，將抒
情成分與民生成分結合起來，而且是圍繞個人經歷的政治抒情
與社會抒情。但筆者以為這種情形不僅僅是受時代影響，也和
前面提過的曹操出身民間，熱愛民歌，倡導樂府有密切之關
係。但無論如何，曹植此詩都是有著廣泛的社會觀察，並與自
身形象與遭遇作緊密結合的作品。

再看曹植〈離友詩〉二首中的第一首。建安十七年冬，曹
操調兵遣將東征孫權，曹丕曹植隨軍，第二年春天回師北歸，
途經譙縣，歸鄉祭奠掃墓，曹植在此時與夏侯威結為好友，此
詩敘寫與夏氏之友誼。「王旅旋兮背故鄉，彼君子兮篤人
綱，媵余行兮歸朔方。」說明自己與軍隊凱旋回師離開譙返
回鄴，夏侯威珍視他們的友情，於是與之同行。「馳原隰兮
尋舊疆，車載奔兮馬繁驤，涉浮濟兮泛輕航。」接下來寫軍
隊凱旋返鄉的情景：大隊人馬沿著歸鄴的道路疾走，車輪飛
轉，眾馬奔騰，在廣平的原野上馳騁，在低窪的潮濕地裡跋

涉,又乘著輕快的小舟渡過濟水。寫景暢快,並感到行路之輕快,沒有行軍之勞頓,也沒有征戰後的困乏。從此可以了解詩人此時的心情也是愉悅歡暢的,這一方面是由於戰爭上的勝利,另一方面也因為友情的滋潤。而能夠結交到好友,自然也是因為戰勝的緣故所造成的。「迄魏都兮息蘭房,展宴好兮惟樂康。」敘述自己讓夏侯威居住在美好芳潔的宮室中,表達熱情的款待,以及一起宴樂與慶功。

反觀他的〈離友詩〉第二首:

> 涼風肅兮白露滋,木感氣兮條葉辭,臨濼水兮登崇基,
> 折秋華兮采靈芝,尋永歸兮贈所思,感離隔兮會無期,
> 伊鬱悒兮情不怡。

則描述了與好友分別的眷戀之情,所以景物亦呈現悲哀之情調。宗白華《美從何處尋》:

> 中國傳統的藝術很早就突破自然主義和形式主義的片面
> 性,創造了民族的獨特的現實主義的表達形式,使真和
> 美、內容和形式高度地統一起來。27

像曹植這兩首詩就很明顯的表達了這種藝術美。他所記敘的景色真嗎?看起來記敘的景色似乎逼真,但實際上卻是「情景」,用景色的描寫「逼真地」表達出他的內心情感與行動,使讀者透過描述的景色與行動,就可以獲知作者對於戰爭勝利以及結交到好友的愉悅,以及要與朋友分離的悲哀,也就是將內容與形式統一起來,創造出高度的藝術境界。

接下來看曹植〈贈丁儀王粲詩〉。建安十六年七月，曹操西征馬超。曹植與文士王粲、阮瑀、徐幹等隨行，九月平定關中，十月引軍自長安北征楊秋，此詩便是寫於這樣的戰爭環境之中。李善《文選注》以為丁儀是丁翼之誤，黃節《曹子建詩注》加以駁斥，認為是丁儀無誤。

「從軍度函谷，驅馬過西京。」點明事件經過，建安十六年七月曹操西征馬超，經過函谷關，同年十月從長安北征楊秋，經過西京長安。「山岑高無極，涇渭揚濁清，壯哉帝王居，佳麗殊百城，員闕出浮雲，承露概泰清。」描寫看到的景色：山高望不到頂峰，涇水渭水清濁分明，帝王所居京城壯觀，壯麗超過百座都城，圓闕高聳入雲，承露盤與天相接。「皇佐揚天惠，四海無交兵，權家雖愛勝，全國為令名。」歌頌曹操能廣布天恩，使四海沒有戰爭，戰爭家雖然喜愛戰爭勝利，但能使對方不戰而降則更有好的名聲。《三國志・武帝紀》：「冬天十月，軍自長安北征楊秋，圍安定。秋降，復其爵位，使留撫其民人。」曹植此處就是在歌頌曹操接受楊秋投降之事。「君子在末位，不能歌德聲，丁生怨在朝，王子歡自營。」進入正題，詩人指出由於王粲與丁儀官位低微，不能歌頌丞相的功德，有關歌頌與記載王室之事，以及某些體制為曹氏一門才能創作，或是被任命才能創作，不能踰越妄作的事情，在前面已經詳加討論過，此詩更可作為輔證。其下指陳丁儀身在朝廷而有所抱怨，王粲則喜歡自得其樂。丁儀曾作〈勵志賦〉：「恨騄驥之進庭，屏駃騠於溝壑。」王粲的〈七釋〉：「深藏其身，高栖其志，外無所營，內無所事。」都流露出曹植所說的兩人個性上的傾向。對於兩人的態度，曹植深表憂慮，因此在最後兩句：「歡怨非貞則，中

和誠可經」，規勸兩人的態度都是不正確的，而不偏不倚、態度執中，才是可取之道。從此詩可以看出曹植與朋友間的感情極深，除了像〈離友詩〉一般有思念朋友之情、一同遊樂之情，也有如此處的勸勉切磋之誼，並非酒肉朋友而已。丁金域《承先啟後的曹子建詩》就認為曹子建的詩作之所以能承先啟後，其中一個原因便是「得建安七子之切磋襯托，更增華美。」[28]事實上不只是與建安七子之間的交遊使他的詩作更加豐富，他與許多人的友誼都使得作品內容充實而情韻動人，不論是在內容上或形式上都受到朋友的影響，此種現象從他許多的贈答唱和之作中，即可明白。

而以他與朋友間的交流與勸勉來看，內容仍脫離不了對國家社會的關懷，對曹操功業的輔助，對百姓生活的憐憫，對選才用人的意見……等等經世治國的理念，這些理念幾乎在他所有的戰爭詩中，都清晰地呈現出來。翁淑媛〈曹植散文研究〉將「輔主祐民的見解」列為曹植散文中第一項的重要內容，認為「曹植畢生以『戮力上國，流惠下民』為其政治理想，具有統一安民的偉大胸懷。」[29]事實上，不只曹植的散文呈現出這樣的內容與意見，曹植在戰爭詩中也表現出他同樣的見解，像此詩歌頌曹操能保全國家安定，並希望王粲與丁儀能執中道輔助國君，也是基於同樣的精神。

再看曹植〈雜詩〉中的第三首。「西北有織婦，綺縞何繽紛。明晨秉機杼，日昃不成文。太息終長夜，悲嘯入青雲。」點出地點與人物，用「何繽紛」、「不成文」來表現女子的煩亂心情，而終於爆發出整個晚上的太息與上達青雲的長嘯。內容近似於《詩經・大東》：「跂彼織女，終日七襄；雖則七襄，不成報章。」〈古詩〉：「皎皎河漢女，……扎

扎弄機杼，……終日不成章。」「妾身守空閨，良人行從軍。自期三年歸，今已歷九春。」改以第一人稱說明悲嘆的原因是「守空閨」，而守空閨的原因則是因為丈夫「良人行從軍。自期三年歸，今已歷九春。」[30]。李新達主編《中國軍事制度史：武官制度卷》：

> 魏晉南北朝時期，一般官吏是十日一休沐。入直臺省的官吏是五日一休沐。急假是指病假與探親假。……各種假期的長短，根據當時各文武官吏的具體情況而定。[31]

看起來似乎假期還算多，然而這些是軍官的假期，一般的兵卒福利並不如此。再加上十天放一天假，僅僅一天的假期，不大可能從離家很遠的戰場回家。何況當時兵荒馬亂，往往不可能正常休假，即使是現在，如果在整軍經武的備戰狀態，或正處於槍林彈雨，軍隊多半是禁假狀態的。依此判斷，婦人的丈夫正處於備戰或戰爭中，才會導致織婦長久的等待。從此更可知織婦內心的惶恐忐忑，深怕這長久的等待，換來的竟是丈夫的枯骨。「飛鳥繞樹翔，嗷嗷鳴索群。願為南流景，馳光見我君。」最後以歸鳥索群來比喻與襯托出自己與丈夫不能團聚的痛苦，而希望變成向南流瀉的日光，飛馳去見丈夫。

建安時期，兵馬倥傯，於是許多青壯年男子告別親人，長年在外砲煙彈雨，致使婦女哀傷，於是產生相關的間接戰爭詩[32]。這一類的閨怨詩產生的背景與李白〈長干行〉描寫丈夫出外從商的情況相較，述說婦女獨守空閨的哀怨是一致的，但與戰爭有關的閨怨詩，情緒上更悲痛無奈，因為戰爭對自己與丈夫生命的威脅更大，能否相見更難預知。這一類閨怨主題夾

雜征人因久戰而無法回家的內容而產生，是一種獨特的現象，王子彥《南朝游俠詩研究》就已經注意到了[33]，然而他將這樣的現象歸入「閨怨與邊塞交融」一類，筆者以為改為「閨怨與戰爭交融一類」較為妥貼。

從中國詩作整體觀之，筆者以為閨怨詩從詩經時代就已經出現，如〈綠衣〉、〈終風〉、〈雄雉〉……等等，到了三國時代，閨怨詩仍然存在，如曹丕〈寡婦詩〉、曹丕〈燕歌行〉二首、曹植〈浮萍篇〉、徐幹〈室思詩〉、〈塘上行〉……等等，然而加上戰爭成分者並不多見，也較不明顯，到南北朝後日益增加，如：梁·何遜〈學古贈丘永嘉征還詩〉、梁·費昶〈發白馬〉、梁·王褒〈從軍行〉二首中的第一首……等等，直到唐代，則大為興盛。

第四節　結　語

從以上我們可以歸納出三曹戰爭詩在寫作手法上有以下幾點相同之處：

第一、三曹的戰爭詩多半有移情的手法。俞汝捷《人心可測：小說人物心理探索》：

> 移情（empathy），或譯感情移入，指的是個體對他人的情感產生的情緒性反應。它說明人類情緒不但可以被識別，而且通過社會交往，在一定的氣氛渲染下，可以彼此相通。[34]

也就是說，三曹的戰爭詩多半與自己的戰爭經驗相結合，在三曹的作品中，往往可以分析出他自身參與的戰爭情況，即使是想像也通常與他遭遇的經驗有關。再不然，寫作的動機也和他的當時際遇有關。

第二、三曹在寫戰爭詩，多半以情感為主要出發目的，雖然也有為政治目的服務的，但也有許多能大膽直言戰爭辛苦的詩作，能擺脫政治家的身分，直言不諱。陳昌明〈六朝「緣情」觀念研究〉說：

> 「言志」與「緣情」是中國文學的二大主要思潮，「緣情」觀念在魏晉形成之後，文學才脫離政治與思想的束縛而成為獨立的藝術，文學的本質、作用與表現，乃有自覺性的理論發展，而新的文體，新的表現方式大量出現，造成沈剛伯先生所謂「中國歷史上的第一次文藝復興」，影響巨大而深遠。[35]

六朝文論對於文學構成的本質，專主情性說，一反兩漢的政教實用觀，倡言文學的功用在於抒發情性，文學不再是儒學的附屬品，因為對情感的肯定，文學開始從傳統的約束下解脫出來，文學作品內容則各適其志，表現個性，甚至標新立異。如此一來，文學不只是傳道講理的工具，而能肯定其精神上的地位，拓展出屬於文學藝術美的境界，獨立成為自由的一門學問。筆者以為三國時代雖然還沒有像晉朝之後那樣完全對過去的理念發生懷疑，形成士人之群體自覺，尋求個體之自由與消遙，但也已經開始有對自我之情的肯定，開始展開對生命態度的反省。三曹的一些戰爭詩作品，已經以表達個人情感為基

調，並不顧及他們是君王、或重要王裔、或朝廷重臣，脫離了政治與思想的束縛，這些詩作只是表現他們對戰爭的自覺，是由於外物的變化與人世的興衰所激發而成，是透過感物興情的方式寫成。

第三、三曹的戰爭詩在闡述個人理念時，多徵引戰爭事實，此時敘事手法多為概括的敘事，如果為描寫個人親身經歷或想像中戰爭景況，則為具體的敘述。

第四、曹操與曹丕兩人戰爭詩的風格，一個是悲涼豪邁，一個是細緻纏綿，兩人作品的共通性是感傷的基調，而曹植的作品則是高華多變，有神采飛揚、歌功頌德的一面，也有悲哀悽涼、難過艱辛的一面。

但也有不同之處：

《講故事：對敘事虛構作品的理論分析》：

> 聚焦focalization是由敘述的施動者narrating agent（誰在敘述）、聚焦者focalizer（誰在看）和被聚焦者focalized（誰在被看從而也就被敘述：就精神活動而言，是情感、認識或感覺）形成的三位一體的關係組成。[36]

像曹操〈薤露〉、〈蒿里行〉等等多數戰爭詩作品的聚焦都只有被聚焦者，也就是呈現的史實是顯明的，敘述的施動者大多數時間是隱性的，偶爾出現作者對於史實的評論，類似於司馬遷「太史公曰」筆法。而曹丕的戰爭詩作品敘述的施動者即是被聚焦者，都是作者本身，也都是顯性存在，是一般抒情敘事詩採用的筆調。

曹操與曹丕同樣對戰爭流露出反對與憂心態度，不過兩人

在詩中所運用的敘事技巧，則是不同的，所以呈現出不同的面貌。高辛勇《形名學與敘事理論：結構主義的小說分析法》：「『事目』為敘述文之主幹，……與『事目』結合最密切的因素是『人物』。」[37] 所謂「事目」是指人物的行為，行為之成為「事目」，端賴其在整個故事發展中所具的功用（或意義）而定。不只是敘述文或小說是以事目為主幹，敘述詩也是以事目為主幹，與事目結合最密切的因素也同樣是「人物」。曹操在寫作非戰詩時，是以整個事件為記敘重點，而人物的行為與人物的記錄只是輔助事件發展的地位，然而曹丕所描寫的非戰類記敘筆法作品，則是以人物，也就是他自己，作為全文敘述的核心，所有行為之間的關聯、動機、動作過程等等都是透過這個人物貫串所得，與曹操的「我」是旁觀者，詩中出現的人物，如：何進、董卓等等，都只是戰爭事件發生中的過客的敘述方式大異其趣。所以沈德潛《古詩源》言：「子桓詩有文士氣，一變乃父悲壯之習矣，要其便娟婉約，能移人情。」筆者以為正是因為曹操與曹丕兩者寫作風格不同，曹操以客觀角度大筆描繪戰爭史實，曹植則以文人之筆，細膩書寫己身遭遇，導致兩種截然不同的情調。

　　至於曹植則運用非常多變的筆法，有以自身為敘述者的，也有隱藏自己身分只敘述戰爭的，還有許多是想像中的敘述，寫作手法非常靈活。

　　第二點不同在於呈現出來的情感不同。曹操因為身經百戰而且具有軍事長才，所以呈現出戰爭的悲涼，但卻不失豪情，也就是蒼涼卻具有生命力的勁道。而曹丕則具有細膩曲折的情感，再加上連連戰爭失利，所以戰爭詩呈現兩種形式，一種是戰爭口號與政令，另一種則是充滿對戰爭的無奈、怨懟與悽涼

之感。至於曹植,雖然早年隨曹操征戰,但畢竟缺乏真正領軍戰鬥的經驗,所以其戰爭詩多為想像之作,詩作中充滿對指揮戰爭一統天下的壯志。

　　總括來說,三曹戰爭詩作品的出現與當時社會情況與歷史背景有密切關係,而每一首戰爭詩背後也往往與一場戰爭的動機、過程、結果有關,也與政治目的息息相關。例如曹操一生戎馬,曾與董卓部將徐榮戰於滎陽、與袁紹在官渡決戰、平定烏桓、進軍江陵、在赤壁決戰時,敗給孫劉的聯軍。他的戰爭詩〈薤露〉內容是描述外戚大將軍何進欲殺害宦官張讓、段珪,結果反被殺,後導致董卓進兵洛陽,自封相國。〈蒿里行〉則是描述州郡軍閥集結欲征討董卓,後互相爭奪的情形。〈苦寒行〉寫曹操由鄴縣率兵征討屯兵壺關口之袁紹的外甥高幹。〈步出夏門行〉寫北征烏桓。〈卻東西門行〉寫因戰爭出塞北。而曹丕是曹操的次子,曹操死後繼承其位,他曾經三次親征東吳孫權。〈黎陽作詩〉三首與〈至廣陵於馬上作詩〉、〈雜詩〉兩首都是寫征吳之事。曹植是一位生於亂長於軍的詩人,在他青少年時期,曾多次隨父親出征,他的戰爭詩也跟隨著這樣的心情軌跡而改變,前期的戰爭詩作品,包括〈白馬篇〉中塑造了武藝高強的愛國者形象,〈送應氏〉二首中的第一首聯想董卓挾持天子遷都、火焚洛陽,迫使人民大遷徙,以及後來連年戰禍的情形。後期主戰類作品,都具有向曹丕陳述自己願意領兵征戰,希望為國赴難之志向的情況。如〈責躬〉、〈雜詩〉七首中第五首、〈雜詩〉七首中第六首。後期非戰類作品,則皆是以描述戰爭中流離失所的人民與征夫,來影射自己漂泊無依的可憐處境,如:〈門有萬里客〉、〈雜詩〉七首中的第二首。三曹的戰爭詩相同點呈現在三曹的戰爭詩多半有

移情的手法、多半以情感為主要出發目的以及三曹的戰爭詩在
闡述個人理念時，多徵引戰爭事實，此時敘事手法多為概括的
敘事，如果為描寫個人親身經歷或想像中戰爭景況，則為具體
的敘述等三個方面。不同之處則在於敘述觀點及情感表達兩方
面。

【附錄】 三曹戰爭詩

1. 曹操〈薤露行〉：

　　惟漢廿二世，所任誠不良。沐猴而冠帶，知小而謀彊。
　　猶豫不敢斷，因狩執君王。白虹為貫日，己亦先受殃。
　　賊臣持國柄，殺主滅宇京。蕩覆帝基業，宗廟以燔喪。
　　播越西遷移，號泣而且行。瞻彼洛城郭，微子為哀傷。

2. 曹操〈蒿里行〉：

　　關東有義士，興兵討群凶。初期會孟津，乃心在咸陽。
　　軍合力不齊，躊躇而鴈行。勢利使人爭，嗣還自相戕。
　　淮南弟稱號，刻璽於北方。鎧甲生蟣蝨，萬姓以死亡。
　　白骨露於野，千里無雞鳴。生民百遺一，念之斷人腸。

3. 曹操〈短歌行〉：

　　周西伯昌，懷此聖德。三分天下，而有其二。修奉貢
　　獻，臣節不墜。崇侯讒之，是以拘繫。後見赦原，賜之
　　斧鉞，得使征伐。為仲尼所稱，達及德行，猶奉事殷，
　　論敘其美。齊桓之功，為霸之首。九合諸侯，一匡天
　　下。一匡天下，不以兵車。正而不譎，其德傳稱。孔子
　　所嘆，並稱夷吾，民受其恩。賜與廟胙，命無下拜。小

白不敢爾，天威在顏咫尺。晉文亦霸，躬奉天王。受賜珪瓚，秬鬯彤弓，盧弓矢千，虎賁三百人。威服諸侯，師之者尊。八方聞之，名亞齊桓。河陽之會，詐稱周王，是以其名紛葩。

4. 曹操〈苦寒行〉：

北上太行山，艱哉何巍巍！羊腸坂詰屈，車輪為之摧。樹木何蕭瑟，北風聲正悲！熊羆對我蹲，虎豹夾路啼。溪谷少人民，雪落何霏霏！延頸長嘆息，遠行多所懷。我心何怫鬱？思欲一東歸。水深橋梁絕，中路正徘徊。迷惑失故路，薄暮無宿栖。行行日已遠，人馬同時飢。擔囊行取薪，斧冰持作糜。悲彼〈東山〉詩，悠悠使我哀。（作於建安十一年）

5. 曹操〈步出夏門行〉（五章）：

雲行雨步，超越九江之臯。臨觀異同，心意懷遊豫，不知當復何從？經過至我碣石，心惆悵我東海。（作於建安十二年春）

觀滄海：東臨碣石，以觀滄海。水何淡淡，山島竦峙。樹木叢生，百草豐茂。秋風蕭瑟，洪波湧起。日月之行，若出其中；星漢燦爛，若出其裡。幸甚至哉！歌以言志。（作於建安十二年秋）

冬十月：孟冬十月，北風徘徊，天氣肅清，繁霜霏霏。鵾雞晨鳴，鴻雁南飛，鷙鳥潛藏，熊羆窟栖。錢鎛停置，農收積場。逆旅整設，以通賈商。幸甚至哉！歌以詠志。（作於建安十二年至十三年冬）

土不同：鄉土不同，河朔隆冬。流澌浮漂，舟船行難。錐不入地，蘴籟深奧。水竭不流，冰堅可蹈。士隱者

貧，勇俠輕非。心常嘆怨，戚戚多悲。幸甚至哉！歌以
詠志。

龜雖壽：神龜雖壽，猶有竟時。騰蛇乘霧，終為土灰。
驥老伏櫪，志在千里；烈士暮年，壯心不已。盈縮之
期，不但在天；養怡之福，可得永年。幸甚至哉！歌以
詠志。

6. 曹操〈卻東西門行〉：

鴻雁出塞北，乃在無人鄉。舉翅萬餘里，行止自成行。
冬節食南稻，春日復北翔。田中有轉蓬，隨風遠飄揚。
長與故根絕，萬歲不相當。奈何此征夫，安得去四方？
戎馬不解鞍，鎧甲不離傍。冉冉老將至，何時返故鄉？
神龍藏深泉，猛獸步高岡。狐死歸首丘，故鄉安可忘？

7. 曹丕〈陌上桑〉：

棄故鄉，離室宅，遠從軍旅萬里客，披荊棘，求阡陌，
側足獨窘步，路局苲，虎豹嗥動，雞驚禽失，雞鳴相
索，登南山，奈何蹈盤石，樹木叢生鬱差錯，寢蒿草，
蔭松柏，涕泣雨面霑枕席，伴旅單，稍稍日零落，惆悵
竊自憐，相痛惜。

8. 曹丕〈飲馬長城窟行〉：

浮舟橫大江，討彼犯荊虜，武將齊貫錦，征人伐金鼓，
長戟十萬隊，幽冀百石弩，發機若雷電，一發連四五。

9. 曹丕〈董逃行〉：

晨背大河南轅，跋涉遐路漫漫。師徒百萬譁諠，戈矛若
林成山，旌旗拂日蔽天。

10. 曹丕〈黎陽作詩〉三首中的第一首：

朝發鄴城，夕宿韓陵，霖雨載塗，輿人困窮，載馳載

仰看明月詩當枕
——論中國古典詩

驅，沐雨櫛風，舍我高殿，何為泥中，在昔周武，爰暨公旦，載主而征，救民塗炭，彼此一時，唯天所讚，我獨何人，能不靖亂。

11. 曹丕〈黎陽作詩〉三首中的第二首：

殷殷其雷，濛濛其雨，我徒我車，涉此艱阻，遵彼洹湄，言刈其楚，班之中路，塗潦是御，轔轔大車，載低載昂，嗷嗷僕夫，載仆載僵，蒙塗冒雨，沾衣濡裳。

12. 曹丕〈黎陽作詩〉三首中的第三首：

千騎隨風靡，萬騎正龍驤，金鼓震上下，干戚紛縱橫，白旄若素霓，丹旗發朱光，追思太王德，胥宇識足臧，經歷萬歲林，行行到黎陽。

13. 曹丕〈至廣陵於馬上作詩〉：

觀兵臨江水，水流何湯湯，戈矛成山林，玄甲耀日光，猛將懷暴怒，膽氣正縱橫，誰云江水廣，一葦可以航，不戰屈敵虜，戢兵稱賢良，古公宅岐邑，實始剪殷商，孟獻營虎牢，鄭人懼稽顙，充國務耕殖，先零自破亡，興農淮泗間，築室都徐方，量宜運權略，六軍咸悅康，豈如東山詩，悠悠多憂傷。

14. 曹丕〈雜詩〉二首中的第一首：

漫漫秋夜長，烈烈北風涼，展轉不能寐，披衣起彷徨，彷徨忽已久，白露沾我裳，俯視清水波，仰看明月光，天漢回西流，三五正縱橫，草蟲鳴何悲，孤鴈獨南翔，鬱鬱多悲思，綿綿思故鄉，願飛安得翼，欲濟河無梁，向風長嘆息，斷絕我中腸。

15. 曹丕〈雜詩〉二首中的第二首：

西北有浮雲，亭亭如車蓋，惜哉時不遇，適與飄風會，

吹我東南行，行行至吳會，吳會非我鄉，安得久留滯，棄置勿復陳，客子常畏人。

16. 曹丕〈黎陽作詩〉：

奉辭討罪遐征，晨過黎山巉崢，東濟黃河金營，北觀故宅頓傾，中有高樓亭亭，荊棘繞蕃叢生，南望果園青青，霜露慘悽宵零，彼桑梓兮傷情。

17. 曹丕〈令詩〉：

喪亂悠悠過紀，白骨從橫萬里，哀哀下民靡恃，吾將以時整理，復子明辟致仕。

18. 曹植〈丹霞蔽日行〉：

紂為昏亂，虐殘忠正，周室何隆，一門三聖，牧野致功，天亦革命，漢祚之興，階秦之衰，雖有南面，王道陵夷，炎光再幽，殄滅無遺。

19. 曹植〈門有萬里客行〉：

門有萬里客，問君何鄉人？裹裳起從之，果得心所親，挽裳對我泣，太息前自陳，本是朔方士，今為吳越民，行行將復行，去去適西秦。

20. 曹植〈孟冬篇〉：

孟冬十月，陰氣屬清，武官誡田，講旅統兵，元龜襲吉，元光著明，蚩尤蹕路，風弭雨停，乘輿啟行，鸞鳴幽軋，虎賁采騎，飛象珥鶡，鐘鼓鏗鏘，簫管嘈喝，萬騎齊鑣，千乘等蓋，夷山填谷，平林滌藪，張羅萬里，盡其飛走，趯趯狡兔，揚白跳翰，獵以青骹，掩以脩竿，韓盧宋鵲，呈才騁足，噬不盡絏，牽麋掎鹿，魏氏發機，養基撫弦，都盧尋高，搜索猴猿，慶忌孟賁，蹈谷超巒，張目決眥，髮怒穿冠，頓熊扼虎，蹴豹搏貙，

氣有餘勢，負象而趨，獲車既盈，日側樂終，罷役解
徒，大饗離宮，亂曰：聖皇臨飛軒，論功校獵徒，死禽
積如京，流血成溝渠，明詔大勞賜，大官供有無，走馬
行酒醴，驅車布肉魚，鳴鼓舉觴爵，擊鐘釂無餘，絕綱
縱麟麑，弛罩出鳳雛，收功在羽校，威靈振鬼區，陛下
長歡樂，永世合天符。

21. 曹植〈白馬篇〉：

白馬飾金羈，連翩西北馳，借問誰家子，幽并游俠兒，
少小去鄉邑，揚聲沙漠垂，宿昔秉良弓，楛矢何參差，
控弦破左的，右發摧月支，仰手接飛猱，俯身散馬蹄，
狡捷過猴猿，勇剽若豹螭，邊城多警急，胡虜數遷移，
羽檄從北來，厲馬登高隄，長驅蹈匈奴，左顧陵鮮卑，
棄身鋒刃端，性命安可懷，父母且不顧，何言子與妻，
名編壯士籍，不得中顧私，捐軀赴國難，視死忽如歸。

22. 曹植〈責躬詩〉：

於穆顯考，時惟武皇，受命於天，寧濟四方，朱旗所
拂，九土披攘，玄化滂流，荒服來王，超商越周，與唐
比蹤，篤生我皇，奕世載聰，武則肅列，文則時雍，受
禪于漢，君臨萬邦，萬邦既化，率由舊則，廣命懿親，
以藩王國，帝曰爾侯，君茲青土，奄有海濱，方周于
魯，車服有輝，旗章有敘，濟濟雋乂，我弼我輔，伊予
小子，恃寵驕盈，舉掛時網，動亂國經，作藩作屏，先
軌是墮，傲我皇使，犯我朝儀，國有典刑，我削我絀，
將寘于理，元兇是率，明明天子，時惟篤類，不忍我
刑，暴之朝肆，違彼執憲，哀予小臣，改封兗邑，于河
之濱，股肱弗置，有君無臣，荒淫之闕，誰弼予身，煢

蒡僕夫，于彼冀方，嗟予小子，乃罹斯殃，赫赫天子，
恩不遺物，冠我玄冕，要我朱紱，光光大使，我榮我
華，剖符授玉，王爵是加，仰齒金璽，俯執聖策，皇恩
過隆，祗承怵惕，咨我小子，頑兇是嬰，逝慚陵墓，存
愧闕庭，匪敢傲德，實恩是恃，威靈改加，足以沒齒，
昊天罔極，生命不圖，常懼顛沛，抱罪黃壚，願蒙矢
石，建旗東嶽，庶立毫釐，微功自贖，危軀授命，知足
免戾，甘赴江湘，奮戈吳越，天啟其衷，得會京畿，遲
奉聖顏，如渴如饑，心之云慕，愴矣其悲，天高聽卑，
皇肯照微。

23. 曹植〈矯志詩〉：

芝桂雖芳，難以餌魚，尸位素餐，難以成居，磁石引
鐵，於金不連，大朝舉士，愚不聞焉，抱璧塗乞，無為
貴寶，履仁遘禍，無為貴道，鵷雛遠害，不羞卑棲，靈
虯避難，不恥污泥，都蔗雖甘，杖之必折，巧言雖美，
用之必滅，濟濟唐朝，萬邦作孚，逢蒙雖巧，必得良
弓，聖主雖知，必得英雄，螳螂見嘆，齊士輕戰，越王
軾蛙，國以死獻，道遠知驥，世偽知賢，覆之幬之，順
天之矩，澤如凱風，惠如時雨，口為禁闥，舌為發機，
門機之闓，楛矢不追。

24. 曹植〈贈丁儀王粲詩〉：

從軍度函谷，驅馬過西京，山岑高無極，涇渭揚濁清，
壯哉帝王居，佳麗殊百城，員闕出浮雲，承露概泰清，
皇佐揚天惠，四海無交兵，權家雖愛勝，全國為令名，
君子在末位，不能歌德聲，丁生怨在朝，王子歡自營，
歡怨非貞則，中和誠可經。

25. 曹植〈送應氏詩〉二首中的第一首：

> 步登北邙阪，遙望洛陽山，洛陽何寂寞，宮室盡燒焚，
> 垣牆皆頓擗，荊棘上參天，不見舊耆老，但睹新少年，
> 側足無行徑，荒疇不復田，遊子久不歸，不識陌與阡，
> 中野何蕭條，千里無人煙，念我平常居，氣結不能言。

26. 曹植〈雜詩〉中的第二首：

> 轉蓬離本根，飄颻隨長風。何意迴飆舉，吹我入雲中。
> 高高上無極，天路安可窮？類此遊客子，捐軀遠從戎。
> 毛褐不掩形，薇藿常不充。去去莫復道，沈憂令人老。

27. 曹植〈雜詩〉中的第三首：

> 西北有織婦，綺縞何繽紛。明晨秉機杼，日昃不成文。
> 太息終長夜，悲嘯入青雲。妾身守空閨，良人行從軍。
> 自期三年歸，今已歷九春。飛鳥繞樹翔，嗷嗷鳴索群。
> 願為南流景，馳光見我君。

28. 曹植〈雜詩〉其五：

> 僕夫早嚴駕，吾將遠行遊。遠遊欲何之？吳國為我仇。
> 將騁萬里途，東路安足由？江介多悲風，淮泗馳急流。
> 願欲一輕濟，惜哉無方舟。閒居非吾志，甘心赴國憂。

29. 曹植〈雜詩〉中的第六首：

> 飛觀百餘尺，臨牖御欞軒。遠望周千里，朝夕見平原。
> 烈士多悲心，小人偷自閑。國讎亮不塞，甘心思喪元。
> 拊劍西南望，思欲赴太山。絃急悲聲發，聆我慷慨言。

30. 曹植〈離友詩〉三首中的第一首：

> 王旅旋兮背故鄉，彼君子兮篤人綱，媵余行兮歸朔方，
> 馳原隰兮尋舊疆，車載奔兮馬繁驤，涉浮濟兮泛輕航，
> 迄魏都兮息蘭房，展宴好兮惟樂康。

31. 曹植〈離友詩〉三首中的第二首：

　　涼風肅兮白露滋，木感氣兮條葉辭，臨濛水兮登崇基，

　　折秋華兮采靈芝，尋永歸兮贈所思，感離隔兮會無期，

　　伊鬱悒兮情不怡。

32. 曹植〈詩〉：

　　皇考建世業，余從征四方。櫛風而沐雨，萬里蒙露霜。

　　劍戟不離手，鎧甲為衣裳。

註　釋

1　洪讚《唐代戰爭詩研究》，國立政治大學中國文學研究所，博士論文，畢業年度：1985。後於1987年10月由台北文史哲出版社出版（初版）。

2　洪讚《唐代戰爭詩研究》，頁2-5。此論文在第一章第二部分「戰爭及戰爭詩釋義」，對「戰爭」及「戰爭詩」定義，僅如正文所言，其他部分則在說明戰爭所造成的現象與傷害、中國文學在描述戰爭時的傳統態度、戰爭文學的三種傾向……等。

3　此處所說為「戰爭前期」之準備，並非指一般承平時期之一般軍隊作戰準備，諸如和平時期之隨時待命狀態，包括平日軍隊戰技訓練與演習、平日補充檢查裝備、調整編制、建立共識與信仰、增進將帥領導統御能力、專業軍事教育……，凡是一般和平時期之常態備戰，皆不同於此處之「戰爭前期」。

4　詳見克勞塞維茨（C. von Clausewitz），鈕先鍾譯，《戰爭論精華》（*A Short Guide to Clausewitzon War*），頁125-238，李昂納德編（Roger Ashely Leonard），台北：麥田，1996年8月初版。其第四章「戰略」，第五章「會戰」，第六章「防禦」，第七章「攻擊」，為敘述戰爭中期行動之篇章，研究探討甚詳，今不贅述。

5　邱英生、高爽編著《三曹詩譯釋》，哈爾濱：黑龍江人民，1982年1月第一版，1997年1月第二次印刷，頁3。

6　（三國・魏）曹丕著，易健賢譯注《魏文帝集全譯》，貴陽：貴州人民，1998年12月第一版，頁11。

7　張曉生、劉文彥《中國古代戰爭通覽》第一冊，台北：雲龍，1990年台一版，1998年4月一版四刷，頁326。

8　如三軍大學編著《中國歷代戰爭史》，台北：黎明，1963年6月一版，1989年4月修訂三版。其中未記載曹丕征吳之事。

9　邱英生、高爽編著《三曹詩譯釋》，哈爾濱：黑龍江人民，1982年1月第

一版，頁3。

10 大多數學者都認同此種看法，如：邱英生、高爽編著《三曹詩譯釋》，哈爾濱：黑龍江人民出版社，1982年1月第一版，頁5。王景霓、湯擎民、鄭孟彤編著《漢魏六朝詩譯釋》，哈爾濱：黑龍江人民出版社，1983年5月第一版，1997年1月第二次印刷，頁100。殷義祥譯注《三曹詩》，台北：錦繡，1993年再版，頁24-25。

11 朴貞玉〈三曹詩賦考〉，國立台灣師範大學國文研究所碩士論文，1984年4月，頁79-80。

12 李寶均《曹氏父子與建安文學》，台北：萬卷樓，1991年12月初版，頁14。

13 大衛·鮑得威爾（David Bordwell）著，李顯立、吳佳琪、游惠貞譯，《電影敘事：劇情片中的敘述活動》（Narration in the Fiction Film），台北：遠流，1999年6月初版，頁129。

14 陳洪、王福利《建安詩文鑑賞辭典》認為是建安八年，跟隨曹操時所作，丁福林《漢魏六朝詩鑑賞辭典》認為是漢延康元年，曹操死後所作。

15 袁美敏《人品與文品相關性研究》，頁597，國立台灣師範大學國文研究所碩士論文，1992年6月。

16 趙海軍、毛笑冰《中國古代的軍事》，台北：文津，2001年4月初版，頁111。

17 賴麗蓉〈魏晉「人物品鑑」研究——創造性審美活動的完成〉，國立台灣師範大學國文研究所博士論文，1996年5月，頁170。

18 鍾鳳鳴《心戰戰法研究》，台北：正中，1962年8月臺初版。將說服的方法分為：情激法、理喻法、利誘法、恫嚇法，頁155。

19 《論語·子路第十三》，劉寶楠《論語正義》，台北：文史哲，1990年11月初版，頁550。

20 勞倫茲著（Konrad Lorenz），王守珍、吳月嬌譯《攻擊與人性》（On Aggression），台北：遠景，1975年2月初版，頁54。

21 洪順隆《抒情與敘事》，台北：黎明，1998年12月初版，頁68。

22 陳桂珠《才高八斗曹子建》，台北：莊嚴，1984年3月6版，頁111。

23 廖美玉〈文心曹植說〉，載於《魏晉南北朝文學與思想學術研討會論文集》，國立成功大學中文系編輯，台北：文史哲，1991年8月初版，頁290-291。

24 王世德《影視審美學》，北京：北京廣播學院，1999年9月第一版，頁118。

25 陳晉卿〈六朝行旅詩之研究〉，私立淡江大學中國文學研究所碩士論文，1996年6月，頁31。其文將戰爭詩中的直接戰爭詩與邊塞詩合為「征戰戍邊」一類，是「行旅詩」中的一種類型，意義上雖無不妥，但「行旅詩」範圍委實太大，且此一類型涵括兩種內容之作品，如純梓邊塞風光的內容與描述戰爭場景的內容，兩者相提並論，所要比較研究之重點為

何，令人費解。

26　謝思煒〈文人形象的歷史演變〉，聶石樵主編，《古代文學中人物形象論稿》，北京：北京師範大學出版社，2000年3月第一版，頁113-114。

27　宗白華《美從何處尋》，台北：駱駝，1987年6月第一版，頁254。

28　丁金域《承先啓後的曹子建詩》，台中：永吉，1981年3月第一版，頁113。他在文中談到：「建安時期的文人，除曹氏父子三人外，值得稱述的尚有孔融、王粲、陳琳、徐幹、阮瑀、應瑒、劉楨等所謂建安七子是也。……其中以劉楨、王粲之詩，最負盛名，影響於子建者也多，二人有作，子建亦必效之，唱和之作甚多，且高於原玉也。」已經注意到朋友對曹植詩的影響甚巨。

29　翁淑媛〈曹植散文研究〉，國立台灣師範大學國文研究所碩士論文，1995年6月，頁59-65。認為「曹植輔主祐民的見解主要包括有：一、提出用人授任問題。二、指陳將略。三、關懷民生。」綜觀曹植的戰爭詩，也如其散文一樣，有此三種意見。

30　關於「九春」的時間長度，有兩種說法，一種是李善《文選注》認為「一歲三春，故以三年為九春。」另一種如邱英生、高爽編著《三曹詩譯釋》，哈爾濱：黑龍江人民，頁129，認為是九個春天，也就是九年。筆者以為從詩意看來，如果約定三年，而只是等了三年，應當還不至於如此悲苦，所以經過九年才如此愁悶，似乎較合理。但是否一定是實際數字上的九年，倒也未必，中國人習慣用三、六、九等數字表示數量眾多，是故解為「極言等待之久」，也就可以了。

31　李新達主編《中國軍事制度史：武官制度卷》，鄭州：大象出版社，1997年8月第一版，頁117。

32　魏雯：「建安時期，戰爭頻仍，許多青壯年男子要告別妻室，遠離故土，長年征戰在外，致使室家怨曠，婦女哀傷。這一社會現象引起了詩人的極大關注。」王巍、李文祿主編《建安詩文鑑賞辭典》，長春：東北師範大學，1994年4月第一版，頁241。

33　王子彥〈南朝游俠詩研究〉，私立淡江大學中國文學研究所碩士論文，1995年1月，頁97。

34　俞汝捷《人心可測：小說人物心理探索》，台北：淑馨，1995年8月初版，頁105-106。

35　陳昌明〈六朝「緣情」觀念研究〉，提要部分，國立台灣大學中國文學研究所碩士論文，1987年。

36　史蒂文·科恩（Steven Cohan）、琳達·夏爾斯（Linda M. Shires），張方譯，《講故事：對敘事虛構作品的理論分析》（*Telling Stories：A Theoretical Analysis of Narrative Fiction*），台北：駱駝，1997年9月第一版，頁104。

37　高辛勇《形名學與敘事理論：結構主義的小說分析法》，台北：聯經，1987年11月初版，頁33。此段是作者分析影響俄國結構主義敘事分析影響甚巨的溥剌（Mofologija skazki）《俄國童話型態學》（*Morphology of the*

——論中國古典詩

Folktale）所得，此書出版於1928，1958年出現英譯本，六零年代引起廣泛注意與討論，1970、1972年法、德譯本相繼出現。

——92年《中國學術年刊》第二十四期

第二章
王粲〈從軍詩〉五首賞析

提　要

　　《昭明文選》是我國很重要的一本總集,裡頭收錄了秦漢到齊梁的作品,種類豐富。其中分為三十八類,當筆者閱讀之後,發現有軍戎類竟然只有一位作者的作品——王粲的〈從軍詩〉五首,於是吸引了筆者的目光,在此作一賞析。

關鍵詞:王粲、從軍詩、軍戎詩、戰爭文學、戰爭詩

第一節　前　言

　　劉勰曰:「仲宣溢才,捷而能密,文多兼善,辭少瑕累,摘其詩賦,則七子之冠乎!」[1]《文心雕龍》對王粲的才華,抱持高度肯定,認為他敏捷而寫作周密,多為佳作,且可以較少瑕疵贅字,稱得上是建安七子的為首者。歷代評論家對於王粲,多集中焦點在他的〈七哀詩〉之上,如《韻語陽秋》:

仲宣之〈七哀〉，哀在棄子之婦人。（卷四）

已經注意到王粲〈七哀〉哀之重點所在。另如鍾嶸《詩品》：

仲宣〈七哀〉……斯五言之警策者也，所以為篇章之珠澤，文采之鄧林。（總論）

說明〈七哀〉在內容上深沉，足以警醒世人，文句形式上也有豐富的光澤。

雖然他的〈七哀〉甚俱價值，但是他的〈從軍詩〉卻是《昭明文選》軍戎類的唯一選擇，這個現象也頗值得研究，究竟他的〈從軍詩〉有何魅力？得到《昭明文選》的青睞，又使得後世顏延之、王褒、盧思道、虞世南、駱賓王、楊炯、王昌齡、李白、李益、皎然……等人，或承其題，或仿其體，創作從軍詩？本文就從數個方向做一賞析。

第二節　內涵精神探析

一、內　容

從王粲此五首詩內容表現來看，有下列幾種：

（一）歌頌將領君王英明，軍功偉大

如「其二：昔人從公旦，一徂輒三齡。今我神武師，暫往必速平。」讚頌我方軍隊的強大，用今昔對照的方式，拿古代賢人來映襯，更顯得我軍的優秀。其五：「朝入譙郡界，曠然消人憂。雞鳴達四境，黍稷盈原疇。……自非聖賢國，

誰能享斯休。詩人美樂土，雖客猶願留。」此總結五詩。一方面敘述此地和平繁榮的情景，也就是間接讚揚了軍功的偉大，說明了軍人捍衛家園的重要，另一方面又再次稱揚國家是聖賢之國，也就是國君領導有方。

（二）描寫征途景色，敘寫軍容壯盛

如其二：「我軍順時發，桓桓東南征。泛舟蓋長川，陳卒被隰坰。」從此處可以想見當時兵力的強大，人數的眾多，軍隊浩浩蕩蕩出發的壯闊場面。其四：「逍遙河堤上，左右望我軍。連舫踰萬艘，帶甲千萬人。」此處運用視覺上的描寫，誇張的形容出行役所見，隊伍遼闊浩大的情形。

（三）說明戰勝的優點和重要性

其一寫到：「陳賞越丘山，酒肉踰川坻。軍人多飫饒，人馬皆溢肥。徒行兼乘還，空出有餘資。……歌舞入鄴城，所願獲無違。」此處說明從軍的好處，說盡當兵的優點。其二：「日月不安處，人誰獲常寧？」這裡再次強調從軍的必要，說明若是不打仗則任何人都無法獲得安寧。其三：「身服干戈事，豈得念所私？即戎有授命，茲理不可違。」主人翁在此提醒自己：肩負軍戎職責。於此處展現了從軍男兒為國家奉獻的精神。

（四）抒發征途中思念親人及哀傷的情感

其三：「從軍征遐路，討彼東南夷。方舟順廣川，薄暮未安坻。……征夫心多懷，惻愴令吾悲。下船登高防，草露沾我衣。迴身赴床寢，此愁當告誰？」此首幾乎全為抒發

感情之作，「心多懷」、「惻愴」、「悲」、「愁」等詞語皆直述出其內心的哀傷。其五：「悠悠涉荒路，靡靡我心愁。四望無煙火，但見林與丘。城郭生榛棘，蹊徑無所由。……寒蟬在樹鳴，鸛鵠摩天遊。客子多悲傷，淚下不可收。」一開始就直接點出作者心愁。仔細的述說著軍隊移動途中所見到蕭然蒼涼的景色，以及只有與自然景物相伴的情況，營造出孤寂悲涼的氛圍。結尾以悲傷的落淚收場，更使人感受到征途中的哀傷情緒。

（五）表明自願從軍為國效力的堅決勇氣

其一寫著：「外參時明政，內不廢家私。禽獸憚為犧，良苗實已揮。不能效沮溺，相隨把鋤犁。孰覽夫子詩，信知所言非。」表明自己願意報效國家的決心。強調為國效勞是理所當然，甚至還批駁清高的隱士，否定孔子想要隱居的志向。其四：「恨我無時謀，譬諸具官臣。……許歷為完士，一言獨敗秦。我有素餐責，誠愧伐檀人。雖無鉛刀用，庶幾奮薄身。」作者在此重申自己雖無大用，但也要為國捐軀的決心。用許歷這個人物映襯出自己雖有官職卻愧對國家的不安。下面引用詩經〈伐檀〉，來說明自己無功受祿，非常慚愧。最後總結自己雖無微弱的才能，但願奮不顧身。

二、生平背景

《三國志‧魏志》：「建安二十年三月，公西征張魯，魯及五子降。十二月，至自南鄭。是行也，侍中王粲作五言詩以美其事。」這五首詩內容看來的確多為「美其事」，筆

者以為一方面是因征張魯和吳時，身為侍中，必須做如此作品來使軍中將士對國家和軍隊產生認同感。《戰爭藝術》一書中曾提到：「儘管一個國家在軍事組織方面，具有極良好的規模，但是政府在同時並不培養人民的尚武精神，那麼這個國家還是不會強盛的。」[1]可見尚武精神和士氣在軍隊這樣的人際團體中的重要性。

另一方面，王粲的確對於曹操有很高的忠誠度，因為其早年依附劉表，不得重用，其千古名作〈登樓賦〉曾言：「懼匏瓜之徒懸，畏井渫之莫食。」更發抒懷才不遇的感慨。後得曹操看重，先任為丞相掾，賜爵關內侯，後遷軍謀祭酒，建國後拜為侍中。這樣的重用，也就不難明白他何以言：「詩人美樂土，雖客猶願留。」他在職期間對於建立魏國制度貢獻良多，詩中所言：「鞠躬中堅內，微畫無所陳。」實為謙詞。王粲最後是在征吳途中病逝，一生鞠躬盡瘁，真如詩中所說：「雖無鉛刀用，庶幾奮薄身。」察其生平之後，便知其所言不虛，雖然幾乎為讚美之詞，但與其心境有關。

王粲另有〈詠史詩〉一首，其中言：「結髮事明君，受恩良不訾。」「人生各有志，終不為此移。」流露出對於曹操知遇之恩的感念，並傳達效忠的心意，也可看出王粲入魏之後身受賞識，心中急於建功的理念。

《滄浪詩話》曾評劉公幹〈贈五官中郎將〉和王仲宣〈從軍詩〉言：「是欲效伊尹負鼎干湯以伐桀也。是時漢帝尚存，而二子之言如此，一曰元后，一曰聖君，正與荀彧比曹操為高、光同科。或以公幹平視美人為不屈，是未為知人之論。《春秋》誅心之法，二子其何逃？」這裡是站在儒家的角度，批評王粲〈從軍詩〉，認為當時漢皇仍在，怎可說

曹操為「聖君」？然而倘根據上述生平背景來看，從詩人心態來說，其心可憫，他是直接將感恩報答之心，表現在詩的內容中，更以行動來證明想法。

第三節　形式筆法探析

一、人物形象

　　此五首作品是採取自述式，征途中所見之自然景色和軍隊浩蕩的情形，是作者所見，如：「逍遙河堤上，左右望我軍。連舫踰萬艘，帶甲千萬人。」；途中有觸覺的，也是由作者自己感受，如：「下船登高防，草露沾我衣。」；「翩翩飄吾舟。」而表明自己從軍意願的，也是由作者親自說出，如：「棄余親睦恩，輸力竭忠貞。懼無一夫用，報我素餐誠。」這些都是直接出現「我」、「余」、「吾」，非常鮮明，讓讀者強烈地感受到這個「我」的存在，走入作者「有我」的境界。

　　其他部分，這個「我」則是隱藏的主詞，雖為隱藏的，但實際上讀者皆可了解所有句子的主角幾為作者，如：「四望無煙火，但見林與丘。」誰不知是作者在「見」呢？又如：「拊襟倚舟檣，眷眷思鄴城。」應該一看便知是作者在「拊襟」、「倚舟檣」、「思鄴城」。其他用借喻或借代的方式，也是這個「隱藏我」的出現方法，如其一：「良苗」；其二：「征夫」；其五：「客子」、「詩人」。

　　除了「我」之外，也有其他人物，如：君王、司典、

……，然而多為少數幾言帶過，而且常是透過這個「我」所見到，如軍隊、女士；或是透過「我」所聽到的，如司典；「我」所知道的，如：許歷；而「君王」則是經由「我」來歌頌的，所以他在詩中多稱呼其為：「我君」、「我聖君」；軍隊和「我」也是不分的，如：「我神武師」、「我軍」。

　　作者採取這樣「第一身敘述者」[2]的敘事觀點，筆者以為是相當自然真切，很容易讓讀者將詩中的「我」，轉變成自己，產生共鳴。而其他的人物，皆為旁襯之用，也使敘事主線清晰。

二、敘述結構

　　此五首詩，筆者已經在前面將內容加以分類分析，那是將其拆開來看，如果再將其合起來看，便可以看出其整體結構。若將五首詩一次看完，感覺十分順暢，這是由於王粲用敘述為主線，採取順敘的方式。若依照其敘述的進程，則一路從開始到歸國，是由時間遞進而層層推出，可以作一簡單主線如下：

　　概說→出發→經過，尚未到達→繼續前進→回國

　　至於全五首詩，筆者在後以（見下頁附表一）呈現其完整結構。總而言之，此五詩之敘述結構，以時間為經，順時遞進，並在各首中反覆夾雜同樣意義，不同詞句的說明、歌頌和抒情，扣住第一段中概說的主題。

仰看明月詩當枕
——論中國古典詩

附表一

王粲〈從軍詩〉五首

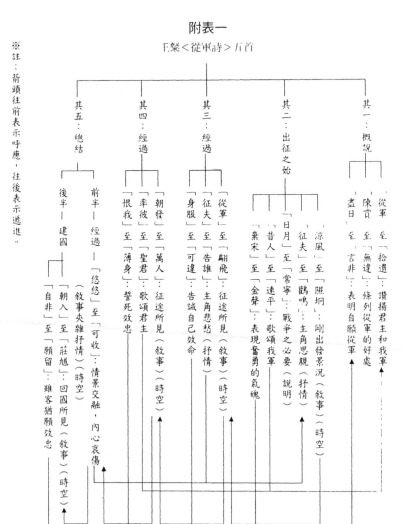

※註：箭頭往前表示呼應，往後表示遞進。

其一：概說
其二：出征之始
其三：經過
其四：經過
其五：總結

三、音韻節奏

〈從軍詩〉五首，全為五言作品，不參雜其他字數句子，形式非常整齊，具有統一規律的單純之美。筆者在此作一初步歸類[3]。

〈其一〉韻腳

微韻：肥、飛、違、歸、揮、非。

支韻：誰、師、夷、遺、坻、資、私。

齊韻：犁。

微韻古通支韻，齊韻古亦通支韻。

〈其二〉韻腳

庚韻：征、情、城、鳴、平、貞、誠、縈、聲。

青韻：刑、坰、寧、齡。

庚韻古略通青韻。

〈其三〉韻腳

支韻：夷、坻、悲、誰、私。

微韻：飛、違、暉、衣。

微韻古通支韻。

〈其四〉韻腳

真韻：津、人、臣、陳、秦、人、身。

文韻：軍、君。

文韻古轉真韻，真韻古通庚韻、青韻。

〈其五〉韻腳

尤韻：愁、丘、由、流、舟、遊、收、憂、疇、逌、休、留。

此詩全用尤韻。

五首作品全有押韻,每隔一句押韻,也就是雙數句押韻,已經有後世押韻的規模,尤其第一首和第三首押同韻,第二首和第四首押同韻,間隔著押韻,全為五言,節奏井然,韻律和諧有致。

第四節　結　語

王粲〈從軍詩〉五首,選錄於《昭明文選》軍戎類,自然有其價值。由此文可知,從內容表現看來相當豐富,並且能表現出其精神心態,而其筆法統一,人物形象一致,敘述結構一貫,再加上後四首一再呼應前面相同主題,可見其用心創作。文辭技法運用多采多姿,且五字一句,又作一初步探討歸類,可看出雙數句押韻,一、三首同韻,二、四首也同韻,節奏音韻鏗鏘,具有藝術成就。劉勰和鍾嶸對王粲有很高的評價,從此可見,也是有理由的。

劉勰曰:「仲宣溢才,捷而能密,文多兼善,辭少瑕累,摘其詩賦,則七子之冠乎!」[4]劉勰認為王粲才華洋溢,寫作快速而且思想綿密,文章多能兼善,文辭少有瑕疵,是建安七子中最為突出的一位。從以上探析來看,〈從軍詩〉五首在精神內涵和形式筆法上,王粲都有很好的表現,自然可以印證劉勰之言。

鍾嶸曾評王粲:「其源出於李陵。發愀愴之詞,文秀而質羸。」[5]從〈從軍詩〉來看這段評語,說其「發愀愴之詞」,在第三首、第五首中是可以看到有濃厚的悲愴色彩。說

其「文秀」，的確是文辭秀麗。然而說其「質羸」，則是不能成立的，試看其中如：「一舉滅獯虜，再舉服羌夷。西收邊地賊，忽若俯拾遺。」「將秉先登羽，豈敢聽金聲？」「連舫踰萬艘，帶甲千萬人。」⋯⋯等等句子，氣象開闊，精神奮發，絕不是「質羸」。

鍾嶸在另一章節又曾評：「陳思為建安之傑，公幹、仲宣為輔，⋯⋯斯皆五言之冠冕，文詞之命世。」[6] 此處亦給王粲很高的評價，認為其是建安七子中出類拔萃的人物。而言其為「五言之冠冕，文詞之命世」，就〈從軍詩〉而言，全為整齊五言，規律押韻，文辭技巧運用豐富，也許未為冠冕，但實在值得注意並給予讚美。

註　釋

1　見《文心雕龍・才略》

2　《戰爭藝術》(*The Art of War*)，頁35-38，Baron De Joinini原作，鈕先鍾譯，台北：武學，1954年6月初版。

3　參閱《現代小說》，楊昌年著，台北：三民，1997年5月初版，頁34-73，「敘事觀點」一節。

4　王粲屬於建安時期的人（西元177～217年），原則上此期根據林慶勳和竺家寧所著《古音學入門》頁4，應屬上古音（前11～1世紀），然而與中古音相去不遠，又如董同龢先生也在《漢語音韻學》中認為中古音系可以伸展至隋以前（頁9），故仍可以《廣韻》觀之。

5　見《文心雕龍・才略》

6　見《詩品・卷上》。

7　見《詩品・總論》。

——90年《中國語文》第八十八卷第二期

第三章
王粲〈從軍詩〉的修辭藝術探析

提　要

　　此文配合修辭學和大眾傳播理論，探析《昭明文選》中軍戎類作品如何運用豐富生動的語言藝術，達到在人際社會中宣傳君王及軍隊功業的效果。

關鍵詞：修辭學　大眾傳播　傳播心理　人際關係　昭明文選　文選　王粲　王仲宣　軍戎詩　軍旅詩　戰爭文學　戰爭詩　邊塞詩

第一節　前　言

　　《昭明文選》是我國很重要的一本總集，裡頭收錄了秦漢到齊梁的作品，種類豐富，對於文獻的保存有很大的貢獻，若要欣賞古典文學作品的人，可以從這樣綜合的文集入門。其中分為三十八類，當筆者閱讀之後，發現有軍戎類竟然只有一位

作者的作品——王粲的〈從軍詩〉五首（參見附錄一），這是相當特別的，於是吸引了筆者的目光，著手進行，想要一探究竟，然而發現此五首詩，並未有很多學者研究，不只大幅的學位論文未提到，連短篇的研究也微乎其微，是故筆者在此大膽的欲作一探析。在之前筆者已經用一篇兩萬字的文章〈《昭明文選》中王粲〈從軍詩〉五首探析〉分別從內涵精神和形式筆法兩方面分析過此五首詩，現在更進一步，希望配合修辭學和大眾傳播理論，探析《昭明文選》中軍戎類作品如何運用豐富生動的語言藝術，達到在人際社會中宣傳君王及軍隊功業的效果。

　　對於其版本，將採用《古迂書院刊本增補六臣注文選》[1]、《評注昭明文選》[2]，現代註釋本則採用《昭明文選新解》第三冊[3]、《新譯昭明文選》第二冊[4]，並且旁參其他相關著作。限於篇幅和探討重點之故，本文對於版本、字義、註釋等爭議，將不予探究。

第二節　作品背景

　　《三國志・魏志》：「建安二十年三月，公西征張魯，魯及五子降。十二月，至自南鄭。是行也，侍中王粲作五言詩以美其事。」這是在說明第一首。其下四首，則是：「建安二十一年，粲從征吳，作此四篇。」這五首詩內容看來的確多為「美其事」，倘若配合王粲生平觀之便不難理解其何以如此。筆者以為一方面是因其職務所需，征張魯和吳時，身為侍中，必須做如此作品來鼓舞士氣、提振軍中人心，使軍

中將士對國家和軍隊產生認同感。《戰爭藝術》一書中曾提到：「儘管一個國家在軍事組織方面，具有極良好的規模，但是政府在同時並不培養人民的尚武精神，那麼這個國家還是不會強盛的。」並且進一步指出：「專門在民間提倡尚武精神還不夠，而對於軍隊本身的士氣，尤其應該加以激勵。」[5]可見尚武精神和士氣在軍隊這樣的人際團體中的重要性。此文其後將探討王粲如何運用文字的魅力激發軍隊的士氣和尚武精神。

另一方面，王粲的確對於曹操有很高的忠誠度，因為其早年依附劉表，不得重用，鬱鬱寡歡了十五年，其千古名作〈登樓賦〉，便是在荊州不受重用時，登當陽城樓觀景，除一解思鄉之情外，曾言：「懼匏瓜之徒懸，畏井渫之莫食。」更發抒懷才不遇的感慨。後得曹操看重，先任為丞相掾，賜爵關內侯，後遷軍謀祭酒，建國後拜為侍中。這樣的重用，也就不難明白他何以言：「詩人美樂土，雖客猶願留。」如此一來，對於曹操的知遇之恩自然銘感五內，難怪他會說：「棄余親睦恩，輸力竭忠貞。」他在職期間對於建立魏國制度貢獻良多，詩中所言：「鞠躬中堅內，微畫無所陳。」實為謙詞。王粲最後是在征吳途中病逝，一生鞠躬盡瘁，真是做到了詩中所說：「雖無鉛刀用，庶幾奮薄身。」察其生平之後，便知其所言不虛，雖然幾乎為讚美之詞，但與其心境有關，而他也果如其言，為魏國效忠犧牲。

王粲另有〈詠史詩〉[6]一首，其中言：「結髮事明君，受恩良不訾。」「人生各有志，終不為此移。」藉著秦穆公以三良殉葬的事，流露對於曹操知遇之恩的感念，以頌讚三良殉死之事，傳達效忠的心意，也可看出王粲入魏之後身受賞識，

心中急於建功的理念。

《滄浪詩話》曾評劉公幹〈贈五官中郎將〉和王仲宣〈從軍詩〉言:

> 是欲效伊尹負鼎干湯以伐桀也。是時漢帝尚存,而二子
> 之言如此,一曰元后,一曰聖君,正與荀彧比曹操為
> 高、光同科。或以公幹平視美人為不屈,是未為知人之
> 論。《春秋》誅心之法,二子其何逃?

這裡是站在儒家的角度,批評王粲〈從軍詩〉,認為當時漢皇仍在,怎可說曹操為「聖君」?而像是要討伐暴君一般,大張旗鼓。然而倘根據上述生平背景來看,從詩人心態來說,其心可憫,而他也是真情流露,直接將感恩報答之心,表現在詩的內容中,更以行動來證明他的想法。

第三節　修辭運用

筆者曾對此五首作品內容進行分析,發現其內容可完全歸入下列五種:一、歌頌將領君王英明,軍功偉大;二、描寫征途景色,敘寫軍容壯盛;三、說明戰勝的優點和重要性;四、抒發征途中思念親人及哀傷的情感;五、表明自願從軍為國效力的堅決勇氣。(參見附錄二)以下分別就此五種的內容,觀察其作品修辭運用的情形,並配合大眾傳播理論從而分析其使用原因和造成的溝通效果。

一、「歌頌將領君王英明，軍功偉大」所使用的修辭技巧

（一）設問

⑴其一：從軍有苦樂，但◎問◎所◎從◎誰◎？

⑵其一：所從神且武，焉◎得◎久◎勞◎師◎？

⑶其五：自非聖賢國，誰◎能◎享◎斯◎休◎？

　　王粲在心中早有定見，卻故意設問，⑴問從軍出征有苦有樂，但是要看是跟隨何人？⑵問像我們隨著神明武勇的曹操，一同出征又哪裡會有長時間勞動軍旅的痛苦？⑶問如果不是聖賢的家國，誰能享受這樣的安和樂利？這些問題都明顯的可以知道作者所肯定的答案，讓讀者了解領袖的英明和軍功的偉大，說明了軍人捍衛家園的重要，另一方面又再次稱揚國家是聖賢之國，也就是國君領導有方，是賢明的王上。

　　這類歌頌領袖英明和軍功偉大的內容，可說是五首詩中經常出現的，在第一、二、四、五首中都反覆述說，而透過重複的設問，刺激讀者好奇，並且直接明示答案。《深層說服術》中「除去成見的攻心說服術」之四即是：「藉重複的述說，來加強對方的印象。」對此說明為：「根據心理學原理，人類如果不斷接受某種刺激，潛意識裡就會留存下一道深刻的痕跡。」[7]此處正是用設問引起讀者的注意，啟發思考，並且重複歌頌領袖和軍功，使對方接受暗示[8]，把讀者引入特定的意境，形成良好的宣傳，在眾人心裡留下深刻的印象，達到

說服的目的，產生對於君王和軍隊的嚮往之情。

（二）誇飾

(1)其一：相公征關右，赫◎怒◎震◎天◎威◎。

(2)其一：一◎舉◎滅◎獫◎虜◎，再◎舉◎服◎羌◎夷◎。

(3)其一：西收邊地賊，忽◎若◎俯◎拾◎遺◎。

(4)其二：昔人從公旦，一徂輒三齡。今我神武師，暫◎往◎必◎速◎平◎。

(5)其四：率彼東南路，將◎定◎一◎舉◎勳◎。

(6)其五：雞◎鳴◎達◎四◎境◎，黍◎稷◎盈◎原◎疇◎。館◎宅◎充◎廛◎里◎，女◎士◎蒲◎莊◎馗◎。

　　用誇飾法故意誇大領袖和軍功的偉大，特別顯出非凡的氣勢。(1)寫將軍曹操征討關右，赫然憤怒震動天地。描摹出不易抒寫的雄威。(2)寫一戰便戰勝了獫狁，再戰降服羌族。誇張地說出在作者的感情作用下，時間變成心理時間，濃縮了爭戰的時間。(3)寫向西收拾邊域的賊匪，輕鬆快速地就如同是彎腰撿拾物品。把驚心動魄的戰爭誇飾成非常輕鬆迅速。(4)寫古人跟隨周公征討，一去就是三年之久，而現在我們的神武大軍將會很快地得勝。用對比使讀者了解，產生共鳴。(5)寫沿著東南向的道路前進征伐，將要定下一舉成功的勳業。誇張的預言出一個虛實相生的藝術情境。(6)寫四方有雞鳴，原野上充滿了黍稷穀物。城市裡建滿了房舍，四通八達的大道上走著紅男綠女。在想像中展現出豐沛富庶的生活。

《大眾傳播心理學》：

> 對敵宣傳要先建立信用，所以第一波的宣傳必須說真
> 話，才能使人相信，……第二波方含輕微的宣傳，以
> 後，逐波不斷加強，最後纔是通牒似的宣傳。[9]

　　王粲在此先以西征張魯成功建立信用，而後用輕微的誇張
形容功業，其次以預言的誇飾肯定未來的成功，最後用強烈的
豐美情景作為引人之處，正是符合宣傳和溝通的原則，讓人接
受其說法，使人心安定，鞏固心防，築成心理上的長城。
　　誇飾在此詩中所產生的美感，也符合了《詩歌修辭學》所
言：

> 詩人運用誇張的關鍵是：在有限的生活依據和大膽的變
> 異之間求得巧妙的平衡，讓讀者既不感到突然、格格不
> 入，又能得到急劇的昇華，享受「誇張」所應有的審美
> 愉悅。[10]

使讀者感受到暢發的偉大功勳。

二、「描寫征途景色，敍寫軍容壯盛」　所使用的修辭技巧

（一）對偶

（1）其二：涼◎風◎屬◎秋◎節◎，司◎典◎告◎詳◎刑

◎[11]。

(2)其二：泛◎舟◎蓋◎長◎川◎，陳◎卒◎被◎隰◎坰
◎。

(3)其三：朝◎發◎鄴◎都◎橋◎，暮◎濟◎白◎馬◎津
◎。

(1)利用對偶描寫涼風使秋天充滿殺伐之氣，主管刑法的官
吏告知是明察用刑的季節。結構整齊勻稱，音調和諧順口，能
加強語言的表達。(2)用對偶寫出水上戰船多得蓋滿了江面，陳
列的士卒遍布郊野的景象。用整齊的文字美顯現雄壯的軍容。
(3)寫軍隊早晨從鄴都橋出發，晚上便度過了白馬津。透過對
偶，這一早一晚的映襯，更突顯出來。《現代漢語修辭學》
言：

> 對偶的作用主要是借助整齊的句式和和諧的音調，把事
> 物之間的對稱、對立，乃至相關的意思鮮明地表現出
> 來，以加強感人的力量。[12]

《說服技術》一書說：「思想之發生與改變則主要係由
於語言或文字所引起。」[13]透過對偶這樣的字句藝術形式，
對讀者思考的影響力增強，吸引讀者想見當時兵力強大，軍隊
盛大迅捷的壯闊場面。

（二）摹寫

(1)其二：涼◎風◎屬秋節，司典告詳刑。

(2)其二：泛◎舟◎蓋◎長◎川◎，陳◎卒◎被◎隰◎坰

◎。

(3)其四：連◎舫◎踰◎萬◎艘◎，帶◎甲◎千◎萬◎人
◎。

　　(1)是摹寫觸覺。(2)是視覺上的摹寫。(3)連接「左右望我
軍」而來，也是視覺上的摹寫。(2)和(3)同時用了誇飾，誇張的
形容出行役所見，隊伍遼闊浩大的情形。運用摹寫將作者對於
事物情狀的感受栩栩如生地表達出來，由於誇飾的使用，使得
雖然不符合事實卻可以讓讀者信以為真，讓磅礡的氣勢呈現出
來。摹寫格的使用，給予讀者觸覺和視覺上的感受，增強語言
的形象性和生動性，留下深刻的印象。

　　奧斯古（Osgood, 1954）對於大眾傳播的模式，曾下了以
下的定義：

> 任何適當的模式至少包括兩個傳播單位，一個來源單位
> （說話者）和一個目的地單位（接收者）。在任何像這樣
> 兩個單位之間，連接兩個單位成為單一的系統，就是我
> 們所稱的訊息。[14]

　　像文學作品一類，奧斯古認為是書面傳播的「訊息」。摹
寫格可以說是作者傳達自己對於自然和人生現象感受的直接方
法，透過描摹聽覺、嗅覺、味覺、觸覺、視覺，文學家把主觀
關照下的客觀世界重現出來。由於直接刺激了讀者的耳目鼻舌
身等感官，使文學作品富於「感覺性」，就達成良好的傳播效
果。王粲此處就是運用摹寫，使讀者產生鮮明的印象。

　　此五首詩作，運用對偶呈現優美的文字形式，使用摹寫細

緻的描繪征途中所見所聞，將軍隊成千上萬的浩大情景刻劃得燦爛而具體。

三、「說明戰勝的優點和重要性」 所使用的修辭技巧

（一）映襯

(1)其一：徒◎行◎兼◎乘◎還，空◎出◎有◎餘◎資◎。

(2)其二：日月不◎安◎處◎，人誰獲◎常◎寧◎？

(3)其三：身◎服◎干◎戈◎事◎，豈得念◎所◎私◎？

(4)其三：即戎有◎授命，茲理不◎可◎違。

使用相反的對立，可反映出事物的真相，烘托出事物的真理，從以上之例便可看出。(1)寫出去時是徒步行走，回來時駕著兩輛戰車，口袋空空地出征，回來財物富裕。對比出出去時和打勝仗之後的不同，將戰勝後的風光情景描寫得十分逼真，情形動人。(2)寫若是不打仗則日月都不能安定，誰能獲得安寧。反映出不能安居和長治久安的天壤之別，更深刻地突顯出渴望平安之情。(3)寫肩負軍戎職責，哪裡能夠繫念個人私事？藉著一公一私的相對觀點，矛盾地說明「公」的重要。(4)寫在戰爭中隨時準備獻出生命，這個道理不可違背。用「有」和「不可」，對立而統一的逼近所欲表達的真理。

《大眾傳播學理》中指出使群眾著迷的因素有三點：制約、萬能、安全感[15]。這裡就是用不打仗和打仗後，物資生活

的差異來制約讀者，使讀者著迷於作戰。而且此類內容中大量鋪敘戰勝的益處：陳設的獎品、犒賞的酒肉、財物的富裕、歌舞的娛樂，甚至最後提出可以心想事成，都運用了「萬能」此一迷人的心理因素。(2)例使用了「安全感」此一令人著迷的因素，利用人們對於長久的安和樂利生活的企盼，強化作戰的必要和勝利的重要。(3)、(4)藉由一再的說明，來彰顯軍人為國犧牲的崇高意義，形成一種制約，彷彿是一種不須懷疑的道理。

　　我國第一部詩歌總集《詩經》中已經有軍戎詩的作品，如〈豳風〉中的〈破斧〉，內容主角為久戰歸來的士兵，慶幸自己沒有戰死，深刻地表達了厭戰的心態。另外如此詩中引用的〈東山〉，也是《詩經》中此類作品，內容也是說出人民對和平生活的嚮往。《楚辭·國殤》中描寫戰爭激烈的場面，並且哀悼捐軀的戰士。從其以前的作品可看出，王粲此五首詩內容相當獨特，表現主題採取和樂歌頌的方式，既沒有描寫戰爭中橫屍遍野的可怕場面，也沒有厭戰的情緒，就算是幾乎完全表達戰士哀傷的思親情感的第三首，最後也以勉勵自己不可顧念私事為結，明顯地知道並非沿著《詩經》和《楚辭》的傳統。

　　《軍事心理》在第七章「軍事管理之心理原則」中言：

> 軍人的理想便包含許多難能可貴的品質，如勇氣、毅力、忠心、與自我犧牲等等，此種高尚理想常有文字予以歌頌，……凡一切有害於軍人之生活現象，如殘酷、艱苦、焦慮等等皆不加以討論，而其冒險及其他一切優美因素則予以盡量加以描寫。因此軍人的生活遂與一切聖潔和美麗的事物發生聯絡，而形成一組可貴的價值。[16]

可見王粲深諳此原則，懂得如何利用詩作達成軍事管理的目標，使軍隊中的士兵在心理上得到神聖美好的感受。

（二）示現

(1)其一：陳◎賞◎越◎丘◎山◎，酒◎肉◎踰◎川◎坻◎。

(2)其一：軍◎人◎多◎飫◎饒◎，人◎馬◎皆◎溢◎肥◎。

(3)其一：徒◎行◎兼◎乘◎還◎，空◎出◎有◎餘◎資◎。

(4)其一：拓◎地◎三◎千◎里◎，往◎返◎速◎若◎飛◎。

(5)其一：歌◎舞◎入◎鄴◎城◎，所願獲無違。

這五個例子都是在征伐張魯成功後，用追述示現的方式，透過豐富的想像，運用形象化的語言，將事物描寫得如在目前，活靈活現，讓讀者猶如親歷其境一般。(1)寫陳設的獎品高過了山丘，犒賞的酒多過河川，肉豐盛過高地。用示現筆法將當時榮耀的狀況描繪的狀溢目前。(2)寫軍人都吃得豐盛，人和馬都健壯。將富庶的景況躍然紙上。(3)寫出去時是徒步行走，回來時駕著兩輛戰車，口袋空空地出征，回來財物富裕。對比出戰勝後的歡天喜地。(4)寫開拓領土三千多里，往返快速像在飛行一般。配合誇張的譬喻，使出征的動作、速度，以及開拓領土的面積，具體地浮現面前。(5)寫進入鄴城享受歌舞音樂的娛樂，心裡所希望的都能如願。寫出在鄴城歌舞娛樂之景，激發讀者對於勝利的歡欣鼓舞，產生無限的嚮往。

《政治傳播》在「大眾媒介的政治效果」一節中言：

> 傳播媒介對人們政治認知方面的影響包括了充實人們政
> 治知識、促成迷惘與澄清局勢、形成態度、引導設定、
> 擴大信仰系統的領域與塑造價值觀念等不同面向。[17]

　　王粲在作品此一政治媒介中便借用追述示現，使民眾想像到勝利的優點，在心中建構勝利時的景象，形成對於戰爭獲勝的肯定態度，引導人民希望成功的信仰和價值觀。

　　總括來說，此類說明戰勝優點和重要性的內容，是符合大眾興趣[18]的，他了解大眾興趣後，以此內容來引人注意，使之受人歡迎。

四、「抒發征途中思念親人及哀傷的情感」所使用的修辭技巧

（一）類疊

　　(1)其二：拊襟倚舟檣，眷◎眷◎思鄴城。
　　(2)其三：蟋蟀夾岸鳴，孤鳥翩◎翩◎飛。
　　(3)其五：悠◎悠◎涉荒路，靡◎靡◎我心愁。
　　(4)日夕涼風發，翩◎翩◎飄吾舟。

　　將兩字或兩字以上重疊使用，可使得聲調鏗鏘，韻味新奇。(1)以「眷眷」寫征夫念念不忘地思想著鄴城。使得情意纏綿，依依之情從此表現出來。(2)以「翩翩」寫孤鳥在天空翩翩

盤旋。道出飛翔時孤單優雅的意境。(3)以「悠悠」寫道路的漫長和荒涼，以「靡靡」點出作者心愁。聲諧義恰，營造出孤寂悲涼的氛圍。(4)以「翩翩」寫颺起微涼寒風，飄動船舟之貌。借用聲音的感覺來表現當時的氣氛。

疊字的使用效果，《修辭類說》曾言有下列兩種：

> 一、藉聲音的繁複增進語感的繁複。二、藉聲音的和諧張大語調的和諧。[19]

正因聲音的繁複和和諧，讀之使人加深印象，又能幫助記憶，所以易記易念。《文化傳播》一書中認為文化傳播的歷程包含：認知歷程、語文歷程、和非語文歷程。對於語文歷程，有如下之說明：

> 語言是一種獲得普遍認同，必須學習而來的組織化符號系統，語言可代表某個地理或文化區內的人類經驗，也是傳遞文化的主要工具。藉由語言的使用，人可與同一文化的成員互相聯繫及互動。[20]

疊字易記好念的特性，正可以幫助認同，並且因容易學習，也可以促使容易傳達和讓對方明白，使同一文化的成員互動良好。

（二）雙關

(1)蟋蟀夾岸鳴，孤◎鳥◎翩◎翩◎飛◎。
(2)城◎郭◎生◎榛◎棘◎，蹊◎徑◎無◎所◎由◎。

(3)萑◎蒲◎竟◎廣◎澤◎，葭◎葦◎夾◎長◎流◎。

　　用雙關法使語意隱含，讓讀者自行解迷，領會言外之意，而感到作者的別出心裁。(1)例除寫出眼前見到一孤鳥飛翔，也隱含自己也是孤單在外征戰之意。產生很別致的韻味。(2)寫城鎮都長滿了榛木荊棘，連小路都已經無法通行。隱含作戰許久，民生潦倒，成功之日遙遙無期的感嘆。雙關得十分隱微。(3)寫萑蒲等野草遍及浩渺水澤，蒹葭蘆葦在長形水流兩岸生長。暗示成功之路的艱難，寄情巧妙。

　　《生活語言學》在「一般語用藝術」中提到語用藝術必須「少談自己的事。」[21] 因為「別人」對於作者自己的事，大多少有興趣聆聽。王粲此處一方面兼及此種語言藝術，另一方面也是因為身為侍中，對於戰爭必須「美其事」，所以關於行役愁苦、生民塗炭、成功無期等等反面事件，必須加以隱藏，故用寫眼前之景，雙關其他意涵。

　　此類述說哀傷之情的內容，有一值得注意之處：

　　其二：征夫懷親戚，誰能無戀情？拊襟倚舟檣，眷眷思鄴城。哀彼東山人，喟然感鸛鳴。

以「日月不安處，人誰獲長寧？」作結。

　　其三：從軍征遐路，討彼東南夷。方舟順廣川，薄暮未安坻。白日半西山，桑梓有餘暉。蟋蟀夾岸鳴，孤鳥翩翩飛。征夫心多懷，惻愴令吾悲。下船登高防，草露沾我衣。迴身赴床寢，此愁當告誰？

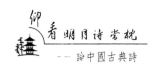

以「身服干戈事，豈得念所私？」作結。

　　其五：悠悠涉荒路，靡靡我心愁。四望無煙火，但見林
　　與丘。城郭生榛棘，蹊徑無所由。雚蒲竟廣澤，葭葦夾
　　長流。日夕涼風發，翩翩飄吾舟。寒蟬在樹鳴，鸛鵠摩
　　天遊。客子多悲傷，淚下不可收。

　　以「詩人美樂土，雖客猶願留」作結。在寫情之後都用應
該拋卻私情收束，可見其所欲表達的真正想法。《深層說服術》
在「除去成見的攻心說服術」之三就提到要先誇張彼此之間細
微的共同點，然後暗示相互間的差異[22]。王粲此處就是先以
「誰能無戀情」的普遍性，來說明自己和所有軍人一樣會思念
故鄉、親人，拉近和其他人的距離，使自己和對方站在同一線
上之後，使對方解除警戒心，然後再說出自己不同的想法，從
而改變想法，相信軍人捍衛國土的重要。

五、「表明自願從軍為國效力的堅決勇氣」所使用的修辭技巧

（一）譬喻

　　(1)其一：禽◎獸◎憚為犧，良◎苗◎實已揮。
　　(2)其二：夙夜自怵惕，思◎逝◎若◎抽◎縈◎。
　　(3)其四：恨我無時謀，譬◎諸◎具◎官◎臣◎。
　　(4)其四：雖無鉛◎刀◎用，庶幾奮薄身。

　　藉由兩者之間的相似點，經過譬喻使得抽象的情感和道理變得生動。(1)寫自己像禽獸一樣怕作祭品，但是丞相的恩澤像陽光雨露般滋潤著我這禾苗。前者以禽獸害怕作祭品來形容自己同樣害怕犧牲，十分生動。後者以「良苗」藉喻自己，暗示出自己正如同好的禾苗，接受丞相的恩澤之後，獲得滋潤，將有所成長，極思貢獻。充分表露了他的心意。(2)寫想要立功回報的心，使作者早晚慷慨激烈，思緒綿長如同抽取蠶絲。將情感的豐富悠長藉由譬喻手法展現。(3)寫他痛恨自己沒有合時的計策，好像只是具備官職的無能之士。形容出作者的感慨，有利於讀者去體會其情緒。(4)寫自己雖無微弱的才能，但願奮不顧身。以「鉛刀」藉喻自己的力量微薄，連不鋒利的刀都不像，使得抽象難懂的情緒，因此具體易懂的事物得到理解。

　　《傳播理論》：

　　　　宣傳就廣義而言是藉由控制人們心中的具象以達影響人
　　　　類行為目的的技術。這些具象可以語言的、文字的、圖
　　　　畫的或音樂的形式呈現。[23]

　　譬喻法的使用，正可以使文字更具象，更容易讓人們明白，使宣傳的效果更理想。此外，若從《戰爭心理學》來看王粲此處一直表現出害怕自己沒有能力為國盡忠和強烈的犧牲精神，這是可以理解的，正說明了人類趨向戰爭的動機[24]，而這裡也藉由文字來引發他人趨向戰爭。

（二）用典

　　(1)孰覽夫子詩，信知所言非。

(2)許歷為元士，一言獨敗秦。

(3)我有素餐責，誠愧〈伐檀〉人。

《表達的藝術》提出引用有七項功能：一、言簡意賅。
二、美化語言。三、豐富內涵。四、增添趣味。五、建立權
威。六、供給佐證。七、製作譬喻[25]。已經點出其效果。(1)寫
仔細閱讀孔夫子詩，確實知道他所說的是不對的。批駁清高的
隱士，否定孔子想要隱居的志向。由批評中國重要思想家，來
樹立自己的權威。(2)寫許歷雖然只是一般平民，但憑幾句話就
打敗了秦軍。用許歷這個人物映襯出自己雖有官職卻愧對國家
的不安。用許歷的典故，提供平民也可立大功的證據，不難體
會出勉勵之意。(3)引用詩經〈伐檀〉，來說明自己無功受祿，
非常慚愧。用熟悉的作品，言簡意賅地讓人理解其中涵義，典
雅而有力。

《戰爭心理學》對於宣傳的做法，其中即有「引證法」一
項[26]。王粲就是借助用典來說明自己願為國效力的勇氣，增加
說服力，從自己的例子使國內大眾確信作戰目標的正確，並保
持戰鬥精神，建立強烈的對自己方面的向心力，提高我方士
氣，增加內部的團結感。

第四節　結　語

尼謀將政治傳播過程分為：

一、政治傳播者。二、使用語言、符號、技術等。三、

透過政治傳播的媒介。四、達到政治中不同的觀眾。以
及五、傳播在政治中的效果。[27]

　　王粲身為軍隊中的侍中，可以說是政治傳播者，利用文字
寫成〈從軍詩〉，即是政治傳播的媒介，將其理念傳達給士兵
和一般人民，從而激發群眾情緒、動員群眾，以爭取戰爭成
功。

　　他如何包裝此一媒介，達成良好的聯繫和溝通效果呢？從
上文之探析，便可以發現其運用修辭學和傳播理論、心理學的
情形。然而由於修辭技巧眾多，難免有遺珠之憾，且因篇幅有
限，各大類下之小類無法一一細分，每一部分內容所採用的修
辭技巧也多，此文僅能各舉用兩類作為分析。如此看來，王粲
〈從軍詩〉在使用修辭學美化文學作品以吸引讀者後，並且針
對讀者心理，達成傳播的目的上，是相當成功的。

　　從此文也可以了解，修辭學對於人際溝通和互動上的幫
助，而傳播理論也可以用來探討文藝作品在傳播上的效果、社
會上流動的情形，以及文化傳遞和適應等等面向。

【參考書目】

一、書籍類（依照出版年排列）

（一）《昭明文選》類

《昭明文選詩集》（清），孫人龍輯。

《歷代詩文總集‧文選注》，楊家駱主編，台北：世界，1962年。

《昭明文選通段文字考》，李鎏撰，台北：嘉新水泥，1964年。

《昭明文選李善注引左傳考》，周謙撰，台北：撰者自出版，1970年。

《昭明文選論文集》，劉盼遂等撰，台北：木鐸，1976年。

《評註昭明文選》（梁），蕭統撰，台北：學海，1977年。

《古迂書院刊本增補六臣注文選》，台北：漢京，1980年。

《文選》（梁），昭明太子撰，台北：文化，1989年。

《昭明文選新解》，李景榮編著，台北：暨南，1990年。

《昭明文選雜述及選講：選學椎輪初集》，屈守元著，台北：貫雅，1990年。

《昭明文選譯注》，陳宏天、趙福海、陳復興，台北：建宏，1994年。

《新譯昭明文選》，周啟成等注譯，台北：三民，1997年。

《昭明文選斠讀》，游志誠、徐正英著，台北：駱駝，1995年。

《昭明文選李善注拾遺箋識》（清），王煦拾遺，台北：暨南，1996年。

《昭明文選學術論考》，游志誠著，台北：臺灣學生，1996年。

（二）王粲類

《王粲集》（東漢）王粲著，俞紹初校點，北京：中華，1980年。

《王粲集注》吳云，唐紹忠編輯，河南：中州書畫社，新華書店發行，1984年。

（三）台灣、日本：修辭學類

《修辭法講話》，佐佐政一著，日本：明治，1921年。
《實用修辭學》，郭步陶撰，台北：世界，1934年。
《修辭學》，鄭業建撰，台北：正中，1946年。
《修辭學講話》，陳介白著，台北：啟明，1958年。
《修辭學》，傅隸樸著，台北：正中，1969年。
《修辭學論叢》，洪北江主編，台北：樂天，1970年。
《修辭學發微》，徐芹庭，台北：台灣中華，1971年。
《修辭學》，黃慶萱著，台北：三民，1975年。
《實用修辭學》，林月仙，台北：偉文，1978年。
《修辭學研究》，陳介白等撰，台北：信誼，1978年。
《修辭析論》，董季棠著，台北：益智，大中國經銷，1981年。
《活用修辭》，吳正吉，高雄：復文，1984年。
《修辭及華文》，文部省編，台北：青史社，1986年。
《古漢語語法與修辭研究》，何淑貞，台北：福記，1987年。
《修辭學發凡》，陳望道著，台北：文史哲，1989年。
《表達的藝術》，蔡謀芳，台北：三民，1990年。

《語法與修辭》，張志公、劉蘭英等主編，台北：新學識文教，1990年。

《文心雕龍與現代修辭學》，沈謙，台北：益智，1990年。

《現代漢語修辭》，黎運漢、章維耿，台北：書林，1991年。

《修辭學》，沈謙編，台北：空中大學，1991年。

《修辭散步》，張春榮著，台北：東大，1991年。

《修辭方法析論》，沈謙著，台北：宏翰，1992年。

《實用修辭學》，關紹箕著，台北：遠流，1993年。

《修辭新天地》，譚全基著，台北：書林，1993年。

《修辭精華百例》，譚全基著，台北：書林，1993年。

《日本語修辭學》，陸松齡著，台北：亞太，1994年。

《文章例話》，周振甫著，台北：五南，1994年。

《修辭萬花筒》，張春榮著，台北：駱駝，1996年。

《修辭行旅》，張春榮著，台北：東大，1996年。

《修辭概要》，張志公著，台北：書林，1997年。

《修辭常見的毛病》，吳燈山作，台北：光復，1997年。

《英語修辭學》，顏靄珠、張春榮著，台北：文鶴，1997年。

《修辭助讀》，胡性初編著，台北：書林，1998年。

《中國現代修辭學通論》，吳禮權著，台北：臺灣商務，1998年。

《修辭作文技巧》，張三通著，台北：經史子集，1999年。

《修辭論叢》，中國修辭學會，台北：洪葉，1999年。

（四）大陸：修辭學類

《修辭概要》，張瓖一著，中國語文學社，1971年。

《修辭新例》，譚正璧編著，中國語文學社，1971年。

《修辭概要》，張志公著，上海教育，1982年。

《修辭學習》，復旦大學，中國語言文學，復旦大學，1982年。

《修辭漫議》，黃漢生著，書目文獻，1983年。

《修辭學》，李維琦編著，湖南人民，1986年。

《文學和語文裡的修辭》，楊子嬰、孫方銘、王宜早著，香港：麥克米倫，1987年。

《修辭學研究》，中國華東修辭學會編，語文，1987年。

《修辭學發凡》，陳望道著，上海書店，1990年。

《修辭學通詮》，王易著，上海書店，1990年。

《修辭的理論與實踐》，中國修辭學會編，語文出版，新華發行，1990年。

《修辭通鑑》，成偉鈞、唐仲揚、向宏業，中國青年，1991年。

《詩歌修辭學》，古遠清、孫光萱著，湖北教育，1997年。

（五）傳播理論類

《新聞與傳播》，鄭貞銘著，台北：正中，1973年。

《大眾傳播學理》，鄭貞銘著，台北：華欣，1974年。

《大眾傳播心理學》，張慈涵著，台北：鳴華，1975年。

《政治傳播》，彭芸著，台北：巨流，1986年。

《傳播理論》（*Communication Theories*），Werner J. Severin, James W. Tankard, Jr.著，孟淑華譯，台北：五南，1995年。

《文化傳播》，黃葳威著，台北：正中，1999年。

Nimmo, Dan *Political Communication Theory and Research: An Overview*, in Brent Ruben（Ed.），Communication Yearbook, Vol.1, 1976, p. 442.

（六）戰爭理論類

《軍事心理》，蕭孝嶸著，台北：正中，1941年。

《戰爭藝術》（*The Art of War*），Baron De Joinini原作，鈕先鍾譯，台北：武學，1954年。

《戰爭心理學》，黎聖倫著，台北：幼獅，1964年。

《戰爭心理學》，勞倫斯·雷山著，劉麗真譯，台北：麥田，1995年。

（七）其他

《漢語音韻學》，董同龢，台北：文史哲，1965年。

《說服技術》，J. A. C. Brown著，周恃天譯，台北：黎明，1971年。

《生活語言學》，鹿宏勛、周明資著，台北：華欣，1979年。

《戰爭詩選注》，無谷、劉卓英選注，北京：書目文，1984年。

《古音學入門》，林慶勳、竺家寧著，台灣學生，1989年。

《詩歌分類學》，古遠清，高雄：復文，1991年。

《歷代詩話論作家》，常振國、降雲編，台北：黎明，1993年。

《詩韻集成》，陳仕華，台北：學海，1993年。

《深層說服術》，日本多湖輝著，陸明譯，台北：大展，1995年。

二、學位論文
（博士論文置前，依照畢業學年度排列）

（一）文選類

〈文選學新探索〉，游志誠博士，東吳大學中國文學研究所，1988年。

〈昭明文選與玉臺新詠之比較研究〉，顏智英碩士，國立臺灣師範大學中國文學研究所，1990年。

〈《文選》選詩研究〉，楊淑華碩士，國立臺灣師範大學國文研究所，1992年。

〈文選贈答詩類的流變研究〉，江雅玲碩士，淡江大學中國文學系學年度，1997年。

〈王粲詩賦情志之研究〉，陳協志碩士，輔仁大學中國文學系研究所，1998年。

〈文選李善注訓詁釋語「通」與「同」辨析〉，李秀娟碩士，輔仁大學中文系，1998年。

〈文選學新探索〉，游志誠博士，東吳大學中國文學研究所，1988年。

〈昭明文選與玉臺新詠之比較研究〉，顏智英碩士，國立臺

灣師範大學中國文學研究所，1990年。

〈《文選》選詩研究〉，楊淑華碩士，國立臺灣師範大學國文研究所，1992年。

〈文選贈答詩類的流變研究〉，江雅玲碩士，淡江大學中國文學系，1997年。

〈王粲詩賦情志之研究〉，陳協志碩士，輔仁大學中國文學系研究所，1998年。

〈文選李善注訓詁釋語「通」與「同」辨析〉，李秀娟碩士，輔仁大學中文系，1998年。

（二）修辭學類

〈杜詩修辭藝術之探究〉，林春蘭碩士，高雄師範大學中國文學研究所，1984年。

〈中國語文特性造成文學遊戲性質之研究——從遊戲觀點探討運用中國語文特性的文學修辭現象〉，陳姿蓉碩士，國立政治大學中國文學研究所，1996年。

〈王構修辭鑑衡研究〉，王妙櫻碩士，東吳大學中國文學研究所，1986年。

三、期刊論文（依照時間排列）

（一）文選類

〈文選李善註引詩考〉，丁履譔，《師大國文研究所》，1969年。

〈文選和昭明太子蕭統〉，章江，《中國文選》卷期91，

頁193-200，1974年。

　　〈文選正變格詩欣賞舉隅〉，王令樾，《輔仁國文學報》卷期8，頁31-70，1992年。

　　〈文選李善注新探〉，徐華中，《勤益學報》卷期10，頁125-138，1992年。

　　〈王粲登樓賦〉，江舉謙，《明道文藝》卷期229，頁28-37，1995年。

　　〈「文選」選詩呈現之詩體概念〉楊淑華《臺中師院學報》卷期9，頁137-167，1995年。

　　〈試論「文選」的"七"類〉，張福政，《勤益學報》卷期14，頁351-356，1996年。

　　〈文選「序」類研究〉，蒲彥光，《大陸雜誌》卷期94：4，頁28-37，1997年。

（二）修辭類

　　〈中學修辭講座——誇飾的解說與活用〉蔡宗陽，《國文天地》卷期9：4＝100，頁83-87，1993年。

　　〈誇飾修辭教學探討〉，鄭同元，《國語文教育通訊》卷期9，頁55-68，1994年。

　　〈修辭學新圖象〉，周慶華，《基督書院學報》卷期3，頁75-89，1996年。

　　〈「誇張」修辭格（上）〉，黃麗貞，《中國語文》卷期82：3＝489，頁15-21，1998年。

　　〈「誇張」修辭格—下，黃麗貞，《中國語文》卷期82：4＝490，頁28-32，1998年。

　　〈略論傳統文化與修辭格的結構效應〉，邱飛廉，《語文建

設通訊》卷期55，頁55-60，1998年。

〈由「複疊」修辭格看字詞重複的運用〉：The Repetitious Uses of Words as Seen from the Figure of Speech, "Repetition"黃麗貞，《中國現代文學理論》卷期11，頁324-337，1998年。

〈修辭理論與作文教學〉，蔡宗陽，《人文及社會學科教學通訊》卷期9：3＝51，頁52-62，1998年。後收錄於（《專輯：修辭理論與語文教學》)

〈活用現成的「仿擬」修辭〉：Flexible Uses of the Ready-Made Figure of Speech, "Imitation"黃麗貞，《中國現代文學理論》卷期12，頁484-502，1998年。

〈疊字的修辭功用〉，高平平，《中國語文》卷期83：6＝498，頁47-51，1998年。

〈關於「互文」與「錯綜」修辭格的辨析〉，涂釋仁，《中國語文》卷期84：2＝500，頁37-40，1999年。

〈論詞性修辭〉：On Parts of Speec hand Their Rhetorical Functions，金正起，《中國現代文學理論》卷期13，頁35-53，1999年。

〈海峽兩岸修辭學研究的比較〉，蔡宗陽，《修辭通訊》卷期1，頁27-33，1999年。

〈作文與修辭〉，黃慶萱，《修辭通訊》卷期1，頁25-26，1999年。

（三）其他

〈南朝邊塞詩的類型〉，王文進，《中外文學》卷期20：7＝235，頁104-117，1991年。

〈邊塞詩義界之相關問題的一個思索〉，岑子和，《問學集》

卷期3，頁1-18，1993年。

〈唐代邊塞詩黃昏回歸主題的情感結構〉，侯迺慧，《文史哲學報》卷期50，頁39-57，1999年。

【附錄一】 王粲〈從軍詩〉作品

其一：

> 從軍有苦樂，但問所從誰？所從神且武，焉得久勞師？
> 相公征關右，赫怒震天威。一舉滅獯虜，再舉服羌夷。
> 西收邊地賊，忽若俯拾遺。陳賞越丘山，酒肉踰川坻。
> 軍人多飫饒，人馬皆溢肥。徒行兼乘還，空出有餘資。
> 拓地三千里，往返速若飛。歌舞入鄴城，所願獲無違。
> 盡日處大朝，日暮薄言歸。外參時明政，內不廢家私。
> 禽獸憚為犧，良苗實已揮。不能效沮溺，相隨把鋤犁。
> 孰覽夫子詩，信知所言非。

其二：

> 涼風厲秋節，司典告詳刑。我軍順時發，桓桓東南征。
> 泛舟蓋長川，陳卒被隰坰。征夫懷親戚，誰能無戀情？
> 拊襟倚舟檣，眷眷思鄴城。哀彼東山人，喟然感鸛鳴。
> 日月不安處，人誰獲常寧？昔人從公旦，一徂輒三齡。
> 今我神武師，暫往必速平。棄余親睦恩，輸力竭忠貞。
> 懼無一夫用，報我素餐誠。夙夜自恌性，思逝若抽縈。
> 將秉先登羽，豈敢聽金聲？

其三：

> 從軍征遐路，討彼東南夷。方舟順廣川，薄暮未安坻。
> 白日半西山，桑梓有餘暉。蟋蟀夾岸鳴，孤鳥翩翩飛。
> 征夫心多懷，惻愴令吾悲。下船登高防，草露沾我衣。
> 迴身赴床寢，此愁當告誰？身服干戈事，豈得念所私？
> 即戎有授命，茲理不可違。

其四：

> 朝發鄴都橋，暮濟白馬津。逍遙河堤上，左右望我軍。
> 連舫踰萬艘，帶甲千萬人。率彼東南路，將定一舉勳。
> 籌策運帷幄，一由我聖君。恨我無時謀，譬諸具官臣。
> 鞠躬中堅內，微畫無所陳。許歷為完士，一言獨敗秦。
> 我有素餐責，誠愧伐檀人。雖無鉛刀用，庶幾奮薄身。

其五：

> 悠悠涉荒路，靡靡我心愁。四望無煙火，但見林與丘。
> 城郭生榛棘，蹊徑無所由。雚蒲竟廣澤，葭葦夾長流。
> 日夕涼風發，翩翩飄吾舟。寒蟬在樹鳴，鸛鵠摩天遊。
> 客子多悲傷，淚下不可收。朝入譙郡界，曠然消人憂。
> 雞鳴達四境，黍稷盈原疇。館宅充廛里，女士蒲莊馗。
> 自非聖賢國，誰能享斯休。詩人美樂土，雖客猶願留。

【附錄二】 王粲〈從軍詩〉內容分析

從王粲此五首詩內容表現來看，有下列幾種：

（一）歌頌將領君王英明，軍功偉大

其一：

從軍有苦樂，但問所從誰？所從神且武，焉得久勞師？
相公征關右，赫怒震天威。一舉滅獯虜，再舉服羌夷。
西收邊地賊，忽若俯拾遺。

這裡主在稱頌領袖的英明和軍功的偉大，說明從軍出征有苦有樂，但是要看是跟隨何人，像我們隨著神明武勇的曹操，一同出征又哪裡會有長時間勞動軍旅的痛苦？將軍曹操征討關右，赫然憤怒震動天地。一戰便戰勝了獫狁，再戰降服羌族。向西收拾邊域的賊匪，輕鬆快速地就如同是彎腰撿拾物品。

其二：

昔人從公旦，一徂輒三齡。今我神武師，暫往必速平。

讚頌我方軍隊的強大，用今昔對照的方式，表達古人跟隨周公征討，一去就是三年之久，而現在我們的神武大軍將會很快地得勝。拿古代賢人來映襯，更顯得我軍的優秀。

其四：

率彼東南路，將定一舉動。籌策運帷幄，一由我聖君。

沿著東南向的道路前進征伐，將要定下一舉成功的勳業。
在軍帳中策劃謀略的，全靠我們聖明的君王。此處直稱「聖
君」，可見讚揚君主之甚，而且將所有的籌劃，功勞皆歸諸於
君王。

其五：

> 朝入譙郡界，曠然消 。自非聖賢國，誰能享斯休。詩
> 人美樂土，雖客猶願留。

此為全詩之末，總結此五首詩。描述早晨進入譙郡地界，
寬闊的空間讓人消除了煩憂。四方有雞鳴，原野上充滿了黍稷
穀物。城市裡建滿了房舍，四通八達的大道上走著紅男綠女。
如果不是聖賢的家國，誰能享受這樣的安和樂利。我是多麼稱
美這片樂土，雖然是作客，仍希望常留此地。一方面敘述此地
和平繁榮的情景，也就是間接讚揚了軍功的偉大，說明了軍人
捍衛家園的重要，另一方面又再次稱揚國家是聖賢之國，也就
是國君領導有方，是賢明的王上。

（二）描寫征途景色，敘寫軍容壯盛

其二：

> 涼風屬秋節，司典告詳刑。我軍順時發，桓桓東南征。
> 泛舟蓋長川，陳卒被隰坰。

描寫涼風使秋天充滿殺伐之氣，主管刑法的官吏告知是明
察用刑的季節。我們君王順應時令發兵，雄赳赳氣昂昂地向著
東南出征。水上戰船多得蓋滿了江面，陳列的士卒遍布郊野。

從此處可以想見當時兵力的強大，人數的眾多，軍隊浩浩蕩蕩出發的壯闊場面。

其四：

> 朝發鄴都橋，暮濟白馬津。逍遙河堤上，左右望我軍。
> 連舫踰萬艘，帶甲千萬人。

軍隊早晨從鄴都橋出發，晚上便度過了白馬津。逍遙漫步在河堤之上，左右望去都是我方大軍，接連的戰船超過萬艘，身穿冑甲的將士成千上萬。此處運用視覺上的描寫，誇張的形容出行役所見，隊伍遼闊浩大的情形。

（三）說明從軍的優點和重要性

其一：

> 陳賞越丘山，酒肉踰川坻。軍人多飫饒，人馬皆溢肥。
> 徒行兼乘還，空出有餘資。拓地三千里，往返速若飛。
> 歌舞入鄴城，所願獲無違。

此處說明從軍的好處：陳設的獎品高過了山丘，犒賞的酒多過河川，肉豐盛過高地，人和馬都健壯。出去時是徒步行走，回來時駕著兩輛戰車，口袋空空地出征，回來財物富裕。開拓領土三千多里，往返快速像在飛行一般。進入鄴城享受歌舞音樂的娛樂，心裡所希望的都能如願。這裡說盡當兵的優點，使人不禁也想從軍去了。

其二：

日月不安處，人誰獲常寧？

這裡再次強調從軍的必要，說明若是不打仗則日月都不能
安定，任何人都無法獲得安寧。

其三：

身服干戈事，豈得念所私？即戎有授命，茲理不可違。

主人翁在此提醒自己：肩負軍戎職責，哪裡能夠繫念個人
私事？在戰爭中隨時準備獻出生命，這個道理不可違背。又於
此處展現了從軍男兒為國家奉獻，不顧兒女私情的精神。

（四）抒發征途中思念親人及哀傷的情感

其二：

征夫懷親戚，誰能無戀情？拊襟倚舟檣，眷眷思鄴城。
哀彼東山人，喟然感鸛鳴。

直接說明出征的士兵懷念著親戚朋友，誰能沒有戀舊的感
情？表示這是人之常情。下面描寫征夫撫摸衣襟倚靠著檣杆，
念念不忘地思想著鄴城。可憐〈東山〉詩中的士卒，聽到鸛鳴
都感嘆嚮往凱旋的歸期。

其三：

從軍征遐路，討彼東南夷。方舟順廣川，薄暮未安坻。
白日半西山，桑梓有餘暉。蟋蟀夾岸鳴，孤鳥翩翩飛。
征夫心多懷，惻愴令吾悲。下船登高防，草露沾我衣。

迴身赴床寢，此愁當告誰？

　　跟隨著大軍，征途遙遠為的是討發東吳。戰艦順著廣闊的江流而下，將近黃昏還未靠岸。太陽已半落西山，桑梓樹上仍留有餘暉。蟋蟀在兩岸邊鳴叫著，孤鳥在天空翩翩盤旋。征夫心中思緒紛雜，悲涼悽愴。走下船艦登上堤防，草上的露水沾濕了我的衣裳。轉身就寢，這樣的哀愁能夠向誰訴說？此詩幾乎全為抒發感情之作，「心多懷」、「惻愴」、「悲」、「愁」等詞語皆直述出其內心的哀傷。

其五：

　　悠悠涉荒路，靡靡我心愁。四望無煙火，但見林與丘。
　　城郭生榛棘，蹊徑無所由。雚蒲竟廣澤，葭葦夾長流。
　　日夕涼風發，翩翩飄吾舟。寒蟬在樹鳴，鸛鵠摩天遊。
　　客子多悲傷，淚下不可收。

　　一開始就直接點出作者心愁。下面描述向四方望去沒有人煙，只見樹林和山丘。城鎮都長滿了榛木荊棘，連小路都已經無法通行。雚蒲等野草遍及浩渺水澤，蒹葭蘆葦在長形水流兩岸生長。夕陽西下之時，颳起微涼寒風，飄動了我的船舟。秋蟬在樹上鳴叫，鸛鵠大鳥在天空翱翔。仔細的述說著軍隊移動途中所見到蕭然蒼涼的景色，以及只有與自然景物相伴的情況，營造出孤寂悲涼的氛圍。結尾以悲傷的落淚收場，更使人感受到征途中的哀傷情緒。

（五）表明自願從軍為國效力的堅決勇氣

其一：

　　盡日處大朝，日暮薄言歸。外參時明政，內不廢家私。
　　禽獸憚為犧，良苗實已揮。不能效沮溺，相隨把鋤犁。
　　孰覽夫子詩，信知所言非。

　　表明自己願意報效國家的決心。白天身在朝廷之中，傍晚返回家中。在外參與開明的政事，對內也不荒廢家務。雖然像禽獸一樣怕作祭品，但是丞相的恩澤像陽光雨露般滋潤著我這禾苗。不能學習長沮、桀溺，相偕避世隱居只顧耕耘。仔細閱讀孔夫子詩，確實知道他所說的是不對的。內容中肯定從軍的成就，強調為國效勞是理所當然，甚至還批駁清高的隱士，否定孔子想要隱居的志向。

其二：

　　棄余親睦恩，輸力竭忠貞。懼無一夫用，報我素餐誠。
　　夙夜自怦怦，思逝若抽縈。將秉先登羽，豈敢聽金聲？

　　我將暫時拋開親人的恩惠，盡力獻出一片忠誠。只怕沒有一點用途，可以報答國家給我俸祿的德澤。想要立功回報的心，使我早晚慷慨激烈，思緒綿長如同抽取蠶絲。在戰場上，我要持箭奮勇地率先登上敵方陣營，哪裡敢聽鳴金收兵的號令？又再次表明意欲效忠國家的堅定態度和唯恐不能盡力的想法。

其四：

恨我無時謀，譬諸具官臣。鞠躬中堅內，微畫無所陳。
許歷為完士，一言獨敗秦。我有素餐責，誠愧伐檀人。
雖無鉛刀用，庶幾奮薄身。

作者在此重申自己雖無大用，但也要為國捐軀的決心。他痛恨自己沒有合時的計策，好像只是具備官職的無能之士。位置處在極重要的地方，卻連一點小小的謀略也沒有。許歷雖然只是一般平民，但憑幾句話就打敗了秦軍。用許歷這個人物映襯出自己雖有官職卻愧對國家的不安。下面引用詩經〈伐檀〉，來說明自己無功受祿，非常慚愧。最後總結自己雖無微弱的才能，但願奮不顧身。

古遠清《詩歌分類學》第三篇中由題材選取上劃分，其中一類為「軍旅詩」，其下的定義為：「以國防為識別標誌的軍旅詩，是以戰爭、軍人、部隊生活、軍事建設為表現對象的一種詩歌樣式。」[28]。綜觀王粲〈從軍詩〉五首，主題圍繞在說明從軍之重要性，讚美領袖英明，軍容壯盛，表明願效一己之力，從以上內容表現的分析，可見主要篇幅都集中在這些方面，是故這樣的主題自然符合了所謂的「軍旅詩」。此外，如楊師昌年也曾經將題材分為三十六類，根據上述內容來看，此五首詩即符合第九類：壯舉[29]。而此五首詩，《昭明文選》則置於「軍戎」類，雖然名稱上不同，實為同一題材。

【附錄三】 王粲〈從軍詩〉修辭表

	其一	其二	其三	其四	其五
設問	「焉得久勞師」	「誰能無戀情」「人誰獲常寧」「豈敢聽金聲」	「此愁當告誰」「豈得念所私」		「誰能享斯休」
排比	「一舉滅獯虜，再舉服羌夷」				
誇飾	「一舉滅獯虜，再舉服羌夷」「陳賞越丘山，酒肉踰川坻」「所願獲無違」	「泛舟蓋長川，陳卒被隰垌」「棄余親睦恩」		「連舫踰萬艘，帶甲千萬人」「將定一舉勳」「一言獨敗秦」	「淚下不可收」「雞鳴達四境，黍稷盈原疇」「館宅充廛里，女士蒲莊馗」
譬喻	「忽若俯拾遺」「往返速若飛」「良苗」	「思逝若抽縈」		「譬諸具官臣」「鉛刀」	
對偶	「陳賞越丘山，酒肉踰川坻」「軍人多飲饒，人馬皆溢肥」「禽獸憚為犧，良苗實以揮」	「涼風厲秋節，司典告詳刑」「泛舟蓋長川，陳卒被隰垌」	「白日半西山，桑梓有餘暉」	「朝發鄴都橋，暮濟白馬津」	「藿蒲竟廣澤，葭葦夾長流」「寒蟬在樹鳴，鸛鵠摩天遊」「雞鳴達四境，黍稷盈原疇」
示現	「陳賞越丘山，酒肉踰川坻」	「暫往必速平」「將秉先登羽」	「方舟順廣川，薄暮未安坻」	「將定一舉勳」「庶幾奮薄身」	
摹寫	「人馬皆溢肥」	「涼風」「泛舟蓋長川，陳卒被隰垌」	「方舟順廣川」「白日半西山，桑梓有餘暉」「蟋蟀夾岸鳴，孤鳥翩翩飛」「草露沾我衣」	「左右望我軍，連舫踰萬艘，帶甲千萬人」	「城郭生榛棘，蹊徑無所由」「藿蒲竟廣澤，葭葦夾長流」「寒蟬在樹鳴，鸛鵠摩天遊」「雞鳴達四境，黍稷盈原疇」

映襯	「徒行兼乘還，空出有餘貲」「外參時明政，内不廢家私」	「昔人從公旦，一徂輒三齡，今我神武師，暫往必速平」「日月不安處，人誰獲常寧？」	「身服干戈事，豈得念所私？即戎有授命，茲理不可違。」	「朝發鄴都橋，暮濟白馬津」	「客子多悲傷，淚下不可收，朝入譙郡界，曠然消人憂」
轉化	「禽獸憚為犧」				「鵾鵠摩天遊」
借代	「沮溺」	「陳辛」「金聲」	「干戈」	「帶甲」	「煙火」「客子」「黍稷」「詩人」
引用	「夫子詩」	「東山」「昔人從公旦」	「即戎有授命」	「許歷為完士，一言獨敗秦」「伐檀」「鉛刀」	
類疊		「桓桓」「眷眷」	「翩翩」		「悠悠」「靡靡」「翩翩」
雙關			「孤鳥翩翩飛」		「城郭生榛棘，蹊徑無所由」「葭蒲竟廣澤，葭葦夾長流」「鵾鵠摩天遊」
轉品	「乘」	「厲」「速」	「半」		「美」

　　限於篇幅，其中各類不細分小類，而且修辭格眾多，恐難免仍有遺珠。但從此表可知，此五首詩的運用修辭情況，變化多端，文采斑斕，技法靈活，詞藻十分豐富。

註　釋

1　台北：漢京，1980年7月初版。
2　台北：學海，1977年9月初版。
3　李景榮著，台南：暨南，1991年6月初版。
4　周啓成等注，台北：三民，1997年4月初版。

仰看明月詩當枕
——論中國古典詩

5 《戰爭藝術》(*The Art of War*),頁35-38,Baron De Joinini原作,鈕先鍾譯,台北:武學,1954年6月初版。

6 〈詠史詩〉:「自古無殉死,達人共所知。秦穆殺三良,惜哉空爾為。結髮事明君,受恩良不訾。臨沒要之死,焉得不相隨?妻子當門泣,兄弟哭路垂。臨穴呼蒼天,涕下如綆縻。人生各有志,終不為此移。同知埋身劇,心亦有所施。」

7 《深層說服術》,頁80-84,日本多湖輝著,陸明譯,台北:大展,1995年初版。

8 言語上的重複(repetition)在佛氏的研究中為一外顯的心理症狀。個體經由語言的重複可對自己加強某一觀念的合理性,儘管此一觀念對他而言很可能是外界所強加的意識型態,自我在盲目接受並反覆行使的狀態下其實不明所以。詳見Evans, Dylan. *An Introduction of Lacanian Psychoanalysis.* New York:Routledge, 1996. p. 164,文中除對於佛氏對repetition的原有解釋外,亦說明法國心理分析家拉崗(Jacques Lacan)對佛氏理論之補充與修正。拉崗的心理分析側重語言在個體的心智上所產生的影響,在他的理論中,重複的言語可視為個體對自己社會關係的堅持(the insistence)。

9 《大眾傳播心理學》,頁191,張慈涵著,台北:鳴華,1975年。

10 《詩歌修辭學》,頁306-328,古遠清、孫光萱著,台北:五南,1997年6月初版。

11 ◎處表示為用此格之處。

12 《現代漢語修辭》,頁146,黎運漢、章維耿著,台北:書林,1991年。

13 《說服技術》,頁1-28,J. A. C. Brown著,周恃天譯,台北:黎明,1971年出版。

14 《傳播理論》(*Communication Theories*),頁78-79,Werner J. Severin, James W. Tankard, Jr.著,孟淑華譯,台北:五南,1995年初版。

15 《大眾傳播學理》,頁110-114,鄭貞銘著,台北:華欣,1974年8月初版。

16 《軍事心理》,頁85-115,蕭孝嶸著,台北:正中,1941年4月初版。

17 《政治傳播》,頁112-116,彭芸著,台北:巨流,1986年9月初版。

18 除了上述所提三點外,《新聞與傳播》,頁12-17,鄭貞銘著,台北:正中,1973年12月初版。也說明大眾的興趣有十種:一、與個人利害有關的。二、金錢。三、異性。四、鬥爭。五、英雄崇拜。六、新奇。七、懸疑。八、同情心。九、發明與發現。十、犯罪。〈從軍詩〉說明戰勝優點和重要時,就利用了第一項到第五項。

19 《修辭類說》,頁171-177,文史哲編輯,台北:文史哲,1980年。

20 《文化傳播》,頁44-54,黃葳威著,台北:正中,1999年3月初版。

21 《生活語言學》,頁173-179,鹿宏勛、周明資著,台北:華欣,1979年。

22 《深層說服術》,頁76-79,日本多湖輝著,陸明譯,台北:大展,1995

年初版。

23　《傳播理論》（ *Communication Theories* ），頁160-164，Werner J. Severin, James W. Tankard, Jr.著，孟淑華譯，台北：五南，1995年初版。

24　《戰爭心理學》，頁93-126，勞倫斯・雷山著，劉麗真譯，台北：麥田，1995初版。「戰爭和心理需求」一章中提出人們趨向戰爭的四大動機：一、侵略的轉移。二、自我懷疑和自我憎恨的投射。三、生活中缺乏意義和目的。四、歸屬於某一群體的需求。王粲在此詩中即表達出第二項和第四項動機。

25　《表達的藝術》，頁95-108，蔡謀芳著，台北：三民，1990年12月初版。

26　《戰爭心理學》，頁127-140，黎聖倫著，台北：幼獅，1964年10月初版。將宣傳的做法，歸為一、簡化法。二、暗示法。三、稱名法。四、引證法。五、統計法。對於「引證法」一項，解說如下：「即引證史實或權威人士的言論，以加強對敵的仇恨及取得宣傳上的信任。如俄帝真理報發表反美論文，竟追逆至1917年的國際干涉，亦為美國所主使。」

27　Nimmo, Dan *Political Communication Theory and Research：An Overview,* in Brent Ruben（Ed.）Communication Yearbook, Vol.1, 1976, p.442.

28　頁281-296，高雄：復文，1991年9月初版。

29　頁15，《現代小說》，台北：三民，1997年5月初版。楊師是根據法國GeorgesPolti整理出一表，表中對於此類作了以下說明：

(1) 主要的即觀眾所同情的人物：勇敢的領袖。

(2) 其他必要人物：敵人（對象）。

(3) 細目：

　　甲、備戰。

　　乙、①戰事。②爭鬥。

　　丙、①劫奪一個所欲的對象或人物。②奪回那所欲的對象或人物。

　　丁、①冒險的遠征。②為了所愛的婦女而冒險。

——90年《第三屆中國修辭學國際學術研討會論文集》

第四章
嵇阮戰爭詩探析
兼論三國時代與唐代戰爭詩的轉變

提　要

　　本文將以三國末年到晉代初期正始文學的代表詩人——嵇康與阮籍為研究對象，探析此二人戰爭詩型態。建安文學中反映民生疾苦與追求建功立業的精神逐漸消失，卻產生對恐怖政治的接露與反抗，以及對死亡禍難隨時來臨的憂嘆；建安文學中慷慨奮發的進取精神也逐漸消退，代之而起的是否定現實、韜晦遺世的消極反抗思想；正始詩文中濃厚的老莊思想與風格的曲折含渾也與建安文學的明朗剛健截然有異。這種情形在嵇阮二人的作品中甚為明顯，尤其是單就戰爭詩的創作來看，更加顯著，所以在本文中，試圖將晚唐與三國末年的情形，對照之下，觀察戰爭詩在朝代末年的型態轉變。

關鍵詞：嵇康　阮籍　戰爭詩　晚唐詩　魏晉詩

第一節 前 言

　　從遠古以來，人們就運用各種方式進行戰爭，武器不斷地進步，從用石頭棍棒的戰爭，直到今日用不著擺開陣仗的「按鈕式」科學武器戰爭，人們用各式各樣的理由作為戰爭的藉口，於是千千萬萬的人投入這些比天災還要殘酷嚴酷的人禍裡，造成無數人喪失生命，無數家庭與親人離散，無數田園家產受到毀損。第一次與第二次世界大戰，全球發生戰爭，不論是戰勝國或戰敗國，無一不付出了慘重的犧牲與代價。我國在東漢和帝之後，外戚、宦官輪流專權，接連兩次黨禍，使得朝政日非，之後爆發黃巾之亂，接著三國鼎立，三國時代發生的重要戰役如：曹操破呂布、曹操定都許昌之戰、官渡之戰、孫策開拓江東、豫章之戰、赤壁之戰、劉備襲取漢中之戰、吳蜀荊州、夷陵之戰、蜀伐魏之戰、魏滅蜀之戰……等等，大小戰事不斷，三國時代就是這樣一個兵連禍結、家國殘破、民生凋弊的混亂時代，然而孕育了無數偉大的詩人。面對時代的戰爭頻仍、動盪不安，詩人們又是如何描寫呢，相信這是大家所關切的，最重要的是，希望經由研究戰爭詩，體察詩人們在身受戰爭之時，從犧牲中獲得了什麼教訓？「戰爭」在詩人心中有何意義？詩人對戰爭的認識又是什麼？詩人如何詮釋「戰爭」的真諦？戰爭詩如何表達戰爭背後的內容與境界？以喚醒人們對於「戰爭」這種暴力行為的覺醒，從戰爭詩中認識戰爭、吸取經驗，不再沈迷於「殘酷恐怖之美感」。

　　筆者的碩士學位論文研究的是「三國時代戰爭詩」，由於是針對三國時代戰爭詩作一個宏觀的研究，所以根據戰爭詩的

內容進行分類後分析，自然可以看出不同題材內容的戰爭詩在
表現內容與筆法上的不同，然而如此一來就缺乏對於個別作家
的戰爭詩風格作個別的評述，此點在論文口試之時，也被諸位
口試委員提出，建議筆者於日後能再針對當時的作家一一補
述，所以本文將以三國末年到晉代初期正始文學的代表詩人
——嵇康與阮籍為研究對象，探析此二人戰爭詩型態。

　　至於戰爭詩的定義，洪讚在其博士論文《唐代戰爭詩研
究》[1]中，首先對此議題有較深入之探析。洪讚對於「戰爭詩」
定義的說明是這樣的：

> 「戰爭詩」就是指描寫一切戰爭或與戰爭有關係的事物
> 的詩篇。[2]

　　由於筆者的學位論文對戰爭詩的定義，已經作了長篇幅的
討論與闡釋，在此僅簡要說明，不再贅述：由於凡是具有對抗
性的思想或行為，都屬於廣義之戰爭，所以只要詩中描寫內容
為具有對抗性的思想或行為，包括人與人、人與自然、人與自
己、物與物等等之間的對抗，皆是廣義之戰爭詩。狹義的戰爭
詩所描述的戰爭，則是就狹義的「戰爭」定義來說，是廣義的
「戰爭」中的一部分，必須是動員全國的人力、物力、財力與
智力，以求民族生存的戰鬥行為。在判斷一篇作品是否為戰爭
詩，第一步須以其內容為主，也就是以文本作為基礎，觀察其
內容是否為戰爭之呈現。此時可以時間與空間分別作為經線與
緯線，去衡量作品，倘若內容空間設定為戰場，無論是前期、
中期、後期，都無庸置疑是屬於戰爭詩之直接範疇。即使此戰
場非寫實的，而是經由詩人想像假設而成，也是直接之戰爭

詩。倘若作品內容在時間設定上為戰爭之前、中、後期，然而
空間描述並非戰場上，則為間接之戰爭詩。或以時間來說，戰
爭前期包括：緊急的備戰狀況，也就是在政治關係緊張而無法
獲得解決，決策者開始深思熟慮是否以戰爭方式改善時，並且
準備執行或下達命令算起，此期為正式進入戰爭之預備，通常
已經快速地整飭裝備，並協調各個部隊、擬定作戰計畫與路線
……等等工作[3]。戰爭中期即是指兩方正式宣戰之後，以征服
或毀滅為目的的行為延續期。其間包括以殲滅敵方兵力為目
的，甚至是導致對領土之征服的火力攻擊與破壞消耗……等等
發生於宣戰之後，到戰爭結束之前的種種戰況，都為戰爭中
期[4]。戰爭後期之活動則包括：勝利之慶祝、死傷及俘虜之處
理、民生與心理之重建……，以上種種屬於戰爭時空的活動都
可說是戰爭詩描述的對象。本文就以這樣的定義作一觀察。

第二節　嵇阮生平與其戰爭詩

　　正始文學以嵇康、阮籍為代表，雖然上距建安文學僅一二
十年時間，但與之相比，無論在思想、內容與風格都有明顯之
不同。建安文學中反映民生疾苦與追求建功立業的精神逐漸消
失，卻產生對恐怖政治的接露與反抗，以及對死亡禍難隨時來
臨的憂嘆；建安文學中慷慨奮發的進取精神也逐漸消退，代之
而起的是否定現實、韜晦遺世的消極反抗思想；正始詩文中濃
厚的老莊思想與風格的曲折含渾也與建安文學的明朗剛健截然
有異。這種情形在嵇阮二人的作品中甚為明顯，尤其是單就戰
爭詩的創作來看，更加顯著。此處便從嵇康與阮籍二人創作的

戰爭詩，占其詩作比例甚低的情況觀察之。

一、嵇　康

（一）當時戰場從武力戰鬥轉移到政治鬥爭

　　嵇康現存的詩作有六十四首，如果和同時期的詩人比較，數量算非常豐富，但對於戰爭這樣的題材，嵇康顯然是處理得不多，在這六十四首的作品中，認真說起來並沒有形式內容明確的戰爭詩，只有一首勉強有議論到戰爭的道理。嵇康字叔夜，西元二二三至二六二年間人，早孤家貧，博學而有才，志向超遠，拜中散大夫。筆者以為造成此情況的原因，一方面是因為時代環境之故，三國時代重大的十一次戰役，觀察其起迄年代，魏青龍二年（西元二三四年）八月，歷時六年半的蜀伐魏之戰結束，一直到魏景元四年（西元二六三年）八月，魏滅蜀之戰開始，中間沒有什麼重大的戰爭，嵇康的主要活動時期就在這樣偏安的魏朝末期，而之後緊接著就統一天下的狀況下，詩人對於戰爭的敏感度與興趣，自然就減低了許多。而且當時的主要戰場，已經從兵戎相接的武力戰場轉移到政治舞台上，司馬氏集團，包括：司馬懿、司馬師、司馬昭、司馬炎等人，與曹魏集團，如：曹爽、何晏、鄧颺、王凌、夏侯玄、李豐、毌丘儉、曹髦、諸葛誕等人，互相鬥爭。於是文人學士人人自危，為了遠禍全身，大多醉心於清談玄理。嵇康也是其中的代表，他的詩文極力主張聽任自然而反對虛偽的名教，對於司馬氏掛著虛偽的禮教招牌，給予尖銳的批判。《鍾嶸‧詩品》評其「頗似魏文，過為峻切。訐直露才，傷淵雅之致。」

即指此部分而言。如〈難自然好學論〉認為仁義是為了束縛人的思想言行而制定，是為統治者服務的。〈太師箴〉把一切禮法名教的根源歸結為一己之「私」。〈釋私論〉也是抨擊虛偽名教的文章。〈管蔡論〉則為管叔、蔡叔翻案，以此深刻地諷刺司馬氏。

（二）遠禍全身的態度

另一方面也與他的思想性格及對戰爭的態度有關。嵇康在他的待人處世上，傾向於以退為進，所以歷史上對他的評語是「恬靜寡欲，含垢匿瑕」，而王戎曾說在二十年間未見過嵇康喜慍之色。嵇康這種遠禍全身的態度，也出現在文章中，如〈家誡〉一文，教給兒子許多穩妥而圓滑的處世方法，包括：言語謹慎、避免與人爭論、不要打聽他人隱私等等。在他的思想中，則有重視養生與隱居不仕的兩種態度。嵇康在〈養生論〉、〈答難養生論〉、〈難宅無吉凶攝生論〉、〈答釋難宅無吉凶攝生論〉中，認為神仙是存在的，住宅是有吉凶之分的，而精神與形體不可分離，必須同時保養，主張節欲，對富貴、名位、酒色諸事物，都必須加以節制。在其詩文中，也時時可見隱居不仕的思想，如〈與山巨源絕交書〉反映了對險惡政治的畏懼與對世俗的憤激。〈五言古意〉則描寫他和朋友就像雙鸞一樣遠離世俗，逍遙自得，然而世網高張，終於為時所羈。〈幽憤詩〉則回顧一生，內心獨白，道出對隱士生活的嚮往。從戰爭的定義來看，戰爭是政治的工具，戰爭是為政治服務，政治是戰爭的終極目的，嵇康嚮往隱士的生活與遠離政治的心境，便與戰爭扞格不入。

（三）嚮往隱士的心境

　　嵇康對於戰爭的態度，從他的一些詩作當中也可見出端倪。如〈代秋胡歌詩〉中的第三首主要論述人的修養，如勞謙寡悔、忠信久安、天道惡盈，並提出非戰之見解，認為「好勝者殘、強梁致災、多事招患。」明顯地表達自己非戰的立場。另如〈贈兄秀才入軍〉十九首，雖然時間空間記錄的不是戰爭時空，只是純粹的軍旅詩，但其中也可以看出嵇康對戰爭與從軍的一些看法。此十八首全為作者想像之作，所以武秀成評曰：「以想像高妙勝。」[5]他在詩中想像其兄在軍中戎裝騎射、顧盼生姿的凌厲疾速，並想像在休息時，「目送歸鴻，手揮五絃。俯仰自得，遊心太玄。」在行軍時能夠或射獵、或垂釣、或「目送歸鴻」而想望，或「手揮五絃」而自吟，將想像中的兄長，陶醉於大自然中，一派清新灑脫。從此詩不難想像何以《文心雕龍‧明詩》稱「嵇志清峻」，而鍾嶸《詩品》評其「托喻清遠，良有鑑裁，亦未失高流矣」。但仔細一想，行軍途中豈有如此優閒自得之理？筆者以為事實上嵇康是運用浪漫的筆法，寫出自己理想中的軍隊生活，過度美化軍旅生活，以至於幾近他自己所神往的隱士生活，表達出他對現實中軍人生活的否定，也可看出他對軍人生活的終極目標：戰爭的否定態度，並在詩中希望兄長不要隨俗浮沈，而能心遊玄理，這不只是對其兄的期許，也是對世人與整個大環境的期許。

　　從以上時代環境的狀況、戰場的轉移，及嵇康的思想性格、與對戰爭的態度來觀察，在在顯示出嵇康創作戰爭詩比例之低的緣故。

（四）討論戰爭道理的作品

嵇康〈代秋胡歌詩〉中的第三首：

> 勞謙寡悔，忠信可久安，勞謙寡悔，忠信可久安，天道
> 害盈，好勝者殘，疆梁致災，多事招患，欲得安樂，獨
> 有無愆，歌以言之，忠信可久安。

嵇康創作的戰爭詩，比例極少，即使是這一首，也只是間接戰爭詩，討論人生與政治的道理，而可以引申為戰爭的道理，不只是純粹為戰爭而作。他另外有〈贈秀才入軍〉十九首，主要描述心中理想的行軍生活，雖不是戰爭詩，但也可以作為他對戰爭態度的旁證。

此詩不斷強調「勞謙寡悔，忠信可久安」，《尚書・大禹謨》：「滿招損，謙受益。」孔子則說：「言忠信，行篤敬，雖蠻貊之邦行矣；言不忠信，行不篤敬，雖州里行乎哉？」（《論語・衛靈公第十五》）儒家重視謙虛與忠信，認為謙虛有益，忠信之人可以行於世界，此處亦然，強調謙虛者可以少悔恨，忠信者可以久處於安。《老子三十八章》：「夫禮者，忠信之薄，而亂之首。」認為禮是人性由忠信誠厚趨於澆薄的表現，是社會由平靜趨於混亂的開始。可見得老子也肯定忠信是人性中的美德。《老子十五章》：「保此道者，不欲盈。夫唯不盈，故能蔽而新成。」已經指出人不可「盈」，不自滿的人才能去舊更新，保持心靈清明。而此詩承接此意，認為「天道害盈」。

《老子三十章》：「大軍之後，必有凶年。善者果而

已，不敢以取強。果而勿矜，果而勿伐，果而勿驕。果而不得已，果而勿強。物壯則老，是謂不道。不道早已。」提到大戰之後，一定產生荒年。所以善戰者，只求達到成果，不敢逞強黷武。只求達到目的，就不會自負誇耀以及驕傲。只求達目的，就知道出兵是出於不得已，不會逞強。萬事萬物一旦壯盛，便趨於老化衰敗，所以窮兵黷武，不合於道，不合於道之事，就會很快消逝。《老子四十六章》：「天下有道，卻走馬以糞；天下無道，戎馬生於郊。禍莫大於不知足，咎莫大於欲得。故知足之足，常足矣。」講到天下有道之時，沒有戰爭，善走之馬用來耕田；天下無道，所有的馬都拿來作戰。天下的災禍，沒有比不知足更大的，天下的罪過，沒有比貪得更大的。所以只有知足的這種滿足，才是永久的滿足。《老子六十八章》：「善為士者不武，善戰者不怒，善勝敵者不與，善用人者為之下。是謂不爭之德，是以用人之力，是謂配天之極。」善於作將帥的不表現勇武，善於作戰的不輕易發怒，善於克敵的不和敵人交鋒，善於用人的謙卑下人。這些稱之為不與人爭之德，就是利用別人的能力，也是合於道的極致。以上各章都可看出道家不爭與處下的處世智慧，而嵇康則是反面立說，「好勝者殘，彊梁致災，多事招患」，同樣認為喜好逞強勝利者將造成殘損，強蠻橫行者將導致災禍，多事者會招來慮患。最後則言「欲得安樂，獨有無愆」，表明想要得到安樂，唯有沒有罪過，並再次強調「忠信可久安」。

　　阮侃〈答嵇康詩〉二首中的第二首：「恬和為道基，老氏惡強梁。患至有身災，榮子知所康。」從此可知嵇康對於老子思想的繼承，從上也可發現不僅是道家，他也重視儒家哲

學。除了從這一首詩可以理解嵇康對戰爭所抱持的態度外，
〈贈兄秀才入軍〉十八首，也可了解嵇康對於戰爭，甚或是整
個人事的想法，這些在前面也已經討論過，此處便就此打住。

從人類歷史觀察中可以發現，人們對於群體間的武力衝
突，驅力十分強烈。一些有遠見的哲人企圖長久遏阻戰爭的努
力，屢見不鮮，但卻往往徒勞無功。中古世紀的天主教會以規
定天數與禁止使用石弓兩種方式，防範戰事，但都無法奏效。
《光明篇》（Zohar）就認為當人們陷入戰爭時，就算上帝大發
雷霆也嚇不了他們。《戰爭心理學》言：

> 從歷史的觀點看，還有一種方法可以解決人企圖「追求
> 自我」和「歸屬群體」的內在衝突。這種方法幾乎在每
> 種文化裡都看得見；它不但能讓人覺得自己是獨立的個
> 體，同時，還能讓人強烈感受到自己是群體的一份子。
> 這種方法就是戰爭。6

像托爾斯泰《戰爭與和平》與雷馬克《西線無戰事》中，
都曾經描寫到戰爭使將領與士兵感到自己的重要性，了解自己
是屬於團體的一份子，彼此相屬，感覺一體而無須言語，以一
種單純而艱辛的方式，共同分享生命。他們寫這些文句並不是
頌揚戰爭，只是忠實地陳述戰爭所帶來的感受。一旦發生戰
爭，整個社會間的壓力變得異常強烈，如果任何人對戰爭提出
質疑，就會被視為賣國賊，因為對發動戰爭的主事者而言，戰
爭具有掃除邪惡的使命，主戰一類的詩作中，常常可以發現這
樣的語言文句，宣示著這樣神聖的使命。這或許便是非戰類詩
作數量如此之少的原因。而嵇康此處便提出強烈非戰，好戰者

終將滅亡的真知灼見，直接指出戰爭將導致的「殘」、「災」、「患」，揭示人類對戰爭好奇的下場，不啻於是一記暮鼓晨鐘。

　　李師清筠《魏晉名士人格研究》：「在人生態度上，阮籍、嵇康承繼著莊子精神，以無為無欲、適性足意為人生理想。」[7]此詩中也表現出嵇康無為無欲的人生理想。「名教與自然」是玄學各個論題發展的核心，代表著魏晉人士對人生價值的檢討，充滿著強烈的現實關懷，透過檢討，大致有回歸自然的傾向，但不表示全然否定名教，像嵇康在此詩中，結合儒家與道家哲學，呼籲人們忠信可久安，希望人們謙虛、不盈、不好勝、不強梁、不多事，蘊含著對動亂戰爭頻繁的深沈時代憂慮，期冀為處於這種環境的人們，探尋一種能幫助自己安身立命之道，甚至從改變人們的想法而改善這樣的環境。

　　此詩涵義深厚，但歷來不為評論家所注目。此詩又名〈秋胡行〉，以此為名的作品最早為曹操所作，嵇康顯然在形式上借鑑了曹作，雖然曹丕、傅玄、陸機等人也有同樣題名之作，但嵇康之作在形制上最近似曹作，都用疊句起始，疊句收尾，中間皆為四言。從嵇康詩作整體風格而言，徐公持《阮籍與嵇康》曾有下列評論：「嵇康詩有時確實存在過於直露的毛病，而且有時要橫發玄論，多少染上一些『正始明道，詩雜仙心』（《文心雕龍‧明詩》）的時代流弊。」[8]嵇康詩作多半內容崇尚神仙隱士，確有「詩雜仙心」之感，雖然此詩內容並無關神仙，但也有「過於直露」之毛病，平鋪直敘地說明謙虛有益，自滿好勝與強蠻多事都將招致災患，以近似教條與格言的方式，直接表露他非戰的堅決立場，讀者不難想像他大聲疾呼的苦心。

　　除了上述此首作品外，也可以〈贈秀才入軍〉一窺他對戰

爭態度的端倪。〈贈秀才入軍〉一組十九首，四言十八首與五言一首。因其兄嵇喜曾舉秀才，後從軍，他便作了這組詩贈其兄。這組詩的人物形象，實為理想化的人物，更表現著嵇康對某種人生境界的嚮往。將從軍生活描寫得優遊自在，如第一首言：「朝遊高原，夕宿蘭渚。邕邕和鳴，顧眄儔侶。俛仰慷慨，優遊容與。」又如第十首：「仰落驚鴻，俯引淵魚。盤于游田，其樂只且。」魏晉名士對人生多抱持著老莊哲學，認為現實社會中一切現象，皆為短暫而變化不定的，人若陷溺於這些功名榮利、道德禮義的現象中，就失去真性，變得卑瑣可笑。所以第七首云：「人生壽促，天地久長。百年之期，孰云其壽。思欲登仙，以濟不朽。」十八首前半部分也說：「流俗難悟，逐物不還。至人遠鑑，歸之自然。萬物為一，四海同宅。」從此出發，他們重視人們個性的自由發展，反對社會倫理規範的約束。第十七首云：「琴詩自樂，遠遊可珍。含道獨往，棄智遺身。寂乎無累，何求於人？長寄靈岳，怡志養神。」在第十八首後半部分則說：「生若浮寄，暫見忽終。世故紛紜，棄之八戎。……安能服御，勞形苦心？身貴名賤，榮辱何在？貴得肆志，縱心無悔。」都說明了嵇康這種態度。在第九首中：「良馬既閑，麗服有暉。左攬繁弱，右接忘歸。風馳電逝，躡景追飛。凌厲中原，顧盼生姿。」藉著想像嵇喜從軍之後戎馬騎射的生活，描寫出縱橫馳騁、自由無羈的人生境界。第十四首則言：「息徒蘭圃，秣馬華山。流磻平皋，垂綸長川。目送歸鴻，手揮五絃。俯仰自得，游心太虛。嘉彼釣叟，得魚忘筌。郢人逝矣，誰與盡言？」運用浪漫的手法，寫自己理想中的行軍生活，從隱士的角度美化從軍生活，實際上是對軍中生活

的否定，表達出希望嵇喜在軍中仍能心游玄理，不要從俗。此詩呈現虛靜澄明、物我兩忘的精神狀態。五言一首在結尾處更直接點出：「鳥盡良弓藏，謀極身必危。……逍遙遊太清，攜手長相隨。」這十九首詩不僅只是應酬之作，更是魏晉風度的寫照，流露出對戰爭與軍隊生活的消極反抗，展現一種獨得於心而超然世外的化境，以及對於能夠自由灑脫而樂游於大道的期望。

二、阮　籍

　　阮籍，字嗣宗，「竹林七賢」之一，他是魏朝創作戰爭詩自身比例較低者。創作比例之所以低的原因，有一部分是與嵇康一樣的因素，他生於東漢獻帝建安十五年（西元二一〇年），卒於魏陳留王景元四年（西元二六三年），與嵇康的活動時期相差不多，所處的時代環境也大抵一致，戰爭雖未停止，但三國各自鞏固內部，發展經濟，國勢相對於東漢末年與魏朝初期穩定得多，文人創作戰爭詩的意願自然減低。而且政治鬥爭漸趨激烈，文人大多投入其中。

　　阮籍的戰爭詩在數量上與比例上略多於嵇康，則從以下幾點與嵇康在思想性格上的不同，可以窺知一二。

（一）依違儒道的思想

　　首先，阮籍不像嵇康那樣力主聽任自然而反對虛偽的名教，對於虛偽的禮教招牌，給予尖銳的批判，而是對於儒道二家採取調和折衷的態度，在理想上屬於道家，現實則屬於儒家，如〈樂論〉中的原則與出發點是道家思想，但論述音樂教

育作用時，則採取儒家的禮樂教化思想。〈通易論〉用自然之道來解釋易經，但又採取傳為周公所著《繫辭》的觀點。徐麗霞在其碩士論文〈阮籍研究〉中，第二章「阮籍之行事」曾謂阮籍行事為「反對禮法」、「依違儒道」、「蹭蹬仕途」[9]。前兩項也就說明了阮籍批判不顧國家、只圖私利的禮法之士與縉紳之徒的態度，以及他儒內玄外的傾向。

（二）蹭蹬仕途的官路

其次他「蹭蹬仕途」的情況，也多少影響了其戰爭詩的創作。

阮籍在仕途上不像嵇康那樣尋求隱居，在他的〈大人先生傳〉中，憤怒地指責禮法之士「汝君子之禮法，誠天下殘賊亂危死亡之術耳」；對於自食其力的薪者，予以慰勉，期望使他進一步認識自然之道，徹底超脫；而對於隱士，則批評他「貴志而賤生，禽生而獸死」，認為同樣不足取。所以他曾經多次任官，例如蔣濟曾聘任他，後來稱病辭去，之後復為尚書郎，同樣以病免。曹爽後召其為參軍，不久又稱病辭去。又為司馬懿、師父子從事中郎，後封關內侯、徙散騎常侍。後求外出，為東平相，旬日而還。聞步兵廚營人善釀，有儲酒三百斛，乃求為步兵校尉。在阮籍這樣儒內玄外的思想與以仕為隱、彎而不曲的生活下，戰爭詩的數量自然較多，但相對而言仍是有限，則是與他明哲保身的處世態度有關。

（三）明哲保身的處世態度

在記載中，阮籍是口不臧否人物，不論人是非，至性過人，與物無傷的人。鍾會當時任司隸校尉，多次以時事問之，

希望給阮籍加上罪名，但他都以酣醉獲免。司馬懿曾想與阮籍結為親家，阮籍昏醉六十日，司馬懿只好作罷。司馬昭要晉爵晉王，加九錫之禮，讓阮籍寫勸進表章，他也藉醉拖延，後草草成章，敷衍了事。這種情況也反映在他的詩文上，使得詩文隱晦曲折，採取象徵的比興手法，使讀者對於所指對象，無法確定、難以捉摸，針對時政的篇章，尤其如此。《文選》李善注云：「嗣宗身仕亂朝，常恐罹謗遇禍，因發茲詠，故每有憂生之嗟。雖志在譏刺，而文多隱避，八代之下，難以情測，故粗明大意，略其幽旨也。」就是在說明阮籍為了遠禍全身，所以詩文多含蓄蘊藉的現象。筆者以為在同樣道理之下，阮籍對於「戰爭」這種政治的延續手段，不願意多談，也創作較少。

（四）戰爭詩作品

　　阮籍創作的七首戰爭詩中，〈采薪者歌〉內容在談論人生道理，認真說來並不是形式內容完整的戰爭詩。認為往來如風，富貴在俯仰之間，並提到張良起於戰爭中，成為威震八方之英雄，但也有如邵平一般，從東陵侯一夕之間降為平民者，禍福無常。對於戰爭持反對意見。

　　阮籍〈采薪者歌〉：

　　　日沒不周西，月出丹淵中。陽精蔽不見，陰光代為雄。
　　　亭亭在須臾，厭厭將復隆。離合雲霧分，往來如飄風。
　　　富貴俯仰間，貧賤何必終。留侯起亡虜，威武赫荒夷。
　　　邵平封東陵，一旦為布衣。枝葉托根柢，死生同盛衰。
　　　得志從命升，失勢與時隤。寒暑代征邁，變化更相推。

禍福無常主，何憂身無歸。推茲由斯理，負薪又何哀。

　　阮籍與嵇康在思想上有相近之處，〈采薪者歌〉一詩，和嵇康〈代秋胡歌詩〉一樣，很少受到後人關注。「日沒不周西，月出丹淵中。陽精蔽不見，陰光代為雄。亭亭在須臾，厭厭將復隆。」主要在描述日與月之交替情況。「陽精蔽不見，陰光代為雄。」描寫太陽下山，月亮代替他稱霸世界。兩聯排比工整，也因為轉化的運用，給人一種有生命力，活潑生動的感覺。「蔽不見」、「代為雄」等辭用得很巧，將動態的活動展現出來，也賦予了人的行動，把日夜的轉變靈妙而傳神地展現了。「離合雲霧兮，往來如飄風。富貴俯仰間，貧賤何必終。」述說人生之聚散離合就如同雲霧飄風一般，而富貴貧賤則轉如一瞬。「留侯起亡虜，威武赫荒夷。」想像過去的戰爭，說明張良當時身為亡國之虜，憤而幫助漢高祖興兵滅秦，威勢震赫了全國。「復仇」與統治權的糾紛往往是戰爭的起因，而文學家也往往運用人類的復仇心理製造詩文的高潮與張力。趙鑫珊、李毅強《戰爭與男性荷爾蒙》：「正是這種『復仇模式之戰』在人類戰爭史上寫下了許多血與火的章節。」[10] 雖然單純的復仇模式之戰已經不多見，僅僅成為發動戰爭的動機之一，但仍然根深柢固，無法徹底消除。而領土、種族、統治權、信仰，甚至於女人，也常常是人類糾紛的起源，糾紛有時也導致戰爭，尤其是重大糾紛，國與國之間就憑藉戰爭處理。一九四五年四月二十九日，希特勒自殺，死前最後的目標仍是為德國人民占領東方的領土。張良想要消滅秦朝之決心，正是背負著燕國被秦國擊敗之仇恨，以及領土被占領的糾紛而產生的使命感。

「邵平封東陵，一旦為布衣。」用的是邵平從東陵侯淪為平民的典故。阮籍喜歡用此典故，如〈詠懷詩〉中有一首：「昔聞東陵瓜，近在青門外。……布衣可終身，寵祿豈足賴？」戰爭往往是造成階級產生大變動的主因，如此處所言，邵平在秦朝時，曾被封作東陵侯，後因秦朝滅亡，於是淪為平民，種瓜於長安城東，瓜美，世稱「東陵瓜」。而阮籍使用此典故，藉以說明的意義是指天下之富貴貧賤不可掌握，循環起伏，正如歷朝歷代之盛衰興亡。「枝葉托根柢，死生同盛衰。得志從命升，失勢與時隤。寒暑代征邁，變化更相推。」闡述死生盛衰是一樣的，得志與失勢每每與時變化，正如寒暑變化之相推移。莊子也有將生死齊觀之見解：「至人神矣！……而游乎四海之外，死生無變於己，而況利害之端乎！」（《莊子卷一下第二·齊物論》）提出神妙的至人，是遊於四海之外，生與死的變化都與他沒有關係，何況是利害等末節。《莊子卷二下第五·德充符》則說：「老聃曰：『胡不直使彼以死生為一條，以可不可為一貫者，解其桎梏，其可乎？』」認為要懂得死生一樣，可不可相同的道理，人才可解除身上的桎梏。又說：「死生，命也，其有夜旦之常，天也。人之有所不得與，皆物之情也。」（《莊子卷三上第六·大宗師》）講述死生是命，如同白天與黑夜的經常變化一樣，是自然的道理，人不能干預，無法改變，這都是萬物固有的情形。阮籍在此也表達了同樣的理念。「禍福無常主，何憂身無歸。推茲由斯理，負薪又何哀。」則提出禍福無常，何必憂慮將無處可歸，而工作是擔負柴薪又有什麼悲哀呢？《老子五十八章》：「禍兮福之所倚，福兮禍之所伏。孰知其極？其無正。正復為奇，善復為妖。」就已經指出災

禍裡面隱藏著幸福，幸福下面潛伏著災禍。誰能知道他們的究竟呢？正可能變邪，善可能變成惡。

　　阮籍有一首〈詠懷詩〉言：「春秋非有托，富貴焉常保？」春去秋來，互相更迭，互相替代，沒有停止，而人世的富貴繁華又如何能長久保持？接下來又言：「朝為媚少年，夕暮成醜老。自非王子晉，誰能常美好？」雖然有些人主張這首詩是阮籍在諷諫曹魏君主不知警惕，不知戒備，導致司馬氏之坐大，才由盛而衰，走向敗亡[11]，但從字句上仍可見阮籍常常藉著詩作來表達這種美好事物不能長久保全，天下很多事情不是人類所能掌握之慨嘆。

　　《歲寒堂詩話》言：「阮嗣宗詩，專以意勝。」阮籍之詩作，涵義深邃，而此詩用日月、雲霧、飄風、枝葉等形象，寓託其意，又徵引張良、邵平之事，更顯說理之高明。《情感與形式》：「在詩歌的描述中，不涉及意識的事實，其成分是虛幻的；語言的印記創造了事情的全部，即創造了『事實』。」[12]阮籍在詩中描述這些自然景象，看似是事實，然而卻是虛幻的，是由阮籍創造出來的，雖然要表達的哲理是一樣的，裡面蘊含的事實與他對人生的信念也是一樣的，但他經由不同的講述方式，也就是不同的語言外觀來陳述，更可以使讀者具象地聯想與反應出阮籍所要表現的看法與識見，這也就更可看出阮籍在詩中議論事理的高妙。

　　除〈采薪者歌〉外，其餘六首皆在詠懷組詩中。倪其心曾言：

　　　　今存阮籍詩計五言古詩八十二首，四言詩十三首，總題〈詠懷〉。其四言詩真偽未定，五言則公認為阮籍代表

作，大致並非一時一地之作，而且可能是經過詩人自己
整理的一個組詩。[13]

　　此六首戰爭詩皆為五言之作，可以肯定為阮籍所作，也非
一時一地之作。若按其順序來觀察，可以看到阮籍對於戰爭態
度的轉變。〈詠懷詩〉中的第三十一首從拜訪戰國時魏國名勝
吹臺的遺址興懷，批評魏安釐王因求享樂，不知養兵。四年，
秦將白起破魏軍於華陽，只好割南陽求和，藉此歷史教訓，警
告魏明帝之腐政。
　　阮籍〈詠懷詩〉中的第三十一首：

　　　駕言發魏都，南向望吹臺。蕭管有遺音，梁王安在哉？
　　　戰士食糟糠，賢者處蒿萊。歌舞曲未終，秦兵已復來。
　　　夾林非吾有，朱宮生塵埃。軍敗華陽下，身竟為土灰。

　　阮籍這首詠懷詩以詠史為內容，藉著歷史議論當時的政
治，並抒發自己的思想感情。阮籍〈詠懷詩〉中提到大梁者，
另有三首：第二十首：「徘徊蓬池上，還顧望大梁」、第二
十六首：「昔余遊大梁，登於黃華顛」、第七十四首：「梁
東有芳草，一朝再三榮」。這幾首中，除了第二十六首是取用
神話，與戰國魏都無關外，其他都是指戰國時魏國都城，今河
南開封市。「駕言發魏都，南向望吹臺。蕭管有遺音，梁王
安在哉？」從訪問戰國時魏國名勝吹臺的遺址談起，在詩人
的想像中，吹臺曾是魏王歌舞歡宴之所，簫管的樂音似乎仍未
斷絕，但魏王何在？弔古的感慨油然而生。「戰士食糟糠，
賢者處蒿萊。」從前面吹臺上管簫的音樂，使讀者聯想到曹

操銅雀臺的音樂，曹操在死前遺令「於台堂上安六尺床，施穗帳，朝晡上脯糒之屬，月旦十五日，自朝至午，輒向帳中作伎樂。」曹操之後，丕及叡皆雅好音樂，曹叡更以生活奢侈著稱，其中曹操、曹丕對於樂府與民間音樂貢獻極大。由此將時間拉回當世，批評當時的曹魏政治。首先批評的是當時的兵制，當時實行世兵制，兵士之家世代當兵，受到極大的歧視。張文強曾言：

> 曹魏建國前後，世兵制逐漸形成，並成為曹魏主要的兵役制度。所謂世兵制，即是一旦為兵，要與一般民戶分離單位戶籍，成為軍戶；軍戶不經放免要世代為兵；軍士身分地位因此日漸微賤的一套制度。[14]

當時為防止官兵叛逃，要求將領與士兵

以家屬作為人質，且父死子代、兄終弟及，世代為兵，而軍戶女子不許外嫁，只准在軍戶內求偶。於是阮籍在此為戰士待遇之低，發出不平之鳴。其次批評當時的用才制度。曹丕之後選才任官使用「九品中正制」，官吏的升降也由此決定，於是出於寒門的賢士不得重用，只能過著貧困的生活，而政治上由世族貴族把持政權。《中國歷朝行政管理》便言：「自九品中正制實行後，士人的薦舉及品評均由中正負責，這勢必造成中央用人大權的旁落，並為士族地主把持政權打開了通途。」[15]阮籍此處記敘魏明帝末年歌舞荒淫，不知養兵用賢。其下「歌舞曲未終，秦兵已復來。夾林非吾有，朱宮生塵埃。軍敗華陽下，身竟為土灰。」又回到戰國時魏國，魏王還在歌舞宴樂之際，秦國攻打魏國的軍隊已經到來，吹臺

的林地與宮殿，不再屬於魏國而變為荒蕪廢墟。用的是西元前二七三年，魏安釐王攻伐韓國華陽，秦軍救韓，大敗魏軍在華陽山下，魏王割地求和之史實，描寫當時戰爭的歷史活動畫面。最後兩句變化曹操〈龜雖壽〉：「神龜雖壽，猶有竟時。騰蛇乘霧，終為土灰。」暗示若是政治現實如此，衰亡是必然的命運，將如魏王身死國滅。藉由令人景仰的開國元首曹操的詩句，陳述歷史教訓，以示警告，更具意義。

《古詩漢魏六朝新賞》認為此詩：「詠史而有現實寓意，也應不即不離，並不能一一比附。從史實中引出教訓，才是詩篇中最重要的目的。」[16]整體說來，魏朝戰爭詩主戰類，藉過去戰爭議論者，包括阮籍的這一首，多半是藉著詠史而寄託現實意義，從歷史紀錄中得出教訓，或作為立論之根據。而以阮籍個人風格而言，前面提到阮籍為全身避禍，詩多隱微，此詩因指斥當世，故借助史事來闡明己意，其中多提過去歷史，僅兩句指涉當時制度，若即若離，曲折委婉，涵義幽微，使人深思。李正治言：「阮籍詠懷的主要風格，可用『宏邁高遠』一語，概括全體。」[17]此詩亦符合此風格，觀其中時空交錯，穿梭於廣大宇宙之中，而旨意遙深，正是「宏邁高遠」之作。

何以說此詩寓意深遠？亦可以從戰爭學的角度，來看阮籍所要討論的歷史教訓。阮籍少年時曾習武藝，他對於古兵家之思想，熟諳非常。古代兵家時時刻刻提醒君王，居安思危，安不忘戰，阮籍在此詩中所要談的也正是這個課題。在政治穩定、經濟繁榮之時，君王仍要清醒地看到戰爭的潛在危險，警覺地注視敵軍行動，不懈地練兵習武，更何況阮籍指出，曹魏當時戰士地位低下，不用賢才的情況下，暗示魏明帝更不應該

耽溺於聲色歌舞之中。《司馬法》中言：「天下雖安，忘戰必危。」(〈仁本第一〉)一「必」字，寫出忘記備戰的嚴重性。又言：「天下既平，天子大愷，春蒐秋獮；諸侯春振旅，秋治兵，所以不忘戰也。」則仔細地說明備戰之方法，在天下已經平安，天子舉行盛大的凱旋儀式，春天與秋天要用田獵訓練士兵作戰；諸侯也要於春天整軍，秋天演習。已經提出除了思危之外，還要「有備」，阮籍此詩以「戰士食糟糠，賢者處蒿萊。」就已議論出當時備戰情況的漏洞，期望得到君王的重視，能夠早日構築可靠的防禦戰備，使能夠有備而制人，不至於無備而受制於人，像戰國時魏國一樣，被秦國軍臨城下，兵敗割地。

至於〈詠懷詩〉中的第三十八首抒發欲建立功名、匡濟天下的雄心，認為只有在戰場上成就功績，才能擺脫人生的榮枯，唯有忠義與氣節，才能名留千古，從根本上超越生命的短暫。

阮籍〈詠懷詩〉中的第三十八首：

> 炎光延萬里。洪川蕩湍瀨。彎弓掛扶桑。長劍倚天外。
> 泰山成砥礪。黃河為裳帶。視彼莊周子。榮枯何足賴。
> 捐身棄中野。烏鳶作患害。豈若雄傑士。功名從此大。

「炎光延萬里」、「長劍倚天外」、「泰山成砥礪。黃河為裳帶」，阮籍在此寫出英雄的形象，這些一方面描寫景況，一方面透過種種景象的描寫誇飾映襯出英雄人物的豪邁志氣。隱藏了阮籍的羨慕嚮往之情，也將作者對英雄人物的鍾愛，藉著這些誇飾得到增強，而引起讀者對此景象產生情感上極強烈

的感應。前六句刻劃出阮籍心中英雄的形象，起首二句渲染出
壯闊的空間。三四句出自於宋玉〈大言賦〉，寫出英雄的活
動，把彎弓掛於扶桑樹上，把長劍靠在天外，氣勢豪雄誇張。
五六二句再次用誇飾，將英雄的形象描繪得無比高大，所以泰
山只是一塊磨刀石，黃河也彷彿衣帶。此二句出自《史記‧高
祖功臣年表序》：「使河為帶，泰山若礪，國以永寧，爰及
苗裔。」在字句形式上相近，但意義上卻無相涉。「視彼莊
周子。榮枯何足賴。捐身棄中野。烏鳶作患害。」這是用
《莊子‧列禦寇》的故事，莊子將死，他的學生欲厚葬他，莊
子卻要天葬，學生認為如此屍身將被烏鳶食之，但莊子認為在
上會被烏鳶食，在下會被螻蟻食。阮籍在此表達人生無論生
死，都應曠達面對，視生死為一同的。「豈若雄傑士。功名
從此大。」最後點明主旨，雄傑之士在戰場上要超越生死的
界線，建立功名。

　　魏晉時代，天下多禍，政治嚴酷，仕人常有生命之憂，面
對生命短暫、明日不知身向何處的憂慮，有些人求仙與長生之
道，有些人恣意放誕，也有人主張積極用世。建安時代文人多
有想要為國征戰建功的思想，阮籍身處三國與晉代交接之際，
受建安餘風影響，阮籍此類表達自己想要建功立業，主張戰爭
之詩作，大多在其早期。

　　邱鎮京《阮籍詩研究》：

　　　　此詩「視彼莊周子。榮枯何足賴」似在暗示掛弓倚劍、
　　　　礪山帶河的英傑，才是他投效的途徑，其實這也僅說明
　　　　建功立業的功臣名將，曾經是他早年嚮慕崇仰的偶像。[18]

就已經說明了阮籍早年有經世濟民、馳騁沙場之志，而之後卻有了改變的情況。阮籍詠懷詩多以抒情筆法，宣洩詩人心中塊壘與情思，像這一類敘述其生平志業者，所占比例較少，不過可以看出阮籍年輕時學習詩書，重視修養，期與聖賢同垂不朽，並且精熟武藝，歌頌忠義壯士，表達心中仰慕，志氣豪邁。

從阮籍此首歌詠豪傑之士的詩，可以聯想到許多歌詠戰爭英雄的詩作，多以武器配備塑造其英雄形象，〈詠懷詩〉中的第三十八首、第三十九首如此，曹植〈白馬篇〉亦如是。其中弓和劍幾乎是描述中不可缺少的。其實在漢武帝時期，劍的鍛造技術提高，已經出現了鋼劍。然而等到「刀」出現後，佩劍只有在上朝時帶著，等到三國時期，軍隊中大量裝備的實戰用短柄武器，就只有刀了 [19]。但是在三國時代的戰爭詩中，幾乎未見「刀」的稱呼與形容，僅有一些文章出現，可見古人與現代對武器的認知不盡相同，或者是因為配劍者為軍隊較高階位者，「劍」是一種身分的表徵，所以當時詩人仍習慣將短兵器以「劍」作為代表，來刻劃英雄人物的形象。

另外如〈詠懷詩〉中的第三十九首：

> 壯士何慷慨，志欲威八方，驅車遠行役，受命念自忘，
> 良弓挾烏號，明甲有精光，臨難不顧生，身死魂飛揚，
> 豈為全軀士，效命爭戰場，忠為百世榮，義使令名彰，
> 垂身謝後世，氣節故有常。

說明願意「臨難不顧生」，「效命爭戰場」，表現其英武的壯士風采與慷慨捐軀的烈士精神，而且認為「忠為百世

榮」、「義使令名彰」。三十一、三十八與三十九，此三首皆
持主戰觀點，為阮籍早期之創作。阮籍在早期本具濟世之志，
志氣宏放，學習擊刺武藝，想要做個武藝高超的戰士，「英
風截雲霓，超世發奇聲」，胸懷愛國壯志，「壯士何慷慨，
志欲威八荒」，想要為國征戰，統一天下。認為只有功名與事
業才能擺脫人生的榮枯，只有忠義與氣節才能流令名於千古，
從根本上超越生命之短暫，表現出剛健有力的風格。建安時代
文人的詩作中，多描寫雄心壯志，寧可馬革裹屍，也不願忍辱
偷生，形成遒健慷慨之詩歌風骨，具有激越人心之藝術張力，
建安之後，詩人已經失去為國效命的客觀環境，高壓政治也消
磨了他們積極進取之意志，多表現憂生之嗟嘆與對仙隱生活之
嚮往，而阮籍在建安之末，仍直承建安風格，有此兼濟天下之
壯志。

　　然而當他接觸政治現實後，使他感到失望，對於戰爭的態
度也趨於中立，甚至開始非戰。〈詠懷詩〉第四十二首討論王
業需要有良士輔助、戰場等待著英雄，但若為了保身善終，則
應該隱遁山林，不慕榮利之間的差別。從此詩已經表現出理想
與現實之間的差距。〈詠懷詩〉第六十一首藉著描寫少年時英
姿煥發、武藝高超，之後在戰場上聽聞金鼓鳴，卻感到悲哀悔
恨，來比喻自己年輕時與現在心境上的不同。

　　阮籍〈詠懷詩〉第六十一首：

> 少年學擊刺，妙伎過曲城。英風截雲霓，超世發奇聲。
> 揮劍臨沙漠，飲馬九野坰，旗幟何翩翩，但聞金鼓鳴。
> 軍旅令人悲，烈烈有哀情。念我平常時，悔恨從此生。

「少年學擊刺，妙伎過曲城。」寫他少年時曾學習劍術，技藝高妙超過曲成侯。曲成侯為古代善用劍者，《史記・日者列傳》：「齊張仲、曲成侯，以善擊刺學用劍，立名天下。」「英風截雲霓，超世發奇聲。」則描寫他英武的氣概截斷白雲與虹霓，超出眾人發出奇聲。這裡寫著風兒英姿煥發如銳利的刀鋒切斷雲霓。轉化的用法將風給予了人的生命，所以他們可以和人一樣，做出人一般的行為，英姿煥發，並且也用物化的方式寫出風的銳利。「揮劍臨沙漠，飲馬九野坰，旗幟何翩翩，但聞金鼓鳴。」描述揮劍來到沙漠，飲馬於荒遠的九州邊界，戰場上旗幟飄揚，只聽到金鼓的鳴響。「軍旅令人悲，烈烈有哀情。念我平常時，悔恨從此生。」抒發他個人的情感，認為軍旅生活令人悲傷，心中憂傷滿懷哀情，回想平生歲月，悔恨之情湧上心頭。

阮籍在少年之時本有經世濟民之志，此詩可以說是回顧他青少年時代習武從軍、渴望建立功業，最後無限悔恨的作品。其中以壯闊的筆調描繪出他曾經憧憬的軍旅生活，以豪邁激昂的筆法勾勒出旌旗翻飛、戰鼓雷鳴的戰爭場面，表現對激烈戰爭的體會，寄託了他的理想。阮籍在此描寫出他年輕時對志業追求的熱情，李師清筠〈時空情境中的自我影像：以阮籍、陸機、陶淵明詩為例〉將此詩之空間歸為「志業空間」，認為「在阮籍詩裡，這種空間僅以戰場的形式出現過。」[20]可見阮籍認為男子應當效命沙場，建功於戰場之意志堅決，所以在早期詩作或陳述年輕時之志向的作品中，常常可以看到他揮劍激昂的身影，也可感受到他「志欲威八荒」的氣魄，並受到他「忠為百世榮」的氣節，而斂容起敬。

林家驪《新譯阮籍詩文集》：「『念我平常時，悔恨從

此生。』表現出詩人少年壯志，老大無成的無限心酸。」[21]
以阮籍之生平看來，這樣的解釋，也是可以成立的，他也有可
能感慨最終一事無成。但筆者以為若以整首詩觀察，內容主要
在描述戰爭，而且配合他的一生來看，從早期的凌雲壯志，因
而對戰爭持贊成態度，到後期認清戰爭為政治服務的性質，故
期望太平的轉變情況而言，輔以前一句已寫出「軍旅令人
悲，烈烈有哀情」，解作是阮籍對於戰爭態度的改變，開始後
悔之前對戰爭太過嚮往的偏頗，代表著阮籍前後不同的心境，
藉著結尾的悲愴鬱憤，更能與前面之激昂慷慨形成強烈對比，
造成極大的落差，深刻刻劃出詩人對戰爭的認知情況，這樣的
理解或許是更為妥貼的。

　　阮籍在晚期詩作中已經不再積極於功名，並表現出因為身
逢亂世，過多憂慮與孤寂之感，所以期望能過太平無憂的生
活，因而在詩中寫出「適彼沅湘」（第一首、第二首）、「願
耕東皋陽」（第三十四首）、「逍遙區外」（第十三首）、「願
登太華山」（第三十二首）、「竟知憂無益，豈若歸太清？」
（第四十五首）……等等，表達出對於戰爭與人事紛擾的厭
棄，希望躬耕守真，逍遙自適，以及對仙境的嚮往。

　　此外如〈詠懷詩〉第六十三首則抒發自己在戰場上希望太
平，以得到閒暇遊樂之心情。從這些詩作的內容，可以觀察到
阮籍在早期對於戰爭持贊成之態度，認為男兒當征戰沙場，壯
志凌雲，為國犧牲，但後來由於覺察到政治的險惡陰謀，也了
解到戰爭的無情以及其為政治服務的本質，於是轉而認為應當
保身以求善終，甚至對於以往的想法感到悔恨，並期望太平。
從其戰爭詩的發展看來，相當符合其生平的狀況，也順應其心
態之變化，是故筆者亦感到阮籍詠懷詩之順序，似乎有可能是

經由作者或後人編排整理過的組詩。

三國時代非戰類之詩作，內容有些在描寫戰爭中之場景，如曹操之作品，將自身抽離現場，描述觀察到的景象，有些如曹丕、阮籍，則以自身為主角，寫出所見所聞，而描述之情況都是為符合表達非戰之態度所塑造之氛圍，寫實地描繪出戰爭帶給人民的災難，以及作者憂悶感傷，乃至於後悔的情緒。

三國時代非戰類議論說理的詩作較少，嵇康之作以直接說理之方式，而阮籍則運用意象與例證輔助說理，使說理較為抒情化且具體化，嵇康與阮籍都融合了儒家與道家之人生哲學，詩中或有以格言警惕世人之處。

第三節　三國時代末期與晚唐 戰爭詩的轉變

從嵇康、阮籍二人的戰爭詩型態，可以與晚唐的戰爭詩作一對照，發現有以下幾點近似之處：

一、政治交接的時期

嵇阮二人的生活時代中間沒有什麼重大的戰爭，主要活動時期就在這樣偏安的魏朝末期，而之後緊接著就統一天下的狀況下，詩人對於戰爭的敏感度與興趣，自然就減低了許多。而且當時的主要戰場，已經從兵戎相接的武力戰場轉移到政治舞台上，司馬氏集團與曹魏集團互相鬥爭，於是文人學士人人自危，為了遠禍全身，大多醉心於清談玄理。

相同的晚唐時期也處於政治交接的時期。在政治上同樣是社會混亂、政局動盪、經濟衰竭，戰爭詩到了晚唐，正如洪讚所言：

> 再也聽不到初唐時雄壯的歌聲，也看不到盛唐時既祈禱戰爭又詛咒戰爭的矛盾現象，也聽不到中唐詩人淒苦的征怨和傷亂的哀吟。而只能聽到衰世詩人的頹廢吟。[22]

唐代戰爭詩由積極進取、大量創作的情況，到了晚唐已呈現衰落的疲態，這與三國時代末期的狀況是一致的，儘管並不是向頹廢詩風邁進，而是具有較濃的老莊思想，但同樣對於戰爭詩的創作呈現疲態。

二、詩風轉捩點

正始文學以嵇康、阮籍為代表，雖然上距建安文學僅一二十年時間，但與之相比，無論在思想、內容與風格都有明顯之不同。建安文學中反映民生疾苦與追求建功立業的精神逐漸消失，卻產生對恐怖政治的揭露與反抗，以及對死亡禍難隨時來臨的憂嘆；建安文學中慷慨奮發的進取精神也逐漸消退，代之而起的是否定現實、韜晦遺世的消極反抗思想；正始詩文中濃厚的老莊思想與風格的曲折含渾也與建安文學的明朗剛健截然有異。

而晚唐也同樣是詩風的轉捩點，晚唐的詩人創作的主題，是以細膩的官能感受與情感色彩的捕捉追求為主，對於享樂、休閒、聲色、田園較多刻劃，愛情詩與山水詩是較多吟詠的題

材，唯美主義所帶來的工麗風格也在此時瀰漫詩壇。

正始與晚唐的詩風影響下，戰爭詩的創作便日漸消沈。

三、詩人矛盾與無奈的心情

雖然戰爭詩的創作在正始與晚唐時期都日漸衰退，但其中的創作都可看出當時詩人矛盾與無奈的心情。正始詩人雖然身處於較少戰爭的年代，但卻因政治的鬥爭而無法一展長才，反而比建安時期可以藉由戰爭施行政治抱負，更要糟糕。於是比起建安詩歌少了份進取的風骨，卻多了點避禍全身的哲學素養，其間的矛盾與無奈，從前述的阮籍詩歌中表現尤為明顯。《鍾嶸・詩品》評阮籍：

> 而詠懷之作，可以陶性靈，發幽思。言在耳目之內，情寄八荒之表。洋洋乎會於風雅，使人忘其鄙近，自致遠大，頗多感慨之詞。厥旨淵放，歸趣難求。

就道出阮籍富含哲理，卻又甚多感慨只能寄寓遙深的矛盾與無奈。

晚唐詩人傾向於唯美主義的頹廢詩風，但這也可視為是詩人們對於時代的無奈與矛盾的心情表徵。當時朝廷之內有宦官專權與牛李黨爭，外有藩鎮之亂與流寇肆虐，再加以外患回紇與南詔的侵擾，戰爭頻繁，死傷甚眾，民不聊生。詩人們的戰爭詩大多氣格委靡，雄健豪放者少，亡國哀思之音多，反映出詩人的無奈與矛盾，深感無能為力，人命淺薄，朝不保夕，轉向尋歡作樂的心態。

第四節　結　語

　　從本文可知，嵇阮二人的戰爭詩在當時戰場從武力戰鬥轉移到政治鬥爭的時代背景，與本身遠禍全身處世哲學的影響下，都在他們的創作中只是很微小的一部分。尤其由於嵇康嚮往隱士的心境，造成嵇康創作的戰爭詩，比例極少，唯一相近戰爭詩的一首，也只是間接戰爭詩，討論人生與政治的道理，而可以引申為戰爭的道理，不只是純粹為戰爭而作。而阮籍由於依違儒道的思想、蹭蹬仕途的官路的情況下，則產量稍多，創作的七首戰爭詩中，從這些詩作的內容，可以觀察到阮籍在早期對於戰爭持贊成之態度，認為男兒當征戰沙場，壯志凌雲，為國犧牲，但後來由於覺察到政治的險惡陰謀，也了解到戰爭的無情以及其為政治服務的本質，於是轉而認為應當保身以求善終，甚至對於以往的想法感到悔恨，並期望太平。

　　從嵇康、阮籍二人的戰爭詩型態，可以與晚唐的戰爭詩作一對照，發現有以下幾點近似之處：都是政治交接的時期，也都是詩風轉捩點，都代表著詩人矛盾與無奈的心情，所以可以看出時代背景與當時文風對戰爭詩的創作都具有重大的影響力與改變力，而戰爭詩創作的情況則反映出當時文人對政治與社會環境的滿意程度與關懷程度。

【附錄】　嵇阮戰爭詩

1. 嵇康〈代秋胡歌詩〉其三：

勞謙寡悔，忠信可久安，勞謙寡悔，忠信可久安，天道
害盈，好勝者殘，彊梁致災，多事招患，欲得安樂，獨
有無愆，歌以言之，忠信可久安。

2. 步兵校尉阮籍〈詠懷詩〉其三十一：

駕言發魏都，南向望吹臺。簫管有遺音，梁王安在哉？
戰士食糟糠，賢者處蒿萊。歌舞曲未終，秦兵已復來。
夾林非吾有，朱宮生塵埃。軍敗華陽下，身竟為土灰。

3. 步兵校尉阮籍〈詠懷詩〉其三十八：

炎光延萬里。洪川蕩湍瀨。彎弓掛扶桑。長劍倚天外。
泰山成砥礪。黃河為裳帶。視彼莊周子。榮枯何足賴。
捐身棄中野。烏鳶作患害。豈若雄傑士。功名從此大。

4. 步兵校尉阮籍〈詠懷詩〉其三十九：

壯士何慷慨，志欲威八方，驅車遠行役，受命念自忘，
良弓挾烏號，明甲有精光，臨難不顧生，身死魂飛揚，
豈為全軀士，效命爭戰場，忠為百世榮，義使令名彰，
垂身謝後世，氣節故有常。

5. 阮籍〈詠懷詩〉其四十二：

王業須良輔，建功俟英雄。元凱康哉美，多士頌聲隆。
陰陽有舛錯，日月不常融。天時有否泰，人事多盈沖。
園綺遯南嶽，伯陽隱西戎。保身念道真，榮耀焉足崇。
人誰不善始，尟能克厥終。休哉上世士，萬載垂清風。

6. 阮籍〈詠懷詩〉其六十一：

少年學擊刺。妙伎過曲城。英風截雲霓。超世發奇聲。
揮劍臨沙漠。飲馬九野坰，旗幟何翩翩，但聞金鼓鳴。
軍旅令人悲。烈烈有哀情。念我平常時。悔恨從此生。

7. 阮籍〈詠懷詩〉其六十三：

多慮令志散，寂寞使心憂。翱翔觀陂澤，撫劍登輕舟。

但願長閒暇，後歲復來遊。

8. 阮籍〈采薪者歌〉：

日沒不周西，月出丹淵中。陽精蔽不見，陰光代為雄。

亭亭在須臾，厭厭將復隆。離合雲霧分，往來如飄風。

富貴俯仰間，貧賤何必終。留侯起亡虜，威武赫荒夷。

邵平封東陵，一旦為布衣。枝葉托根柢，死生同盛衰。

得志從命升，失勢與時隤。寒暑代征邁，變化更相推。

禍福無常主，何憂身無歸。推茲由斯理，負薪又何哀。

註　釋

1　洪讚《唐代戰爭詩研究》，國立政治大學中國文學研究所，博士論文，畢業年度：1985。後於1987年10月由台北文史哲出版社出版（初版）。

2　洪讚《唐代戰爭詩研究》，頁2-5。此論文在第一章第二部分「戰爭及戰爭詩釋義」，對「戰爭」及「戰爭詩」定義，僅如正文所言，其他部分則在說明戰爭所造成的現象與傷害、中國文學在描述戰爭時的傳統態度、戰爭文學的三種傾向……等。

3　此處所說為「戰爭前期」之準備，並非指一般承平時期之一般軍隊作戰準備，諸如和平時期之隨時待命狀態，包括平日軍隊戰技訓練與演習、平日補充檢查裝備、調整編制、建立共識與信仰、增進將帥領導統御能力、專業軍事教育……，凡是一般和平時期之常態備戰，皆不同於此處之「戰爭前期」。

4　詳見克勞塞維茨（C. von Clausewitz），鈕先鍾譯，《戰爭論精華》（*A short guide to Clausewitz on war*），頁125-238，李昂納德編（Roger Ashely Leonard），台北：麥田，1996年8月初版。其第四章「戰略」，第五章「會戰」，第六章「防禦」，第七章「攻擊」，為敘述戰爭中期行動之篇章，研究探討甚詳，今不贅述。

5　武秀成譯注《嵇康詩文》，台北：錦繡，1993年再版，頁23。

6　Lawrence Leshan著，劉麗真譯《戰爭心理學》，台北：麥田，1995年出版，頁43。

7　李師清筠《魏晉名士人格研究》，國立台灣師範大學國文研究所碩士論文，1996年5月，頁51。

8 徐公持《阮籍與嵇康》，台北：國文天地，1991年7月初版，頁116。原出版者為上海：上海古籍，1986年5月第一版。

9 徐麗霞《阮籍研究》，國立台灣師範大學國文研究所碩士論文，1979年6月，頁16-99。

10 趙鑫珊、李毅強《戰爭與男性荷爾蒙》，台北：台灣學生，1997年10月初版，頁240。

11 陳沆的《詩比興箋》對此詩作如此解，近人葉嘉瑩《阮籍詠懷詩講錄》，台北：桂冠，2000年2月初版，頁83-86。也主張此詩可以作如此解釋。

12 蘇珊·郎格（Susanne. K. Langer），劉大基、傅志強、周發祥譯《情感與形式》（Feeling and Form），台北：商鼎，1991年10月5日台灣初版，頁251。

13 倪其心譯注《阮籍詩文》，台北：錦繡，1993年再版。此處記阮籍詩共九十五首，與逯欽立本包括殘詩共九十九首略有出入，頁25。

14 張文強《中國魏晉南北朝軍事史》，北京：人民，1994年4月一版，頁12-13。

15 黃崇岳主編《中國歷朝行政管理》，北京：中國人民大學出版社，1998年1月第一版，頁290。

16 高海夫、金性堯主編《古詩漢魏六朝新賞：阮籍》，台北：地球，1993年6月第一版，頁73。

17 李正治〈六朝詠懷組詩研究〉，國立台灣師範大學國文研究所碩士論文，1980年6月，頁161。

18 邱鎮京《阮籍詩研究》，台北：文津，1979年7月初版，頁130。

19 《中國古兵器論叢》，楊泓著，台北：明文，1983年10月初版，頁129-135。

20 李師清筠〈時空情境中的自我影像：以阮籍、陸機、陶淵明詩為例〉，國立台灣師範大學國文研究所博士論文，1999年5月，頁119-120。所謂志業空間是指人在追求建功立業的實踐活動中，所經歷的空間，因而可能展現為他所任職所在的地點，或是行役所經的地方，也可以是征伐所施的戰場。

21 林家驪《新譯阮籍詩文集》，台北：三民，2001年2月出版，頁369。

22 洪讚《唐代戰爭詩研究》，國立政治大學中國文學研究所，博士論文，畢業年度：1985。後於1987年10月由台北文史哲出版社出版（初版），頁327。

第五章
戰爭動亂中的陶淵明
及其解脫之道

提　要

　　去年九二一地震震碎了無數台灣人的天倫夢，今年十月三十一日象神颱風也使得台灣滿目瘡痍。台灣在經歷過嚴重的天災之後，該如何撫平傷口，尋求解脫？

　　天災可怕，人禍也同樣可怕。東晉，一個政治黑暗的時代，然而陶淵明創造了「桃花源」，成為眾人的庇蔭所，也成為現代人悠然神往的理想。面對時代的戰爭頻仍、動盪不安，陶淵明又是如何描寫呢？是故本論文欲整理陶淵明詩作中對於戰爭動亂的部分，藉以體察呈現的情況和藝術，以及他所提供的解脫之道，期望經由本文也能提供台灣一個心靈安定的方法。

　　觀察陶淵明詩作，其對於戰爭動亂有所思考，多集中於仕宦期作品，所以本文首先以仕宦期作品作為範圍，說明其對於戰爭動亂的描寫，並借用心理學的理論探討其表現出來的情感、寓意、事物涵義。其次運用修辭學分析陶淵明如何在動靜

態、色彩、音律方面展現純真的自然美感。最後整理出陶淵明
對於災禍苦難所提供的解決之道。

　　總而言之，陶淵明對於戰爭動亂並不直接描寫其血腥暴
力，亦不歌頌軍功偉大，而是從自身的喜好出發，以純真筆調
寫出對自然田園的嚮往，說明安貧樂道和隱世獨立的快樂，並
藉由田園自然的平適和諧來安頓人心，使人達觀生死、安於變
化。

關鍵詞：陶淵明　戰爭文學　田園詩　隱逸詩　魏晉南北朝

第一節　前　言

　　東漢和帝之後，外戚、宦官輪流專權，接連兩次黨禍，使
得朝政日非，之後爆發黃巾之亂，接著三國鼎立、八王之亂、
五胡亂華，天災人禍互相侵擾。永嘉之亂後，西晉滅亡，東晉
雖然暫時維持偏安局面，然而戰禍仍然頻仍，淝水之戰、孫恩
之亂、桓玄之亂、劉裕北伐、盧循之亂等等，就在這樣一個兵
連禍結、家國殘破、民生凋弊的混亂時代，孕育了陶淵明這位
偉大的詩人。他創造了「桃花源」，成為眾人的庇蔭所，也成
為現代人悠然神往的理想。面對時代的戰爭頻仍、動盪不安，
陶淵明又是如何描寫呢？是故本論文欲整理陶淵明詩作中對於
戰爭動亂的部分，藉以體察呈現的情況和藝術，以及他所提供
的解脫之道。去年九二一地震震碎了無數台灣人的天倫夢，今
年十月三十一日象神颱風也使得台灣滿目瘡痍。台灣在經歷過
嚴重的天災之後，該如何撫平傷口，尋求解脫？期望經由本文

也能提供台灣一個心靈安定的方法。

　　細觀陶淵明詩作，其仕宦期作品最能看出陶淵明在戰爭動亂中的心情和生活，這是由於此期仍在做官，忙於公事，且擔任職務多在軍中的緣故，所以本文將以其仕宦期作品作為取材範圍。根據錢玉峰先生所著《陶詩繫年》[1]，陶淵明仕宦期是從晉孝武帝太元十六年辛卯，陶淵明二十七歲至晉安帝義熙元年乙巳，陶淵明四十一歲為止。詩作計有：〈命子〉、〈庚子歲五月中從都還阻風於規林兩首〉、〈遊斜川並序〉、〈五月旦和戴主簿〉、〈辛丑歲七月赴假還江陵夜行塗口〉、〈和郭主簿兩首〉〈癸卯始春懷古田舍二首〉、〈勸農〉、〈和胡西曹示顧賊曹〉、〈癸卯歲十二月中作與從弟敬遠〉、〈連夜獨飲〉、〈停雲並序〉、〈時運並序〉、〈榮木並序〉、〈始作鎮軍參軍經曲阿作〉、〈雜詩〉之九、〈雜詩〉之十、〈雜詩〉之十一、〈己巳歲三月為建威參軍使都經錢溪〉。此書對於陶詩繫年的考證和解說十分詳盡，是故本論文對於詩作的年代問題暫以此書為依據，並不參與論爭。而陶詩之版本，主要依照《陶淵明集校箋》[2]，旁參《陶淵明詩箋證稿》[3]、《陶潛詩箋註校證論評》[4]等等。

第二節　陶詩與戰亂

　　陶詩中與戰爭動亂相關者有下列數首：〈庚子歲五月從都還阻風於規林〉二首、〈辛丑歲七月赴假還江陵夜行塗中〉、〈始作鎮軍參軍經曲阿〉、〈乙巳歲三月為建威參軍使都經錢溪〉、〈雜詩〉第九、十、十一首。

　　庚子是晉安帝隆安四年，陶淵明作〈庚子歲五月從都還阻風於規林〉二首時，正是戰爭連年。當時由於晉安帝無能，朝政由司馬道子掌管，然而他平庸嗜酒，權力便旁落王國寶和王緒手上。二王擅權引起王恭和殷仲堪聯合進軍建康，此時是隆安元年四月，司馬道子只好殺二王，才平息這場戰役。後來政權又落入司馬元顯之手，此人作威作福更厲，並且主張要削減王恭和殷仲堪的兵權，於是王恭、殷仲堪聯合楊佺期和桓玄，第二次進軍建康，這年是隆安二年七月。然而這一次卻敗於司馬元顯，先是劉牢之叛變導致王恭敗死，其後楊、桓、殷三人又遭分化。到了隆安三年冬，桓玄趁著荊州大水，江陵城內饑荒，一舉攻滅殷仲堪，而楊佺期出兵相救，亦遭攻滅，於是荊、江二州盡入桓玄之手。隆安四年朝廷加封桓玄都督荊、司、梁、雍、秦、益、寧七州諸軍事、荊州刺史。後又加督江州、揚、豫二州的八群，兼領江州刺史。陶淵明此時跟從劉裕作鎮軍參軍一職，這兩首詩便是奉桓玄之命擔任使節前往都城，公畢返回江陵寓所，想順便回去探望他的母親和兄弟，不料到了規林卻被風阻擋。從這樣的背景，不難理解陶淵明嘆行役之苦的心情，更可以明白經過長期爭戰的他，對於家的思念的迫切和被困而不得返回的煎熬。

　　辛丑是隆安五年，陶淵明三十七歲，〈辛丑歲七月赴假還江陵夜行塗中〉這一首詩起因於孫恩之亂，陶淵明受到緊急徵召，所以趕往任所銷假。陶之所以受到詔命，起因於孫恩之亂，孫恩是新安太守孫泰的侄子，隆安二年王恭和殷仲堪聯軍，孫泰以討伐王恭為名聚集民眾，司馬道子命司馬元顯引誘孫泰及其六子入京，將其誅殺。孫恩則逃往海上，常在沿海劫掠，隆安三年，他帶領民眾攻據三吳，後經劉牢之圍剿，十一

月才又被驅逐入海。隆安四年春天，孫恩再次攻破三吳，會稽
太守謝琰戰死，劉牢之又花了將近一年才把他趕回海上。隆安
五年春，孫恩又率眾起兵，此次聲勢浩大，二月出浹口，攻句
章，三月破海鹽，五月陷滬瀆，直趨京師，然而此時司馬尚之
和劉牢之固守京城，劉裕奮力追擊，十一月孫恩再度遠竄入
海。在這種盜賊肆虐、天災人禍不斷的情況下，加上陶淵明母
親孟夫人在這一年也過世了，他想念家鄉和憂傷的情緒，就自
然地流露在詩中了。

　　〈始作鎮軍參軍經曲阿〉一詩是陶淵明從柴桑到石頭，要
赴任劉裕的鎮軍參軍時所作，其實只要順著尋陽沿江而下最為
便捷，然而卻要繞道曲阿，這是因為桓玄之亂的緣故，桓玄之
亂在那時雖然桓玄已經被殺，但並未結束，仍然有桓振和桓謙
等聚眾攻陷江陵，其殘餘部眾也還在江州一帶竄擾，戰亂方
殷，江上軍運繁忙，行動不便，陶只好繞道。陶在此詩中表達
出「仕」與「隱」的掙扎，就是因為當時劉裕屢次破孫恩，又
一戰而勝桓玄，使得晉朝不致被篡，可說是很有可能中興晉
室，所以陶在赴任之時帶有著希望，故云：「時來苟冥會，
宛轡憩通衢。」但心中也無法忘卻喜愛的田園，所以不時的
說：「日倦川途異，心念山澤居。」、「望雲慚高鳥，臨水
愧游魚。」〈雜詩〉第九、十首也是作於此年，一樣表現出
「仕」與「隱」的掙扎，而且更切合戰亂的背景，流露出長久
困於爭戰，強烈思念家人親友的惦念之情。

　　義熙元年正月，桓振以送還安帝為條件要求割荊江二州，
此時魯宗之則擊敗桓蔚，桓振雖打敗了魯宗之，卻被劉毅攻破
江陵，於是潰敗逃往隕川，劉懷肅則追斬馮該於石城，到了三
月桓振死灰復燃，遭到建威將軍劉懷肅平定斬殺，才正式結

束。安帝在三月回到建康，四月論功行賞。陶淵明在年初就因為看出劉裕的野心而辭職回鄉，南歸之後就擔任了劉懷肅的參軍。〈雜詩〉第十一首應是陶淵明辭去劉裕的鎮軍參軍一職，準備南歸之時所作。此時陶淵明看出晉室中興無望，朝廷籠罩在劉裕的勢力之下，詩中滿是為此濃厚的哀傷。〈乙巳歲三月為建威參軍使都經錢溪〉這首詩是在他擔任劉懷肅的參軍後，奉使入都之時，經過錢溪時所作，表達出感物興懷的情緒和眷戀田園的思想。

以上略述各詩的戰亂背景之後，以下來看其表現內容。就所描寫之景、記敘之事而言，多為行役或路途中所見。如：

〈庚子歲五月從都還阻風於規林〉二首之一

　　戢枻守窮湖；高莽眇無界，夏木獨森疏。誰言客舟遠？
　　近瞻百里餘。延目識南嶺，空嘆將焉如！

形容船隻被困，停舟窮湖，見到草原廣大無涯，樹木茂盛扶疏，其實已經接近家了，可以遠望南山，然而不能前進，更令人感到焦急。

〈庚子歲五月從都還阻風於規林〉二首之二

　　崩浪聒天響，長風無息時。

形容浪大拍打岸頭的聲音響徹雲霄，風狂得彷彿沒有盡頭。

〈辛丑歲七月赴假還江陵夜行塗中〉

叩枻新秋月，臨流別友生；涼風起將夕，夜景湛虛明；
昭昭天宇闊，晶晶川上平。懷役不遑寐。中宵尚孤征。

描述划船時見到新秋時節的月亮，在江流邊和朋友告別；此時吹起陣陣涼風，夜空一片清澄；天空遼闊，川上月色明靜潔白。而他一個人身負責任無暇安睡，半夜裡還在趕路。運用摹寫將各種感官所感受的觸覺、視覺一一描述，使景象更鮮明化。

〈始作鎮軍參軍經曲阿〉

宛轡憩通衢。投策命晨裝，暫與園田疏。眇眇孤舟逝，綿綿歸思紆。我行豈不遙？登降千里餘。

記敘自己駕著馬車在路上休息，一大早整理衣裝準備出任鎮軍參軍，暫時將和田園分別。船行越來越遠，歸去的思念也越來越濃。自己的行程如何不遙遠呢？計有千里之多。利用類疊加強行走的路和歸思漸漸增多的情況。

這些詩作，陶淵明多是記敘自己所見的自然之景和記錄行役過程，忠實地敘述出所見所聞，描寫得有如歷歷在目。方師祖燊便曾評〈辛丑歲七月赴假還江陵夜行塗中〉：「『叩枻新秋月』六句，寫景晶美生動。」[5]洪順隆也評〈始作鎮軍參軍經曲阿〉云：「這首全是敘事，……而『苟冥會』、『宛轡』、『命晨裝』、『登降』，鑄詞精警，意象鮮明，敘事中，隱隱見景色。」[6]所評皆精當，亦可見陶淵明將景色具體描繪之能力，用意象真實地呈現所見的情況。其他如：〈雜詩〉

之九：「順流追時遷。日沒星與昴，勢翳西山巔。」之十：
「驅役無停息，軒裳逝東崖。沈陰擬薰麝，寒氣激我懷；歲
月有常御，我來淹已彌。」〈乙巳歲三月為建威參軍使督經
錢溪〉：「我不踐斯境，歲月好已積；晨夕看山川，事事
悉如昔。微雨洗高林，清飆矯雲翮；眷彼品物存，義風都
未隔。」等等都是記述其行役中所見聞、所經歷之事。

　　就其所抒發之情感來看，多為一名遊子思家的殷殷情意，
或思念家鄉，或思念妻子，或思念親友，和在外慨嘆行役之苦
的哀傷之情，並抒發對時局革新的期盼。

〈雜詩〉之九

　　遙遙從羈役，一心處兩端。掩淚汎東逝，……蕭條隔天
　　涯，惆悵念常餐；慷慨思南歸，路遐無由緣。關梁難虧
　　替，絕音寄斯篇。

　　羈旅行役遙遠漫長，一顆心懸在家裡和征途。忍著眼淚向
東方前進，……寂寞地和家鄉相隔天涯，惆悵地想念著家裡的
菜餚；非常想要往南歸去，但是路途遙遠無從回去。不可能停
止行役，只好寫作此詩寄回家中。寫來情意哀戚，一個困於長
久行役，有家歸不得的遊子，非常思念家鄉的痛苦，清楚地傳
達給讀者。

〈雜詩〉之十

　　驅役無停息，軒裳逝東崖。沈陰擬薰麝，寒氣激我懷；
　　歲月有常御，我來淹已彌。慷慨憶綢繆，此情久已離；
　　荏苒經十載，暫為人所羈。庭宇翳餘木，倏忽日月虧。

　　每日行役沒有停息，乘車往東方去。天氣陰沈，寒氣使我懷想，歲月不斷地前進，我來此已經很久了，想起我的妻子，已經分別很久，經過十年，目前暫時被人所羈絆，庭院中的樹木十分高大，時光真是流逝快速。此詩也是說明長久在外，感慨歲月不斷消逝，並且想念起亡妻，更令人心酸唏噓。

〈乙巳歲三月為建威參軍使督經錢溪〉

> 我不踐斯境，歲月好已積；晨夕看山川，事事悉如昔。
> 微雨洗高林，清飆矯雲翮；眷彼品物存，義風都未隔。
> 伊余何為者？勉勵從茲役。一形似有制，素襟不可易。
> 田園日夢想，安得久離析？終懷在歸舟，諒哉宜霜柏。

　　我已經好久不到此處，看著山川，仍然如同往昔，大雨清洗過樹林，雲中的鳥兒在風中高飛著；喜歡的眾物都還存在，崇尚正義的風氣並未阻隔。那麼我又在做什麼呢？努力從事為建威將軍出使京都。身體似乎受到牽制，平日想閒居田園修身保真的襟懷不能改變。每天夢想著田園，怎麼能與之長久分離？最後的懷抱在於歸去，實在是高潔的君子。陶淵明在此抒發出對於政治理想的期待，帶著革新的希望，認為直道仍存。另一方面用強烈的設問再次強調自己熱愛田園欲歸去的心志。

〈雜詩〉之十一

> 我行未云遠，回顧慘風涼。春燕應節起，高飛拂梁塵。
> 邊雁悲無所，代謝歸北鄉。離鵾鳴清池，涉暑經秋霜。
> 愁人難為辭，遙遙春夜長。

仰看明月詩當枕
——論中國古典詩

　　述說行役中哀傷的情感。運用「春燕」、「邊雁」、「離鶤」
三種鳥類無家可歸來象徵自己行役的生活，也象徵了朝廷無
望，人才無法一展長才。最後感嘆春夜的漫長，讓人感受到無
窮無盡的淒涼。

　　陶淵明在詩中或是直抒其情，或是曲折象徵，可以看出他
在行役中的淒苦哀傷，日夜思念田園與家鄉，牽掛家鄉的親朋
好友，心中充滿了「仕」與「隱」的猶豫，對於時局時好時壞
的希望和破滅。其他如：〈庚子歲五月從都還阻風於規林〉二
首之一：「行行循歸路，計日望舊居；一欣待溫顏，再喜
見友于！鼓棹路崎曲，指景限西隅；江山豈不險？歸子念
前途。」〈辛丑歲七月赴假還江陵夜行塗中〉：「詩書敦宿
好，林園無俗情。如何捨此去？遙遙至西荊！」〈始作鎮軍
參軍經曲阿〉：「日倦川途異，心念山澤居。望雲慚高鳥，
臨水愧游魚。真想初在襟，誰謂形跡拘？聊且憑化遷，終
返班生廬。」等等都可見其情感。《詩譜》曾云：

> 陶淵明心存忠義，心處閒逸，情真景真，事真意真，幾
> 於〈十九首〉矣，但氣差緩耳。至其工夫精密，天然無
> 斧鑿痕跡，又有出於〈十九首〉之表者。盛唐諸家風韻
> 皆出此。[7]

　　也是評論陶詩情意真摯，自然流露其心聲，媲美〈十九
首〉。近人陶文鵬也曾評曰：「感情真摯，無矯揉造作之
態，故筆墨隨情意流轉，如行雲流水，舒卷自如。」[8]可見
陶淵明在書寫時自然發抒的情感令人動容之深。

　　此外從這些詩作的人物來看，主要的人物焦點集中在陶淵

明一人身上，所看到接觸到的景物是經由陶淵明之眼，所思念之人是發自陶之心，如〈庚子歲五月從都還阻風於規林〉二首之一中的實際出現的人是陶淵明，而「一欣待溫顏，再喜見友于」所提到的「溫顏」（母親）、「友于」（兄弟）都是他所想念的，是虛的。而「江山豈不險？歸子念前途。凱風負我心，戢枻守窮湖」、「誰言客舟遠？近瞻百里餘。延目識南嶺，空嘆將焉如！」正是他喃喃自語、自問自答的筆調。「高莽眇無界，夏木獨森疏。」則是他所見之景。〈庚子歲五月從都還阻風於規林〉二首之二中實際出現的人也是陶淵明，「自古嘆行役，我今始知之！山川一何曠，巽坎難與期。」是其無奈的嘆息。「崩浪聒天響，長風無息時。」是其親眼所見。「久游戀所生，如何淹在茲？靜念園林好，人間良可辭；當年詎有幾？縱心復何疑！」是他一面懷疑現況，一面肯定自我心志。而「所生」（母親）仍是他所依戀想像的對象，只是虛的人物。

　　〈辛丑歲七月赴假還江陵夜行塗中〉中的人只有陶和其不知名的朋友。「詩書敦宿好，林園無俗情。如何捨此去？遙遙至西荊！」陶在此說明自己的喜好與當時生活。「叩枻新秋月，臨流別友生」這裡出現了那位不知名的友人。「涼風起將夕，夜景湛虛明；昭昭天宇闊，晶晶川上平。懷役不遑寐。中宵尚孤征。商歌非吾事，依依在耦耕。……」描寫他所見所觸，以及他的想法。〈始作鎮軍參軍經曲阿〉中只有陶淵明一人，述說的全是他的生活和感受。「弱齡寄事外，委懷在琴書。被褐欣自得，屢空常晏如。」寫的是他的怡然自得。「時來苟冥會，宛轡憩通衢。投策命晨裝，暫與園田疏」寫的是當時生活。「眇眇孤舟逝，綿綿歸思紆。我

行豈不遙？登降千里餘。日倦川途異，心念山澤居……」
寫的是他的想家。

其他各首也是如此，如〈雜詩〉之十一首，詩中僅陶淵明
一人，而將看到之春燕、邊雁、離鵾作為象徵。〈乙巳歲三月
為建威參軍使都經錢溪〉人物也僅有陶淵明一人。〈雜詩〉之
十首，詩中實際人物為陶淵明，另有其妻為思念的想像人物。
〈雜詩〉之九，人物亦僅陶淵明一人。可見陶淵明這些詩作是
屬於個人的，展現出他的個性，內容接近於一種自言自語的獨
白式口吻。《中外藝術創作心理學》曰：

> 記憶是將外物之像固定，隱藏（保守），使之再現，所
> 謂保存，即並不想它們的存在；再現，是使它再生活在
> 意識中，這三個步驟：記憶與想像乃是相同的，……想
> 像呢，尤其是創作的想像，它在與記憶相同的步驟而
> 外，還有一種聯想；並且它還可以剪裁綜合，創造出一
> 種在原想像官能中所沒有的境界。[9]

而陶淵明在此就是將他所保存的記憶重新透過自己的修飾
融合，創作出自己的作品，並使用一種自白的方式呈現，這樣
的個性化自白更可看出陶依據所感受體會的作為基礎，將記憶
和想像重新排列組合的創作藝術，而其表現的「真」，是一種
記憶與想像之間緊密結合的真實呈現[10]。黑格爾就曾說：「藝
術家的創作能力，接近一種自然稟賦，以便把握實在性，
而留住它的形式。」[11]

總而言之，陶淵明是將自己在行役中的所見所感，以一種
獨白的方式娓娓道出，塑造出一個極為想念家鄉的天涯遊子形

象

第三節　陶淵明的創作心理

　　既然其創作來自於陶淵明本身的記憶與想像，那麼他會採取如此的記憶片段，並且使用這樣的呈現方式，應有其創作的心理，以下藉由心理學來試著探析。

一、不強烈反戰的心理因素

　　戰爭時兩軍相交，互相討伐，殺戮殘酷，血流飄櫓、白骨蔽平原的情景甚至不能說是誇飾。屈原〈國殤〉就寫著：

> 操吳戈兮披犀甲，車錯轂兮短兵接。旌蔽日兮敵若雲，矢交墜兮士爭先。凌余陣兮躐余行，左驂殪兮右刃傷。霾兩輪兮縶四馬，援玉枹兮擊鳴鼓。天時墜兮威靈怒，嚴殺盡兮棄原野。

　　又如〈戰城南〉：「戰城南，死郭北，野死不葬烏可食。」都可看出戰火蔓延，屍橫遍野的悲慘情況。然而在陶詩中卻不見其描寫此種情形，這自然是出於他的選擇。何以如此，試著從以下各方面了解。

（一）對先祖的感念

　　陶淵明在〈命子〉一詩中提到：「於赫愍侯，運當攀

龍，撫劍風邁，顯茲武功，書誓山河，啟土開封。」指他的先祖陶舍在漢高祖時封為開封愍侯，追隨漢主建立功業，有強大的武功，所以封於開封邑。又講到曾祖陶侃：「在我中晉，業融長沙。桓桓長沙，伊勳伊德；天子疇我，專征南國。功遂辭歸，臨寵不忒。」讚美陶侃對於東晉有功，封為長沙郡公，功業威武，天子都靠其討伐張昌、陳敏、蘇峻等江南亂事，功成身退，受到寵愛也不會行為差誤。陶侃官至八州都督，封長沙郡公，勤於政務、關心民瘼。都督是東晉掌最高軍權者，《晉書・職官志》：「及晉受禪，都督諸軍為上，監諸軍次之……使持節得殺二千石以下，……」都督在當時權力相當驚人，正因都督制的實行所以導致軍權旁落，使得野心者可和中央抗衡，造成晉朝崩潰，劉裕篡東晉[12]。陶侃當時權高位重，從陶淵明詩中看來，可知其對於陶侃的崇敬。莊優銘就曾說過：「陶淵明頗以其曾祖自矜，大加宣揚。」[13]

　　父母親對於其親生的子女有很深遠的影響，孩子的出生是經由父母染色體的結合而成，基因已經決定了某些「指令」，例如智商、長相等等。而父母親對子女後天的教養也會影響子女的行為模式，其本身的價值觀、意識型態也會有所影響。而祖先的影響也是巨大的，《語意與心理分析》：「祖父母，不論生或死，對子孫的言行都有很大的影響。許多兒童不但模仿祖父母，並且希望自己就是祖父母。」[14]人們常需要以祖先來證實自己存在的價值，如果祖先是偉人，子孫將不自覺的感到驕傲，使祖先成為家庭的英雄，成為模仿的對象。「兒童對祖父母的態度是既敬又畏，這種敬畏的原始情感對兒童的原生形式時有很大的影響力。」[15]中國人重視家庭與家族尤甚，連英國人Jhonston都注意到：

> 要了解中國這奇異的安定及長久不墜的社會制度，沒有
> 比這個事實更重要的；即社會和政治的單元是同一的，
> 而此一單元不是個人而是家庭。[16]

「家」不只是一個生殖單位，還是社會、經濟、教育、文化、政治，甚至是宗教、娛樂的單位，凝聚了整個社會力量，「家」不只限於同一屋簷下的成員，橫的擴及到整個家族、宗族、氏族，縱的上達祖先，下及子孫。中國是一典型的父系社會，整個社會結構是建立在倫常關係上，連職業也常常是祖父傳父，父再傳子。直到如今仍有許多家族企業，如國泰的蔡氏家族、台塑的王氏家族；不僅中國如此，外國也是一樣，如甘迺迪家族、大小羅斯福，甚至最近的大小布希等等。由陶淵明對於先祖崇敬的情況可知其對於其祖先的驕傲，而且以身為其後代為榮，從此可見陶淵明對於「軍人」和「戰爭」的心態，應不是排斥，甚至較一般人接受而且適應。

（二）少年時的壯志

另一方面，陶淵明在少壯之時，胸懷大志，對於國家社會有很深的責任感。〈擬古〉之八：「少時壯且厲，撫劍獨行遊。誰言行遊近？張掖至幽州。飢食首陽薇，渴飲易水流。」可以看出他少年時期的忠肝義膽，雄偉壯烈的氣魄，想要自己提著利劍，南征北討地創立功業的雄心壯志。而〈雜詩〉之五也說：「憶我少壯時，無樂自欣豫。猛志逸四海，騫翮思遠翥。」都可見陶淵明少年時期滿腔熱血的氣概，懷有樂觀進取的凌雲之志，希望使衰弱的國家有一番新氣象。黃仲崙曾將陶淵明作品分類，第一類便是壯志篇[17]。這樣一個擊

劍任俠的他，對於爭戰自然是不會反對，而是希望藉由戰爭促
使改革。《戰爭心理學》言：

> 從歷史的觀點看，還有一種方法可以解決人企圖「追求
> 自我」和「歸屬群體」的內在衝突。這種方法幾乎在每
> 種文化裡都看得見；它不但能讓人覺得自己是獨立的個
> 體，同時，還能讓人強烈感受到自己是群體的一份子。
> 這種方法就是戰爭。[18]

　　陶淵明便是藉由戰爭來追求自我的成就，達成模仿先祖光
輝的心願。

（三）軍職的需要

　　此外，陶淵明當時身為參軍，是軍隊中的一員，為了職務
上的工作，也不適合對於戰爭採取負面的描述。《戰爭藝術》
一書中曾提到：

> 儘管一個國家在軍事組織方面，具有極良好的規模，但
> 是政府在同時並不培養人民的尚武精神，那麼這個國家
> 還是不會強盛的。

　　並且進一步指出：「專門在民間提倡尚武精神還不夠，
而對於軍隊本身的士氣，尤其應該加以激勵。」[19]可見尚武
精神和士氣在軍隊這樣的人際團體中的重要性。可知在軍隊中
作品必須用來鼓舞士氣、提振軍中人心，使軍中將士對國家和
軍隊產生認同感。《人事心理學》：「士氣的內涵是員工對團

體感到滿足、樂意為團體的一員及願意達成團體目標。」[20]
反之，如果軍中充斥著反戰和厭戰的情緒，軍隊士氣就會一蹶
不振，使軍人覺得軍隊不是一個理想的團體，想要脫離軍隊，
並以身為其中一員為恥，當然就不願與其他成員合作，那麼戰
爭的結果就可想而知。陶淵明身為軍人子弟，自然明白士氣的
重要，而且對於國家懷有熱忱，希望救國於危難的他，也不願
意打擊己方的士氣，挫折己方的銳氣，而是希望國家能強盛起
來。

二、不歌頌軍功的心理因素

　　詩人對於戰爭除了反戰厭戰的情緒之外，另一種常出現的
情況是歌頌軍功偉大，讚揚領袖英明。如曹植〈白馬篇〉：

> 白馬飾金羈，連翩西北馳。……控弦破左的，右發摧月
> 支。仰手接飛猱，俯身散馬蹄。狡捷過猴猿，勇剽若豹
> 螭。……長驅蹈匈奴，左顧凌鮮卑。……捐軀赴國難，
> 視死忽如歸！

　　塑造出一位年輕英雄的形象，他擁有高超的武藝，而且馳
騁戰場奮勇殺敵，一心報效國家、視死如歸的崇高精神，使人
欽佩，讓人忍不住想要謳歌青年壯士的可貴。左思〈詠史〉之
一：「長嘯激清風，志若無東吳。……左眄澄江湘，右盼
定羌胡。」積極進取的精神流露其間，顯出建立功業的偉
大，瀟灑高亢的胸懷，流暢地令人喜悅。然而觀察陶淵明在動
亂中的詩作，其中並沒有高聲歌頌軍功的內容，喜悅高亢的情

緒也杳無影蹤，更別提令人佩服的英雄或是領袖形象了。而此中所呈現的心理，可從下列幾個方面討論。

（一）未遇知音

王粲〈從軍詩〉五首內容幾乎全為讚頌軍功和稱美領袖，歌頌將領君王英明，軍功偉大的如「其二：昔人從公旦，一徂輒三齡。今我神武師，暫往必速平。」讚頌我方軍隊的強大，用今昔對照的方式，拿古代賢人來映襯，更顯得我軍的優秀。敘寫軍容壯盛如其二：「我軍順時發，桓桓東南征。泛舟蓋長川，陳卒被隰坰。」從此處可以想見當時兵力的強大，人數的眾多，軍隊浩浩蕩蕩出發的壯闊場面。說明戰勝的優點和重要性，如其一寫到：「陳賞越丘山，酒肉踰川坻。軍人多飫饒，人馬皆溢肥。徒行兼乘還，空出有餘資。……歌舞入鄴城，所願獲無違。」此處說明從軍的好處，說盡當兵的優點。表明自願從軍為國效力的堅決勇氣，如其一寫著：「外參時明政，內不廢家私。禽獸憚為犧，良苗實已揮。不能效沮溺，相隨把鋤犁。孰覽夫子詩，信知所言非。」表明自己願意報效國家的決心。強調為國效勞是理所當然，甚至還批駁清高的隱士，否定孔子想要隱居的志向。難怪劉勰批評王粲：「輕脆以躁競。」[21]認為他不莊嚴卻急於做官。

因為其早年依附劉表，不得重用，其千古名作〈登樓賦〉曾言：「懼瓠瓜之徒懸，畏井渫之莫食。」更發抒懷才不遇的感慨。後得曹操看重，先任為丞相掾，賜爵關內侯，後遷軍謀祭酒，建國後拜為侍中。這樣的重用，也就不難明白他何以言：「詩人美樂土，雖客猶願留。」他在職期間對於建立魏國制度貢獻良多，詩中所言：「鞠躬中堅內，微畫無所陳。」

實為謙詞。王粲最後是在征吳途中病逝，一生鞠躬盡瘁，真如詩中所說：「雖無鉛刀用，庶幾奮薄身。」察其生平之後，便知其所言不虛，雖然幾乎為讚美之辭，但從詩人心態來說，其心可憫，他是直接將感恩報答之心，表現在詩的內容中，更以行動來證明想法。

　　反觀陶淵明做官時期，他在〈榮木〉寫著：「先師遺訓，予豈云墜；四十無聞，斯不足畏。脂我名車，策我名驥，千里雖遙，孰敢不至。」藉著孔子遺訓砥礪自己，表達想要立功的心意。而在此詩序中則說出自己的感慨：「榮木，念將老也。日月推遷，已復九夏；總角聞道，白首無成。」嘆息自己已經將要衰老，卻仍然蹉跎時光，害怕終將一事無成。方師祖燊便說此詩是因殷景仁入京出任劉裕的參軍，使陶淵明感到四十歲了，自己的壯志與理想沒有一件實現過[22]。前面提到的〈雜詩〉第十一首內容也是以象徵來代表朝廷無望，個人無處一展長才。

　　在〈和胡西曹示顧賊曹〉中更清楚表達了想要立功卻未獲重用的悲哀：

> 蕤賓五月中，清朝起南颸；不駛亦不遲，飄飄吹我衣。
> 重雲蔽白日，閒雨紛微微。流目視西園，曄曄榮紫葵；
> 於今甚可愛，奈何當復衰！感物願及時，每恨靡所揮。
> 悠悠待秋稼，寥落將賒遲。逸想不可淹，猖狂獨長悲。

　　「西曹」是記錄功勞之官，「賊曹」是主管盜賊訴訟的官吏，陶淵明以此詩向他們表達自己就像是五月的紫葵，行當衰落，而「有志不獲騁」。陶希望能及時有為，但因為身無事

權，無從發揮起，所以在詩中強烈的感傷。在陶淵明做官時期終究是沒有遇到知音者，空有才能卻無人賞識，猶如豔麗美好的花朵卻無蜜蜂蝴蝶之喜愛，最後仍無法有結果，在生活上沒有一個可以效力的對象，詩中自然也就沒有崇高偉大的英雄和領袖了。孫子兵法曰：

> 一曰信，二曰忠，三曰敢。安忠？忠王。安信？信賞。
> 安敢？敢去不善。不忠於王，不敢用其兵。不信於賞，
> 百姓弗德。不敢去不善，百姓弗畏。[23]

就已經說明了領袖必須公正賞罰才能贏得部屬之信心，使士卒敢於作戰的道理。

再看看陶淵明仕宦期所任之官，計有：州祭酒、鎮軍將軍參軍、建威將軍參軍、彭澤令[24]，這些都是地位較低的官職，能夠發揮的空間不大，薪俸也少，成就感自然低落，陶詩無法描述意氣風發的輝煌成果是可想而知的。《社會心理學》中言：「當別人支持我們時，便提供給我們這種覺得自己是有能力有價值的感覺。」[25]並且更詳細地說明：「一個多采多姿及健全的社會生活必須有很完整的社會關係網路，才能滿足所有的社會需求；與他人的人際關係無法滿足必須的社會需求時，便感受到寂寞的痛苦。」陶淵明在仕宦期沒有遇到賞識他的人，無論在精神上或事業上都沒有支持他的在上位者，空有能力而無法伸展，連帶地未能突顯個人的才華和價值，精神上便無法滿足於現狀，詩中自然流露出哀傷，而無法見到英明勇敢的領袖，更無法有輕駿豪壯的筆調。

（二）天性使然

　　雖然陶淵明基於祖先的傳統和對於國家的忠誠仍有想要為官的念頭，但是做了一陣子的官職之後，發現和其個性實有天壤之別，他的個性並不適合。〈飲酒〉第九：

> 壺漿遠見候，疑我與時乖：「襤褸茅簷下，未足為高棲；一世皆尚同，願君汩其泥。」「深感父老言，稟氣寡所諧。紆轡誠可學，違己詎非迷？且共歡此飲，吾駕不可回！」

　　寫老農來勸他隨俗出仕，陶認為自己稟性不能諧附世俗，出仕是違背己心，表明退隱之志不可更改。頗似屈原〈漁父〉之筆法。《古詩新賞》曰：「詩人以隱居田園是我天性，謝絕了老人的好意。」又曰：「究其實，他的好田園、樂山水；他的落落寡合，息交絕游，源於質性的成分少，出於不得已的苦衷多。」其後再言：

> 詩中所說的「稟氣」，雖涉於性分之理，實飽含人生經歷艱難險峻知情，所說的「違己」，也無非是飽嘗了「為五斗米折腰向鄉里小人」的辛酸而悟出的人生哲理。[26]

　　陶淵明固然有做官之志，雖然未遇知音，但從前面分析的仕宦期作品來看，心中也一直嚮往山林，所以他的好山水雖確有不得已的苦衷，他託言的「稟氣」也飽含人生歷練，但也可說是他隱藏的天性，是他在經歷風霜後才體悟出自己的內在聲

音，也才發現了不適合官場的事實。〈飲酒〉第十提到：
「在昔曾遠遊，直至東海隅。……此行誰使然？似為飢所
驅。傾身營一飽，少許便有餘。恐此非名計，息駕歸閒
居。」《陶淵明詩選》：「本詩是追寫他往昔為貧窮飢餓所
驅使，出去做官的情形，以及辭官歸隱的本意。」[27]中間自
問自答，相當有趣。從前面的分析，自然可知並不是「飢餓驅
使」這樣單純。但可明白陶淵明到後來已經愈來愈了解自己真
正所喜歡的生活型態，愈來愈肯定自己辭官歸隱的正確選擇。
《藝術心理學》：「藝術是個體延續生命，在以有限突破無
限，在以人性追求神性之突破，藝術為創作而生的。」[28]由
這些詩作看來，陶淵明是一個真情實意的文學藝術創作者，以
陶淵明的「真」，他的創作源於他的真實情感，所以必定無法
扭曲自己的心意，勉強地歌功頌德以求的榮華富貴。

　　提到陶淵明的「真」，是大家有目共睹的，也是歷來評論
者所讚佩的。《陶淵明之人品與詩品》曾說：「淵明本性率
真，率真即是自然。」[29]從陶淵明作品可看出其不勉強自
己，也不矯揉造作，為文作詩都是率性保真，一字一句都是真
情流露，既非自命清高，也非沽名釣譽。蘇東坡便讚曰：
「陶淵明欲仕則仕，不以求之為嫌；欲隱則隱，不以去之為
高。……古人賢之，貴其真也。」（〈書李簡夫詩書後〉）劉
熙載亦云：「詩可數年不作，不可一作不真，陶淵名字庚子
距丙辰十七年間，作詩九首，其詩之真更須問耶。」（〈藝
概〉）都指出陶詩純自真情而來，是一至性之人。剛村繁說：
「通觀淵明的生涯，他所追求的理想精神境界以及所最為強
調的是『真』這一概念。」[30]在陶詩有提到「真」的部分，
有〈勸農〉、〈連雨獨飲〉、〈始作鎮軍參軍經曲阿〉、〈辛丑

歲七月赴假還江陵夜行塗〉、〈飲酒〉之五、〈飲酒〉二十、〈感士不遇賦〉序。他所講的真並非哲學思考的精確概念，而是帶有情緒性的理念，是一種接近自然純樸的意義，希望能不受他人影響、外物牽絆，像陶淵明如此期待完全自由自在、無拘無束境界的人，自然更不可能為了求得仕途平順而矯情地歌功頌德。

　　總而言之，筆者以為陶淵明基於率真自然的個性，對於顛沛流離的戰爭動亂生活，既不描寫生靈塗炭的激烈戰況，也不將戰爭說得聖潔高尚，也就是既不刻意作一位反戰份子，也不作一名保家衛國的英雄，而是以一種更貼近一般人民的抒情筆調，自然地流露出感傷思家卻又不時渴望國家強盛，想要有所作為的「一心處兩端」[31]的矛盾情緒。

第四節　陶淵明的解脫之道

　　歸納陶淵明仕宦期的作品，可以看出他對於動盪不安生活的想法，而其中包含著他的解脫之道，以下各種方式即是。

一、達觀生死

⑴〈五月旦作，和戴主簿〉：
　　既來孰不去？人理固有終。

⑵〈連雨獨飲〉：
　　運生會歸盡，終古謂之然。世間有松喬，於今定何聞。

故老贈余酒，乃言飲得仙；試酌百情遠，重觴忽忘天。
天豈去此哉，認真無所先。雲鶴有奇翼，八表須臾還；
自我抱茲獨，僶俛四十年。形骸久已化，心在復何言。

　　他在上述詩中認為要以達觀的態度面對生死，(1)說明人的
生死是自然的，以設問套出固定的答案，顯示生死的必然性。
《莊子·達生篇》：「生之來，不能卻；其去不能止。」也
是同樣道理。(2)則是言他在連雨之時獨飲的感想：「在自然
現象的變化中，各種生物終當歸於死亡。神仙不老的說法
是不可相信的，飲酒自樂，與物無爭，連天也可渾然忘記。」
《陶淵明評論》：「他的獨特的思想，就是極端的現世主義
的達觀，『連雨獨飲』充分表現了這種思想。」[32]在那樣戰
爭頻仍的時代，人的生死不定，陶能以達觀生死的態度來面對
人生，不僅對於當時的人有心靈慰藉的功能，更顯得開闊。

二、安於變化、適志隨意

(1)〈五月旦作，和戴主簿〉：

遷化或夷險，肆志無窊隆。即事如已高，何必升華嵩。

(2)〈遊斜川〉：

開歲倏五十，吾生行歸休；念之動中懷，及辰為之遊。
未知從今去，當復如此不？中觴縱遙情，忘彼千載憂；
且極今朝樂，明日非所求。

　　除了對於人生的開始和結束，陶淵明認為要達觀之外。在

平日生活中，陶淵明則以為要能安於變化、適志隨意。(1)提到人事變化不論平夷或艱險，只要能肆意縱志，就無所謂隆窊高下，更不必登山求仙。(2)寫到要及時遊玩，飲酒消憂，只求今朝歡樂不要惦記明日。都可以看出陶淵明對於人生只求肆志隨意，無入而不自得的境界。《陶淵明傳記》記〈遊斜川〉一詩言：「年老將至，就感到悲哀，這種意識，在魏晉時代的人，更有共同感受。」[33]事實上魏晉南北朝時代人民常常處於危殆不安的情況，對於未來極端悲哀和憂慮，而陶淵明便在詩中表現出要把握當下，過自己的生活，讓自己的心靈自由，這不啻是一種最好的心靈良藥。

三、安貧樂道

(1)〈癸卯歲十二月中作與從弟敬遠〉：

寢跡衡門下，邈與世相絕。顧眄莫誰知，荊扉晝長閉。
淒淒歲暮風，翳翳經日雪，傾耳無希聲，在目皓已潔。
勁風侵襟袖，簞瓢謝屢設。
歷覽千載書，時時見遺烈；高操非所攀，謬得固窮節。
平津苟不由，栖遲詎為拙！寄意一言外，茲契誰能別。

(2)〈五月旦作，和戴主簿〉：

居常待其盡，曲肱豈傷沖？

(3)〈始作鎮軍參軍經曲阿〉：

被褐欣自得，屢空常晏如。

「安貧樂道」也是陶淵明在詩中面對生活的一種方式。(1)寫他輕視名利，效法顏淵的生活，要固窮守節。(2)認為要有儒家的安貧樂道精神，能居於平常之貧，不傷沖虛淡泊的生活。(3)寫不論是穿粗衣或窮困都能安然自得。在戰爭多的時代，常常物產不足，民不聊生，所以陶便以「安貧樂道」自勉。《陶淵明詩箋證稿》記載〈癸卯歲十二月中作與從第敬遠〉一詩言：「丁箋注：『程傳：敬遠能甘貧遺世，讀書躬耕，稱先生同志。』」[34]可知陶之安貧樂道，並且與相同志趣者結交。

四、回歸田園

(1)〈和郭主簿〉二首之一：

園蔬有餘滋，舊穀猶儲今；營己良有極，過足非所欽。
春秫作美酒，酒熟吾自斟。

(2)〈停雲〉：

東園之樹，枝條載榮，競用新好，以招余情。

(3)〈癸卯始春懷古田舍〉二首之二：

先師有遺訓，憂道不憂貧；瞻望邈難逮，轉欲志長勤。
秉耒歡時務，解顏勸農人。平疇交遠風，良苗亦懷新。
雖未量歲功，即事多所欣。

(4)〈勸農〉：

悠悠上古，厥初生民，傲然自足，抱樸含真。智巧既

萌，資待靡因，誰其瞻之，實賴哲人。哲人伊何？時惟
后稷；瞻之伊何？實曰播植。舜既躬耕，禹亦稼穡；遠
若周典，八政始食。熙熙令德；猗猗原陸，卉木繁榮，
和風清穆。紛紛士女，趨時競逐；桑婦宵興，農夫野
宿。氣節易過，和澤難久。冀缺攜儷，沮溺結耦。相彼
賢達，猶勤隴畝；矧伊眾庶，曳裾拱手。民生在勤，勤
則不匱。宴安自遺，歲暮奚冀！儋石不儲，飢寒交至，
顧予儔列，能不懷愧！孔耽道德，樊須斯鄙。董樂琴
書，田園不履。若能超然，投跡高軌，敢不斂衽，敬讚
德美。

(5)〈時運〉：

洋洋平津，乃漱乃濯，邈邈遐景，載欣載矚。人亦有
言，稱心易足，揮茲一觴，陶然自樂。

(6)〈庚子歲五月從都還阻風於規林〉二首之二：

靜念園林好，人間良可辭；當年詎有幾？縱心復何疑！

(7)〈乙巳歲三月為建威參軍使督經錢溪〉：

田園日夢想，安得久離析？終懷在歸舟，諒哉宜霜柏。

從〈癸卯始春懷古田舍〉二首之二，陶淵明從安貧樂道轉
而更進一步認為回歸田園較實在，說明孔子雖然說過憂道不憂
貧，但是安貧樂道實在是高遠難企及，於是轉而從事農耕，並
寫從事農耕之樂，不過仍偶爾流露對時局紛亂的憂慮，最後歸
結自己在亂世中還是效法長沮桀溺，隱居隴畝。以上各詩可見

陶淵明對於回歸田園的思想。有的說出農耕生活的滿足與快樂；有的道出農園的美好景色和吸引陶之處；有的表明自己喜好嚮往田園的心意。而〈勸農〉一首，更是洋洋灑灑，以長篇來勸說世人作農人的好處，似乎頗有許行「農家」之氣勢。強調古聖君重視農政，對民食的關係，勉勵眾人勤於耕作，才能免於飢餓。當時如此兵荒馬亂之時，眾人的經濟民生是很大的社會問題，《中國封建社會史論》：「魏晉統治階級受了漢代農民推翻封建王朝的教訓，不得不在勞動力的編制方面實行其更有利的統治方法，這種野蠻式的統治方法曾強制勞動力依附於土地，但農民生活更加貧困，並影響了社會生產力的發展。」[35]筆者以為淵明除提出要安貧樂道的消極心靈面對方法，更提出積極的解決之道：勤於農耕、回歸田園，並希望得到君主對於農事和農民的關注。更進一步來說，淵明或有希望藉著提醒大家注意田園之美好，鼓勵眾人回歸田園，以此來弭平戰爭殺戮之心。

五、隱世獨立

(1)〈和郭主簿〉二首之二：

和澤周三春，清涼素秋節，露凝無游氛，天高肅景澈，
陵岑聳逸峰，遙瞻皆奇絕。芳菊開林耀，青松冠巖列；
懷此貞秀姿，卓為霜下傑。銜觴念幽人，千載撫爾訣；
檢素不獲展，厭厭竟良月。

(2)〈癸卯始春懷古田舍〉二首之一：

寒竹被荒蹊，地為罕人遠；是以植杖翁，幽然不復返。

即理愧通識，所保詎乃淺。

⑶〈癸卯始春懷古田舍〉二首之二：

耕種有時息，行者無問津。日入相與歸，壺漿勞近鄰。
長吟掩柴門，聊為隴畝民。

⑷〈時運〉：

延目中流，悠想清沂，童冠齊業，閒詠以歸。我愛其
靜，寤寐交揮。

⑸〈辛丑歲七月赴假還江陵夜行塗中〉：

商歌非吾事，依依在耦耕。投冠旋舊墟，不為好爵縈；
養真衡茅下，庶以善自名。

　　除了安貧樂道和回歸田園的面對解脫之道外，陶淵明最終
希望達到的境界辨是「隱世獨立」，進入完全超然的景況。以
上各首有的藉著寫松菊是霜中之傑，懷念推崇隱士之高潔；有
的藉寫不願返回人間的隱者悠然的生活，表示隱居之美善靜
謐，並可保全身家；或者懷想古時沂水之事，抒發自己也喜愛
恬靜生活的心意；或者表達隱居養真、不慕榮利的素懷。其中
不斷表示隱居獨立這樣恬淡閒靜生活的優雅，暗含當世之人喜
好爭鬥的情況，文崇一就曾經談到中國人有濃厚的「重功名
價值取向」[36] 在傳統下每個人都不斷地追求功業和成就，希
望往更高的地位爬上去，這一切便指向「皇帝」這個權力的核
心，於是開始爆發戰爭，形成搶奪王位之爭，而陶之隱居獨立
理想，無異是一股涓涓清流，試圖洗滌被利欲蒙蔽之心。

第五節 結 語

　　從本文可知，陶淵明在詩中或是直抒其情，或是曲折象徵，可以看出他在行役中的淒苦哀傷，日夜思念田園與家鄉，牽掛家鄉的親朋好友，心中充滿了「仕」與「隱」的猶豫，對於時局時好時壞的希望和破滅。此外從這些詩作的人物來看，主要的人物焦點集中在陶淵明一人身上，所看到接觸到的景物是經由陶淵明之眼，所思念之人是發自陶之心。陶淵明是將他所保存的記憶重新透過自己的修飾融合，創作出自己的作品，並使用一種自白的方式呈現，這樣的個性化自白更可看出陶依據所感受體會的作為基礎，將記憶和想像重新排列組合的創作藝術，將自己在行役中的所見所感，以一種獨白的方式娓娓道出，塑造出一個極為想念家鄉的天涯遊子形象。

　　而他不強烈反戰的心理因素，包括：（一）對先祖的感念；（二）少年時的壯志；（三）軍職的需要。不歌頌軍功的心理因素，則是：（一）未遇知音；（二）天性使然。陶淵明基於率真自然的個性，對於顛沛流離的戰爭動亂生活，既不描寫生靈塗炭的激烈戰況，也不將戰爭說得聖潔高尚，也就是既不刻意作一位反戰份子，也不作一名保家衛國的英雄，而是以一種更貼近一般人民的抒情筆調，自然地流露出感傷思家卻又不時渴望國家強盛，想要有所作為的「一心處兩端」的矛盾情緒。

　　透過利用心理學的分析，筆者以為可以更了解陶淵明對於戰爭動亂的想法以及他此時創作的來源，更貼近他的心靈之後，更可感受他的真誠情感。就不會落入錢玉峰所說的：

「陶淵明經後人將近千年的塑造，已經聖化神化了。陶詩只可當經典讀，不能再當成一般的文學作品去欣賞。」[37]

　　歸納陶淵明仕宦期的作品，可以看出他對於動盪不安生活的想法，而其中包含著他的解脫之道：達觀生死、安於變化、適志隨意、安貧樂道、回歸田園、隱世獨立。這種種的生命情調，都可說是陶淵明面對戰爭時局的態度，看出他的超脫自在。歷來文論者對於陶淵明究竟思想歸於何派頗有爭議，筆者以為陶淵明不僅是一位優秀的文學家和詩人，也是一位對於生活相當有見解的哲學家，對於動亂的時代，他有自己的一套應對之道，兼採各家之說，而朝向一心靈圓滿的桃花源。

【參考書目】

（依照出版年排列）

一、研究陶淵明專著類（依照出版日期排列）

1. 《陶淵明作品研究》，黃仲崙著，台北：帕米爾，1969年初版。

2. 《陶潛詩箋註校證論評》，方祖燊著，台北：蘭臺，1971年10月初版。

3. 《陶淵明評論》，李辰冬，台北：東大，1975年。

4. 《陶淵明詩箋證稿》，王叔岷著，台北：藝文，1975年初版。

5. 《中國歷代詩人選集5：陶淵明》，一海知義編選，洪順隆評析，台北：林白，1979年元月初版。

6. 《陶淵明傳記》，頁193，松枝茂夫、和田武司著，譚繼

山譯，台北：萬盛，1984年。

7. 《陶淵明傳》，莊優銘著，台北：國際文化，1985年。

8. 《陶淵明》，方祖燊著，台北：國家，1986年。

9. 《陶謝詩比較》，沈振奇著，台北：台灣學生，1986年初版

10. 《陶淵明詩選》，徐巍選注，台北：遠流，1988年初版。

11. 《陶詩繫年》，錢玉峰著，台北：台灣中華，1992年初版。

12. 《世俗與超俗――陶淵明新論》，剛村繁著，陸曉光、笠征譯，台北：台灣，1992年初版

13. 《陶淵明之人品與詩品》，陳怡良著，台北：文津，1993年初版

14. 《戀戀桃花源》，陶文鵬選析，台北：知道，1993年5月初版。

15. 《歷代詩話論作家》第三冊，常振國、降雲編，台北：黎明，1993年9月初版。

16. 《古詩新賞》，高海夫、金性堯主編，台北：地球，1997年初版。

17. 《陶淵明集校箋》，楊勇著，台北：正文，1999年版。

二、心理學類

1. 《人格心理學》，朱道俊著，台北：台灣商務，1947年。

2. 《心理學》，張春興、楊國樞著，台北：三民，1969年。

3. 《語意與心理分析》，Dr. Eric Berne著，謝玉麗、王引子合譯，台北：國際文化，1974年初版。

4. 《人事心理學》，傅肅良著，台北：三民，1981年初版。

5. 《中外藝術創作心理學》，趙雅博著，台北：中央文物，1983年11月出版。

6. 《社會心理學》，黃安邦編譯，台北：五南，1986年初版。

7. 《社會心理學》，鄭瑞澤著，中國行為科學社，1987年。

8. 《認知心理學》，鍾聖校著，心理，1990年。

9. 《實驗審美心理學》（音樂詩歌篇），瓦崙丁著，潘智彪譯，台北：商鼎，1991年。

10. 《藝術心理學》，劉思量著，台北：藝術家，1992年出版。

11. 《戰爭心理學》，Lawrence Leshan著，劉麗真譯，台北：麥田，1995年。

三、其他

1. 《戰爭藝術》（ *The Art of War* ），Baron De Joinini原作，鈕先鍾譯，武學，1954年6月初版。

2. 《中國人的性格》，李亦園、楊國樞編，台北：中研院民族學研究所，1972年初版。

3. 《中國封建社會史論》，侯外廬著，台北：谷風，1979年。

4. 《中國兵制史》，第五章第一節「兩晉兵制」，赫治清、王曉衛著，台北：文津，1997年初版。

【附錄】 陶淵明仕宦期詩作

〈命子〉

悠悠我祖，爰自陶唐。邈焉虞賓，歷世重光。御龍勤夏，豕韋翼商。穆穆司徒，厥族以昌。紛紛戰國，漠漠衰周，鳳隱於林，幽人在邱。逸虯撓雲，奔鯨駭流；天集有漢，眷予愍侯。於赫愍侯，運當攀龍，撫劍風邁，顯茲武功，書誓山河，啟土開封。亹亹丞相，允迪前蹤。渾渾長源，鬱鬱洪柯，群川載導，眾條載羅。時有語默，運因隆窊；在我中晉，業融長沙。桓桓長沙，伊勳伊德；天子疇我，專征南國。功遂辭歸，臨寵不忒。孰謂斯心？而近可得！肅矣我祖，慎終如始；直方二臺，惠和千里。於皇仁考，淡焉虛止；寄跡風雲，冥茲慍喜。嗟余寡陋，瞻望弗及。顧慚華鬢，負影隻立。三千之罪，無後為急。我誠念哉，呱聞爾泣。卜云嘉日，占亦良時，名汝曰儼，字汝求思；溫恭朝夕，念茲在茲。尚想孔伋，庶其企而！厲夜生子，遽而求火；凡百有心，奚特於我！既見其生，實欲其可。人亦有言，斯情無假。日居月諸，漸免於孩。福不虛至，禍亦易來。夙興夜寐，願爾斯才。爾之不才，亦已焉哉！

〈庚子歲五月從都還阻風於規林〉二首

之一：

行行循歸路，計日望舊居；一欣待溫顏，再喜見友于！
鼓棹路崎曲，指景限西隅；江山豈不險？歸子念前途。
凱風負我心，戢枻守窮湖；高莽眇無界，夏木獨森疏。
誰言客舟遠？近瞻百里餘。延目識南嶺，空嘆將焉如！

之二：

自古嘆行役，我今始知之！山川一何曠，巽坎難與期。
崩浪聒天響，長風無息時。久游戀所生，如何淹在茲？
靜念園林好，人間良可辭；當年詎有幾？縱心復何疑！

〈遊斜川〉並序

辛酉正月五日，天氣澄和，風物閒美，與二三鄰曲，同
遊斜川，臨長流，望曾城。魴鯉躍鱗於將夕，水鷗乘和
以翻飛。彼南阜者，名實舊矣，不復乃為嗟嘆；若夫曾
城，傍無依接，獨秀中皋；遙想靈山，有愛嘉名。欣對
不足，率爾賦詩。悲日月之遂往，悼吾年之不留；各疏
年紀鄉里，以紀其時日。

開歲倏五十，吾生行歸休；念之動中懷，及辰為之遊。
氣和天惟澄，班坐依遠流；弱湍馳文魴，閒谷矯鳴鷗。
迴澤散游目，緬然睇曾丘；雖微九重秀，顧瞻無匹儔。
提壺接賓侶，引滿更獻酬。未知從今去，當復如此不？
中觴縱遙情，忘彼千載憂；且極今朝樂，明日非所求。

〈五月旦作，和戴主簿〉

虛舟縱逸棹，回復遂無窮。發歲始俛仰，星紀奄將中。
明兩萃時物，北林榮且豐；神淵寫時雨，晨色奏景風。
既來孰不去？人理固有終。居常待其盡，曲肱豈傷沖？
遷化或夷險，肆志無窊隆。即事如已高，何必升華嵩。

〈辛丑歲七月赴假還江陵夜行塗中〉

閒居三十載，遂與塵事冥。詩書敦宿好，林園無俗情。
如何捨此去？遙遙至西荊！叩枻新秋月，臨流別友生；
涼風起將夕，夜景湛虛明；昭昭天宇闊，皛皛川上平。
懷役不遑寐。中宵尚孤征。商歌非吾事，依依在耦耕。
投冠旋舊墟，不為好爵縈；養真衡茅下，庶以善自名。

〈和郭主簿〉二首

之一：

藹藹堂前林，中夏貯清陰，凱風因時來，回飆開我襟。
息交遊閒業，臥起弄書琴，園蔬有餘滋，舊穀猶儲今；
營己良有極，過足非所欽。春秫作美酒，酒熟吾自斟；
弱子戲我側，學語未成音；此事真復樂，聊用忘華簪。
遙遙望白雲，懷古一何深！

之二：

和澤周三春，清涼素秋節，露凝無游氛，天高肅景澈，

陵岑聳逸峰，遙瞻皆奇絕。芳菊開林耀，青松冠巖列；
懷此貞秀姿，卓為霜下傑。銜觴念幽人，千載撫爾訣；
檢素不獲展，厭厭竟良月。

〈癸卯始春懷古田舍〉二首

之一：

在昔聞南畝，當年竟未踐。屢空既有人，春興豈自免。
夙晨裝吾駕，啟塗情已緬。鳥哢歡新節，泠風送餘善，
寒竹被荒蹊，地為罕人遠；是以植杖翁，幽然不復返。
即理愧通識，所保詎乃淺。

之二：

先師有遺訓，憂道不憂貧；瞻望邈難逮，轉欲志長勤。
秉耒歡時務，解顏勸農人。平疇交遠風，良苗亦懷新。
雖未量歲功，即事多所欣。耕種有時息，行者無問津。
日入相與歸，壺漿勞近鄰。長吟掩柴門，聊為隴畝民。

〈勸農〉

悠悠上古，厥初生民，傲然自足，抱樸含真。智巧既
萌，資待靡因，誰其贍之，實賴哲人。哲人伊何？時惟
后稷；贍之伊何？實曰播植。舜既躬耕，禹亦稼穡；遠
若周典，八政始食。熙熙令德；猗猗原陸，卉木繁榮，
和風清穆。紛紛士女，趨時競逐；桑婦宵興，農夫野
宿。氣節易過，和澤難久。冀缺攜儷，沮溺結耦。相彼

賢達，猶勤隴畝；矧伊眾庶，曳裾拱手。民生在勤，勤
則不匱。晏安自遺，歲暮奚冀！儋石不儲，飢寒交至，
顧予儔列，能不懷愧！孔耽道德，樊須斯鄙。董樂琴
書，田園不履。若能超然，投跡高軌，敢不斂衽，敬讚
德美。

〈和胡西曹示顧賊曹〉

蕤賓五月中，清朝起南颸；不駛亦不遲，飄飄吹我衣。
重雲蔽白日，閒雨紛微微。流目視西園，曄曄榮紫葵；
於今甚可愛，奈何當復衰！感物願及時，每恨靡所揮。
悠悠待秋稼，寥落將賒遲。逸想不可淹，猖狂獨長悲。

〈癸卯歲十二月中作與從弟敬遠〉

寢跡衡門下，邈與世相絕。顧眄莫誰知，荊扉晝長閉。
淒淒歲暮風，翳翳經日雪，傾耳無希聲，在目皓已潔。
勁風侵襟袖，簞瓢謝屢設，蕭蕭空宇中，了無可悅！歷
覽千載書，時時見遺烈；高操非所攀，謬得固窮節。平
津苟不由，棲遲詎為拙！寄意一言外，茲契誰能別。

〈連雨獨飲〉

運生會歸盡，終古謂之然。世間有松喬，於今定何聞。
故老贈余酒，乃言飲得仙；試酌百情遠，重觴忽忘天。
天豈去此哉，認真無所先。雲鶴有奇翼，八表須臾還；

自我抱茲獨，僶俛四十年。形骸久已化，心在復何言。

〈停雲〉並序

停雲，思親友也。樽湛新醪，園列初榮，願言不從，嘆息彌襟。

靄靄停雲，濛濛時雨，八表同昏，平陸伊阻。靜寄東軒，春醪獨撫，良朋悠邈，搔首延佇。停雲靄靄，時雨濛濛，八表同昏，平陸成江。有酒有酒，閒飲東窗；願言懷人，舟車靡從。東園之樹，枝條載榮，競用新好，以招余情。人亦有言，日月于征，安得促席，說彼平生。翩翩高飛，息我庭柯，斂翮閒止，好聲相和。豈無他人，念之實多；願言不獲，抱恨如何！

〈時運〉並序

時運，遊暮春也。春服既成，景物斯和，偶景獨遊，欣概交心。

邁邁時運，穆穆良朝，襲我春服，薄言東郊。山滌餘靄，宇曖微宵，有風自南，翼彼新苗。洋洋平津，乃漱乃濯，邈邈遐景，載欣載矚。人亦有言，稱心易足，揮茲一觴，陶然自樂。延目中流，悠想清沂，童冠齊業，閒詠以歸。我愛其靜，寤寐交揮，但恨殊世，邈不可追。斯晨斯夕，言息其廬，花藥分列，林竹翳如。清琴橫床，濁酒半壺。黃唐莫逮，慨獨在余。

〈榮木〉並序

榮木，念將老也。日月推遷，已復九夏；總角聞道，白首無成。

采采榮木，結根於茲，晨耀其華，夕已喪之。人生若寄，憔悴有時；靜言孔念，中心悵而。采采榮木，于茲托根，繁華朝起，慨暮不存。貞脆由人，禍福無門，匪道曷依，匪善奚敦。嗟序小子，稟茲固陋，徂年既流，業不增舊。志彼不舍，安此日富；我之懷矣，怛焉內疚。先師遺訓，予豈云墜；四十無聞，斯不足畏。脂我名車，策我名驥，千里雖遙，孰敢不至。

〈始作鎮軍參軍經曲阿〉

弱齡寄事外，委懷在琴書。被褐欣自得，屢空常晏如。
時來苟冥會，宛轡憩通衢。投策命晨裝，暫與園田疏。
眇眇孤舟逝，綿綿歸思紆。我行豈不遙？登降千里餘。
目倦川途異，心念山澤居。望雲慚高鳥，臨水愧游魚。
真想初在襟，誰謂形跡拘？聊且憑化遷，終返班生廬。

〈雜詩〉

之九：

遙遙從羈役，一心處兩端。掩淚汎東逝，順流追時遷。
日沒星與昂，勢翳西山巔。蕭條隔天涯，惆悵念常餐；
慷慨思南歸，路遐無由緣。關梁難虧替，絕音寄斯篇。

之十：

閒居執蕩志，時駛不可稽。驅役無停息，軒裳逝東崖。

沈陰擬薰麝，寒氣激我懷；歲月有常御，我來淹已彌。

慷慨憶綢繆，此情久已離；荏苒經十載，暫為人所羈。

庭宇翳餘木，儵忽日月虧。

之十一：

我行未云遠，回顧慘風涼。春燕應節起，高飛拂梁塵。

邊雁悲無所，代謝歸北鄉。離鵾鳴清池，涉暑經秋霜。

愁人難為辭，遙遙春夜長。

〈乙巳歲三月為建威參軍使督經錢溪〉

我不踐斯境，歲月好已積；晨夕看山川，事事悉如昔。

微雨洗高林，清飆矯雲翮；眷彼品物存，義風都未隔。

伊余何為者？勉勵從茲役。一形似有制，素襟不可易。

田園日夢想，安得久離析？終懷在歸舟，諒哉宜霜柏。

註　釋

1　《陶詩繫年》，錢玉峰著，台北：台灣中華，1992年初版。頁30-113。

2　《陶淵明集校箋》，楊勇著，台北：正文，1999年版。

3　《陶淵明詩箋證稿》，王叔岷著，台北：藝文，1975年初版。

4　《陶潛詩箋註校證論評》，方祖燊著，台北：蘭臺，1971年10月初版。

5　《陶潛詩箋註校證論評》，頁31-32，方祖燊著，台北：蘭臺，1971年10月初版。

6　《中國歷代詩人選集5：陶淵明》，頁93-94，一海知義編選，洪順隆評析，台北：林白，1979年1月初版。

7　《歷代詩話論作家》第三冊，頁121，常振國、降雲編，台北：黎明，1993年9月初版。

8　《戀戀桃花源》，頁27，陶文鵬選析，台北：知道，1993年5月初版。

9　《中外藝術創作心理學》，頁30-31，趙雅博著，台北：中央文物，1983年11月出版。

10　《中外藝術創作心理學》，頁32-33，「藝術家的記憶，不只是給我們呈現一種回憶的景象，他並且具有發明的特徵；創作的直觀，對於我們想像聚集形式，有分開並組合的力量，……這種分開或分離的力量，在我們知覺領會的本身中，就有這種基礎，因為領會知覺的本身，並不是一個單純的現象，而乃是一個綜緒的情勢，每個人的領會知覺，皆有自己的形式……」

11　《美與其形式》，頁115。

12　詳見《中國兵制史》，第五章第一節「兩晉兵制」，頁83-88，赫治清、王曉衛著，台北：文津，1997年初版。

13　《陶淵明傳》，頁12-13，莊優銘著，台北：國際，1985年。

14　《語意與心理分析》，頁50，Dr. Eric Berne著，謝玉麗、王引子合譯，台北：國際，1974初版。Dr. Eric Berne是行為分析的創始人，一生致力於現代心理學的改革。

15　《語意與心理分析》，頁52。所謂原生是指在兒童時期對將來所作的生活計劃。

16　R. F. *Johnston, Lion and Dragon in Northern China,*（N. Y：Dutton 1910）p.135.

17　《陶淵明作品研究》，黃仲崙著，台北：帕米爾，1969年初版。其將陶詩分為壯志、高雅、歸與、田園、固窮、憤勵、任真、尊孔、親族、奇文等篇。壯志篇包括：〈詠荊軻〉、〈詠三良〉、〈雜詩〉之四和之五、〈擬古〉之八和之十、〈飲酒〉之十、〈讀山海經〉之九和之十。篇篇可見陶淵明的豪偉的志氣

18　《戰爭心理學》，頁43，Lawrence Leshan著，劉麗真譯，台北：麥田，1995年。

19　《戰爭藝術》（*The Art of War*），頁35-38，Baron De Joinini原作，鈕先鍾譯，台北：武學，1954年6月初版。

20　《人事心理學》，頁173，傅肅良著，台北：三民，1981年初版。進一步解釋：「對團體滿足，係指員工感到現在的團體是個理想的團體，它能滿足員工的某種需要與願望，使員工不願輕易脫離現有的團體；樂意為團體的一員，係指員工會感到為團體成員而驕傲，且願繼續的為團體的成員；願意達成團體目標，係指員工丕願貢獻一己的學識才能，與其他員工充分合作，共同努力以達成團體的目標。」

21　《文心雕龍・程器》

22　《陶淵明》，頁130，方祖燊著，台北：國家，1986年。

23　〈篡弈篇〉

24　參見《陶謝詩比較》，頁20，沈振奇著，台北：台灣學生，1986年初版。

晉孝武帝太元十八年，為州祭酒。

晉安帝隆安二年至五年，仕桓玄。

晉安帝元興三年，為鎮軍將軍參軍。

晉安帝義熙元年，三月為建威將軍參軍。八月為彭澤令。

25　《社會心理學》，頁354-355，黃安邦編譯，台北：五南，1986年初版。這是 Robert Weiss 在1974年發表認為有六條基本的「社會關係律」，即人際關係提供個體的重要收益，而此項為「價值的保證」（Reassurance of worth）。

26　《古詩新賞》，頁140-143，高海夫、金性堯主編，此篇由賴漢屏執筆，台北：地球，1997年初版。

27　《陶淵明詩選》，頁73，徐巍選注，台北：遠流，1988年初版。

28　《藝術心理學》，頁287-291，劉思量著，台北：藝術家，1992年出版。此為討論「藝術創作動機」之言。

29　《陶淵明之人品與詩品》，頁145，陳怡良著，台北：文津，1983年初版。

30　《世俗與超俗──陶淵明新論》，頁121，岡村繁著，陸曉光、笠征譯，台北：台灣，1992年初版。

31　陶詩〈雜詩〉之九：「遙遙從羈役，一心處兩端。」

32　《陶淵明評論》，頁40，李辰冬著，台北：東大，1975年。

33　《陶淵明傳記》，頁193，松枝茂夫、和田武司著，譚繼山譯，台北：萬盛，1984年。

34　《陶淵明詩箋證稿》，頁238，王叔岷著，台北：藝文，1975年初版。

35　《中國封建社會史論》，頁146，侯外盧著，台北：谷風，1979年。

36　〈從價值取向談中國國民性〉，文崇一著，收於《中國人的性格》，頁47-84，李亦園、楊國樞編，中研院民族學研究所，1972年初版。「傳統中國社會著重在社會地位，必須在地位上高一級才表示更成功，……甚至到今天，還會有人認為，系主任比教授更為有成就，這就是傳統的厲害處。」

37　《陶詩繫年》，錢玉峰著，台北：台灣中華，1992年初版。頁9。可惜的是，錢先生有此感慨，此本繫年卻為解決此一問題，本文嘗試以心理學分析陶之心理，期望能使眾人了解陶淵明，使其更人性化。

──91年《中國學術年刊》第二十三期

第六章
陶淵明隱逸期詩作的
「摹寫」與「象徵」探析

提　要

　　本文試圖從修辭學與美學角度，重新詮釋陶淵明隱逸期詩作的語言藝術。

關鍵詞：陶淵明　修辭學　田園詩　隱逸詩　美學

第一節　前　言

　　東漢和帝之後，外戚、宦官輪流專權，接連兩次黨禍，使得朝政日非，之後爆發黃巾之亂，接著三國鼎立、八王之亂、五胡亂華，天災人禍互相侵擾。永嘉之亂後，西晉滅亡，東晉雖然暫時維持偏安局面，然而戰禍仍然頻仍，淝水之戰、孫恩之亂、桓玄之亂、劉裕北伐、盧循之亂等等，就在這樣一個兵連禍結、家國殘破、民生凋弊的混亂時代，孕育了陶淵明這位

偉大的詩人。他創造了「桃花源」，成為眾人的庇蔭所，也成為現代人悠然神往的理想。

　　義熙元年十一月，陶淵明擔任彭澤令而自表解職，從此歸隱田園未再出仕。鍾嶸稱他是「隱逸詩人之宗」，表示了其在文學上的成就，首開平淡詩風，同時是隱逸詩與田園詩之祖，影響深遠。細觀陶淵明詩作，其隱逸期作品最能看出陶淵明在隱逸時的心情和生活，所以本文將以其隱逸期作品作為取材範圍。根據錢玉峰先生所著《陶詩繫年》[1]，陶淵明隱逸期是從晉安帝義熙二年，陶淵明四十二歲至恭帝元熙二年，陶淵明五十六歲為止。之後劉裕改國號「宋」，陶淵明從此以後的作品則歸屬為「遺老期」。隱逸期的詩作計有：〈歸園田居〉五首、〈歸鳥〉、〈責子〉、〈戊申歲六月中遇火〉、〈己酉歲九月九日〉、〈庚戌歲九月中於西田穫早稻〉、〈移居〉二首、〈與殷晉安別〉、〈和劉柴桑〉、〈酬劉柴桑〉、〈形贈影〉、〈影答形〉、〈神釋〉、〈雜詩〉一到九首及第十二首、〈示周續之祖企謝景夷三郎時三人共在城北講禮校書〉……等等。此書對於陶詩繫年的考證和解說十分詳盡，是故本論文對於詩作的年代問題暫以此書為依據，並不參與論爭。而陶詩之版本，主要依照《陶淵明集校箋》[2]，旁參《陶淵明詩箋證稿》[3]、《陶潛詩箋註校證論評》[4]等等。

　　東坡曾評陶詩：「質而實綺，癯而實腴」，道出陶詩的精妙之處，此一評語兼及內容與形式兩方面，從其文辭筆法上來看，陶詩樸素而平淡，彷彿一位不施脂粉的村姑，這就是東坡所謂的「質」與「癯」，甚至宋丘龍認為是「極枯澹」[5]；然而仔細品味之後，卻是典麗而豐厚的，正如一位樸素卻唇紅膚白、深具內涵的姑娘一般，耐人尋味，讓人初不覺驚豔，但卻

幽香裊裊，這正是東坡所云的「綺」與「腴」。東坡也曾評韓柳詩云：「所貴乎枯澹者，為其外枯而中膏，似澹而實美，淵明、子厚之流也。」這裡再一次為「質而實綺，癯而實腴」作一註解，認為只是文字外表看似瘦枯，然而實為膏澤，彷彿平淡卻是豐美。東坡又評曰：「初視若散緩不收，反覆不已，乃識其奇趣。」更說明了陶詩需要用心去反覆玩味，乍看之下雖不起眼，但在餘音裊裊中，卻能越發體會他的奇趣，感受他的美感。陶詩能夠不露出刻意安排的斧鑿痕跡，初看以為其散亂無章，然而分析之下，卻發現並非全無章法，而是渾然天成，將形式詞藻之美蘊含在詩作中，使絢爛飽藏於平淡之中。正如東坡所說：「凡文字，少小時須令氣象崢嶸，采色絢爛，漸老漸熟，乃造語平淡。其實不是平淡，絢爛之極也。」陶淵明到了隱逸期，也是「漸老漸熟」，才會「造語平淡」，然而其實文字功力越發熟練，而將最絢爛的部分蘊藏於平淡之中，所以能成為「隱逸詩人之宗」，塑造出真率恬淡的人格典型與文學風格。基於此，此文試圖以現代的修辭學理論與美學理論，重新體會在陶詩質樸、平淡、散緩的文字掩蓋下的生動修辭技巧與豐富美感意涵。

第二節　摹　寫

寫作時，運用摹寫把對宇宙自然和人生各種事物的感覺，包括視覺、聽覺、嗅覺、味覺、觸覺等，具體地摹擬描寫，使讀者感同身受。陶詩中便運用了大量的摹寫，如：

(1)〈歸園田居〉之一：

　　方宅十餘畝，草屋八九間。榆柳蔭後簷，桃李羅堂前。
　　曖曖遠人村，依依墟里煙。狗吠深巷中，雞鳴桑樹巔。
　　戶庭無塵雜，虛室有餘閒。

(2)之二：

　　野外罕人事，窮巷寡輪鞅。白日掩荊扉，虛室絕塵想。
　　時復墟里人，披草共來往。想見無雜言，但道桑麻長。
　　桑麻日已長，我土日已廣。常恐霜霰至，零落同草莽。

(3)之三：

　　種豆南山下，草盛豆苗稀。晨興理荒穢，帶月荷鋤歸。
　　道狹草木長，夕露沾我衣。

(4)之四：

　　試攜子姪輩，披榛步荒墟。徘徊丘壟間，依依昔人居。
　　井灶有遺處，桑竹殘朽株。借問採薪者，此人皆焉如。
　　薪者向我言，死沒無復餘。

(5)之五：

　　悵恨獨策還，崎嶇歷榛曲。山澗清且淺，遇以濯吾足。
　　漉我新熟酒，隻雞招近局。日入室中闇，荊薪代明燭。

(6)〈歸鳥〉：

　　翼翼歸鳥，晨去于林。遠之八表，近憩雲岑。和風不
　　洽，翻翻求心。顧儔相鳴，景庇清陰。翼翼歸鳥，載翔

202

載飛。雖不懷遊，見林情依。遇雲頡頏，相鳴而歸。……
…翼翼歸鳥，馴林徘徊。……雖無昔侶，眾聲每諧。日
夕氣清，悠然其懷。翼翼歸鳥，戢羽寒條。遊不曠林，
宿不森標。晨風清興，好音時交。……

(7)〈責子〉：

白髮被兩鬢，肌膚不復實。

(8)〈戊申歲六月中遇火〉：

草廬寄窮巷，甘以辭華軒。正夏長風急，林室頓燒燔。
一宅無遺宇，舫舟蔭門前。迢迢新秋夕，亭亭月將圓。
果菜始復生，驚鳥尚未還。

(9)〈己酉歲九月九日〉：

靡靡秋已夕，淒淒風露交。蔓草不復榮，園木空自凋。
清氣澄餘滓，杳然天界高。哀蟬無留響，叢雁鳴雲霄。

(10)〈庚戌歲九月中於西田穫早稻〉：

晨出肆微勤，日入負禾還。山中饒霜露，風氣亦先寒。

(11)〈移居〉：

春秋多佳日，登高賦新詩。過門更相呼，有酒斟酌之。
農務各自歸，閒暇輒相思。相思則披衣，言笑無厭時。

(12)〈與殷晉安別〉：

飄飄西來風，悠悠東去雲。

(13)〈和劉柴桑〉：

良辰入奇懷，挈杖還西廬。荒塗無歸人，時時見廢墟。
茅茨已就治，新疇復應畬。谷風轉淒薄，春醪解饑劬。

(14)〈酬劉柴桑〉：

櫚庭多落葉，慨然知已秋。新葵鬱北墉，嘉穟養南疇。
今我不為樂，知有來歲不。

(15)〈雜詩〉其二：

白日淪西河，素月出東嶺。遙遙萬里暉，蕩蕩空中景。
風來入房戶，夜中枕席冷。氣變悟時易，不眠知夕永。
欲言無予和，揮杯勸孤影。

(16)其三：

昔為三春蕖，今作秋蓮房。嚴霜結野草，枯悴未遽央。
日月有環周，我去不再陽。

(17)其七：

寒風拂枯條，落葉掩長陌。弱質與運穨，玄鬢早已白。
素標插人頭，前塗漸就窄。

(18)〈丙辰歲八月中於下潠田舍穫〉：

貧居依稼穡，戮力東林隈。……司田眷有秋，寄聲與我
諧。饑者歡初飽，束帶候鳴雞。揚楫越平湖，汎隨清壑
迴。鬱鬱荒山裡，猿聲閒且哀。悲風愛靜夜，林鳥喜晨
開。

⒆〈飲酒〉其一：

邵生瓜田中，寧似東陵時。

⒇其四：

栖栖失群鳥，日暮猶獨飛。徘徊無定止，夜夜聲轉悲。
厲響思清晨，遠去何所依。因值孤生松，斂翮遙來歸。
勁風無榮木，此蔭獨不衰。

(21)其五：

結廬在人境，而無車馬喧。問君何能爾，心遠地自偏。
採菊東籬下，悠然見南山。山氣日夕佳，飛鳥相與還。

(22)其七：

秋菊有佳色，裛露掇其英。汎此忘憂物，遠我遺世情。
一觴雖獨進，杯盡壺自傾。日入群動息，歸鳥趨林鳴。
嘯傲東軒下，聊復得此生。

(23)其八：

青松在東園，眾草沒其姿。凝霜殄異類，卓然見高枝。
連林人不覺，獨樹眾乃奇。提壺撫寒柯，遠望時復為。

(24)其十：

道路迴且長，風波阻中塗。

(25)其十五：

貧居乏人工，灌木荒余宅。班班有翔鳥，寂寂無行跡。

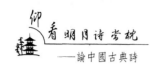

……歲月相催逼，鬢邊早已白。

(26)其十六：

　　弊廬交悲風，荒草沒前庭。披褐守長夜，晨雞不肯鳴。

(27)其十七：

　　幽蘭生前庭，含薰待清風。清風脫然至，見別蕭艾中。
　　行行失故路，任道或能通。覺悟當念還，鳥盡廢良弓。

(28)其十九：

　　冉冉星氣流，亭亭復一紀。

(29)〈悲從弟仲德〉：

　　雙位委空館，朝夕無哭聲。流塵集虛坐，宿草旅前庭。
　　階除曠遊跡，園林獨餘情。

(30)〈蜡日〉：

　　風雲送餘運，無妨時已和。梅柳夾門湮，一條有佳花。
　　我唱爾言得，酒中適何多。未能明多少，章山有奇歌。

(31)〈桃花源〉：

　　往跡浸復湮，來逕遂蕪廢。相命肆農耕，日入從所憩。
　　桑竹垂餘蔭，菽稷隨時藝。春蠶收長絲，秋熟靡王稅。
　　荒路曖交通，雞犬互鳴吠。俎豆猶古法，衣裳無新製。
　　童孺縱行歌，斑白歡遊詣。草榮識節和，木衰知風厲。
　　雖無紀曆誌，四時自成歲。

(32)〈諸人共遊周家墓柏下〉：

> 今日天氣佳，清吹與鳴彈。感彼柏下人，安得不為歡。
> 清歌散新聲，綠酒開芳顏。

(33)〈怨詩楚調示龐主簿鄧治中〉：

> 炎火屢焚如，螟蜮恣中田。風雨縱橫至，收斂不盈廛。
> 夏日抱長飢，寒夜無被眠。

(34)〈歲暮和張常侍〉：

> 素顏斂光潤，白髮一已繁。闊哉秦穆談，旅力豈未愆。
> 向夕長風起，寒雲沒西山。厲厲氣遂嚴，紛紛飛鳥還。

(35)〈贈長沙公族祖〉：

> 諧氣冬暄，映懷圭璋。爰采春花，載警秋霜。……遙遙
> 三湘，滔滔九江。山川阻遠，行李時通。

　　從以上諸多例子可知，陶淵明運用了大量的摹寫，例如(6)〈歸鳥〉之中：「翼翼歸鳥，晨去于林。遠之八表，近憩雲岑。」是視覺的摹寫，詳細地描寫歸鳥飛翔的模樣，遠近各至何處。「顧儔相鳴，景庇清陰。」寫到歸鳥的聲音，並寫欲找一清蔭庇身。「翼翼歸鳥，載翔載飛。雖不懷遊，見林情依。遇雲頡頏，相鳴而歸。」記敘歸鳥飛翔的狀態，在雲中忽高忽低，以及互相呼朋引伴回歸樹林之景，有摹寫視覺之處，也有摹寫聽覺之處。「雖無昔侶，眾聲每諧。日夕氣清，悠然其懷。翼翼歸鳥，戢羽寒條。遊不曠林，宿不森標。晨風清興，好音時交。」形容聲音和諧，氣候清爽，歸

鳥收斂羽翼，不出故林，早晨吹拂涼風，時時發出美妙之音。兼有視覺、觸覺及聽覺的摹寫。陶淵明運用摹寫將對於事物情狀的感受栩栩如生的表達出來，從詩句中讀者可以想像出一幅歸鳥圖，而且不僅僅是圖像而已，還可聽見其聲，甚至感受到觸覺上的清涼等等知覺，已經超越了動畫和電影的功能。摹寫格的使用，給予讀者感官上的感受，增強語言的形象性和生動性，留下深刻的印象。

奧斯古（Osgood, 1954）對於大眾傳播的模式，曾下了以下的定義：

> 任何適當的模式至少包括兩個傳播單位，一個來源單位（說話者）和一個目的地單位（接收者）。在任何像這樣兩個單位之間，連接兩個單位成為單一的系統，就是我們所稱的訊息。[6]

像文學作品一類，奧斯古認為是書面傳播的「訊息」。陶淵明的詩作即是訊息，而摹寫格可以說是陶淵明（來源單位）傳達自己對於自然和人生現象感受的直接方法，透過描摹聽覺、嗅覺、味覺、觸覺、視覺，他把主觀關照下的客觀世界重現出來，直接刺激了讀者（目的地單位）的耳目鼻舌身等感官，使文學作品富於「感覺性」，就達成良好的傳播效果。陶淵明此處就是運用摹寫，使讀者產生鮮明的印象。

《中國古代美學範疇》言：

> 顧愷之認為畫家必須充分發揮自己的想像，這就是所謂「遷想妙得」。他要求畫家不為描寫對象的表面印象所

拘，而要以自己的主觀情思去認識和選擇客觀對象，強化畫家的主觀感受，達到主客觀統一，情景交融，而賦予對象以神趣。這種經過畫家的聯想和想像所塑造的形象，是典型化了的，也是理想化了的，因而具有更加感人的藝術魅力。[7]

　　顧愷之「以形寫神」的繪畫理論，不僅影響了中國的藝術界，也可以運用在詩文美學上。陶淵明隱逸期的詩作中，使用了大量的摹寫來刻劃自然景色，山川、日月、動植物……等等事物，或寫其形，或描其聲，或狀其帶給人們的膚觸，讓詩作氣韻生動。然而此中的自然景觀，是經由陶淵明的再塑造，透過他的選擇取抉之後，創造出符合他所需的詩文情境，雖然不是完全的想像，但可以說是建構在現實基礎上的想像情境，他的摹寫不拘泥在自然的表面印象，並不會刻意去揣摩自然的一舉一動，而以他自己的主觀情意和思考方式去重新詮釋和選擇客觀的自然事物，如此一來傳達給讀者的訊息中，便富含了陶淵明的主觀感受，讀者從詩中想像的情境就隱藏著陶淵明所欲呈現的情思，詩中摹寫的情景就達到主客觀統一，情景交融，所以隱逸期陶詩的自然，經過摹寫法便賦予了神妙的奇趣。這種經過聯想和想像所塑造的形象，就成為後世隱逸詩的一種典型，也是理想化的自然，因而具有更加感人的藝術魅力。譬如〈歸鳥〉一詩，是一首象徵詩，藉著歸鳥來比喻陶淵明面對政治黑暗時的倦飛知返，決定辭官歸隱。詩中的景物和歸鳥摹寫得栩栩如生，然而透過此一圖像，讀者可感受到陶淵明所欲象徵的情意，詩中的自然景物顯然是經由陶淵明塑造。

　　又如〈和劉柴桑〉：「良辰入奇懷，挈杖還西廬。荒塗

無歸人，時時見廢墟。茅茨已就治，新疇復應畬。谷風轉
淒薄，春醪解饑劬。」詩中兼有視覺、觸覺和味覺的摹寫。
首句用形式整齊的對偶，寫出扙著策杖回歸西廬的模樣，次句
描寫路途中所見之景，途中杳無人跡，用一疊字「時時」，將
荒涼滄桑的感覺反覆地表現出來，也說明了「廢墟」此一景物
的普遍性。下句用對偶寫陶淵明的住宅已經整理好，新田也重
新耕作之景。其後仍用對偶寫觸覺和味覺。對偶的使用使得形
式優美工整，而摹寫的使用則使得形象深刻。透過感官上的摹
寫，輔以結構上的對偶，文辭整齊而有次序。吟詠此詩，彷彿
和陶淵明一同歸鄉，途中一片蕭瑟，之後見到屋舍和田野的情
節動作鮮明，正如同一部3D立體、身歷其境的電影。使用摹
寫乃綜合地訴諸各種感官，描繪聲音、色彩、行動，使得詩作
多采多姿，豐富地刺激讀者感受，猶如是自己親耳所聞、親眼
所見、親身所感一般，一同享受陶淵明所感受到的情境。摹寫
格可以說是陶淵明傳達自己對於自然和人生現象感受的直接方
法，透過描摹聽覺、嗅覺、味覺、觸覺、視覺，創作者巧妙地
讓主觀觀照下的客觀世界重現。由於直接刺激了讀者的耳目鼻
舌身等感官，使文學作品富於「感覺性」，就達成良好的傳播
效果。運用了摹寫可說是人類開始接觸文學作品中「感覺性」
的媒介，藉著摹寫，開始感受這個世界對於自身感官的刺激，
並了解文學中對此的描繪方式，分享眾人共通之慣用描述型
式。

　　張少康曾言：「善於寫詩的人應當創造一個『境生於象
外』的藝術意境，以便起到『言有盡而意無窮』的藝術效
果。」[8]也就是說，一首詩的意境不是在象內，而是在象外，
陶淵明詩作的意境正有如此「言有盡而意無窮」的藝術效果，

他創造了一個「境升於象外」的藝術意境，譬如〈和劉柴桑〉一詩摹寫的是途中之景與歸鄉所見，然而呈現出一種蒼涼之境與歡喜新生之感，這是因為一首有深刻藝術意境的作品，可以使得讀者感受到，除了在詩中有一本身具體的有形描寫之外，還有另一部分存在於讀者想像中的無形隱微境地，這個部分已經遠遠超過作品所表現的範圍。司空圖也曾提到「象外之象，景外之景」，正是同樣的意義。陶詩所表現的第一個象和景，即是詩中具體描寫的景物，是實的部分；除了第一個象之外，還有第二個「象」，這個「象」是存在於第一個「象」之外的，然而它是依附在第一個「象」之上，藉著第一個「象」呈現，但不是直接描寫的景象，是虛的部分，而運用的手法有譬喻、轉化、象徵……等等，陶淵明善於使用的藝術語言便是在摹寫上加入象徵，關於此一問題容後詳述。此一虛的部分，需要經由讀者自己想像揣摩而得，但並非憑空妄想，而是在作者已經描述的指引下產生的，如〈和劉柴桑〉一詩「荒塗無歸人，時時見廢墟。」可知的景是人煙稀少、時見廢墟，而時代動亂、戰爭導致的潦倒悲涼之景，則是讀者在陶淵明暗示下所產生的，「茅茨已就治，新疇復應畬。」一句是陶淵明所描寫的景色，然而讀者可藉此感受到他心中因回到故鄉的和平喜樂，「言有盡而意無窮」的部分，可以感受到、體悟到，但是又極難全部確實的陳述出來，正是其玄妙之趣。

又如〈飲酒〉其十六：「弊廬交悲風，荒草沒前庭。披褐守長夜，晨雞不肯鳴。」「弊廬交悲風」兼具視覺和觸覺、聽覺的摹寫，既可想見一間破舊的茅草屋在風中顫抖而發出悲鳴之狀，有彷彿感受到寒風刺骨，此一「悲」字，不僅將風擬人化，也點出陶之悲。「荒草沒前庭」描寫眼中所見雜草

長滿庭院之景，「荒」字不僅形容草，也形容出荒涼之感。從「披褐守長夜，晨雞不肯鳴」一句可想見陶淵明身著粗毛布衣度過漫漫長夜，一片寂靜無聲，而雞尚未啼叫之景。由此，讀者可想見其景，亦可感受到夜晚漫長靜謐，而陶淵明竟埋怨雞一直未啼叫的無奈哀傷。透過種種摹寫，可以感受到長夜和周遭環境給予陶淵明感官上悲戚荒蕪的愁悶，視覺上破蔽雜亂，聽覺上風聲颯颯，觸覺上寒冷難耐，對於時間之感則是緩慢的流逝，一種不耐煩的態度隱然可現。四句幾乎句型結構都近似，前兩句對偶，後兩句句型接近，形式齊整，產生規律劃一的美感，呈現一致的感受。這四句所表達的情境是一種自然對陶淵明產生的負面情況，由此可知以天性關係所連結而成的「自然回歸」，對陶淵明造成的情況，未必皆是美好悠然，陶淵明筆下的自然面向是多樣的，是因時而異，如實的呈現。但陶淵明的心意是不變的，此詩最後一句「孟公不在茲，終以翳吾情。」說明了他固窮守節，喜愛自然的心境。此處摹寫手法所描繪的自然面向與一般人喜愛的自然是相違逆的，可見陶淵明對自然喜好的思維已經跳脫出於常人喜好自然的形狀、色彩、聲音來進行，更顯現他對於自然的熱愛。而他的摹寫正是這種思維的產物，故寫實地表現出不同面貌的自然環境。其詩中運用摹寫，也可見陶淵明細緻的觀察力，了解他對於感受的表達能力。

　　亞里斯多德曾經提出模仿的原則為：藝術模仿自然。而且他認為是延長自然，補足自然的缺失[9]。陶淵明使用摹寫法時，便是合乎此原則。他詩中的摹寫自然，不僅將自然描繪得歷歷在目，甚至將自然的生命力延展開來，融入了自己的主觀情感與感受，使得自然和人文結合，補足了自然的不足。這是

因為陶淵明有理悟力，有創作力，他將自己的情感加諸於自然之上，將情感變為有圖像的彩色世界，或者說是把自然的圖像經過剪裁成為有情緒性的。像〈飲酒〉十六一詩摹寫的景色，可以呈現出悲涼之感，表示此詩能實現一些自然本身所不能實現的效果，造成一種藝術的境界，然而並非脫離自然，卻是與自然合作而成，也就是說，陶淵明利用自然作為基礎材料，來完成他的創作。陶淵明詩作的藝術是由他而生的，也因他而存在，如果沒有陶淵明，自然只是一般的自然，而其詩作的藝術是屬於人的行為，或者說是他個人行為特色的延長。他摹寫的自然是有意識有希願的，是為了成就一種藝術而生，他描寫自然不單純是一種純粹的模仿，不僅為拷貝，也不是材料的再現，他寫的自然是他所再創造的，是一種自由獨立的藝術創造，絕非奴隸與機械性的模仿。

再如〈桃花源〉：

> 往跡浸復湮，來逕遂蕪廢。相命肆農耕，日入從所憩。
> 桑竹垂餘蔭，菽稷隨時藝。春蠶收長絲，秋熟靡王稅。
> 荒路曖交通，雞犬互鳴吠。俎豆猶古法，衣裳無新製。
> 童孺縱行歌，斑白歡遊詣。草榮識節和，木衰知風厲。
> 雖無紀曆誌，四時自成歲。

此段形容桃花源中的景物，幾乎全為摹寫，我們可想見進入桃花源的道路已經荒蕪，而居住在裡面的居民辛勤地從事耕作，等到太陽下山就休息。其間桑樹竹林濃密的樹蔭供人休憩，五穀雜糧依著時節種植。春天就收集蠶所吐出的絲，秋天穀物成熟也沒有朝廷來徵稅。荒路隱藏了交通，可以聽到雞啼

狗吠。祭祀仍沿用古代禮法，衣裳也沒有新的款式。兒童快樂地縱聲高歌，老人歡欣地到處遊玩拜訪。由草盛葉落，才知節氣變換，雖無歲曆的記載，四季過去也就自成一年。形式上用了一些排比和對偶，整齊優雅地並列出當地生活的情景，內容全用純粹的摹寫，將眼睛所見和耳朵所聽仔細而生動地描繪出來。此詩將陶淵明主觀所希冀的理想客觀烏托邦運用摹寫呈現出來，建構得相當細微，貼切地讓讀者引起聯想，其中描述的一舉一動都使得畫面動了起來，而且有聲音有畫面，視覺和聽覺都有表現，讀者的感官彷彿也有同感，產生信服。從此處具體的描述，可以鮮明的想像出這裡美好自然的景觀，加上生活的自給自足，和諧地印在讀者的心中，可謂「詩中有畫，畫中有詩」。陶淵明使用摹寫，綜合地訴諸各種感官，描繪聲音、形狀、色彩、香氣、味道、觸感，使得詩作多采多姿，豐富地刺激讀者感受，猶如是自己親耳所聞，親眼所見，親鼻所嗅，親口所嘗，親身所感一般，一同享受陶淵明所感受的情境。

　　龔鵬程曾說：「中國美學在『天人合一』的思想引導之下，產生了許多以人工美的創造力量，企圖臻於神祕、自然之美的最高理想之應用。」[10] 陶淵明的桃花源正是有著「天人合一」境界的地方，桃花源既是遠離世俗好惡，也與廣大的自然合為一體，甚至連大自然也加以突破，企圖與宇宙的「無限」相適應，既非儒家入世用世的思想，也非道家出世避世的思想，而已經進入「超世」的境地。從〈桃花源〉一詩，可看出陶淵明運用摹寫，創造出自己所想要的理想超世自然，桃花源脫離了世間的紛擾是非，而裡面的人們生活和大自然緊密結合，日出而作，日入而息，植物依著四季節氣輪流生長，甚至不用曆法，而是隨著自然的脈動，自成一年，這樣的循環

似乎是無限的，表達出陶淵明所嚮往的天人合一境界，他利用視覺和聽覺的摹寫，將桃花源寫得十分逼真，不僅代表他個人的理想，也吸引著許多後世的文人。由於使用摹寫，不似誇飾般的誇大，也不是使用譬喻，所以更易令人信以為真，如：宋‧鄭景望、清‧王先謙、方塏等人就認為桃花源是確有其地其事。更可看出陶淵明以人工的方式，在此詩中創造出讓人神往而且逼真的優美情境，將人和自然妥貼地結合，臻於人和自然美和諧的完美藝術。

　　總而言之，陶淵明是利用摹寫的手法，將自然界的客觀萬物，經過其主觀的剪裁之後，重新安排於詩作中，呈現出他所觀照的自然各種面向。

第三節　象　徵

⑴〈歸園田居〉五首之一：

　　誤落塵網中，一去三十年。羈鳥戀舊林，池魚思故淵。

⑵〈歸鳥〉：

　　翼翼歸鳥，晨去于林。遠之八表，近憩雲岑。和風不洽，翩翩求心。顧儔相鳴，景庇清陰。翼翼歸鳥，載翔載飛。雖不懷遊，見林情依。遇雲頡頏，相鳴而歸。遐路誠悠，性愛無遺。翼翼歸鳥，馴林徘徊。豈思天路，欣反舊棲。雖無昔侶，眾聲每諧。日夕氣清，悠然其懷。翼翼歸鳥，戢羽寒條。遊不曠林，宿不森標。晨風清興，好音時交。繒繳奚施，已卷安勞。

(3)〈己酉歲九月九日〉：

　　哀蟬無留響，叢雁鳴雲霄。

(4)〈與殷晉安別〉：

　　飄飄西來風，悠悠東去雲。

(5)〈和劉柴桑〉：

　　荒塗無歸人，時時見廢墟。茅茨已就治，新疇復應畬。
　　谷風轉淒薄，春醪解饑劬。

(6)〈雜詩〉其一：

　　分散逐風轉，此已非常身。

(7)其二：

　　欲言無予和，揮杯勸孤影。

(8)其五：

　　騫翮思遠翥。……鶱舟無須臾，引我不得住。前塗當幾
　　許，未知止泊處。

(9)其七：

　　日月不肯遲，四時相催迫。寒風拂枯條，落葉掩長陌。

(10)〈丙辰歲八月中於下潠田舍穫〉：

　　饑者歡初飽，束帶候鳴雞。揚楫越平湖，汎隨清壑迴。
　　鬱鬱荒山裡，猿聲閑且哀。悲風愛靜夜，林鳥喜晨開。

⑾〈飲酒〉二十首其四：

　栖栖失群鳥，日暮猶獨飛。徘徊無定止，夜夜聲轉悲。
　厲響思清晨，遠去何所依。因值孤生松，斂翮遙來歸。
　勁風無榮木，此蔭獨不衰。託身已得所，千載不相違。

⑿其八：

　青松在東園，眾草沒其姿。凝霜殄異類，卓然見高枝。
　連林人不覺，獨樹眾乃奇。提壺撫寒柯，遠望時復為。
　吾生夢幻間，何事紲塵羈。

⒀其十：

　道路迴且長，風波阻中塗。

⒁其十五：

　班班有翔鳥，寂寂無行跡。

⒂其十七：

　幽蘭生前庭，含薰待清風。清風脫然至，見別蕭艾中。
　行行失故路，任道或能通。覺悟當念還，鳥盡廢良弓。

⒃其十九：

　冉冉星氣流，亭亭復一紀。

⒄〈贈羊長史〉：

　紫芝誰復採，深谷久應蕪。駟馬無貰患，貧賤有交娛。
　清謠結心曲，人乖運見疏。

(18)〈怨詩楚調示龐主簿鄧治中〉：

天道幽且遠，鬼神茫昧然。

(19)〈歲暮和張常侍〉：

向夕長風起，寒雲沒西山。厲厲氣遂嚴，紛紛飛鳥還。

(20)〈贈長沙公族祖〉：

同源分流，人易世疏。慨然寤嘆，念茲厥初。禮服遂悠，歲月眇徂。感彼行路，眷然躊躇。於穆令族，允構斯堂。諧氣冬暄，映懷圭璋。爰采春花，載警秋霜。

對於象徵的定義，黃師慶萱言：

任何一種抽象的觀念、情感、與看不見的事物，不直接予以指明，而由於理性的關聯、社會的約定，從而透過某種意象的媒介，間接加以陳述的表達方式，我們名之為「象徵」。[11]

劉昌元曾經對這樣的定義提出修正，認為「象徵的對象也可以是具體可見的」[12]。如此一來，象徵的定義就更合理而且擴大了，也就是說任何一種抽象或具體的事物，間接地經過理性的關聯或社會的約定，從而透過某種意象的媒介，陳述出來就是「象徵」。

象徵有兩種，一種是社會上約定俗成的慣用象徵，另一種是藝術家根據代表物與被代表物之間的形象、功能或意義的相似性及其存在的脈絡，創造出來的象徵。陶淵明隱逸期的詩作

中，有使用第一種象徵的部分，也創造出不少成功的象徵，甚至成為後世的慣用象徵，也成為他個人詩風的特色。例如〈歸園田居〉五首之一：「誤落塵網中，一去三十年。羈鳥戀舊林，池魚思故淵。」表面上寫被羈絆在籠中的鳥和豢養在池中之魚，被養了三十年，而心中一直是思念著以前居住的樹林與水淵，用一擬人化的意象來象徵自己被官吏生活束縛，然而心中思戀故園的心情。此意象是經過陶淵明的意識組合出來的形象，而他的思念來自於自然，象徵的景物也取諸自然，在全詩描寫他回歸田園之生活中，顯得合理而順暢，不會格格不入，但卻讓人隱約地知道他所隱藏的象徵意義。象徵在表達時，是間接陳述，而非露骨地指明，所以往往表現出高度的曖昧，在閱讀此詩之時，正因有一種曖昧的朦朧，玩賞之後會體會到漸漸流露出來的陶淵明思想，感到發現和挖掘的樂趣。黃師言：「象徵的本質是以意識隱藏潛意識；象徵的歷程是把潛意識化為意識。」[13] 陶淵明使用象徵時，便是把他的潛意識中所隱藏欲言的部分化為他詩作所表現的意象，而這個意象便象徵和包含了他的潛意識。讀者在閱讀其詩時，透過詩中的意象，去查驗作者的潛在意涵，從而發現陶淵明如何自由聯想、昇華，將意象合理化，成為其詩的藝術，就是在閱讀陶淵明詩時，極大的享受。

　　劉昌元將象徵的優點歸為四點：一、可增加作品的隱藏意義及含蓄的韻味。二、可以增加作品的具體性。三、是很經濟的傳達手法，可以把複雜的意思濃縮在一個意象之中。四、可以增加作品的複雜性、統一性及情感的強度。[14] 筆者以為陶淵明隱逸期詩作的象徵，是有以上四項優點的。以第一項而言，陶詩的象徵是間接的傳達方式，如〈歸園田居〉五首之一中的

象徵，可分為兩個部分，一個是景物的部分，是陶淵明直接描寫出來的具體形象，另一個部分是陶淵明沒有直接講明的抽象情緒，景象不僅是景象而已，是經過陶淵明的選擇並賦予情感而形成文學上的「象徵」，於是陶詩中有許多隱藏意義，並富有含蓄的韻味，讀者在閱讀時，就受到主動參與解釋的邀請，也因如此而引人入勝。法國象徵派詩人馬拉美曾說：「明說是破壞，暗示才是創造。」陶淵明詩作就在大量的象徵與暗示中，創造出意猶未盡的優美情境。以第二點而言，藝術的心理基礎在具體的形象思維或想像，象徵是最基本的形象思維方式之一，陶淵明以自然界的形象代替心中抽象的情感，詩是描述自然，形象也是自然，意象有足夠的可信度，使情感具象而立體，象徵也有足夠的可信度，便增加作品的具體性，達到生動及富有情趣，不只是純抒情而已。以第三項而言，陶淵明將其纏綿的情意濃縮在一個意象之中，文字簡約，既呈現自然意象，也統攝了複雜的情思。如此一來，就將深而廣的主題，壓縮在短小的篇幅中，因象徵的使用，在簡短的字句中，就蘊藏了極深極廣的含意，呈現凝煉之美。以第四點而言，就複雜性來說，陶詩的象徵一方面表現了語意的雙重性，如前所述；另一方面也在於它顯現了一個帶有複雜含意的具體意象，允許讀者作各種可能而周全的解釋，由於讀者各有其生活背景及經驗，作品相應於不同人之存在情境，便透露出不同的訊息，所體會和詮釋的就容易有歧出，增加了作品的複雜性。就統一性來說，創造象徵時最好不要牽強，而具有某些情節或描繪的烘托，使其自然而有理地成為象徵，陶淵明在敘述整個自然界和其田園生活中刻劃出此一象徵，絲毫不牽強，使其統一於作品之中，和諧而融洽，並不是孤立地存在，故意穿鑿附會，相當

成功。就其情感的強度來說，除了繫於以上談到的複雜性和統一性之外，也牽涉到它的創造性；陶淵明能把表面上看起來似乎不相干的兩件東西關聯起來，讓人發現他們之間的相似性，與一般慣用的象徵相比，顯然有新意得多，使人更覺其匠心獨運，更受感動。

　　陶淵明在〈歸園田居〉五首之一中以「羈鳥」、「池魚」象徵自己，其他作品也可看到以鳥作為象徵的痕跡，如〈歸鳥〉、〈己酉歲九月九日〉、〈雜詩〉其五、〈丙辰歲八月中於下潠田舍穫〉、〈飲酒〉二十首其四、其十五、其十七、〈歲暮和張常侍〉，可見其使用頻繁，且意義上多近似。再以〈歸鳥〉為例：

> 翼翼歸鳥，晨去于林。遠之八表，近憩雲岑。和風不洽，翻翮求心。顧儔相鳴，景庇清陰。翼翼歸鳥，載翔載飛。雖不懷遊，見林情依。遇雲頡頏，相鳴而歸。遐路誠悠，性愛無遺。翼翼歸鳥，馴林徘徊。豈思天路，欣反舊棲。雖無昔侶，眾聲每諧。日夕氣清，悠然其懷。翼翼歸鳥，戢羽寒條。遊不曠林，宿不森標。晨風清興，好音時交。矰繳奚施，己卷安勞。

　　此詩寫歸鳥離開樹林，本欲高飛，然遇逆風，便想回鄉，但思想矛盾，遇到雲岑，仍想飛往，但本性終究喜好自然，其後回到故林，決心不再出林。詩作中呈現出歸鳥的情況，比照陶淵明一生，正如歸鳥一般，原本懷有猛志，如：「猛志逸四海」，然見政治黑暗，故欲歸鄉，如〈辛丑歲七月赴假還江陵夜行塗中〉：「商歌非吾事，依依在耦耕。」卻不時流露

矛盾，〈雜詩〉之九：「遙遙從羈役，一心處兩端。」正是此心態。但最終因為天性愛好自然，回歸故里，不再出仕，〈歸園田居〉五首之一就寫著：「少無適俗韻，性本愛丘山。……久在樊籠裡，復得返自然。」可見陶淵明用歸鳥來象徵自己，歸鳥的活動也就是他的活動。蔡謀芳言：「藝術創作重『表現』而輕『述說』。」[15]陶淵明在此不述說自己的生活和志向，而描寫歸鳥的一舉一動，「載翔載飛」、「遇雲頡頏」、「馴林徘徊」……等等，藉著歸鳥的行為來表現自己的想法，可見陶淵明詩中象徵的「表現性」，也可體會到陶詩創作的藝術性。他不直說其生平，而用「歸鳥」一物代為傳達，提供讀者豐富的意象，使作品更感性，並留下認知的空間，讓讀者的心靈自由活動，自行領會。一個意象的意義原是多層面的，所以象徵會出現「多解」，如此處可以單純認為陶淵明在寫歸鳥，是一首詠物詩；也可以認為他是象徵自己的象徵抒情詩；甚或解作另有所指。如此便出現了「歧義」，在傳達上出現了障礙，但若用一般慣用的象徵，雖在傳達時既確定又迅速，但讀者心靈的活動機會被剝奪了，藝術的興味也趨於零，所以藝術上的象徵不能停留在約定俗成的方式，必須繼續發掘與創造，而陶詩中使用大量的象徵，雖造成歧義，但也使詩味盎然，含意豐厚，富於藝術的創造性。

Rudolf Arnheim 認為「一件偉大的藝術品裡，最深刻的意義是由結構之形象的知覺特質，很直接有力地傳達到我們的眼裡。」[16]意思是在偉大的藝術作品是透過形象將其象徵的深層意義傳達出來。陶淵明是用摹寫的方式形容歸鳥的種種型態，透過文字的摹寫將歸鳥的形象展現出來，雖然文學作品無法直接將形象傳達到讀者的眼裡，但由於陶淵明的筆觸細

膩，讀者仍可清楚地獲知歸鳥的行為，而且此形象不僅被讀者的神經系統記錄下來而已，它引起了一個與它相對應的形構，閱讀者的反應並不只是對外表對象的認識而已，凡是了解陶淵明生平的讀者，都會將陶淵明和歸鳥做一聯想和歸類，將他們相提並論，可見此詩促使讀者的心中活動，從而產生使人感動鼓舞的參與感，便有了美感經驗，而不單單是片段的知識接受，由此觀之，更可見陶詩中的象徵是多麼有力的傳達，是其詩中的偉大藝術。

　　接下來觀察陶詩中「酒」的象徵。陶淵明喜好喝酒，他曾在〈五柳先生傳〉中自謂：「性嗜酒，家貧不能常得。」陶淵明隱逸期詩中提到「酒」的作品，數量頗多，如：〈還舊居〉、〈蠟日〉、〈諸人共遊周家墓柏下〉、〈酬丁柴桑〉、〈歲暮和張常侍〉、〈己酉歲九月九日〉、〈歸鳥〉之五、〈形影神〉之三、〈止酒〉、〈雜詩〉其一、二、四、八、〈飲酒〉二十首……等等。其中令人矚目的便是共有二十首的〈飲酒〉，這一組詩作質量俱豐，是陶淵明在酒後的抒懷之作，此二十首內容或言飲酒，或與飲酒無關，可以說是陶詩中對酒之概念陳述的代表作，以下就從此來觀察陶淵明對「酒」一物使用的象徵筆法。

　　〈飲酒〉中直接提到「飲酒」一事的有：

其三：

　　道喪向千載，人人惜其情。有酒不肯飲，但顧世間名。
　　所以貴我身，豈不在一生。一生復能幾，倏如流電驚。
　　鼎鼎百年內，持此欲何成。

其九：

　　清晨聞叩門，倒裳往自開。問子為誰歟，田父有好懷。
　　壺漿遠見候，疑我與時乖。襤褸茅簷下，未足為高栖。
　　一世皆尚同，願君汩其泥。深感父老言，稟氣寡所諧。
　　紆轡誠可學，違己詎非迷。且共歡此飲，吾駕不可回。

其十三：

　　有客常同止，趣舍邈異境。一士長獨醉，一夫終年醒。
　　醒醉還相笑，發言各不領。規規一何愚，兀傲差若穎。
　　寄言酣中客，日沒燭當炳。

其十四：

　　故人賞我趣，挈壺相與至。班荊坐松下，數斟已復醉。
　　父老雜亂言，觴酌失行次。不覺知有我，安知物為貴。
　　悠悠迷所留，酒中有深味。

其十八：

　　子雲性嗜酒，家貧無由得。時賴好事人，載醪祛所惑。
　　觴來為之盡，是諮無不塞。有時不肯言，豈不在伐國。
　　仁者用其心，何嘗失顯默。

　　從這些直接談飲酒的內容，筆者以為可歸納出陶淵明對
「酒」的兩種概念：首先「酒」是超脫於世俗之外的，如其三
所言，世人多半只顧及世間名，而不肯飲酒，於是飲酒和「名」
的概念便對立了起來；再如其十三，用一長醉者與一長醒者做
一對照，而陶淵明則認為凡是規規然的清醒者是愚笨的，而另

一種迷醉者，雖似無知，卻是聰明的，與屈原「眾人皆醉我獨醒」的概念截然兩分，這一方面表現了魏晉士人認為「以酒避禍」是保全己身的明智之道外，也可見陶淵明的將「酒」對立於儒家入世傳統之情況；另如〈雜詩〉其四：

> 丈夫志四海，我願不知老。……觴絃肆朝日，樽中酒不燥。緩帶盡歡娛，起晚眠常早。孰若當世士，冰炭滿懷抱。百年歸丘壟，用此空名道。

也是認為有酒則人生歡愉，而相較於其他世間的俗士爭名奪利，即使得到成就與空名，死後又有什麼用處？

陶淵明對「酒」的第二種想法則是認為飲酒是快樂與有趣的泉源，並富含深刻道理，如其九，描述與朋友歡暢喝酒，醉而忘返的情景；其十四則直接言：「酒中有深味」，說明酒中含有深刻含意與趣味；而其十八，甚至點明揚雄與他人相飲，拒談征戰之事，豈是守默，而是真正的仁者，以揚雄自比，說明酒中含有「仁」之真意。隱逸期表達此意見的詩作甚多，除以上〈飲酒〉各首外，諸如〈還舊居〉：「……常恐大化盡，氣力不及衰。撥置且莫念，一觴聊可揮。」；〈蠟日〉：「……我唱爾言得，酒中適何多。未能明多少，章山有奇歌。」；〈諸人共遊周家墓柏下〉：「……清歌散新聲，綠酒開芳顏。未知明日事，余襟良已殫。」；〈酬丁柴桑〉：「……放歡一遇，既醉還休。實欣心期，方從我遊。」；〈歲暮和張常侍〉：「……屢闕清酤至，無以樂當年。……」；〈己酉歲九月九日〉：「……何以稱我情，濁酒且自陶。千載非所知，聊以永今朝。」；〈歸園田居〉之五：「……漉

我新熟酒,隻雞招近局。日入室中闇,荊薪代明燭。歡來苦夕短,已復至天旭。」;〈止酒〉:「……平生不止酒,止酒情無喜。暮止不安寢,晨止不能起。……」;〈雜詩〉其一:「……得歡當作樂,斗酒聚比鄰。……」;以上各首詩,可見陶淵明在隱逸期將「酒」視為快樂之源頭,飽含趣味與豐富的哲理,藉酒可以消憂,使心情舒暢,與曹操〈短歌行〉:「何以解憂?唯有杜康。」意見一致。

　　吳士鑑以為陶淵明「好酒與安貧,不能相提並論,我覺得安貧是他達觀的表現,而好酒則是他內心憂鬱的符號」[17]。「酒」在陶詩中具有鮮明生動的形象,魏晉的時代環境,造成許多文人內心苦悶,面對政治紊亂、戰爭頻繁與生民塗炭,文人雖憤慨填膺,但卻力不從心,於是如陶淵明者,便以酒來忘卻憂愁,尋求暫時麻醉,所以吳士鑑言:「好酒則是他內心憂鬱的符號」,而從筆者歸納之前述兩種陶淵明對「酒」的看法,便是一體之兩面:「酒」在陶詩中既是消憂解悶之良藥,而且也是超脫於世俗之外的,這正表現出陶淵明內心對於世俗之事的憂鬱煩愁。筆者在此要進一步補充的是,吳先生之所以會感到「好酒則是他內心憂鬱的符號」,這正是因為陶淵明在詩作中以象徵筆法,使「酒」成為前述兩種看法之化身,也成為內心憂鬱的符號。在陶淵明詩作中,「酒」字屢見不鮮,除上述隱逸期詩作外,在陶淵明其他現存的作品中,亦多所出現,陳怡良對此曾做一統計,認為在陶淵明一百二十六首詩中,與飲酒有關的文字包括:「酒、醪、酣、醉、醇、飲、斟、酌、餞、酤、壺、觴、杯、罍」等,其中單「酒」一字,即出現三十二個,而其標題與之相關者,有〈連雨獨飲〉、〈飲酒〉二十首、〈述酒〉、〈止酒〉,約占全集五分之

—18。可見「酒」對陶淵明影響之大，也從此可知，在解讀陶詩時，對於「酒」此一象徵的理解之不可或缺性。

　　從表面上看，「酒」似乎是陶淵明之興奮劑，是其終生知己，但在更進一步探析此象徵的深層意涵，則又可見陶淵明之另有所託，蕭統云：「有疑陶淵明之詩，篇篇有酒；吾視其意不在酒，亦寄酒為跡也。」19則直接認為陶淵明志不在酒，而是有所寄託。陶淵明隱逸期詩作對「酒」一象徵的意涵，在前面已述，現不贅述，然「酒」在陶詩中具有深遠之意味與象徵，可再輔以〈飲酒〉之五觀之：「結廬在人境，而無車馬喧。問君何能爾，心遠地自偏。採菊東籬下，悠然見南山。山氣日夕佳，飛鳥相與還。此還有真意，欲辨已忘言。」全詩內容中完全未提「飲酒」，然題目為「飲酒」，內容中讀來意趣高遠，表現出雖在人境，卻無喧囂的真善美之境界，使人悠然神往，羨慕其自得其樂之心境，陶淵明深厚豐茂、靈秀奇妙的語言藝術便由此而生，從題目可知，此逍遙佳趣便是由「飲酒」而來，「酒」便是忘言真意的象徵。溫汝能曰：「淵明詩類多高曠，此首尤為興會獨絕，……則愈真愈遠，語有盡而意無窮，所以為佳。」筆者以為正因陶淵明象徵手法用得自然渾融，讓人感到言盡而意無窮，神在象外，不落言詮，所以能得詞淡意遠，富有理趣而不同凡響之妙。

　　陶淵明對「酒」之描寫，使其成為象徵，此一象徵非前述之約定俗成的象徵，而是創造性的象徵，經由陶淵明大量與「酒」有關之作品，營造出富於創造性的象徵，拓寬了象徵藝術的河床，甚至使後世之人約定俗成地把「酒」當作是超脫世俗羈絆、澆心中塊壘的良方。〈飲酒〉其十四：「故人賞我趣，挈壺相與至。班荊坐松下，數斟已復醉。父老雜亂

言，觴酌失行次。不覺知有我，安知物為貴。悠悠迷所留，酒中有深味。」從此首詩可以想見老友帶酒來，與陶淵明一同在松樹下相聚暢飲，而後喝醉忘情的情形，在詩中，陶淵明經由飲酒而連自我都遺忘了，更別提人世間的萬事萬物、熙熙攘攘的生死名利，使人感到彷彿了無罣礙。其實未必人人在飲酒之後皆能達到如此境況，否則何來「借酒澆愁愁更愁」之說？然而透過前述一連串陶淵明與「酒」相關之作品，讀者經過其描寫之情景，便易於聯想到陶淵明飲酒時的歡樂與超然，只要一讀到類似情況的詩作，就不由自主地可以預知筆者前述所提之兩種概念，陶淵明在刻劃飲酒時十分實在與明顯，也就是形象非常生動鮮明，但其展現所象徵之意涵時卻是十分隱晦，亦即寬泛與多義，如此的有機結合，便體現出陶淵明獨闢蹊徑的匠心，表示其善於從他人想像不到之處尋找象徵物的藝術勇氣，故能成就優秀的詩篇，創造出成功的象徵，對後世影響深遠，被後人沿用。《詩歌修辭學》認為：

> 如何才能達到「永無止境」的藝術境界？關鍵就在於所象徵的「觀念」永遠「在形象裡」即在具有獨立審美價值的「象徵物」裡活動著，散發著非語言所能表現的藝術魅力。[20]

　　陶淵明隱逸期詩作中的「酒」象徵，正是將所象徵的觀念依附於「酒」之中，使其在擁有獨立審美價值的「酒」裡活活潑潑地運轉著，而讀者藉由「酒」便享受著其觀念散發出非語言所能表現的藝術魅力之甘醇美味與旨趣深遠之幽雅厚實。

第四節　結　語

《中國美學史》：

> 在對人生解脫問題的探求上，陶淵明找到了他自己所特
> 有的歸宿，並且以完美的藝術形式表現出來，確立了一
> 種過去所未見的新的審美理想，對後世產生了深遠影
> 響。21

　　陶淵明確實有其獨特的解脫之道，然而《中國美學史》一
書，對於陶淵明如何以完美的藝術形式表現出來的問題，著墨
不多，僅將歷來對於陶淵明藝術境界的探討列出，似乎還有可
討論之空間，是故本文運用修辭學和美學理論，對於陶淵明隱
逸期詩作作一探析。

　　由本文可知，陶淵明此期最多使用的修辭法即是摹寫與象
徵，他運用摹寫描繪出自然種種不同的面貌，經過其剪裁後，
呈現出他的自然觀；《周易·繫辭》：「仰則觀象於天，俯
則觀法於地。」師法自然是中國古人創造文化的法則，同樣
也是藝術創造的法則，陶淵明的摹寫筆法也是基於這個法則，
對自然界的萬事萬物進行描寫。亞里斯多德認為，模仿不是忠
實地複製現實，而是自由地處理現實，藝術家可以用自己的方
式顯示現實。陶淵明的「摹寫」正是如此，並非完完全全複製
自然，而是根據他的意志，經由藝術的心靈重新摹寫自然，創
造出具有美感與「陶淵明式」的自然境界，其摹寫的自然，不
僅僅是形式上的自然環境，還在形式之上，加諸屬於陶淵明的

精神性境界，如此，就具有更深邃豐富的形象。也就是說，陶淵明的「摹寫」，已經超脫了依照自己眼睛所見一五一十描繪的手法，而是進一步掌握山水之精神，表現山水之精神，其「摹寫」已非全然是實體與形式的。

其次觀察可發現陶淵明隱逸期詩作由於象徵的使用，促使其作品豐富深刻，境界悠遠。童慶炳曾言：「語言作為一種符號，給人們以很大的助益，但他的局限性也是明顯的，他不能表達人們所想的一切。」[22] 誠然如此，言語能幫助人們表達思想，但實質上也有其局限性，人們所想表達出的特殊以及個別之處，未必能完整表示出來。而陶淵明隱逸期詩作卻利用「象徵」來使得言語更精緻，更能使讀者去品味其中奧妙，他往往將形象描繪得栩栩如生、歷歷在目，使人得到具體的形象與情景，而這些形象中飽含陶淵明率真坦白的情感，使人的心靈受到強烈震盪，在經過咀嚼反思這些作品之後，會發現其含意模糊或朦朧，可有許多意涵，適用於多種場合，彷彿可言有彷彿不可言，似乎可解有似乎不可解，使人感到意味無窮，然而這些象徵自身具有完整形象以及投射功能，可以將文字上不完整的組織利用引導，使讀者藉由思考促使其完整，將空白填為充實，如此一來，讀者從此得來的審美體驗，便十分曲折微妙，難以捉摸，不僅陶詩的「象徵」是其個人的創作，也成為讀者的再創造。隱逸期陶詩所用的「摹寫」與「象徵」兩種筆法又往往相輔相成，使得作品自然渾圓，確實是一種完美的藝術形式，如此便確立了一種前所未有的審美理想，對後世影響久遠。

限於篇幅，對於其他眾多修辭格無法詳述，陶淵明詩作的語言藝術仍有極大的探討空間，遺珠之憾只有等待他日再續。

【參考書目】

（依照出版年排列）

《晉書斠注》，吳士鑑著，台北：藝文，未著出版年。

《宋書》，台北：藝文，未著出版年。

《陶潛詩箋註校證論評》，方祖燊著，台北：蘭臺，1971年10月初版。

《修辭學》，黃師慶萱著，台北：三民，1975年1月初版。

《陶淵明詩箋證稿》，王叔岷著，台北：藝文，1975年初版。

《藝術與視覺心理學》，Rudolf Arnheim原著，李長俊譯，台北：雄獅，1976年9月初版。

《陶淵明詩說》序，宋丘龍著，台北：文史哲，1984年。

《西方美學導論》，劉昌元著，台北：聯經，1986年8月初版。

《中國古代美學範疇》，不著作者，台北：木鐸，1987年7月初版。

《中國美學史（第二卷）：魏晉南北朝美學思想》，李澤厚、劉綱紀主編，台北：谷風，1987年12月台一版。

《古典文藝美學論稿》，張少康著，台北：淑馨，1989年11月初版。

《表達的藝術：修辭二十五講》，蔡謀芳著，台北：三民，1990年12月初版。

《陶詩繫年》，錢玉峰著，台北：台灣中華，1992年初版。頁30-113。

《陶淵明之人品與詩品》，陳怡良著，台北：文津，1993年3月

初版。

《中國古代心理詩學與美學》，童慶炳著，台北：萬卷樓，1994年8月初版。

《傳播理論》（*Communication Theories*），Werner J. Severin., James W. Tankard, Jr.著，孟淑華譯，台北：五南，1995年初版。

《詩歌修辭學》，古遠清、孫光萱著，台北：五南（台灣版），1997年6月初版。

《美學在台灣的發展》，龔鵬程著，嘉義：南華管理學院，1998年8月初版。

《陶淵明集校箋》，楊勇著，台北：正文，1999年版。

【附錄】 陶淵明隱逸期詩作

〈歸園田居〉五首

之一：

少無適俗韻，性本愛丘山。誤落塵網中，一去三十年。
羈鳥戀舊林，池魚思故淵。開荒南野際，守拙歸園田。
方宅十餘畝，草屋八九間。榆柳蔭後簷，桃李羅堂前。
曖曖遠人村，依依墟里煙。狗吠深巷中，雞鳴桑樹巔。
戶庭無塵雜，虛室有餘閒。久在樊籠裡，復得返自然。

之二：

野外罕人事，窮巷寡輪鞅。白日掩荊扉，虛室絕塵想。
時復墟里人，披草共來往。想見無雜言，但道桑麻長。

桑麻日已長，我土日已廣。常恐霜霰至，零落同草莽。

之三：

種豆南山下，草盛豆苗稀。晨興理荒穢，帶月荷鋤歸。
道狹草木長，夕露沾我衣。衣沾不足惜，但使願無違。

之四：

久去山澤游，浪莽林野娛。試攜子姪輩，披榛步荒墟。
徘徊丘壟間，依依昔人居。井灶有遺處，桑竹殘朽株。
借問採薪者，此人皆焉如。薪者向我言，死沒無復餘。
一世異朝市，此語真不虛。人生似幻化，終當歸空無。

之五：

悵恨獨策還，崎嶇歷榛曲。山澗清且淺，遇以濯吾足。
漉我新熟酒，隻雞招近局。日入室中闇，荊薪代明燭。
歡來苦夕短，已復至天旭。

〈歸鳥〉

翼翼歸鳥，晨去于林。遠之八表，近憩雲岑。和風不
洽，翻翮求心。顧儔相鳴，景庇清陰。翼翼歸鳥，載翔
載飛。雖不懷遊，見林情依。遇雲頡頏，相鳴而歸。遐
路誠悠，性愛無遺。翼翼歸鳥，馴林徘徊。豈思天路，
欣反舊棲。雖無昔侶，眾聲每諧。日夕氣清，悠然其
懷。翼翼歸鳥，戢羽寒條。遊不曠林，宿不森標。晨風
清興，好音時交。矰繳奚施，已卷安勞。

〈責子〉

　　白髮被兩鬢，肌膚不復實。雖有五男兒，總不好紙筆。
　　阿舒已二八，懶惰故無匹。阿宣行志學，而不好文術。
　　雍端年十三，不識六與七。通子垂九齡，但覓梨與栗。
　　天運苟如此，且進杯中物。

〈戊申歲六月中遇火〉

　　草廬寄窮巷，甘以辭華軒。正夏長風急，林室頓燒燔。
　　一宅無遺宇，舫舟蔭門前。迢迢新秋夕，亭亭月將圓。
　　果菜始復生，驚鳥尚未還。中宵佇遙念，一盼周九天。
　　總髮抱孤介，奄出四十年。形跡憑化往，靈府長獨閒。
　　貞剛自有質，玉石乃非堅。仰想東戶時，餘糧宿中田。
　　鼓腹無所思，朝起暮歸眠。既已不遇茲，且遂灌西園。

〈己酉歲九月九日〉

　　靡靡秋已夕，淒淒風露交。蔓草不復榮，園木空自凋。
　　清氣澄餘滓，杳然天界高。哀蟬無留響，叢雁鳴雲霄。
　　萬化相尋繹，人生豈不勞。從古皆有沒，念之中心焦。
　　何以稱我情，濁酒且自陶。千載非所知，聊以永今朝。

〈庚戌歲九月中於西田穫早稻〉

　　人生歸有道，衣食固其端。孰是都不營，而以求自安。
　　開春理常業，歲功聊可觀。晨出肆微勤，日入負禾還。
　　山中饒霜露，風氣亦先寒。田家豈不苦，弗獲辭此難。
　　四體誠乃疲，庶無異患干。盥濯息簷下，斗酒散襟顏。

遙遙沮溺心，千載乃相關。但願長如此，躬耕非所嘆。

〈移居〉二首

昔欲居南村，非為卜其宅。聞多素心人，樂與數晨夕。
懷此頗有年，今日從茲役。弊廬何必廣，取足蔽床席。
鄰曲時時來，抗言談在昔。奇文共欣賞，疑義相與析。
春秋多佳日，登高賦新詩。過門更相呼，有酒斟酌之。
農務各自歸，閒暇輒相思。相思則披衣，言笑無厭時。
此理將不勝，無為忽去茲。衣食當須紀，力耕不吾欺。

〈與殷晉安別〉

遊好非少長，一遇盡殷勤。信宿酬清話，益復知為親。
去歲家南里，薄作少時鄰。負杖肆游從，淹留忘宵晨。
語默自殊勢，亦知當乖分。未謂事已及，興言在茲春。
飄飄西來風，悠悠東去雲。山川千里外，言笑難為因。
良才不隱世，江湖多賤貧。脫有經過便，念來存故人。

〈和劉柴桑〉

山澤久見招，胡事乃躊躇。直為親舊故，未忍言索居。
良辰入奇懷，挈杖還西廬。荒塗無歸人，時時見廢墟。
茅茨已就治，新疇復應畬。谷風轉淒薄，春醪解饑劬。
弱女雖非男，慰情良勝無。栖栖世中事，歲月共相疏。
耕織稱其用，過此奚所須。去去百年外，身名同翳如。

〈酬劉柴桑〉

窮居寡人用，時忘四運周。櫚庭多落葉，慨然知已秋。

新葵鬱北墉，嘉穟養南疇。今我不為樂，知有來歲不。
命室攜童弱，良日登遠遊。

〈形贈影〉

天地長不沒，山川無改時。草木得常理，霜露榮悴之。
謂人最靈智，獨復不如茲。適見在世中，奄去靡歸期。
奚覺無一人，親識豈相思。但餘平生物，舉目情悽洏。
我無騰化術，必爾不復疑。願君取君言，得酒莫苟辭。

〈影答形〉

存生不可言，衛生每苦拙。誠願游崑華，邈然茲道絕。
與子相遇來，未嘗異悲悅。憩蔭若暫乖，止日終不別。
此同既難常，黯爾俱時滅。身沒名亦盡，念之五情熱。
立善有遺愛，胡可不自竭。酒云能消憂，方此詎不劣。

〈神釋〉

大鈞無私力，萬物自森著。人為三才中，豈不以我故。
與君雖異物，生而相依附。結託既喜同，安得不相語。
三皇大聖人，今復在何處。彭祖愛永年，欲留不得住。
老少同一死，賢遇無復數。日醉或能忘，將非促齡具。
立善常所欣，誰當為汝譽。甚念傷吾生，正宜委運去。
縱浪大化中，不喜亦不懼。應盡便須盡，無復獨多慮。

〈止酒〉

居止次城邑，逍遙自閒止。坐止高蔭下，步止蓽門裡。
好味止園葵，大歡止稚子。平生不止酒，止酒情無喜。

暮止不安寢，晨止不能起。日日欲止之，營衛止不理。
徒知止不樂，未知止利己。始覺止為善，今朝真止矣。
從此一止去，將止扶桑涘。清顏止宿容，奚止千萬祀。

〈雜詩〉

其一：

人生無根蒂，飄如陌上塵。分散逐風轉，此已非常身。
落地為兄弟，何必骨肉親。得歡當作樂，斗酒聚比鄰。
盛年不重來，一日難再晨。及時當勉勵，歲月不待人。

其二：

白日淪西河，素月出東嶺。遙遙萬里暉，蕩蕩空中景。
風來入房戶，夜中枕席冷。氣變悟時易，不眠知夕永。
欲言無予和，揮杯勸孤影。日月擲人去，有志不獲騁。
念此懷悲悽，終曉不能靜。

其三：

榮華難久居，盛衰不可量。昔為三春蕖，今作秋蓮房。
嚴霜結野草，枯悴未遽央。日月有環周，我去不再陽。
眷眷往昔時，憶此斷人腸。

其四：

丈夫志四海，我願不知老。親戚共一處，子孫還相保。
觴絃肆朝日，樽中酒不燥。緩帶盡歡娛，起晚眠常早。
孰若當世士，冰炭滿懷抱。百年歸丘壟，用此空名道。

其五：

憶我少壯時，無樂自欣豫。猛志逸四海，騫翮思遠翥。
荏苒歲月頹，此心稍已去。值歡無復娛，每每多憂慮。
氣力漸衰損，轉覺日不如。壑舟無須臾，引我不得住。
前塗當幾許，未知止泊處。古人惜寸陰，念此使人懼。

其六：

昔聞長者言，掩耳每不喜。奈何五十年，忽已親此事。
求我盛年歡，一毫無復意。去去轉欲遠，此生豈再值。
傾家持作樂，竟此歲月駛。有子不留金，何用身後置。

其七：

日月不肯遲，四時相催迫。寒風拂枯條，落葉掩長陌。
弱質與運頹，玄鬢早已白。素標插人頭，前塗漸就窄。
家為逆旅舍，我如當去客。去去欲何之，南山有舊宅。

其八：

代耕本非望，所業在田桑。躬親未曾替，寒餒常糟糠。
豈期過滿腹，但願飽粳糧。御冬足大布，麤絺以應陽。
正爾不能得，哀哉亦可傷。人皆盡獲宜，拙生失其方。
理也可奈何，且為陶一觴。

其十二：

嫋嫋松標崖，婉孌柔童子。年始三五間，喬柯何可倚。
養色含精氣，粲然有心理。

〈示周續之祖企謝景夷三郎時三人共在城北講禮校書〉

負痾頹簷下，終日無一欣。藥石有時閒，念我意中人。
相去不尋常，道路邈何因。周生述孔業，祖謝響然臻。
道喪向千載，今朝復斯聞。馬隊非講肆，校書亦已勤。
老夫有所愛，思與爾為鄰。願言謝諸子，從我潁水濱。

〈丙辰歲八月中於下潠田舍穫〉

貧居依稼穡，戮力東林隈。不言春作苦，常恐負所懷。
司田眷有秋，寄聲與我諧。饑者歡初飽，束帶候鳴雞。
揚楫越平湖，汎隨清壑迴。鬱鬱荒山裡，猿聲閒且哀。
悲風愛靜夜，林鳥喜晨開。日余作此來，三四星火頹。
姿年逝已老，其事未云乖。遙謝荷蓧翁，聊得從君栖。

〈飲酒〉二十首

其一：

衰榮無定在，彼此更共之。邵生瓜田中，寧似東陵時。
寒暑有代謝，人道每如茲。達人解其會，逝將不復疑。
忽與一觴酒，日夕歡相持。

其二：

積善云有報，夷叔在西山。善惡苟不應，何事空立言。
九十行帶索，饑寒況當年。不賴固窮節，百世當誰傳。

其三：

道喪向千載，人人惜其情。有酒不肯飲，但顧世間名。

所以貴我身，豈不在一生。一生復能幾，倏如流電驚。
鼎鼎百年內，持此欲何成。

其四：

栖栖失群鳥，日暮猶獨飛。徘徊無定止，夜夜聲轉悲。
厲響思清晨，遠去何所依。因值孤生松，斂翮遙來歸。
勁風無榮木，此陰獨不衰。託身已得所，千載不相違。

其五：

結廬在人境，而無車馬喧。問君何能爾，心遠地自偏。
採菊東籬下，悠然見南山。山氣日夕佳，飛鳥相與還。
此還有真意，欲辨已忘言。

其六：

行止千萬端，誰知非與是。是非苟相形，雷同共譽毀。
三季多此事，達士似不爾。咄咄俗中愚，且當從黃綺。

其七：

秋菊有佳色，裛露掇其英。汎此忘憂物，遠我遺世情。
一觴雖獨進，杯盡壺自傾。日入群動息，歸鳥趨林鳴。
嘯傲東軒下，聊復得此生。

其八：

青松在東園，眾草沒其姿。凝霜殄異類，卓然見高枝。
連林人不覺，獨樹眾乃奇。提壺撫寒柯，遠望時復為。
吾生夢幻間，何事紲塵羈。

其九：

清晨聞叩門，倒裳往自開。問子為誰歟，田父有好懷。
壺漿遠見候，疑我與時乖。襤縷茅簷下，未足為高栖。
一世皆尚同，願君汨其泥。深感父老言，稟氣寡所諧。
紆轡誠可學，違己詎非迷。且共歡此飲，吾駕不可回。

其十：

在昔曾遠遊，直至東海隅。道路迴且長，風波阻中塗。
此行誰使然，似為饑所驅。傾身營一飽，少許便有餘。
恐此非名計，息駕歸閒居。

其十一：

顏生稱為仁，榮公言有道。屢空不獲年，長饑至於老。
雖留身後名，一生亦枯槁。死去何所知，稱心固為好。
客養千金軀，臨化消其寶。裸葬何必惡，人當解意表。

其十二：

長公曾一仕，壯節忽失時。杜門不復出，終身與世辭。
仲理歸大澤，高風始在茲。一往便當已，何為復狐疑。
去去當奚道，世俗久相欺。擺落悠悠談，請從余所之。

其十三：

有客常同止，趣舍邈異境。一士長獨醉，一夫終年醒。
醒醉還相笑，發言各不領。規規一何愚，兀傲差若穎。
寄言酣中客，日沒燭當炳。

241

其十四：

故人賞我趣，挈壺相與至。班荊坐松下，數斟已復醉。
父老雜亂言，觴酌失行次。不覺知有我，安知物為貴。
悠悠迷所留，酒中有深味。

其十五：

貧居乏人工，灌木荒余宅。班班有翔鳥，寂寂無行跡。
宇宙一何悠，人生少至百。歲月相催逼，鬢邊早已白。
若不委窮達，素抱深可惜。

其十六：

少年罕人事，遊好在六經。行行向不惑，淹留遂無成。
竟抱固窮節，饑寒飽所更。弊廬交悲風，荒草沒前庭。
披褐守長夜，晨雞不肯鳴。孟公不在茲，終以翳吾情。

其十七：

幽蘭生前庭，含薰待清風。清風脫然至，見別蕭艾中。
行行失故路，任道或能通。覺悟當念還，鳥盡廢良弓。

其十八：

子雲性嗜酒，家貧無由得。時賴好事人，載醪祛所惑。
觴來為之盡，是諮無不塞。有時不肯言，豈不在伐國。
仁者用其心，何嘗失顯默。

其十九：

疇昔苦長饑，投耒去學仕。將養不得節，凍餒固纏己。

242

是時向立年，志意多所恥。遂盡介然分，終死歸田里。
冉冉星氣流，亭亭復一紀。世路廓悠悠，楊朱所以止。
雖無揮金事，濁酒聊可恃。

其二十：

羲農去我久，舉世少復真。汲汲魯中叟，彌縫使其淳。
鳳鳥雖不至，禮樂暫得新。洙泗輟微響，漂流逮狂秦。
詩書復何罪，一朝成灰塵。區區諸老翁，為事誠殷勤。
如何絕世下，六籍無一親。終日馳車走，不見所問津。
若復不快飲，空負頭上巾。但恨多謬誤，君當恕醉人。

〈贈羊長史〉

愚生三季後，慨然念黃虞。得知千載外，正賴古人書。
賢聖留餘跡，事事在中都。豈忘游心目，關河不可踰。
九域甫已一，逝將理舟輿。聞君當先邁，負痾不獲俱。
路若經商山，為我少躊躇。多謝綺與角，精爽今何如。
紫芝誰復採，深谷久應蕪。駟馬無貰患，貧賤有交娛。
清謠結心曲，人乖運見疏。擁懷累代下，言盡意不舒。

〈還舊居〉

疇昔家上京，六載去還歸。今日始復來，惻愴多所悲。
阡陌不移舊，邑屋或時非。履歷周故居，鄰老罕復遺。
步步尋往跡，有處特依依。流幻百年中，寒暑日相推。
常恐大化盡，氣力不及衰。撥置且莫念，一觴聊可揮。

〈悲從弟仲德〉

銜哀過舊宅，悲淚應心零。借問為誰悲，懷人在九冥。
禮服名群從，恩愛若同生。門前執手時，何意爾先傾。
在數竟不免，為山不及成。慈母沈哀疚，二胤繞數齡。
雙位委空館，朝夕無哭聲。流塵集虛坐，宿草旅前庭。
階除曠遊跡，園林獨餘情。翳然乘化去，終天不復形。
遲遲將回步，惻惻悲襟盈。

〈蜡日〉

風雲送餘運，無妨時已和。梅柳夾門湆，一條有佳花。
我唱爾言得，酒中適何多。未能明多少，章山有奇歌。

〈桃花源〉

嬴氏亂天紀，賢者避其世。黃綺之商山，伊人亦云逝。
往跡浸復湮，來逕遂蕪廢。相命肆農耕，日入從所憩。
桑竹垂餘蔭，菽稷隨時藝。春蠶收長絲，秋熟靡王稅。
荒路曖交通，雞犬互鳴吠。俎豆猶古法，衣裳無新製。
童孺縱行歌，斑白歡遊詣。草榮識節和，木衰知風厲。
雖無紀曆誌，四時自成歲。怡然有餘樂，于何勞智慧。
奇蹤隱五百，一朝敞神界。淳薄既異源，旋復還幽蔽。
借問遊方士，焉測塵囂外。願言躡輕風，高舉尋吾契。

〈諸人共遊周家墓柏下〉

今日天氣佳，清吹與鳴彈。感彼柏下人，安得不為歡。
清歌散新聲，綠酒開芳顏。未知明日事，余襟良已殫。

〈怨詩楚調示龐主簿鄧治中〉

> 天道幽且遠，鬼神茫昧然。結髮念善事，僶俛六九年。
> 弱冠逢世阻，始室喪其偏。炎火屢焚如，螟蜮恣中田。
> 風雨縱橫至，收斂不盈廛。夏日抱長饑，寒夜無被眠。
> 造夕思雞鳴，及晨願烏遷。在己何怨天，離憂悽目前。
> 吁嗟身後名，於我若浮煙。慷慨獨悲歌，鍾期信為賢。

〈酬丁柴桑〉

> 有客有客，爰來爰止。秉直司聰，惠于百里。飡勝如
> 歸，聆善若始。匪惟諧也，屢有良游。載言載眺，以寫
> 我憂。放歡一遇，既醉還休。實欣心期，方從我遊。

〈歲暮和張常侍〉

> 市朝悽舊人，驟驥感悲泉。明旦非今日，歲暮余何言。
> 素顏斂光潤，白髮一已繁。闊哉秦穆談，旅力豈未愆。
> 向夕長風起，寒雲沒西山。冽冽氣遂嚴，紛紛飛鳥還。
> 民生鮮常在，矧伊愁苦纏。屢闕清酤至，無以樂當年。
> 窮通靡攸慮，憔悴由化遷。撫己有深懷，履運增慨然。

〈贈長沙公族祖〉

> 同源分流，人易世疏。慨然寤嘆，念茲厥初。禮服遂
> 悠，歲月眇徂。感彼行路，眷然躊躇。於穆令族，允構
> 斯堂。諧氣冬暄，映懷圭璋。爰采春花，載警秋霜。我
> 曰欽哉，實宗之光。伊余云遘，在長忘同。笑言未久，
> 逝焉西東。遙遙三湘，滔滔九江。山川阻遠，行李時

通。何以寫心，貽此話言。進簣雖微，終焉為山。敬哉
離人，臨路悽然。款襟或遼，音問其先。

註　釋

1　《陶詩繫年》，錢玉峰著，台北：台灣中華，1992年初版。頁30-113。
2　《陶淵明集校箋》，楊勇著，台北：正文，1999年版。
3　《陶淵明詩箋證稿》，王叔岷著，台北：藝文，1975年初版。
4　《陶潛詩箋註校證論評》，方祖燊著，台北：蘭臺，1971年10月初版。
5　《陶淵明詩說》序，頁1，宋丘龍著，台北：文史哲，1984年。
6　《傳播理論》（*Communication Theories*），頁78-79，Werner J. Severin., James W. Tankard, Jr.著，孟淑華譯，台北：五南，1995年初版。
7　《中國古代美學範疇》，頁81，不著作者，台北：木鐸，1987年7月初版（1987）。
8　《古典文藝美學論稿》，頁26，張少康著，台北：淑馨，1989年11月初版。
9　〈政治論〉七，十七，一三五七a；〈物理學〉，二，一九〇a。
10　《美學在台灣的發展》，頁278，龔鵬程著，嘉義：南華管理學院，1998年8月初版。
11　《修辭學》，頁337，黃師慶萱著，台北：三民，1975年1月初版。
12　《西方美學導論》，頁237，劉昌元著，台北：聯經，1986年8月初版。
13　《修辭學》，頁339，黃師慶萱著，台北：三民，1975年1月初版。
14　《西方美學導論》，頁243，劉昌元著，台北：聯經，1986年8月初版。
15　《表達的藝術：修辭二十五講》，頁181，蔡謀芳著，台北：三民，1990年12月初版。
16　《藝術與視覺心理學》，頁446，Rudolf Arnheim原著，李長俊譯，台北：雄獅，1976年9月初版。
17　《晉書斠注》卷二十四，頁553，吳士鑑著，台北：藝文。
18　《陶淵明之人品與詩品》，頁154，陳怡良著，台北：文津，1993年3月初版。
19　《宋書》卷一百，列傳第六十，頁1190，台北：藝文。
20　《詩歌修辭學》，頁285，古遠清、孫光萱著，台北：五南（台灣版），1997年6月初版。
21　《中國美學史（第二卷）：魏晉南北朝美學思想》，頁439，李澤厚、劉綱紀主編，台北：谷風，1987年12月台一版。
22　《中國古代心理詩學與美學》，頁87，童慶炳著，台北：萬卷樓，1994年8月初版。

——91年《第四屆中國修辭學國際學術研討會論文集》

第七章
李冶詩探析

提　要

　　李冶，字季蘭，一女冠，吳興人，現今存詩十八首，以《全唐詩》為較完善的版本。

　　歷來已有人注意到李季蘭這位女詩人，然而多為三言兩語的評論，並未有人作過詳盡的分析，此文試圖以原作出發，每一首作詳細的整理、分析，嘗試著歸納出李季蘭詩作的風格、藝術特色及成就。

　　此文第一部分將其詩分成數類加以整理，分類的方法參酌各家的說法，如有合適李季蘭詩作內容的，則加以採用，參考的書目有古遠清的《詩歌分類學》……等。在其原作方面，以《全唐詩》作底本，參校何義門據述古堂影抄宋本精校《中興間氣集》、《又玄集》、《才調集》、《文苑英華》等諸舊籍。在校注方面，採用陳文華的校注。其中如有歷代評論家的評述，也一併收集。然後試圖給予每一首合理的詮釋和賞析。由此一部分可知，季蘭詩作的題材包含：抒情詩、哲理詩、詠物詩、摹聲詩四類，抒情詩一類又分友情類及愛情類，此一部分

共占十八首中十三首，為最主要的題材。

第二部分是站在第一部分的基礎上，分析李季蘭詩作在形式技巧上的成就：從體制上來看，五言律詩在數量上占相對多數，是其所擅長形式，七言樂府雖僅存一首然成就特出。從結構謀篇來看，常以題目點出寫作原因是一特點，此外不論是平鋪直敘或含蓄曲折之作，皆留意語氣上或意義上的相連，結構謀篇看似不著力實為用力甚深。從用典意象來看，其用典自然，不事堆砌，用典妥切，合乎詩境，常以典故中人物自況，使用意象適切生動，常寄情於景，並且善用對比法。從用字遣詞來看，其詩對偶自然鬆散，有些甚至於該對偶處全不對仗。

本文將李季蘭詩作做一初步整理，由於才疏學淺、時間匆促，如有疏失，尚祈賜教。

關鍵詞：李冶　女詩人　唐詩

第一節　前　言

《全唐詩稿本》對李冶有下列簡介：

> 李冶，字季蘭，五、六歲，其父抱於庭，作詩詠薔薇云：「經時未架卻，心緒亂縱橫。」父恚曰：「此必為失行婦也。」後竟如其言。——劉長卿謂季蘭為女中詩豪。殷璠曰：「士有百行，女唯四德，季蘭則不然。形氣既雄，詩意亦蕩，自鮑照以下，罕有其倫。如遠水浮仙棹，寒星伴使車。」蓋五言之佳境也。上仿班姬則不

足，下比韓英則有餘，不以遲暮，亦一俊嫗。[1]

從以上看來，姑且不論李冶是否真如其父所言，後來成為失行婦，由她五、六歲時即能吟出「經時未架卻，心緒亂縱橫」兩句，可見其才華早現。而從她現在留下的十八首詩作看來，的確可見她的才華，生動流暢、思想深刻，難怪劉長卿稱她作「女中詩豪」。而她的詩和其他女詩人不同之處，主要在於她的詩顯得自然奔放，較少纖麗荒豔之態，從下文對李冶詩的分析，可以體會此點。

至於李冶詩的存詩情況，《唐女詩人集三種》中陳文華先生已作了詳盡的說明[2]，根據他的說法，李冶的詩作由辛文房所云：「今傳於世」[3]，及《宋史·藝文志》稱其「詩一卷」[4]看來，其詩集至元時尚存。至明、清之世，除錢謙益《絳雲樓書目》所載「沈亞之詩集九卷」下注「附李季蘭，妓女」，此外已不見著錄。可惜絳雲樓被火焚毀，此集亦化為灰燼。後《四庫全書》收錄《薛濤李冶詩集》，《提要》云是「後人抄撮而成」[5]，此書所收季蘭詩僅十四首，連補遺四首，共十八首，但舛錯之處頗多，不能視為善本。《全唐詩》輯存季蘭詩十六首，並補遺二首，亦十八首，以唐宋舊籍校之，錯誤較遠碧樓本為少[6]。這十六首中，除已見於《中興間氣集》、《又玄集》、《才調集》等唐人選本的十二首外，〈偶居〉、〈明月夜留別〉、〈春閨怨〉分僅見於《吟窗雜錄》；〈結素魚貽友人〉則見於《唐詩紀事》[7]。陳氏《吟窗雜錄》錄詩鮮有完篇，然其舉季蘭詩有題可考者已十七首，內〈臥病〉、〈陷賊寄故人〉、〈遇潮寄房明府〉三首為它本所未見，可惜皆只一聯，不存全篇。至於補遺所收〈薔薇花〉、〈柳〉二首，雖亦

見於宋刻《分門纂類唐歌詩》殘本，卻與季蘭之詩風格迥異，未識確為季蘭所作否，姑存之俟考。

簡而言之，李冶現今存詩共有十八首：〈湖上臥病喜陸鴻漸至〉、〈寄校書七兄〉、〈寄朱放〉、〈送韓揆之江四〉、〈結素魚貽友人〉、〈相思怨〉、〈感興〉、〈送閻二十六赴剡縣〉、〈得閻伯均書〉、〈明月夜留別〉、〈春閨怨〉、〈恩命追入留別廣陵故人〉、〈偶居〉、〈道意寄崔侍郎〉、〈八至〉、〈薔薇花〉、〈柳〉、〈從蕭叔子聽彈琴賦得三峽流泉歌〉。其中〈薔薇花〉、〈柳〉兩首是否為李冶所作，尚有疑問。另外還有三首殘詩：〈臥病〉、〈陷賊寄故人〉、〈遇潮寄房明府〉。其詩作目前較完善的版本是《全唐詩》。

由以上可知，歷代對李季蘭這位女詩人已有或多或少的注意，而她能在全唐詩中存詩十八首，也可見她是一位值得注意的女詩人。近人陳文華先生更把她和薛濤、魚玄機並列，加以校注。當筆者在分析過魚玄機、薛濤之後，目光自然集中在李季蘭的身上。

因歷代以來尚未有人對李季蘭作一分析，或偶有評論，也大多只是三言兩語而止，所以此文試圖以原作出發，一首一首整理分析，嘗試著歸納出李季蘭詩作的風格、藝術特色及成就。

此文先將其詩作分成數類加以整理，分類的方法參酌各家的說法，如有合適李季蘭詩作內容的，則加以採用，參考的書目有古遠清的《詩歌分類學》等。在其原作方面，以《全唐詩》作底本，參校何義門據述古堂影抄宋本精校《中興間氣集》、《又玄集》、《才調集》、《文苑英華》等諸舊籍。在校注方面，採用陳文華的校注。其中如有歷代評論家的評論，也一併

收集。最後再根據分析所得，探究李季蘭詩的風格及成就。

第二節 題材內容

　　此節是將李冶詩按照描寫的內容，依據題材的不同歸納為若干類，並針對每一類詩的每一首逐一作個別分析。

　　李冶的詩作大致上可分為抒情類、哲理類、詠物類、摹聲類，抒情類又可為友情類和愛情類。從她選擇的題材來看，可知她創作的多樣性，內容涵蓄層面相當廣，並不局限於某一類型。

一、抒情詩

　　抒情詩是表達情感的詩作，人積存於心中有眼、耳、鼻、舌、身、意「六欲」，發於外而成喜、怒、哀、樂（懼）、愛、惡、欲「七情」，把這些心靈上的感觸，透過文字表現出來，寫成詩作，就是抒情詩。觀察李冶的詩作，可發現她的抒情詩所要抒發感情的對象，不外是朋友和情人，所以將李冶的抒情詩分為友情類和愛情類，應是較簡易而明確的。以下就分別探討：

（一）友情類

　　在李冶現存的詩作裡，屬於此類的有〈湖上臥病喜陸鴻漸至〉、〈寄校書七兄〉、〈寄朱放〉、〈送韓揆之江西〉、〈結素魚貽友人〉、〈恩命追入留別廣陵故人〉。以下逐一分析。

〈湖七臥病喜陸購漸至〉

昔去繁霜月，今來苦霧時。

相逢仍臥病，欲語淚先垂。

強勸陶家酒，還吟謝客詩。

偶然成一醉，此外更何之。

所謂「久病故人疏」，如果在生病之時有朋友來訪，自是感慨萬千，一則以喜，一則以驚。而李季蘭在題目中已經點出「喜」字。觀《唐詩三百首》中，極少以描寫病中友人來訪為題材的詩作，可見李季蘭此詩取材的獨特。她是如何表現這喜悅之情，亦是值得玩味。

陸羽，字鴻漸，性詼諧，少時隱匿優人中，撰《談笑》萬言。貌醜而性善，喜讀詩書，行為怪誕，與李季蘭、皎然上人交往甚密，時人喻之為「楚狂接輿」。嗜茶，著《茶經》三卷，備言茶之原理，飲法與器具，時號曰「茶仙」，自此，天下益知飲茶之為美事。除此之外，陸鴻漸亦工古調歌詩。

即使面對個性詼諧又是自己至交的陸鴻漸，因為病中心境無法開朗，李季蘭仍是悲從中來，首兩聯直抒此種悲傷之情。首聯用一工整的對句開場，表達出好友來去之時自己的處境，由此句可知，李季蘭的處境都是淒苦的，她用「繁霜月」、「苦霧時」來比喻自己的境況彷彿是處在霜風霧露之中。

頷聯敘述與好友初見面的情況，當時李季蘭尚未痊癒，一見好友，還未說話淚已先垂，可見兩人感情之好，一人是講義氣、來探病，另一人是不掩真情。頷聯依照格式，本應對偶，但此處李季蘭並未對句，雖於格式不合，但見質樸自然、真情流露之美。

　　頸聯進一層描述兩人在一起的情景，用陶淵明、謝靈運兩人顯示他們的性格同樣是愛好自然、恬適閒淡的，從此句我們可以想像李季蘭和陸鴻漸兩人一邊飲酒一邊吟詩作對的情況。此處用「強勸」、「還吟」則表示出李季蘭在病中本不宜喝酒不宜操勞，但因為友人來訪，興致一來，勉強振作起精神，可見他們交情之深、相談甚歡。

　　末聯「偶然成一醉，此外更何之」，可看出李季蘭的豪放豁達，也為此詩留下了餘韻。自古「一醉解千愁」，李季蘭在病中逢知己，把酒言歡，暫且把病情、愁苦擱一邊，只求一醉。

　　全詩按照時間先後順序寫作，平鋪直敘，自然流暢，最後以寫自己的情緒作結。在結構上與孟浩然的〈過故人莊〉極類似，有異曲同工之妙，所不同的只是〈過故人莊〉一詩風格明朗活潑，〈湖上臥病喜陸鴻漸至〉一詩因在病中所作，氣氛略顯悲戚，但更顯兩人之間情誼綿長。

〈寄校書七兄〉

> 無事烏程縣，蹉跎歲月餘。
> 不知芸閣吏，寂寞竟何如？
> 遠水浮仙棹，寒星伴使車。
> 因過大雷岸，莫忘幾行書。

　　此詩是李季蘭寫給一位作校書郎的「七兄」，前人對於這位「校書七兄」究竟是誰頗多爭議[8]，姑且拋開這個問題不論，從此詩我們可以看出李季蘭對這位友人的關懷之情。

　　首聯用「無事」、「蹉跎」兩詞寫出李季蘭站在朋友立場

上想像朋友此時的心境應是百無聊賴,而「歲月餘」點出時節近一年末尾,更增加遲暮而一事無成的感嘆。頷聯則是站在李季蘭的立場,問朋友在做校書郎的日子是否寂寞?此聯本應對仗,然此處不對,只是順著前一聯接下來,自然渾成,所以《唐詩別裁集》稱此詩是:「不求深邃,自足雅音。」[9]周嘯天曾說此詩用「無事烏程縣,蹉跎歲月餘」直逼出「寂寞」[10],此說很好,由此可見承接之妙,氣勢之順暢。雖然不事雕琢、不用對仗,但由於承接自然、立場變換巧妙,仍可看出其功力。

頸聯以景寄情,應是李季蘭回憶或想像七兄在旅途中的情景。上句「遠水浮仙棹」以「遠水」點出行人漸行漸遠,而「仙棹」則將其友人仙風道骨的模樣隱含其中,此句雖未明講,但隱約可感受到李季蘭對友人景仰及依依不捨之情。下句「寒星伴使車」,寫出旅途中披星戴月的辛苦,使車只有寒星相伴,更可看出李季蘭為友人擔心的想法。此聯對仗工整,寄情於景,可說是季蘭詩中的名句,胡應麟曾說:「李季蘭『遠水浮僊棹』二語幽閒和適,孟浩然莫能過,寧可以婦人童子忽之。」[11]可說是對此聯推崇備至。

此詩結尾似乎是事實,因為從烏程出發,沿江溯行,的確須經過雷池,但另一方面又隱含了鮑照與其妹鮑令暉的典故;鮑照與其妹皆是詩人,有共同的文學愛好,劉宋文帝元嘉十六年秋,鮑照受臨川王徵召,由建業赴江州途經大雷,寫下了著名的《登大雷岸與妹書》,內容描繪途中所見山川風物,兼有告慰遠思之意。李季蘭以令暉自況,用典精確,並將友誼之情形容成兄妹之情,更加深重。最後一句「莫忘幾行書」更顯現殷殷叮嚀、深切期盼的感情。

全詩平實順暢，前二聯承接自然、不事雕琢，三聯精緻而意境悠遠，四聯用典自然，整首詩可看出李季蘭對友人關懷體貼、含蓄深重的感情。

〈寄朱放〉
望水試登山，山高湖又闊。
相思無曉夕，相望經年月。
鬱鬱山木榮，綿綿野花發。
別後無限情，相逢一時說。

朱放，字長通，工詩，風度清越，當時詩人多與交遊，有詩一卷。李季蘭此詩在題目中即說是給朱放的。此詩較之前兩首，情意較曲折，以景寄情之處甚多。

首聯即說「望水試登山，山高湖又闊」，表現出登高望遠，登高思念遠方友人的情形，「山高湖又闊」是眼中所見，也表達了與友人相隔遙遠、路途中阻礙重重的情形，這自然曲折地說明了相見的困難。

頷聯直接描寫情思，從此聯可知相思是不分早晚，遙望是經年累月的，思念之深、盼望之重由此句明點出來，「相望經年月」更可看出其情意之深並非一朝一夕，不是三分鐘熱度，而是不管時間多久、空間多遠，仍然持續地思念對方。

頸聯寄情於景，彷彿是描繪眼前的風景：山木茂盛、野花綻放，但其實間接描寫了對友人的想念之情正如那山木一般的「鬱鬱」，又像野花一樣的「綿綿」。此聯對仗工整，又將思念之情藉著漫山遍野的花草樹木恣意奔放出來，實為傑作。

末尾又回到情語，跳脫現在的時空，進入未來的時空，在

想像裡和朱放相聚，把別後無限的情感說給友人知悉，這「無限情」在「一時說」，可見濃縮的密度，這「無限」相對於「一時」，更可見天壤之別，但足以令人了解這無窮盡的思念都在一時間的相聚中獲得了寬慰。

全詩含蓄委婉，深厚的思念之情都在景物中蘊藏著，似是描寫眼中所見，卻又富含情意，結尾在作者的想像中結束，讓思念在跳脫時空之後有了著落，手法與李商隱的名作〈夜雨寄北〉：「何當共翦西窗燭，卻話巴山夜雨時」有異曲同工之妙。

〈送韓揆之江西〉
相看指楊柳，別恨轉依依。
萬里西江水，孤舟何處歸？
湓城潮不到，夏口信應稀。
唯有衡陽雁，年年來去飛。

送朋友遠行是件難過的事，如果知道和友人分別之後，兩地音信相通困難，相見之期又遙遙無期，依依不捨之情將更加凝重，更不願與友人分離了，李季蘭在此詩中即寫下了這樣的情感。

首句「相看指楊柳」以古人習用的折楊柳送別的習俗暗示出此詩是以送別為背景的，第二句更進一步指出離別時刻到了，離別之恨轉而依依不捨，這一「別」點出分別，這一「恨」將離別的不捨之情推向極致。然而此時恨天怨人都是無濟於事，還是利用這僅剩的時光話不捨之情、再多說幾句話吧，故「轉依依」。

　　頷聯一下跳出人情之外，直接以煙波萬里、浩浩蕩蕩的西江水代替這無邊無際的離愁別恨，看著這廣闊的西江，想著這西江即將把友人送到遙遠的江西了，怎不叫人心憂呢？後一句「孤舟何處歸？」則是李季蘭為友人未來的歸期和去向發出的疑問。這一「孤」字用得巧妙，不僅指出舟之孤，也比喻了友人的形單影隻，更顯無盡惆悵，王維〈渭城曲〉中：「西出陽關無故人」是明點此種情形，而李季蘭此句則以一字隱含其義，用得妙極。此聯應對偶而無對偶，又再一次表現李季蘭詩作不事雕琢之特色。

　　頸聯由西江水意象出發，「潯城潮不到，夏口信應稀。」是由於古時相傳入江海潮不過潯陽，而這裡用來指兩人別後路途遙遙，中間阻礙重重，音信相通困難。分別已是難過的事，而分別之後別又音信難通，豈不是更令人不捨嗎？然而李季蘭此處僅僅陳述此一事實，隱隱含著無奈之情，可說是相當委婉含蓄。

　　結尾「唯有衡陽雁，年年來去飛」說明日後只有衡陽雁年年固定的往返。而雁歸人未歸是設想別後情景，更添現時惜別之情。這「唯有」二字將分別的無奈、不捨之情表露無遺。

　　全詩除首聯是情語，直道出送別之恨與不捨之情外，其餘全以景託情，將這離愁寄託在山水之美、萬物之間，看似自然，實則情意綿綿，非常巧妙。而這頷聯不用格式中的對偶，似為李季蘭習慣的手法。

〈結素魚貽友人〉

尺素如殘雪，結為雙鯉魚。

欲知心裡事，看取腹中書。

首聯言將書信疊成魚形。古時民間有魚腹傳書之傳說，如〈飲馬長城窟行〉即云：「客從遠方來，遺我雙鯉魚。呼童烹鯉魚，中有尺素書。」此詩亦使用了類似的手法。

次聯是告訴友人：若是想知道我心裡的事，就趕緊拆信來看吧，意思當然是請友人看信，但在之前先引起友人的好奇心，自然是費了一些巧思。

此詩小巧可愛，依筆者之見，應只是附於書信之前，類似便條的小語，意為請友人看信。然而李季蘭連此等小事，都用心寫一首小詩給朋友，可見其細心的程度和對友人的重視。而此詩可流傳至今，可能是因流暢而生活化的緣故吧！

〈恩命追入留別廣陵故人〉
無才多病分龍鍾，不料虛名達九重。
仰愧彈冠上華髮，多慚拂鏡理衰容。
馳心北闕隨芳草，極目南山望舊峰。
桂樹不能留野客，沙鷗出浦謾相逢。

這是一首李季蘭向友人表達心志及近日遭遇之作。首聯中上句「無才多病分龍鍾」是自謙自己是無才又多病，意料中即將衰老之人，然而何以無緣無故要自謙起來了呢？看了下句「不料虛名達九重」，自然明白了其中原因正是李季蘭的詩名遠播，連天子皆聞。墨人曾云：「李冶詩名遠播長安，上達天子，可見她之受人重視。」[12] 此說可作為參考。

頷聯指李季蘭為了入宮整理衣冠的情景：整潔其冠、對鏡梳理儀容。以「拂鏡」一詞可知，李季蘭已久未使用鏡子，為了此事才特別慎重地梳裝打扮一番。由「華髮」、「衰容」兩

詞，可知季蘭感嘆年華已逝。其上使用「仰愧」、「多慚」，表現出對這分遲來的幸運感到意外和驚訝，更加強了對自己已衰老的惋惜。

頸聯以工整的對仗，說明喜悅嚮往入宮卻又不禁留戀鄉野故里的心情。上句「馳心北闕隨芳草」表示心彷彿已隨著蔓延至皇宮的芳草飛向宮中了，可見季蘭對入宮一事的嚮往及喜悅。下句「極目南山望舊峰」是想像自己到了宮中之後將會向舊居的山峰遠望，表示季蘭對故里的戀戀不捨。

尾聯承接上聯而來，上句「桂樹不能留野客」言其將出山入宮，下句「沙鷗出浦謾相逢」是說隱居之人與沙鷗交遊，今將入京，如沙鷗出浦，相逢不易，此句頗有惆悵之意，入京或隱居不可得兼，令季蘭有一點彷徨。「桂樹」是山林的代表，此聯又再次表明上聯依戀故里的心意，觀季蘭以「野客」、「沙鷗」自喻，可知季蘭是屬於豁達自適、閒雲野鶴之類的人物，絕非戀慕名利之輩。

當季蘭垂暮之年，詩名遠播，上達朝廷，乃至蒙玄宗召見，季蘭在此詩裡平鋪直敘，將自己嚮往入京卻又不捨故里的矛盾心情向友人娓娓道出，可見朋友是可分享心事、傾訴煩惱的對象。全詩平鋪直敘，似乎全為表露心意而作，中間兩聯以工整漂亮的對仗補救情意太露的缺憾。張修蓉評此詩：「觀其詩意，於欣幸之餘，未免自怨自艾，感嘆年華已老，幸運之遲遲到來。」[13] 筆者以為季蘭在此詩中確有感嘆年華已老之意，然而觀季蘭詩作可知其確是豁達豪放、不慕榮利之人，既是不慕名利，又何以會因蒙主召見之遲而自怨自艾呢？是故「未免自怨自艾」之意似不可從。

以上六首詩作皆是以友人為寫作對象而賦成，或是記友人

來訪，或是懷念友人，或是送別之作，或是日常小語，心意剖白，皆流露出真摯之情，可見李季蘭重視友情的程度。

（二）愛情類

異性相吸是天經地義的事，是一種美麗而浪漫的感情，自古至今，無數的文學家都運用他們的筆寫下一篇篇歌頌這人類與生俱來的愛情的偉大作品。李季蘭現存詩作中，此類作品有：〈想思怨〉、〈感興〉、〈送閻二十六赴剡縣〉、〈得閻伯均書〉、〈明月夜留別〉、〈春閨怨〉、〈偶居〉，一共七首，較友情類多一首，占現存詩作的百分之三十九，可說是李季蘭存詩中最主要的題材。以下就來看看這位唐代女詩人是如何詮釋愛情的。

> 〈相思怨〉
> 人道海水深，不抵相思半。
> 海水尚有涯，相思渺無畔。
> 攜琴上高樓，樓虛月華滿。
> 彈著相思曲，弦腸一時斷。

此首是描寫相思之情的作品。愛情常因相思而增加彼此相愛的深度，因為相思而使兩人增加自我想像的空間，將對方想得更理想、更完美。在李季蘭筆下的相思，又是怎樣的情形呢？

前兩聯一氣呵成，用海水和相思相比：海水雖深，卻不及相思之半；海水有涯，而相思無涯。海水此一意象是深且廣，用來和相思此一抽象感情比較，使其具體化、意象化，是相當

好的比喻。唐詩中多用河水比喻思念之情，而此處季蘭用海水相比，是特出之處，更顯出她意象運用上具巧思，氣勢較他人開闊。

　　後兩聯由比喻進入實景，敘述人攜琴上樓，在月下彈琴懷念情人的景況。登高望遠是古文人排憂解愁的方法，如范仲淹〈岳陽樓記〉、李煜〈相見歡〉：「無言獨上西樓……」[14] 等皆是記述登高樓望遠的情景。然而登高的結果卻常是引起心中更多感慨，更難排遣，李煜如是，李季蘭亦如是。頸聯上句「攜琴上高樓」明確指出活動，下句「樓虛月華滿」，此一「虛」字指出樓中空虛，身旁無人陪伴，更暗示了作者心中的空虛。相對於樓中的「虛」，是月華的「滿」，月圓人不圓，兩相比較，更顯淒清，不免引起心中感慨，字面上雖未明點，但其心意可揣想得知。古來因月色而興發思念之情的作品甚多，如：張九齡〈望月懷遠〉：「海上生明月，天涯共此時。」[15]；杜甫：「今夜鄜州月，閨中只獨看。」[16] 然而季蘭此處字簡意遠，善用對比法，是此句特出的優點。尾聯更以彈琴的曲名點出「相思」，彈琴之時，思念之情使人弦腸俱斷，可見相思之深，心碎之痛。

　　全詩善用對比法，以海水與相思比較，用月滿來反襯樓虛，使人感受到思念之情的強烈。

　　〈感興〉

　　　朝雲暮雨鎮相隨，去雁來人有返期。
　　　玉枕衹知長下淚，銀燈空照不眠時。
　　　仰看明月翻含意，俯眄流波欲寄詞。
　　　卻憶初聞鳳樓曲，教人寂寞復相思。

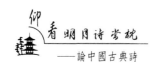

　　此詩也是一首記述相思的作品。首聯上句「朝雲暮雨鎮
相隨」，是用宋玉〈高唐賦〉中巫山神女的典故：「妾在巫山
之陽，高丘之阻，旦為朝雲，暮為行雨，朝朝暮暮，陽臺
之下。」此處李季蘭是以巫山神女自況。下句指去雁來人皆
有返期，既有返期，表示現在人已遠離。其實雖有返期，仍叫
人懸念掛心，期盼著那日的早日到來，更讓人產生會不會歸期
到了卻人未返的疑慮。

　　頷聯轉入描寫夜晚相思的心情。上句「玉枕祇知長下
淚」，顯示因相思而落淚，然而無人安慰，只有玉枕知道而
已。下句「銀燈空照不眠時」，表示為了相思而輾轉反側，不
能成眠的情景，無人陪伴只有銀燈相照。全聯將相思之苦寫得
很深刻，其特點在於未點明孤單，然一「祇」、「空」字，將
孤單寂寞的心境隱含其中。

　　頸聯承接上聯而來，上句「仰看明月翻含意」，是說既因
相思煎熬，不如起身觀賞月色，怎奈望月之時，心中卻有萬種
情意在翻騰。下句「俯眄流波欲寄詞」，是敘述因望月興起思
念，欲將此番情意，化為文字，寄與情人。古文人常因望月起
興，並且將思念之情化為文字，寄與遠方的情人或朋友，前一
首〈相思怨〉已說明過此種情況，此不再贅述。

　　尾聯繼續頸聯之情意，然而卻又有了另一番的思想，本欲
提筆將相思之情寄予對方，此時卻又回想到往日初聞〈鳳樓曲〉
的情景。〈鳳樓曲〉即〈鳳臺曲〉，而其中暗含《列仙傳》中
弄玉、蕭史夫妻兩人琴瑟和鳴為神仙眷侶的典故。上句一方面
回憶往日聞〈鳳樓曲〉的情景，一方面藉曲中的典故表示對往
日恩愛情景的懷念。下句筆鋒一轉，因往日的甜蜜更顯今日的
寂寞，不禁更加相思。

全詩層層遞進，首聯寫出相思的原因，頷聯寫夜晚因相思不成眠、淚如雨下，頸聯寫不成眠後賞月觸動欲寄情予對方的想法，尾聯則是回憶往事，一層一層往前推，彷彿都要逼出最後一句的「寂寞復相思」。雖然此句未免太露骨了一些，然而全詩環環相扣，氣勢相貫，出現最後一句是必然之勢。

〈送閻二十六赴剡縣〉

流水閶門外，孤舟日復西。
離情遍芳草，無處不萋萋。
妾夢經吳苑，君行到剡溪。
歸來重相訪，莫學阮郎迷！

此詩為送情人遠行的作品。離別已叫人傷心，而送情人遠行則更叫人銷魂。閻二十六，即閻伯均，是季蘭的情人，除了此詩之外，季蘭另有一詩〈得閻伯均書〉，也是以他為寫作對象。

首聯寫送行之情景，孤舟隨著流水日漸遠行，用舟之孤比喻情人此去形影孤單，顯出季蘭對情人的牽掛擔憂。此聯與「孤帆遠影碧空盡」一句形象、情意極為近似。

頷聯將離情譬喻為芳草，到處蔓生，正如濃郁的離情一般。「萋萋」原是形容芳草茂盛的樣子，然而音同於「淒淒」，可能暗含心中淒涼之意，如是，則是寄情於景。

頸聯時空一轉，為作者想像之語，想像自己夢經吳苑，而情郎行到剡溪。吳苑在今江蘇、浙江一帶，剡溪在今浙江省，此處季蘭應是指同一地，大抵如不能相聚，只能寄望魂夢相接，也表示了季蘭雖不能隨情人遠行，但心卻伴隨情人而去。

尾聯則語重心長地說出自己的叮嚀：回來時記得要來看我，不要像阮郎一樣迷失了！阮郎是《幽明錄》中記載的後漢阮肇，阮肇曾與劉晨入天台山採藥，迷不得返，遇二仙女，留半年，求歸，至家，發現人世已過七世。原來自古至今，女子對情人的擔憂皆然，害怕情人在外遇到其他女子，迷而不返。

全詩自然真切，尤其結聯將自己的期盼與擔心表露無遺，為全詩之重點。張修蓉謂：「末二句『歸來重相訪，莫學阮郎迷。』卻道出風月女子之悲愁，送往迎來，朝秦暮楚之悽怨。」[17]，此說不錯，可作為參考。

〈得閻伯均書〉

情來對鏡懶梳頭，暮雨蕭蕭庭樹秋。

莫怪闌干垂玉筋，只緣惆悵對銀鉤。

此詩是記敘得情人書信之後的心情。首聯上句言書信來後懶得整理儀容，下句一轉形容外面正是黃昏時分，雨瀟瀟落下，庭樹已表現秋季的感覺。上句可看出其心情低落造成生活懶散，下句一轉，實是以景託情，表現出情緒消沈黯然，就如黃昏雨落，又如庭樹向秋。以景託情，使情感含蓄，又不致滿紙怨懟。

尾聯上句描寫作者淚眼縱橫，下句寫出流淚的原因是為了看完閻伯均的來信。作者雖是一名女子，但也如男子一般豪放不羈，心中認為流淚是不該之事，而且自知風月女子不該奢求男子以真心相待，然而得閻伯均書信之後，仍不禁淚流滿面、惆悵以對。此聯中「莫怪……只緣……」更令人同情季蘭、憐愛季蘭。

全詩平鋪直敘，除第二句以景婉寄其情外，其餘直書其情其事，更顯情感真摯。因季蘭即為當事人，動心則亂，由此詩可知，閻伯均的來信應不是好消息，若季蘭此時還能講究辭藻，注意作詩技巧，才該令人覺得奇怪！

〈明月夜留別〉

　　離人無語月無聲，明月有光人有情。

　　別後相思人似月，雲間水上到層城。

此詩是寫相思之作。首聯寫法同於〈相思怨〉，以一物和另一物比較，〈相思怨〉以海水和相思比較，此詩用人和月比較，在比較中使抽象事物具體化。《唐人絕句評注》曾評曰：「以『人』『月』二字穿插成篇，備見纏綿往復，乃民歌手法。」[18]，《全唐絕句選釋》也曾說：「月無聲而有光，人無言而有情，深刻，高妙。」[19]此二說不錯，值得參考。

尾聯將相思比作月光，天上地下皆無所不至，可穿雲行水，到離人所居之地。因首聯將人和月作一比較，此聯進一步將相思喻為月光，承接自然。

全詩用人和月兩意象，互相交錯，相互比喻，在纏繞往復之間，深感情意的纏綿。此詩善用比較法，讓人把月和相思之間作一深刻而適當的聯繫。

〈春閨怨〉

　　百尺井欄上，數株桃已紅。

　　念君遼海北，拋妾宋家東。

　　此為閨怨詩。首聯以桃花紅象徵春天來臨，暗寓時節轉換，而離人未歸，面對良辰美景，更加覺得難堪。

　　尾聯上句是思念情郎，猜想他大概是在極遠的北方吧，下句自比為宋玉東鄰之女，表示不得情人青睞，為情人所拋棄。

　　全詩無一處明點怨字，看題目〈春閨怨〉，本以為該滿紙怨懟，然而高明處正在不明說怨，首聯僅描寫季節變了，桃花紅了，尾聯以宋玉東鄰女的典故喻已被情人拋棄，彷彿只是陳述事實，然而暗含無限惆悵哀怨的感情，留給讀者想像體會的空間。

〈偶居〉

　　心遠浮雲知不還，心雲併在有無間。
　　狂風何事相搖蕩，吹向南山復北山。

　　此詩為思念遠方的情人之作。首聯用浮雲比喻遠方的情人，意指心裡掛念著遠方的情人，心思跟著未歸的情人飄飄忽忽，若有若無。尾聯似在問風為何飄忽不定，一下子吹向南山，一下子又吹向北山，其實是指風將雲一下子吹向南又一下子吹向北，借喻情人因事而行蹤不定，此一「何事」表露出作者埋怨、無奈的心思，彷彿在責怪著「狂風」。全詩用浮雲比喻遠行的情人，藉著狂風吹動浮雲的意象，表現出心繫行蹤不定的情人，更顯出心緒煩亂，相思之情隱含其中，在生動的意象裡寓涵深刻的情意。

　　觀季蘭愛情類的詩作，內容大多描寫為相思之苦折磨的情形，深情幽怨，十分感人。其特點是善用比較法、譬喻法，使抽象的感情形象化、具體化，或是利用典故，自比為主人翁，

隱射自己的遭遇及心境。

二、哲理詩

　　哲理詩就是說理詩，凡是闡述某一道理的詩都歸於此類，諸如剖析社會現象、說明人生的規律、思考時代的問題……等等皆是。古遠清曾說：「優秀的哲理詩，具有深刻的思想力量，表現了作者對社會入木三分的剖析、對人生的獨特見解、對時代的深沈思考，以其獨有的哲理之光照亮讀者的心田。」[20] 將哲理詩的功能和探討的內容有了詳盡的說明。

　　哲理詩在宋代開始流行，而李季蘭以一女流之輩已有此類詩作的創作，實為難能可貴，也正可看出她與其他女詩人不同之處。現存詩作中〈道意寄崔侍郎〉、〈八至〉屬於哲理詩。

〈道意寄崔侍郎〉

莫漫戀浮名，應須薄宦情。

百年齊旦暮，前事盡虛盈。

愁鬢行看白，童顏學未成。

無過天竺國，依止古先生。

　　此詩是寫人生應拋棄名利的道理。題目中的崔侍郎即吏部侍郎崔渙。

　　首聯明點主旨：不要戀棧虛名，應將求官仕進的意念放淡薄。可見作者勸人淡泊名利的意念，此聯對仗極工整，句意警醒，從此可知作者的用心至深，期以此喚起世人的注意。

　　頷聯言百年僅如朝夕，倏忽而過，前事盡是虛空。上句

「百年齊旦暮」和莊子〈齊物論〉的道理相合，含有道家思想。下句「前事盡盈虛」和佛家所謂萬事皆空的意旨相同，含有佛家思想。

頸聯感嘆自己將要衰老，然而仍學道未成。道家認為若是學道得成，則可返老還童，是故季蘭下句言「童等八個概念，四對矛盾，深入生活，挖掘隱微，合辯證法，難能可貴。」[21]

季蘭的哲理詩現今流傳的雖數量上極少，然細觀其內容，〈道意寄崔侍郎〉句子警醒，簡要而富含佛、道兩家思想；〈八至〉鞭辟入裡，深入事理。數量雖少，但品質皆佳，可說是其詩中的傑作。

三、詠物詩

《詩歌分類學》在「詠物詩」一節中謂：「大地上充滿生機的春草以及山水泉石、鳥獸蟲魚、果木花卉乃至器具雜物，常常激起詩人們的美感和聯想。」[22]凡是摹寫或詠唱自然界萬物的詩作，皆可稱為詠物詩，例如摹寫山水泉石、鳥獸蟲魚、果木花卉、器具雜物……等等皆是。在詩人的筆下，他們成了大地生命的象徵，也成為歌頌自然的憑藉，有時更寄託了詩人的理想與志向，變成了詩人的化身。

李季蘭現存詩中屬於此類的很少，僅〈薔薇花〉和〈柳〉兩首。

〈薔薇花〉
翠融紅綻渾無力，斜倚闌干似詫人。

> 深處最宜香惹蝶，摘時兼恐焰燒春。
> 當空巧結玲瓏帳，著地能鋪錦繡裀。
> 最好凌晨和霧看，碧紗窗外一枝新。

　　此詩是摹寫薔薇花的作品。首聯上句寫花開綻放的情況，正因「無力」而導入下句「斜倚」。下句寫薔薇倚靠闌干好像在向人誇耀，在誇耀什麼呢？續看下文便可知曉。唐陸龜蒙有〈薔薇〉一詩云：「倚牆當戶自橫陳。」[23] 與季蘭詩此句意同，然而季蘭此句的「似詫人」把花加以擬人化，更加生動，並且引起讀者往下讀的好奇心，開啟下文，似乎勝陸一籌。

　　頷聯、頸聯從各方面描寫薔薇，也正是其向人誇耀之處。頷聯上句描寫香味濃郁吸引蝶兒，下句形容花紅，紅得如火焰，將紅花擬成另一物，用一「燒」字，顯得格外生動活潑。唐陸龜蒙曾寫道：「可憐細麗難勝日，照得深紅作淺紅。」[24] 陸以平鋪直敘的方法描述薔薇的紅，而李以另一物來比喻，使其意象更加明顯，顯然較陸作好。

　　頸聯形容薔薇的型態、生長姿態：向著天空彷彿結成玲瓏的帳子，附著在地好像是鋪著錦繡的毯子。「巧」、「玲瓏」、「錦繡」等詞用字精緻，令人感受到薔薇花靈巧、可愛、華麗的姿態。

　　尾聯則將作者認為最好觀賞的時間和原因寫出，上句寫最好在凌晨的霧中觀賞，而作者所持的理由正是「碧紗窗外一枝新」，作者認為凌晨時花特別清新。唐朱慶餘有〈薔薇〉一詩，也曾提到觀薔薇的時刻：「雨中看亦好，況復值初晴。」[25] 然而並未解釋作者認為好看的原因。

　　全詩用擬人法、擬物法將薔薇的型態描寫得生動活潑，並

從各方面摹寫薔薇，描繪詳盡。然而頸聯用字華麗，似乎不像李詩一貫的風格，陳文華曾說：「與季蘭之詩風格迥異，未識確為季蘭所作否，姑存之俟考。」[26] 究竟此詩是否為李作，似乎尚需證明。

〈柳〉
最愛纖纖曲水濱，夕陽移影過青蘋。
東風又染一年綠，楚客更傷千里春。
低葉已藏依岸棹，高枝應閉上樓人。
舞腰漸重煙光老，散作飛綿惹翠裙。

此為詠柳之詩。首聯描述柳生長的環境，「纖纖」將柳纖細的模樣表現出來。首聯形象描述鮮明，製造出優美的情態：在水濱旁長著纖細的柳樹，當夕陽西下，彩霞滿天之時，他映照在水面上的影子便越過了浮萍，到另一邊去。

頷聯上句「東風又染一年綠」表示此時楊柳綠了又過了一年，此處將東風擬人化，彷彿大筆一揮，將楊柳又染綠了。下句「楚客更傷千里春」是因柳樹原產於北半球溫帶及寒帶，楚客即是南方來北方作客的人，此時離鄉背井，看到又過一年，自然思家起來。此聯除摹寫柳樹在春天綠的情況外，也寄託了人情事理在其中。

頸聯「低葉已藏依岸棹，高枝應閉上樓人。」是形容柳樹在時間的催化下，已逐漸茁壯，葉子低垂已可垂至岸邊船上的船槳，枝幹高聳已可遮蔽高樓。

尾聯承接頸聯而來，由柳樹之茁壯推出人也隨時光嬗進而衰老。在表面上寫柳枝漸粗、良辰美景逐漸消逝，最後柳絮四

處散落在草地上。其中實暗含感嘆時光漸逝，年華已老，最後終將化作塵土。

全詩刻劃出柳纖細美好的形象，寄寓人生時光易老的感傷，瀰漫淡淡哀愁的氛圍。比起一般用柳表送別的陳腔濫調或是白描柳樹的作品，誠為佳作。此詩用字遣詞柔媚，不似李之一般作風，陳文華亦認為此詩究竟是否為季蘭所作，尚待考證。

觀此二詩，如真為李季蘭所作，則形象刻劃鮮明生動，善用比擬法，無論擬人或擬物，皆將其所詠之物的模樣表現得更具體，尤其〈柳〉一詩，不僅形象生動，氛圍也塑造得好，更將作者之心志隱含其中，實為佳作。

四、摹聲詩

在一般詩歌分類上並無此類說法，然而觀季蘭存詩中有一詩〈從蕭叔子聽彈琴賦得三峽流泉歌〉，以其內容題材來看，實不能併入上述各類之中。此詩受歷代評論家廣泛的注意，視為季蘭之代表作，又不能刪去，只好大著膽子，為了此詩獨立出一類。

摹聲詩是指其詩作的內容以摹寫聲音為主，季蘭此詩即以摹寫琴聲為內容。

〈從蕭叔子聽彈琴賦得三峽流泉歌〉
　　妾家本住巫山雲，巫山流泉常自聞。
　　玉琴彈出轉寥夐，直是當時夢裡聽。
　　三峽迢迢幾千里，一時流入幽閨裡。

巨石崩崖指下生，飛鳥走浪弦中起。

初疑憤怒含雷風，又似嗚咽流不通。

迴湍曲瀨勢將盡，時復滴瀝平沙中。

憶昔阮公為此曲，能令仲容聽不足。

一彈既罷復一彈，願作流泉鎮相續。

　　此詩題目即已點出人物、活動以及活動內容，由題目可知李作此詩是跟蕭叔子聽彈琴後所作，而琴所彈之曲就是〈三峽流泉歌〉。

　　首聯上句是季蘭以巫山神女自況，在〈感興〉一詩中季蘭也是以巫山神女自況，詳細請參考前面。下句是言季蘭既是巫山神女，巫山中流泉之聲自然是常常聽聞，表示季蘭對三峽流水聲是內行人。琴曲〈三峽流泉歌〉既是仿峽中流水聲，像或不像，經季蘭之耳即可分辨。

　　次聯言琴聲一出，清遠似當時在夢裡所聽一般。表示琴音極似三峽之中流水之聲。

　　其下四聯皆是形容聲音之辭。三聯「三峽迢迢幾千里，一時流入幽閨裡。」令人想像浩浩蕩蕩的三峽大江在剎那間湧入一小小深閨中，聲勢之浩大、速度之迅捷在此句中表現出來。

　　四聯「巨石崩崖指下生，飛泉走浪弦中起」將琴聲之波瀾壯闊之貌表露無遺：巨岩崩坍的情景彷彿就在指下生出，飛瀉的泉水、急走的波浪就在琴弦中湧起。此句實為驚人之筆，描繪出壯麗驚險畫面，並以此意象化的句子比喻捉摸不住的聲音。

　　五聯融入人的感情，將琴聲擬人化，上句「初疑憤怒含

雷風」指琴聲彷彿是憤怒的，而其聲正如含著暴雷狂風一般。「雷」、「風」是自然界中速度快的象徵，風聲、雷聲則是強大的，這裡再一次表現琴聲的速急聲強。下句「又似嗚咽流不通」，形容琴聲似人在哭泣嗚咽之聲，似水流不通之時，給人哀悽之感。

六聯形容將近結束時的琴聲，上句「迴湍曲瀨勢將盡」以水流曲折形勢將盡表示琴聲曲折也行之將盡。下句「時復滴瀝平沙中」以水下流稀疏之滴瀝聲描寫琴之餘聲。

此四聯皆以三峽流水之貌形容琴聲，使聲音意象化，活潑生動。琴曲本是〈三峽流泉歌〉，以三峽流水比喻，自是妥貼自然。而其中氣勢磅礴，令人折服於其氣魄。

第七聯以阮咸善彈琴的典故稱讚彈琴者此曲彈得好，令人想一聽再聽。然而阮咸即字仲容，此處可能是李季蘭誤記，將阮咸、仲容分作二人。

尾聯即表示彈者應聽者要求再彈一遍，而令人願化身流泉與琴曲相續。

我們可以將白居易的〈琵琶行〉和此詩略作比較，〈琵琶行〉中描寫聲音的部分是這樣的：「轉軸撥絃三兩聲，未成曲調先有情。絃絃掩抑聲聲思，似訴平生不得志。低眉信手續續彈，說盡心中無限事。輕攏慢撚抹復挑，初為霓裳後六么。大絃嘈嘈如急雨，小絃切切如私語；嘈嘈切切錯雜彈，大珠小珠落玉盤。間關鶯語花底滑，幽咽泉流水下灘。水泉冷澀絃凝絕，凝絕不通聲漸歇。別有幽愁暗恨生，此時無聲勝有聲。銀瓶乍破水漿迸，鐵騎突出刀鎗鳴。曲終收撥當心畫，四絃一聲如裂帛。」

從上述可看出，白居易形容聲音非常精細，敷陳詳盡，而

李季蘭簡單扼要；〈琵琶行〉一詩是形容聲音幽咽的部分，季蘭之詩則主形容聲音快而強的部分，既然如此，白居易此詩用字自是柔美華麗、細心雕琢，李季蘭則是氣勢雄渾、恢宏壯闊。一者秀美，一者雄偉，各具特色，皆是不朽的傑作。

季蘭此詩被甚多選錄唐詩的書籍選入，如：《唐詩品彙》、《唐詩紀事》……等，而《唐詩紀事》更列為第一首。[27]可見此詩價值之廣受肯定。而此詩流露出豪傑之氣，更令人佩服，印證了劉長卿稱其為「女中詩豪」的說法。也難怪張修蓉謂：「環顧全詩，已具見工力，幾難相信其係出於女詩人之筆。」[28]

李季蘭摹聲類詩作雖僅此一首，然此詩成就甚高，似超越他類之上。

第三節　形式技巧

此一章節是站在第一章的基礎上歸納而成，主要是想以形式技巧方面來重新檢視一遍李季蘭的詩作。形式技巧包涵層面極廣，此處僅就體制、結構謀篇、用典意象、用字遣詞等四方面來分析。

一、體制

唐人將詩體分為律詩、絕句、排律，其中又分別有五言和七言之分，即今所謂近體詩。唐人創作時，因選擇題材不同，表達的情感不同，自然選擇的體制也不同。

　　大致上來說，絕句因比律詩字數少，自然就比較精簡，但涵義上就必須要求深遠，才不會顯得輕浮；相對來說，律詩因比絕句字數多，就必須鋪陳，情意上顯得較綿長，倘若一不小心，則優點變為缺點，容易有拖滯沈重之弊。

　　以李季蘭今存詩作觀之，其所選體制無論五律、七律、七絕、五絕皆有，可說是各體皆備。觀其內容，推測其選擇體制方式，大抵是以所欲言或所能言之多寡為標準。

　　在各體中來說，以五言律詩占了相對多數，一共有七首：〈湖上臥病喜陸鴻漸至〉、〈寄校書七兄〉、〈寄朱放〉、〈送韓揆之江西〉、〈道意寄崔侍郎〉、〈相思怨〉、〈送閻二十六赴剡縣〉等。五言律詩本身不似七言律詩鋪陳，和絕句同樣有言簡意遠的功能，但又較絕句字數、句數多，可以暢所欲言，是較好發揮的詩體。李季蘭今存之五律，幾乎首首皆具有上述的優點，篇篇幾為佳作，可以說是李季蘭擅長的體制。

　　以數量更相比，七律有四首，而七絕有三首，然七律中〈柳〉與〈薔薇花〉二首是否為季蘭所作有爭議，暫不予計，故先將七絕列第二位。李季蘭詩中屬七絕者包括：〈得閻伯均書〉、〈偶居〉、〈明月夜留別〉等四首。觀其題材，皆為愛情類作品，大抵是因愛情類作品需言簡意遠，否則滿紙情愛，豈不肉麻？故季蘭此類詩作大多含蓄不露，意在言外。

　　七律在季蘭今存詩作中有四首：〈感興〉、〈恩命追入留別廣陵故人〉、〈薔薇花〉、〈柳〉。其中〈薔薇花〉、〈柳〉或疑非李季蘭作品，先不討論。〈感興〉旨在描寫相思之情，〈恩命追入留別廣陵故人〉旨在表達入宮或隱居故里的矛盾心情。用七律來表達相思之纏綿淒苦或表現選擇之間的矛盾糾纏，可說是正好展現長處，而季蘭此處又能注意表現技巧，不

產生拖滯沈重之弊，更可說是選擇體制妥當。

五絕在今存季蘭詩中數量亦少，僅〈結素魚貽友人〉和〈春閨怨〉兩首。〈結素魚貽友人〉應是日常隨手之作，在含意上不求深邃。〈春閨怨〉雖符合五絕意在言外的要求，在涵意上有深遠的寓意，然和李之其他作品相較，顯是用心較少。以今存之作觀之，五絕是李季蘭詩作體制中最弱的一環。

六言絕句在今存季蘭詩中僅一首〈八至〉，然而筆者以為季蘭之〈八至〉詩以六絕形式呈現，尤見功力，將人生之大道理寄於六絕的小詩之中，把六絕意在言外的功能發揮得淋漓盡致。

〈從蕭叔子聽彈琴賦得三峽流泉歌〉一詩，《唐詩品彙》將此詩列於七言古詩[29]，而張修蓉則認為是七言新樂府[30]。樂府和古詩的分別在於入樂與否，然而樂府至唐代後，原本的音樂性已經消失，若非有所標明，後人在形式上幾不能分別。[31]所幸的是，李季蘭在詩題中已標明為「歌」，所以應可判定為七言樂府。此首七言樂府，成就非凡，請詳見前之分析，可說是季蘭的代表作。

由上述可作一結論：李季蘭今存詩作中，以體制來看，五言律詩為其所擅長習用的，然而卻以七言樂府〈從蕭叔子聽彈琴賦得三峽流泉歌〉及六言絕句〈八至〉成就較高。

二、結構謀篇

若從結構謀篇來看李季蘭的詩作，可發現下列兩方面是值得注意的：

一、其詩作要寄予的對象或原因通常在題目中揭示。

　　觀其詩之題，我們已可大約知道其所要寫給的對象是誰，如〈寄朱放〉、〈寄校書七兄〉、〈道意寄崔侍郎〉……等。而從對象的身分，我們就可判定其題材內容為友情類或愛情類。

　　此外，在她的詩題中，也常表明創作的原因，如：〈湖上臥病喜陸鴻漸至〉即是因病中友人來訪而作；〈送韓揆之江西〉是為了送友人遠行而作；〈得閻伯均書〉是緣起於得情人的書信；〈恩命追入留別廣陵故人〉則是因蒙皇帝召見而寫信給友人；〈從蕭叔子聽彈琴賦得三峽流泉歌〉可看出是與友人聽琴後有感而作……等，皆是表明創作原因之題。

　　正因季蘭之詩題大多有表明創作對象及原因的功能，所以我們可以正確的判斷出詩所要表現的內容及情感，不致產生歧義。

　　二、不論平鋪直敘或委婉含蓄之作，皆注意結構之完整性及承接的一致性。

　　李季蘭詩作中平鋪直敘，直抒其事其情的作品，諸如：〈感興〉、〈湖上臥病喜陸鴻漸至〉、〈結素魚貽友人〉、〈恩命追入留別廣陵故人〉、〈明月夜留別〉、〈道意寄崔侍郎〉、〈從蕭叔子聽彈琴賦得三峽流泉歌〉……等。另一類則是用曲折的筆法，或是托景抒情，或是用典故及其他象徵比喻所欲說明的事或情，例如：〈寄校書七兄〉、〈寄朱放〉、〈送韓揆之江西〉、〈偶居〉、〈八至〉……等。然而此兩類在結構謀篇上皆能注意結構之完整性及承接的一致性，並不因表現方式的不同而有所忽略。

　　在平鋪直敘的作品中，〈感興〉用因果關係做排列，跟著時間的轉換，心情跟著轉變，由想到情人遠行，於是垂下相思淚，輾轉不能成眠，由於不能成眠，於是起身欣賞月色，在賞

月同時，興起欲寄書信給情人的念頭，忽然又回想到往日恩愛的情景，教人更加相思。另一首〈湖上臥病喜陸鴻漸至〉是用時間先後做排列順序，先敘友人昔去今來自己的境況，再敘與友初逢不禁垂淚，後敘相聚時喝酒吟詩的情景，尾敘自己喝酒但求一醉的心境。此外如〈明月夜留別〉則以「人」和「月」兩意象穿插成篇，貫串全首。李季蘭平鋪直敘的作品，或以因果關係為先後順序的次第，或按時間順序遞進，或以同樣的意象重複出現，不論何種方式，皆是環環相扣，語意暢順，結構緊密，承接自然。

在含蓄委婉的作品中，〈寄校書七兄〉首聯「無事」、「蹉跎」二語逼出頷聯的「寂寞」，由寂寞又聯想到旅途的勞頓寂寞，由旅途又道出過大雷岸勿忘來信，也暗用了大雷岸的典故。〈寄朱放〉則是敘述登山望遠思念友人所見，彷彿是記敘所見，然而其實是暗托其情，一聯記所見，一聯記情，相次而成。〈偶居〉首用浮雲比喻遠行他鄉的情人，後用狂風吹雲蕩為意象而成。季蘭含蓄委婉的作品也是有順序，有次第的連貫，有時以思想的順序成篇，有時以目所見先後為次序，有時則用意象相連。

平鋪直敘的作品比較容易做到環環相扣，層次分明，然而季蘭在委婉含蓄的作品中，一方面用意象比喻曲折含情，另一方面又能注意承接的結構、字意的連貫，實為難得。

以上兩點無論是其詩作要寄予的對象或原因通常在題目中揭示，或是不論平鋪直敘或委婉含蓄之作，皆注意結構之完整性及承接的一致性，皆可看出李季蘭在其詩作中對於結構謀篇的用心。

三、用典意象

我們可分成兩方面來看：

（一）用典方面

李季蘭在詩作中偶爾會用典故代表事情或借以比喻自己或他人，如在〈湖上臥病喜陸鴻漸至〉中用陶淵明和謝靈運比喻自己和友人；〈寄校書七兄〉由校書七兄將路過大雷岸，暗含鮑照及其妹鮑令暉〈登大雷岸與妹書〉的典故，比喻自己和校書七兄情同兄妹；〈感興〉因憶當時聽〈鳳樓曲〉，隱含弄玉、蕭史這一對神仙眷侶的典故，用來比喻自己和情人當時恩愛的情景；〈送閻二十六赴剡縣〉以一句「莫學阮郎迷」帶出阮肇入天台山採藥的典故，也表現自己語重心長的叮嚀和擔心。

從李季蘭在詩作中用典的情況看來，彷彿是直書其事，若不深究，幾乎無法察覺是有典故隱含其中，可見並非刻意炫耀才學而用，也可見其信手拈來的功力，表現出用典自然渾成、妥當適切的長處。

（二）運用意象方面

季蘭在詩作中多運用意象，意象或是景或是物，以代替其情其事。如：〈偶居〉以浮雲喻遠行的情人，其下則以狂風吹雲蕩的意象喻情人行蹤的不定；〈寄校書七兄〉用「遠水浮仙棹，寒星伴使車」的意象表現了旅途的遙遙、孤寂；〈寄朱放〉將「鬱鬱山木榮，綿綿野花發」的景色拿來象徵沈沈

的憂鬱、綿長的思念；〈送韓揆之江西〉頷聯「孤舟何處歸」以孤舟比喻形單影隻的友人，尾聯「唯有衡陽雁，年年來去飛」隱含雁歸人未回的惆悵……等等。

另外也有以人情和意象互相比較，相互映襯的，如：〈相思怨〉：「人道海水深，不抵相思半。海水尚有涯，相思渺無畔。」一再以海水和相思比較；〈明月夜留別〉：「離人無語月無聲，明月有光人有情。別後相思人似月，雲間水上到層城。」以「人」和「月」互相比較、互相比喻；〈八至〉：「至近至遠東西，至深至淺清溪。至高至明日月，至親至疏夫妻。」以四組相反的形容字詞來形容四組意象，而四組意象又互相比較對照，相映成趣。

李季蘭的詩作不論是用景物代替其事其情，或是將人情和意象互相比較，皆可發現其運用意象相當生動靈活，而我們可以看出其意象所代表的人情事理為何，正是因季蘭不故意用生澀的意象，而且意象和所代表者之間相似點明顯，使人容易領會，但季蘭所用意象又不為一般陳腔濫調，可見季蘭對事物的觀察入微、聯想力的豐富，對運用意象的著力亦深。正因季蘭習於用意象代替其情，所以其詩作大多含蓄不露，有著意在言外的幽遠意境。

從以上兩方面的分述，我們可知李季蘭在用典及意象的使用兩方面，看來彷彿妙不著跡、信手拈來，其實皆是著力頗深，並將抽象的感情落在具體的事物上，詩作顯得不流於空洞。

四、用字遣詞

可從下列三方面分析:

(一) 用字遣詞方面

觀李季蘭的詩作,用典不用偏僻的典故,意象用一般人熟悉的景物,用字不用奇險之字,遣詞不似魚玄機用麗詞豔語(參閱筆者〈淺談魚玄機詩之特色〉[32],可見季蘭在用字遣詞方面,應可以「質樸自然」來形容,陳文華也曾注意到季蘭此種用字遣詞的風格,謂季蘭「運筆簡明輕捷,抒情則真率深切,往復難盡,猶有漢魏餘風。」又謂:「季蘭也善以樂府民歌手法來敘事抒情。」[33]表示季蘭在用字遣詞方面如民歌一般自然率直。

(二) 聲韻效果方面

在律體詩部分,季蘭按格式押韻,並無特別之處,然而,特別值得注意的是〈從蕭叔子聽彈琴賦得三峽流泉歌〉一首七言樂府的聲韻效果,因其詩採用轉韻形式,用了「文」、「青」、「紙」、「東」、「沃」五韻,平仄相間,在音韻上富於變化且具有規律,故朗誦時聲韻效果極佳。從此詩可看出季蘭在詩作中對於聲韻效果用心的情況。

(三) 對仗方面

在近體詩律詩的格律限制中,頷聯及頸聯皆應對使,然李季蘭的律詩作品中,〈湖上臥病喜鴻漸至〉、〈寄校書七兄〉、

〈送韓揆之江西〉、〈送閻二十六赴剡縣〉、〈相思怨〉等詩，頷聯皆不對仗，可見其突破格律、不受束縛、不事雕琢的勇氣。

我們不可從此判定季蘭的對仗做得不好，試看「遠水浮仙棹，寒星伴使車」、「百年齊旦暮，前事盡虛盈」、「巨石崩崖指下生，飛泉走浪弦中起」……諸句，對仗工整，營造出不同的情境，歷代評論家也多推崇（參見前一部分）。

第四節　結　語

季蘭詩作從題材內容觀察，主要可分成抒情詩、哲理詩、詠物詩、摹聲詩四類，抒情詩又可細分為友情類和愛情類。抒情類占今存詩作百分之七十以上，為主要題材，此類表達情感真摯。友情類多平鋪直敘，愛情類則多用曲筆。哲理詩僅兩首，然而含意深刻，將人生的道理，用極淺顯、短少的文字呈現出來。詠物詩亦僅兩首，能做到詠物詩曲傳物態的基本要求，又能寄託作者的情意，堪稱佳作。摹聲詩僅一首，此首將琴音摹寫得極傳神，文字上亦見功力，成就在其他首之上。

若從形式技巧觀其詩作，可分成數個方面分別觀之：從體制來看，李季蘭五言、七言、律詩、絕句各體兼備，而其中五言律詩為其所擅長習用，五言絕句為其較弱的一環，七言樂府為其成就最高的部分。從結構謀篇來看，季蘭詩作有兩點值得注意：第一、其詩作要寄予的對象或原因通常在題目中揭示。第二、不論平鋪直敘或委婉含蓄之作，皆注意結構之完整性及承接的一致性。從用典意象來看，用典妥切，善用意象寓託情

事，又善用比較法，使抽象的感情落實，強化讀者的印象。從用字遣詞來看，季蘭的詩作用字遣詞質樸自然，不事雕琢，音韻鏗鏘，情韻綿長。

雖然季蘭詩作今僅存十八首，遠比薛濤的八十九首、魚玄機的五十首為少，但是其詩作題材內容涵蓋層面廣，在技巧形式上也多所用心，佳作頗多，亦不在薛濤和魚玄機之下。

尤其〈八至〉一詩寓託深邃的哲理於六絕短小形式之中，以八個概念、四對矛盾，造成人們無限的驚訝與思考。此外〈從蕭叔子聽彈琴賦得三峽流泉歌〉氣勢磅礡，用三峽流水之貌形容琴聲，使聲音意象化，並且採用轉韻形式，用了五個不同之韻，使音韻富於變化。此二詩成就頗高，值得學者的重視。

【參考書目】

1.《才調集》，唐・韋縠編，台北：新文豐，1990年。
2.《萬首唐人絕句》，宋・洪邁編，影印文淵閣四庫全書，台北：臺灣商務印書館，1983年。
3.《全唐詩》，清聖祖御定，台北：文史哲，1985年。
4.《全唐詩稿本》，清・錢謙益、季振宜遞輯；屈萬里、劉兆祐主編，台北：聯經，1979年。
5.《巴蜀文苑英華》，何崇文等著，四川：四川人民，1984年。
6.《四部備要》，中華書局。
7.《唐女詩人集三種》，陳文華校注，台北：仁愛，1984年。
8.《百種詩話類編》，臺靜農編著，台北：藝文，1984年。

9. 《中國婦女文學史》，謝无量著，台北：臺灣中華，1979年。

10. 《歷代婦女著作考》，楊家駱主編，台北：鼎文，1974年。

11. 《詩藪》，明·胡應麟撰，台北：廣文，1973年。

12. 《歷代詠物詩選》，易縉雲、孫奮楊合註，清·俞琰輯，台北：廣文，1968年。

13. 《花落又關情～中國古典詩歌中的詠物》，陳啟佑著，台北：故鄉，1981年。

14. 《漢唐貴族與才女詩歌研究》，張修蓉著，台北：文史哲，1985年。

15. 《詩歌分類學》，古遠清著，台北：復文，1991年。

16. 《詩文鑑賞方法二十講》，牟世金著，台北：木鐸，1987年。

17. 《宋史》，張其昀監修，中華學術院新刊本宋史編纂委員會編纂，台北：華岡，1976年。

18. 《四庫全書編目》，清·紀昀等撰，台北：中華，1992年10月第五刷。

19. 《唐詩紀事》，計有功撰，台北：中華，1970年。

20. 《唐詩別裁集》，沈德潛選注，上海：上海古籍，1979年。

21. 《唐詩鑑賞集成》，蕭滌非等撰，台北：五南，1990年。

22. 《全唐詩尋幽探微》，墨人著，台北：臺灣商務，1987年。

23. 《唐宋詞選注》，張夢機、張子良編著，台北：華正，1995年10月修訂十五版。

24. 《新譯唐詩三百首》，邱燮友註譯，台北：三民，1990年8月修訂五版。

25. 《唐人絕句評注》，劉拜山評解，富壽蓀選註，台北：木

鐸，1982年。

26.《全唐絕句選釋》，李長路著，北京：北京，1990年。

27.《唐詩品彙》，高棅編選，台北：學海，1983年。

28.《唐才子傳校正》，元・辛文房撰，周本淳校正，台北：文津，1988年。

註　釋

1　清、錢謙益、季振宜遞輯；屈萬里、劉兆祐主編《全唐詩稿本》，台北：聯經，1979年9月初版，第71冊，頁247～頁248。

2　李冶、薛濤、魚玄機著；陳文華校注《唐女詩人集三種》，台北：仁愛書局，1985年，頁3～頁4。

3　元，辛文房撰，周本淳校正《唐才子傳校正》，台北：文津，1988年3月，頁46。

4　張其昀監修；中華學術院新刊本宋史編纂委員會編纂《宋史》，台北：華岡，1976年5月初版，第四冊，頁2047。

5　清，紀昀等撰《四庫全書總目》，台北：中華，1992年10月北京第五刷，下冊，頁1690。

6　同註1，頁247～256。

7　計有功撰《唐詩紀事》，台北：中華，1970年10月臺一版，第2冊，頁1123～1124。

8　同註2，頁2。

9　沈應潛選注《唐詩別裁集》，台北：上海古籍，1979年一版，第2冊，頁421。

10　蕭滌非等撰《唐詩鑑賞集成》，台北：五南，1990年初版，頁502。

11　明・胡應麟撰《詩藪》，台北：廣文，1973年9月初版，內編近體上五言，第一冊，頁192。

12　墨人著《全唐詩尋幽探微》，台北：臺灣商務，1987年8月初版，頁165。

13　張修蓉著：《漢唐貴族與才女詩歌研究》，台北：文史哲，1985年3月初版，頁166。

14　張夢機、張子良編著《唐宋詞選注》，台北：華正，1995年10月修訂十五版，頁41。

15　邱燮友註譯《新譯唐詩三百首》，台北：三民，1990年8月修訂五版，頁175。

16　同註15，頁191。

——論中國古典詩

17 同註13，頁167。

18 劉拜山評解、富壽蓀選註《唐人絕句評注》，台北：木鐸，1982年6月初版，頁115。

19 李長路著《全唐絕句選釋》，北京：北京，1988年10月第一刷，頁334。

20 古遠清著《詩歌分類學》，台北：復文，1991年9月初版，頁55。

21 註19，頁333。

22 同註20，頁64。

23 清・俞琰輯；易縉雲、孫奮楊合註《歷代詠物詩選》，台北：廣文，1968年1月初版，下冊卷七，頁32。

24 同註23。

25 同註23。

26 同註2，頁4。

27 同註7，頁1123。

28 同註13，頁168。

29 高棅編選《唐詩品彙》，台北：學海，1983年7月初版。

30 同註13，頁167。

31 宋・曾敏行《獨醒雜志》卷三云。「少陵古詩有歌、行、吟、嘆之異名，每與能詩者求其別，訖未嘗聲然當於心也。嘗觀《宋書》〈樂志〉，以為詩之流有八：曰行、曰引、曰歌、曰謠、曰吟、曰詠、曰怨、曰嘆，少陵其必有所祖跡矣。世豈無能別之者？恨余之未遇也。」宋人在樂府體制上已無法辨認，除非詩題有樂府體的名稱，如歌、行、引、吟、嘆……等，否則由形式上看樂府與古詩，後人已是無法分辨。

32 國立臺灣師範大學國文學系國文科資優生輔導小組主編《朝霞集》，1995年6月，第三集，頁84。

33 同註2，頁4～5。

第八章
魚玄機詩探析

提　要

　　唐朝詩風鼎盛，甚至出現了女詩人，其中有一位女詩人魚玄機因笞殺女婢綠翹，備受爭議，引起了我對她的好奇，想一探她的作品所呈現的內心世界。

關鍵詞：魚玄機　女詩人　唐詩

第一節　前　言

　　唐代詩風鼎盛，社會風氣開放，孕生了一些女詩人，其中以李冶、薛濤、魚玄機的成就最高。

　　魚玄機因妒忌笞殺女婢綠翹，犯法被殺。此案轟動一時，至今她仍為人所爭議，就連現在的一些電影或小說也以此為題材。胡應麟對這位女詩人曾有極高的評價：「余考七言排律，遂亡一佳，唐唯女子魚玄機酬唱二篇可選，語亦不

及。」由此可知，魚玄機詩應有可觀之處。這引起了我對這位女詩人的好奇，於是著手查閱了下列幾本書：《文苑英華》、《萬首唐人絕也》、《全唐詩》、四部備要中的《魚玄機詩》、《唐女詩人集三種》。

在細讀了魚玄機之詩後，發現大約有下列各項特色，茲分別簡述於後。

第二節　作品特色

首先詳讀了現存她的所有作品，而後進行整理分類，可發現約有下列特色，茲分別簡述如下：

一、工於煉字煉句

此一特色最為明顯，幾乎每首詩都可見其蹤跡。例如〈賦得江邊柳〉：

> 翠色連荒岸，煙姿入遠樓。
> 影鋪秋水面，花落釣人頭。
> 根老藏魚窟，枝低繫客舟。
> 瀟瀟風雨夜，驚夢復添愁。

這首詩僅八句，但前六句就已字斟句酌，對仗工整，這是她的詩之佳妙處，但有時不免流於雕琢堆砌。

二、用詞富麗豔秀

在早期詩作中，新被納為妾，寵愛方深，生活富裕，自然流露於作品裡。如〈光威裒姊妹三人少孤而始妍乃有是作精粹難儔雖謝家聯雪何以加之有客自京師來者示予因次其韻〉中的：「妝閣相看鸚鵡賦，碧窗應繡鳳凰衫。紅芳滿院參差折，綠醑盈杯次第銜。……一曲豔歌琴杳杳，四弦輕撥語喃喃。當臺競鬥青絲髮，對月爭誇白玉簪。」詩句中歌臺舞榭、衣香鬢影，豪貴之氣四處可見，不免變得俗氣空洞，但正反映了她的生活。

三、用典繁多

魚詩中常用典，甚至有時一詩中出場多個典故。例如〈次韻西鄰新居兼乞酒〉：

……西看已有登垣意，遠望能無化石心？
河漢期賒極目，瀟湘夢斷罷調琴。
況逢寒節添鄉思，叔夜佳醪莫獨斟！

魚詩用典或明或暗，而所取的人、事、物，指稱何事、何情並不一定。大致上來說，她用典尚稱恰當，並無炫弄才學之意。

四、慷慨壯志

魚詩裡有一處難能可貴，就是以其一介女流能關心軍事政治，如〈浣紗廟〉：「一雙笑靨才回面，十萬精兵盡倒戈。」此詩已表現出萬千的氣勢。而且甚至於作詩，流露出恨不能成為男兒身，與之爭鋒的情感。如〈遊崇真觀南樓睹新及第題名處〉：「自恨羅衣掩詩句，舉頭空羨榜中名。」

五、由痴怨進入空遁

魚玄機為李億所棄之後，愁緒、怨懟充滿詩中，例如：〈贈鄰女〉「易求無價寶，難得有心郎。枕上潛垂淚，花間暗斷腸。」

她的情愁痴怨無處不在，各種體裁及情況都可出現。

直至修道後，才轉入空靈、閒適，如〈夏日山居〉：

> 移得仙居此地來，花叢自遍不曾栽。
> ……閒乘畫舸吟明月，信任輕風吹卻回。

雖然晚期有所轉變，但其詩乃以哀怨為主流，而且即使是空靈之詩作，仍有著淡淡的淒涼。

魚玄機詩之特色共有上述五項，因限於篇幅，僅舉一列說明。在此特要說明：文中所指特色是魚詩中特別突出明顯之處，非和他人相較所得。

如此倉卒成篇，必有疏失，祈各先進不吝賜教。

第三節　作品特色補例

魚玄機詩之特色，可約分五大項。

一、工於煉字煉句

此一特色在魚詩中十分明顯，幾乎在每首詩裡都可看出魚玄機匠心獨運的地方，一字一句皆經過她精心的設計安排。試看下列各句：

〈賦得江邊柳〉八句中的前六句：「翠色連荒岸，煙姿入遠樓。影鋪秋水面，花落釣人頭。根老藏魚窟，枝低繫客舟。」
〈寄劉尚書〉：「筆硯行隨手，詩書坐遶身。」
〈春情寄子安〉「冰銷遠磵憐清韻，雪遠寒峰想玉姿。」
〈暮春有感寄友人〉八句中前六句：「鶯語驚殘夢，輕粧改淚容。竹陰初月薄，江靜晚煙濃。濕嘴銜泥燕，香鬚採蕊蜂。」
〈和友人次韻〉中的「蓬山雨灑千峰小，嶰谷風吹萬葉秋。」

從以上各例，可看出魚玄機花心思的程度，字斟句酌、對仗工整，這可說是她詩的佳妙處，但也不免容易流於匠氣、堆砌雕琢，成為瑕疵。

二、用詞富麗豔秀

　　由於其詩作未記載所作年代,故無法判定其先後次序,但若根據心情轉變上而言,她早期詩作多半因生活富裕且正被李億新納為妾,寵愛方深,所以歌臺舞榭、衣香鬢影的內容不時出現於詩中。可見到一些帶富貴氣的字眼及事物出現,試看下列各例:

　　〈寄國香〉:「別來清宴上,幾度落梁塵?」
　　〈寄題鍊師〉:「霞綵剪為衣,添香出繡幃。」
　　〈酬李學士寄簟〉:「珍簟新鋪翡翠樓,泓澄玉水記方流。唯應雲扇情相似,同向銀床恨早秋。」
　　〈光威裒姊妹三人少孤而始妍乃有是作精粹難儔雖謝家聯雪何以加之有客自京師來者示予因次其韻〉中的:「妝閣相看鸚鵡賦,碧窗應繡鳳凰衫。紅芳滿院參差折,綠醑盈杯次第銜。……一曲豔歌琴杳杳,四絃輕撥語喃喃。當臺競鬥青絲髮,對月爭誇白玉簪。……」
　　〈附光威裒聯句〉:「朱樓影直日當午,玉樹陰低月已三。膩粉暗銷銀樓合,錯刀閒剪泥金衫。繡床怕引烏龍吠,錦字愁教青鳥銜。……」

　　由上述之詩句,應可感受到其富麗堂皇的豪貴之氣,真可謂麗詞豔語,但卻也不免流於珠光寶氣,俗氣浮華而空洞了。不過如果就其真實性來說,因她所處環境正是如此,確是反映了現實,若她這時去寫些哀愁痛苦,反是虛偽了。

三、用典繁多

魚詩裡常會用些典故,甚至有時一詩中使用多個典故。下文就舉例說明:

〈贈鄰女〉:「自能窺宋玉,何必恨王昌?」

〈寄劉尚書〉:「儒僧觀子夜,羈客醉紅茵。……小才多顧盼,得作食魚人。」

〈浣紗廟〉:「吳越相謀計策多,浣紗神女已相和。……范蠡功成身隱遁,伍胥諫死國消磨。」

〈次韻西鄰新居兼乞酒〉:「……西看已有登垣意,遠望能無化石心?河漢期賒極目,瀟湘夢斷罷調琴。況逢寒節添鄉思,叔夜佳醪莫獨斟!」

〈早秋〉中的:「思婦機中錦,征人塞外天。」

魚玄機用典或明或暗,有時是抒懷,有時是興託。而所取古代的人、事或物,究竟指稱何事、何情則並不一定,這得看其詩的內容而定。大致上來說,她用典尚稱恰當,並沒有炫弄才學之感。另外,值得一提的是,因她思念詩在比例上占了相當數量,所以用來代替思念之情及堅貞之志、變心之怨的典故也占了相當的分量。

四、慷慨壯志

魚詩裡有一地方特別難能可貴,就是以她一介女流之輩,

卻有慷慨激昂的豪情，以下詩句中正可顯見這點：

〈浣紗廟〉：「一雙笑靨才回面，十萬精兵盡倒戈。」

〈打毬作〉：「畢竟入門應始了，願君爭取最前籌。」

〈遊崇真觀南樓睹新及第題名處〉：「自恨羅衣掩詩句，舉頭空羨榜中名。」

〈過鄂州〉中的：「折碑峰上三閭墓，遠火山頭五馬旗。」

〈左名場自澤州至京使人傳話〉：「詩詠東西千嶂亂，馬隨南北一泉流。」

魚玄機為中國古代傳統婦女，卻能關心軍事改治，在詩作中流露出萬千的氣勢。甚至明白表示恨不能成為男兒身，與之爭鋒的情感，真是不簡單。

五、由痴怨入空遁

魚玄機被李億拋棄之後，她的愁、痴、怨一直纏繞心頭，而後修道才稍為排解，心境上的轉變，也明顯地反映在作品裡。

她的愁緒、怨懟充滿詩中，如：

〈贈鄰女〉：「易求無價寶，難得有心郎，枕上潛垂淚，花間暗斷腸。」

〈寄國香〉：「山捲珠簾看，愁隨芳草新。」

〈賣殘牡丹〉：「臨風興嘆落花頻，芳意潛消又一春。」

〈情書寄李奇安〉：「秦鏡欲分愁墜鵲，舜琴將弄怨飛

鴻。」

〈閨怨〉：「蘼蕪盈手泣斜暉，聞道鄰家夫婿歸。」

她的情愁無處不在，寫景詩中有、書信中也有（不論是給李億或是她的友人），甚至作了數首悼亡，實際上卻是發抒己情所作。

但也有些詩可看出她已逐漸頓悟，走入空靈、閒適，如：

〈遣懷〉：「閒散身無事，風光獨自遊。……叢篁堪作伴，片石好為儔。燕雀徒為貴，金銀志不求。……臥床書冊遍，半醉起梳頭。」

〈夏日山居〉：「移得仙居此地來，花叢自遍不曾栽。……閒乘畫舸吟明月，信任輕風吹卻回。」

〈暮春即事〉：「深巷窮門少侶儔，阮郎唯有夢中留。……安能追逐人間事，萬里身同不繫舟。」

〈寓言〉：「紅桃處處春色，碧柳家家月明。……人世悲歡一夢，如何得作雙成！」

雖然她晚期詩作已呈現出她日漸開朗的心境，但現存五十首詩作中仍是以哀怨為主流，而且即使是有所領悟的詩裡，在閒適之中隱約也蒙著淡淡的淒涼，讓人感到彷彿好不容易想開了，卻又有另一波悲情之浪打來，這似乎正預言了她會因妒忌而笞殺婢女綠翹的結局。

第四節 結 語

　　魚玄機詩中特色,如上述,共有五項:即工於煉字煉句、用詞富麗豔秀、用典繁多、慷慨壯志、由痴怨進入空遁。因限於篇幅,所以每一特色僅約略舉數例說明。而在此要說明的是:文中所說的特色並非是和其他詩人比較下的特色,而是指魚玄機自身作品裡特別突出明顯之處而言。這樣來探究,其中必有疏失,歡迎不吝賜教。

——83年《朝霞集》第二集

第九章
薛濤及其詠物詩探析

提　要

　　本文談論唐朝女詩人薛濤的詠物詩，首先知人論世，其後將她的詠物詩分為純粹摹物、借物以自況、借物喻他、借物興感四類來觀察，以顯現她廣闊的才思與細膩豐富的才華。

關鍵詞：唐詩　詠物詩　薛濤　女詩人

第一節　前　言

一、生　平

　　薛濤，字洪度，本長安良家女，父鄖，因官寓蜀。濤隨父赴蜀，後流入樂籍。性辨慧，嫻翰墨，居浣花里。濤一生，雖「歷事十一鎮」，卻都是「以詩受知」，可見她不同於一般以聲色事人的樂妓。其所事之十一任西川節度使為韋皋、袁滋、劉闢、高崇文、武元衡、李夷簡、王播、段文昌、杜元穎、郭

釦、李德裕。此外，薛濤與元稹的關係亦較密切，但當時名士
與濤唱和者不止微之一人，大多是慕其詩名而來，絕不聞稱其
姿色之美，而濤所作詩亦無情語若魚玄機、李季蘭者。《宣和
書譜》言其「以詩名當時，雖失身卑下，而有林下風致」，
是頗有道理的。至於她的生長年代，根據傅潤華所作年譜，大
約生於唐代宗大曆三年，卒於文宗太和五年，為中唐人。

二、詩　作

　　薛濤的詩，相傳有五百首。晁公武《郡齋讀書志》著錄其
《錦江集》五卷，《唐才子傳》亦提到薛濤有《錦江集》五
卷。然而由錢謙益《絳雲樓書目》的跋中可知，此五卷本的
《錦江集》在明仁宗時，已隨絳雲樓的火災而付之一炬。現存
之明萬曆三十七年洗墨池刻本大概是最早見錄於《直齋書錄解
題》的一卷本《薛濤詩》。此本有小傳一頁，詩八十二首，分
體編次。末附之〈四友贊〉及〈田洙遇薛濤聯句〉係明人增入
（見李昌祺《剪燈餘話》）。以後所刊《名媛詩歸》、《唐宮閨
詩》、《全唐詩》、《洪度集》、《薛濤李冶詩集》等大抵本
此。《全唐詩》等除以〈四友贊〉非詩不錄，〈贈楊蘊中〉為
鬼詩入附錄外，另自《唐音統籤》、《吟窗雜錄》等舊籍中取
詩八首補入，共得詩八十九首。但即使是這八十九首中，也還
有兩首應該剔除，一是〈續父井桐吟〉，二是〈牡丹〉詩。此
外，《分門纂類唐詩歌》殘本尚存薛濤〈浣花亭陪川主王播相
公暨寮同賦早菊〉、〈朱槿花〉二詩，去彼增此，故現存薛濤
詩仍為八十九首。在這八十九首詩中，歷來有疑議的有十二
首，就是〈謁巫山廟〉、〈寄舊詩與元微之〉及〈十離詩〉，但

應皆為薛濤所作。存詩數目及疑義處之考證因不在此文討論之
範圍內，故不於此處詳及，有意者請參閱《唐女詩人集三種》
第七頁至第十頁。

薛濤這八十九首詩，按內容可分成抒情、詠物、寫景之
作。其抒情、詠物、寫景之作，陳文華謂：「語淺而情深，
調婉而神秀，別具一種風格。」可作為參考。她的抒情詩用
得是淺近俗語，卻使人覺有深意蘊含其中。一些詠物詩摹寫細
膩、形象鮮明，讓人彷彿親眼看到一般，另一部分則是物理人
情相關照，引起無限情思。而她的寫景詩，寫大景者雖不為繁
飾，卻是將遠山近景大筆勾勒出來，寫小景者則是精緻秀麗。

三、歷代評價

在唐朝薛濤尚活著之時，已受到其他文人的推崇，如元微
之以詩寄濤曰：「錦江滑膩峨嵋秀，幻出文君與薛濤；言語
巧偷鸚鵡舌，文章分得鳳凰毛。紛紛詞客皆停筆，箇箇公
侯欲夢刀；別後相思隔煙水，菖蒲花發五雲高。」胡曾亦
曾贈詩曰：「萬里橋邊女校書，枇杷樹下閉門居；掃眉才子
知多少，管領春風總不如。」而在薛濤過世之後，劉禹錫曾
作詩傷悼她，〈和西川李尚書傷孔雀及薛濤之什〉：「玉兒
已逐金鐶葬，翠羽先隨秋草萎。唯見芙蓉含曉露，數行紅
淚滴清池。」可見薛濤的詩才已見重於當世。

《唐音癸籤》稱濤「工絕句，無雌聲，自壽者相」；
《升菴詩話》卷十四亦曾說薛濤〈聞赴邊有懷上韋令公〉一
詩：「有諷諭而不露，得詩人之妙。使李白見之，亦當叩
首，元白流紛紛停筆，不亦宜乎？」韋莊〈乞彩箋歌〉也提

到：「浣花溪上如花客，綠閤紅藏人不識。……蜀客才多
染不供，卓文醉後開無力。……薛濤昨夜夢中來，殷勤勸
向君邊覓。」章學誠〈婦學〉一文中曰：「……今就一代計
之，篇什最高，莫如李冶、薛濤、魚玄機三人，其他莫能
並焉。」《中國婦女文學史》云：「濤詩頗多，才情軼蕩，
而時出間婉，七絕尤長，然大抵言情之作。」由以上可知，
後世亦對薛濤其人及其詩加以關注，並且給予極高的評價，以
一女子且為樂妓之身分能有此地位，殊為難得。

第二節　薛濤的詠物詩

一、概　說

詠物之始，最早見於《詩經》，如以「灼灼」狀桃花之
鮮；「依依」擬楊柳之貌；「杲杲」寫日出之容……，然體式
未全，尚處於萌芽階段。到了屈原的《橘頌》，才算稍具完整
形式的詠物作品，如果從此算起，它已有兩千多年的歷史。先
秦至六朝為詠物詩形成期，到了唐代乃承齊梁之風，內容擴展
至無物不可詠，可謂臻於極致。

詠物詩作之肇因，蓋如《禮記・樂記》所云：「人心之
動，物使之然。」《文心雕龍・明詩篇》也言：「人秉七
情，應物斯感，感物吟志，莫非自然。」〈物色篇〉又說：
「歲有某物，物有其容；情以物遷，辭以情發。」以上都說
明了人處於八方九垓的宇宙之中，受到自然山川景物的感動進
而提筆作詩。在《文心雕龍・物色篇》中說得更詳細明白：

> 春秋代序，陰陽慘舒，物色之動，心亦搖焉……是以詩
> 人感物，聯類不窮，流連萬象之際，沈吟視聽之區；寫
> 氣圖貌，即隨物以宛轉，屬采附聲，亦與心而徘徊。

可見大地上充滿生機的春草以及山水泉石、鳥獸蟲草、果木花卉乃至器具雜物，常常激起詩人們的美感和聯想，於是在許多詩篇中詠唱它們，一方面摹寫它們的形象、聲音、特徵……，另一方面更把它們當作生命的象徵，寄託著詩人的幽思和遐想。

薛濤現存的詩作中，屬於詠物詩的一共有二十九首，包括了：〈風〉、〈詠八十一顆〉、〈蟬〉、〈犬離主〉、〈柳絮〉、〈酬人雨後玩竹〉、〈池上雙鳥〉、〈鴛鴦草〉……等，占了現存八十九首詩的百分之三十二點六，比例相當高。若依其內容加以分類，可分為純粹摹物、借物以自況、借物喻他、借物興感四類，以下就分別列述之。

二、純粹摹物

詠物之作的第一層次便是要體貼入微，曲傳物態，也就是要詠什麼像什麼，使讀者彷彿歷歷在目，在腦海中有此物的具體形象，薛濤的詠物詩中有將近三分之一的作品是屬於此類，我們不妨一一欣賞一下，就可了解僅是純粹摹物的作品何以能流傳久遠了。

〈風〉：「獵蕙微風遠，飄弦唳一聲。林梢明漸瀝，松徑夜淒清。」第一句寫風掠過蕙草向遠方飄去，第二句聞得風振動弦的唳聲，第三句彷彿聽到風已走到林梢，樹林搖動著

發出「淅瀝淅瀝」的響聲。最後寫到松徑被風一掃而過，夜就更淒清了。此詩空間感鮮明，將風行經路線清楚交代。風本是無色無味無形的，經由「獵蕙」（掠過蕙草）一個動作，讓我們彷彿感受到風的形態和他的肢體動作。再經由「弦喉」、「淅瀝」等聲音，使得風更具體地呈現出來，人們甚至會有種錯覺，好像這些就是風自身發出的聲音。最後一句是寫出風的影響，它使得夜顯得淒清，也塑造了一種低溫、寂寞和黯淡的氣氛。李嶠也有一首〈風〉是純粹摹風的作品：「解落三秋葉，能開二月花。過江千尺浪，入竹萬竿斜。」此詩四句全就風所造成的情景描寫，而薛濤的〈風〉則是從各種角度描寫風，若就摹寫的完備和氣氛的營造而言，薛作顯然略勝李嶠之作一籌。

第二首我們看她的〈詠八十一顆〉：「色比丹霞朝日，形如合浦圓璫。開時九九知數，見處雙雙頡頏。」八十一顆現在已無法確知是何物，但據推測可能是一種花卉。雖不知是何物，但經由此詩，我們可以想見它的顏色、形狀、數量和盛開時的情況：首聯寫它的顏色和形狀，它的顏色勝過紅霞朝日，可知紅得豔麗照人；它的形狀好似合浦珠一樣圓潤可愛。次聯說明它的數量在開時就是九九八十一顆，非常準確；而它在盛開時一對一對高高低低參差著。經由這樣詳細地刻劃，即使不見其物，也可如同親見其物一般。鍾惺曾評此詩曰：「信口作語，當時必甚稱賞，不然何亦存之永久耶？」不僅此詩是如此情況，此類純粹摹物詩應皆是同樣情況，隨口吟詠而獲得稱賞，於是流傳至今。

接下來試觀〈和劉賓客玉蕣〉：「瓊枝的皪露珊珊，欲折如披玉彩寒。閒拂朱房何所似？綠山偏映日輪殘。」此

題目有點爭議，因劉禹錫倘若即是題中劉賓客，那麼他做太子賓客時薛濤已死，題目恐怕是後人所改。玉蕊就是白槿花，《本草》說這種花是：「此花朝開暮落，故名日及。日槿日蕊，猶僅榮一瞬之義也。」此詩開始時形容其枝好像是玉作的一般，光彩奪目，搖動時發出如玉撞擊之聲，身上發出玉的光澤。看來似乎很奇怪：它的枝怎麼可能是白色如玉呢？這是因為其花太過潔白，使人產生錯覺，花的光彩使枝桿彷彿也變成了白玉一般。在范仲淹〈蘇幕遮〉：「波上寒煙翠」也用了同樣的手法，因為湖水太翠綠，使得映照其上的煙嵐彷彿也成為翠綠色了。其次以設問句引發讀者的思考，問它在朱房中像什麼，最後自問自答，說出自己想像的景況，好像綠山映襯一輪殘照的夕陽，畫面和空間一下子擴展開來。鍾惺謂此詩：「詠得神似，自覺光瑩在目。」大抵說來，薛濤純粹摹物之詩作皆是描摹神似，形象鮮明。李商隱亦有〈槿花〉一詩，然其內容非摹物之作，純是藉物抒感，和薛作截然不同。

　　又有一首結構類似於〈和劉賓客玉蕊〉的〈金燈花〉：「闌邊不見蘘蘘葉，砌下惟翻豔豔叢。細視欲將何物比？曉霞初疊赤城宮。」「闌邊」二句是說明金燈花的特性：花和葉不共存，此時只見繁花不見茂盛的綠葉。《太平廣記》：「金燈一日九形，花葉不相見，俗惡人家種之，故一名無義草。」最後二句和前詩相仿，先用設問而後自問自答，末句氣象開闊，一下子將視野打開。《讀史方輿紀要》：「青城山，在成都府灌縣西南五十里，一名赤城山。山上有赤城閣。」當黎明到來，曉霞覆上了赤城山上的赤城閣，多麼恢宏壯麗啊！鍾惺曰：「前三句寬衍，後一句警動，此絕句常局也。其佳處，首二句，仍不率重。」陳文華評：「詠金燈

花，又覺嬌紅滿眼。」兩人對此詩的評價都很高。

繼續看一首詠花卉的〈棠梨花和李太尉〉：「吳均蕙圃移嘉木，正及東溪春雨時。日晚鶯啼何所為？淺深紅膩壓繁枝。」前半用了南朝梁的文學家吳均的典故，說得好像真有其事，後半寫得非常生動活潑。第三句也是和前兩首相同用設問句，但所問不同，並不是問此花像什麼，她問了一句彷彿無關的話：為什麼早晚鶯啼呢？讀者看了才知道原來是棠梨花深淺紅膩好像太重了壓倒了枝幹使鶯鳥害怕得叫了起來，多妙的聯想，一方面形容棠梨花的茂盛，一方面又把花紅得太重的感覺表達出來。

欣賞完她詠花卉的作品，最後看三首聯章詩，詠得是新做好的衣服，〈試新服裁製初成〉：「紫陽宮裡賜紅綃，仙霧朦朧隔海遙。霜兔毳寒冰繭靜，嫦娥笑指織星橋。」「九氣分為九色霞，五靈仙馭五雲車。春風因過東君舍，偷樣人間染百花。」「長裾本是上清儀，曾逐群仙把玉芝。每到宮中歌舞會，折腰齊唱〈步虛詞〉。」第一首是寫新衣彷彿是從遙遠的仙宮賜來，它的質料是用珍貴的兔毛、獸細毛及冰蠶絲織成。紫陽宮是傳說中仙人所居之宮。《神異經》：「青丘山上有紫宮，天真仙女多遊于此。」毳是指獸細毛，冰繭指冰繭絲，據《拾遺記》記載：「員嶠山有冰蠶，長七寸，黑色，有角，有鱗。以霜雪覆之，然後作繭長一尺，其色五彩。織為文錦，入水不濡，以之投火，經宿不燎。」這首主要說明新衣的來源和材質。第二首則全部描寫上面的紋飾：九色彩霞、五種神靈駕著五色祥雲草、和百花盛開。這首用得也是仙界的圖案和術語，「九氣」是道家用語，《諸真玄奧》：「明出扶桑，九氣澄輝，騰光偏照，普天之下，所

謂陽明之輝，紅離透景也。」古代以麟、鳳、龜、龍、白虎
為五靈；五雲車是傳說中仙家所御，一雲而備五色，俗稱五色
祥雲。這首寫得是衣上的圖案，由於用了許多仙界的傳說，使
得衣服彷彿有了靈氣，更顯得華麗。第三首則是寫新衣的用
途。這新衣做好後便是道家服飾，和眾仙女一起歌舞，我們可
想見舞姿縹緲輕盈。這三首一一描述新衣的來源、質料、圖案
紋飾、功能用途，用了大量的道家用語和仙界傳說，仙味十
足，刻劃細膩繁複。明代高啟也有〈謝賜衣〉一詩：

> 臚呼遙捧賜，拜服望蓬萊，香帶爐煙下，光迎扇月開，
> 奇文天女織，新樣內官裁，被澤徒深厚，慚無奪錦才。

詩中也用了許多神仙傳說，中間亦描寫新服的圖案紋飾、
頗與薛作相似。

綜觀薛濤純粹摹物一類之詩作，可以說有下列兩點成就：

一、刻劃細膩神似：她詳細地從各種角度描寫一物，加上
比喻恰當，使所寫之物的特徵形貌明白浮現，讓人感受彷彿如
在目前。如〈詠八十一顆〉雖現今不知是何物，卻可想見其型
態；〈和劉賓客玉蕣〉使人覺得光瑩在目；〈金燈花〉又令人
覺得嬌紅滿眼。

二、善於氣氛營造：在氣氛營造方面，她能用恰當的筆
法，引導讀者進入某種氛圍，如〈風〉可感到風寒淒涼之感；
〈金燈花〉和〈和劉賓客玉蕣〉慢慢導入恢宏壯麗的景觀；
〈棠梨花和李太尉〉則給人活潑生動的妙趣。

三、借物以自況

所謂借物以自況，沈秋雄為此下定義說：「借物以自況者，語中所詠之物亦即作者本身，即物即我，達到物我一體之境界。」此定義相當明確。劉熙載《藝概·詞曲概》曾云：「昔人詞詠古、詠物，隱然只是詠懷，蓋其中有我在也。」大抵中國詠物詩有此種傳統，在詠物詩中表現自己的人格理想和力量。薛濤的詠物詩作裡也有此類型，共有十二首，是詠物詩作中數量最多的一類，例如：

〈蟬〉：「露滌清音遠，風吹故葉齊。聲聲似相接，各在一枝棲。」此詩似乎是在描寫蟬的生活和鳴聲，而暗含以蟬喻己之意。蘇珊玉對此詩有下列之分析：「其『聲聲似相接』是頗為貼切的生活自喻；而『各在一枝棲』則是對送往迎來為世人所輕蔑之生活，說出她內心寂寥的感傷與對誹謗的表白。」此說不錯，可作為參考。

唐詩之中有許多以蟬自喻的例子，如虞世南〈蟬〉云：「垂緌飲清露，流響出疏桐，居高聲自遠，端不藉秋風。」他此詩主要是暗示高官如果清高，不需藉外力即可聲名遠播，施補華對此詩有云：「清華人語。」；又駱賓王有〈在獄詠蟬〉一詩：「西陸蟬聲唱，南冠客思深。不堪玄鬢影，來對白頭吟。露重飛難進，風多響易沈。無人信高潔，誰為表予心！」駱賓王因數度諷諫武氏，為當時所忌，遂被拘禁於牢中。首聯比喻自己為楚囚，聽到蟬鳴，使其鄉愁加深，頸聯感慨華髮早年，時不我予，腹聯則暗喻當時小人當道，忠臣見棄，末聯以蟬的居高飲潔來象徵自己，施補華認為此詩是

「患難人語」；李商隱也有〈蟬〉一首：「本以高難飽，徒勞恨費聲。五更疏欲斷，一樹碧無情。薄宦梗猶泛，故園蕪已平。煩君最相警，我亦舉家清。」他主要是在暗喻自己雖清高廉潔，卻不得重用，故施補華評為「牢騷人語」；再來看戴叔倫的〈畫蟬〉：「飲露身何潔，吟風韻更長。斜陽千萬樹，無處避螳螂。」首聯以蟬的清苦生活暗喻自己，後兩句以蟬的短命且要提防螳螂的迫害比喻自己無安身立命之地。由以上可知，唐詩人常以蟬喻己，且多半含有清高廉潔之意，而薛濤此作，也是合於此一習慣。

另有一組聯章的〈十離詩〉在其詩作中相當引人注目，詩雖分為十首，卻有同一主題，用以自況，現在就來看看這〈十離詩〉：

〈犬離主〉：

馴擾朱門四五年，毛香足淨主人憐。

無端咬著親情客，不得紅絲毯上眠。

〈筆離手〉：

越管宣毫始稱情，紅箋紙上撒花瓊。

都緣用久鋒頭盡，不得羲之手裡擎。

〈馬離廄〉：

雪耳紅毛淺碧蹄，追風曾到日東西。

為驚玉貌郎君墜，不得華軒更一嘶。

〈鸚鵡離籠〉：

　　隴西獨自一孤身，飛去飛來上錦茵。

　　都緣出語無方便，不得籠中再喚人。

〈燕離巢〉：

　　出入朱門未忍抛，主人常愛語交交。

　　啣泥穢污珊瑚枕，不得梁間更壘巢。

〈珠離掌〉：

　　皎潔圓明內外通，清光似照水晶宮。

　　都緣一點瑕相穢，不得終宵在掌中。

〈魚離池〉：

　　戲躍蓮池四五秋，常搖朱尾弄綸鉤。

　　無端擺斷芙蓉朵，不得清波更一遊。

〈鷹離韝〉：

　　爪利如鋒眼似鈴，平原捉兔稱高情。

　　無端竄向青雲外，不得君王臂上擎。

〈竹離亭〉：

　　翁鬱新栽四五行，常將勁節負秋霜。

　　為緣春筍鑽牆破，不得垂陰覆玉堂。

〈鏡離臺〉：

　　鑄瀉黃金鏡始開，初生三五月徘徊。

為遭無限塵蒙蔽，不得華堂上玉臺。

　　薛濤為每個尋常的主題——犬、筆、馬、鸚鵡、燕……等事物皆建立起一副生動的外貌，並訴說他們因事獲怨而離開安樂窩的憾事。此十首離詩，統一用七言絕句形式，內涵主題一致，皆以物比喻自己因事獲怨遭到主人的疏遠。結構則循一固定模式，第一、二句敘述某物之珍異與價值，此乃贏取主人珍愛之由，如〈犬離主〉中的犬是馴順的、毛香的、足淨的，於是邀得主人的憐愛；〈筆離手〉中的筆是稱手好用的，於是主人喜歡用來揮灑縱橫；〈馬離廄〉裡的馬有駿秀的外貌：雪耳、紅毛、碧蹄，並有一日千里的才能。第三句敘述干犯過失，此為全詩轉捩點，如〈鸚鵡離籠〉中鸚鵡禍從口出；〈燕離巢〉的燕子因銜泥築巢而弄髒了主人寶貴的珊瑚枕；〈珠離掌〉的珍珠則是因一點的瑕疵。第四句嘆悔自此失去寵愛，予人無限憐憫與同情，如〈魚離池〉中魚從此不能在清波中遨遊；〈鷹離韝〉裡的鷹因此而不得在君王臂上佇立；〈竹離亭〉中竹子無法再蔭庇玉堂。

　　這〈十離詩〉另外有下列幾點值得注意：一、這十件物品多有主從關係，多是人所豢養、珍藏、使用的，以比喻薛濤為人侍妾的身世。二、第四句皆用「不得……」為開頭，以顯示從此不能再得寵愛，只能被疏遠的情況，也表示其實內心盼望而無法如願以償。三、依據所寫之物，大概可分三類，以暗喻濤之形貌可愛、多才多藝、節操高潔及身世坎坷。第一類如〈犬離主〉、〈筆離手〉、〈馬離廄〉、〈燕離巢〉、〈魚離池〉、〈鷹離韝〉、〈鏡離臺〉等，暗喻薛濤以形貌及才藝服事主人，深獲主人喜愛。第二類如〈珠離掌〉、〈竹離亭〉借指濤之風

骨高潔。第三類如〈鸚鵡離籠〉則形容她漂泊孤單的身世。這
十首離詩將其見棄的遭遇委婉道出,令人憐憫,故《名媛詩歸》
曰:「〈十離詩〉有引躬自責者,有歸咎他人者,有擬議情
好者,有直陳過端者,有微寄諷刺者,皆情到至處,一往
而就,非才人、女人不能。蓋女人善想、才人善達故也。
此〈長門賦〉所以授情於洛陽年少也。」

　　最後一首屬於借物以自況的詠物詩,是〈柳絮〉:「二
月楊花輕復微,春風搖蕩惹人衣。他家本是無情物,一向
南飛又北飛。」薛濤藉著柳絮暗喻自己地位卑微,藉著柳絮
隨風飄盪的姿態,訴說她依附著達官貴人而生活的無奈與幽
怨,最後兩句似乎對四處飄泊、身不由己的身世有所慨嘆。在
《唐詩豔逸品》中楊肇祉曰:「是自況語。『多情怕逐楊花
絮』,與此詞異而情同。」蘇珊玉也認為此詩是自況之語。
唐·劉禹錫有一詩〈楊柳枝詞〉:「輕盈嫋娜占年華,舞榭
粧樓處處遮。春盡絮飛留不得,隨風好去落誰家?」和薛
作用詞和情緒感嘆頗為相似。金·邢安國〈楊花〉有「狂惹
客衣知有恨,巧尋禪榻故相撩。」句,似從薛濤此詩「春風
搖蕩惹人衣」句脫胎而來。此詩所表達情景和薛身世類似,
所以引起其聯想和感慨,究竟該定位在借物自況或借物興感,
還是難以界定。

　　綜合以上,可知薛濤自況之物,皆能切合其身世境遇,也
能詳加說明使讀者明白。

四、借物喻他

　　薛濤的詠物詩中有一類是借物喻他的作品,是現存詩作中

數量最少的一類，僅有二首。所謂借物喻他，沈秋雄下了一極明確的定義：「『借物喻他』與『借物自況』有同有異，同為二者均是將物擬人，化無情為有情；異為『借物自況』是視物為我，詩中物我一體，故此類詩往往藉以發抒個人身世之感慨；『借物喻他』則物所喻況之人為我以外之特定對象或不特定對象，故此類詩往往中含美刺，或表同情，代發不平；或寄微諷，藉致不滿。」以下就現存薛濤僅存的兩首此類詩一一列述。

〈酬人雨後玩竹〉：

> 南天春雨時，那鑑雪霜姿。
> 眾類亦云茂，虛心寧自持。
> 多留晉賢醉，早伴舜妃悲。
> 晚歲復能賞，蒼蒼勁節奇。

薛此詩一方面讚賞竹子，另一方面也含有褒揚竹的風骨，藉以勉人向竹看齊的意味。首聯稱頌其姿態凌霜雪，頸聯讚美竹的虛心自持，腹聯以和竹有關的歷史人物正襯它的風骨，晉賢指魏晉間竹林七賢，舜妃指娥皇女英，以晉賢人之賢和舜妃之善表示竹的賢善，末聯直接點出竹的節操蒼勁。唐人詩作中有數首詠竹之作，如：杜甫、鄭谷、李建勳、李中、元積、劉兼、陳陶等人，然而大部分是純粹摹物和借物興感之類，如：杜甫、鄭谷、元積、陳陶之作是單純描寫竹的型態；李建勳、李中之作是借竹來抒發己情，寫的情皆是清淡優閒。僅劉兼之作略微提到竹的節操。薛濤此詩在眾詠竹詩裡算是最特別的作品，她以全詩詠讚竹所象徵的美德，彷彿將竹擬人化，成為一

謙謙有德、高風亮節的君子。劉兼之作雖也提到竹子的這個特點，然而僅用「虛心高節雪霜中」一句直接道出，不及薛詩的生動。

第二首也是最後一首屬於此類的是：

〈浣花亭陪川主王播相公暨寮同賦早菊〉：
　　西陸行終令，東籬始再陽。
　　綠英初濯露，金蕊半含霜。
　　自有兼材用，那同眾草芳。
　　獻酬樽俎外，寧有懼豺狼。

薛此詩描寫菊，實則借指王播，將菊視為王播的化身，寫菊的美德實際上是寫王播的懿行。首四句是寫菊在秋氣已至，百花凋謝時才鬥霜而開，以稱頌王播的高行如陶淵明一般，又如菊一般不畏寒冷。後二句則是借菊形容王之才能獨特，和其他人皆不同，就好像菊花有觀賞、食用等多種用途，如其他草木不同一樣，最後二句形容王播做劍南西川節度使時不畏外悔，勇於保衛唐朝的精神。王播，即王尚書，為禮部尚書，元和十三年至長慶元年為成都尹、劍南西川節度使。薛濤不僅此詩稱讚王播而已，她的另一首〈上王尚書〉也是對他推崇備至，今載錄下來：

　　碧玉幢幢白玉郎，初辭天帝下扶桑。
　　手持雲篆題新榜，十萬人家春日長。

此詩也是從其形貌、高行、護衛國家有功等方面來說。觀

歷代詠菊詩甚眾，如：唐朝的駱賓王、李山甫、皮日休、公乘億；宋朝的劉子翬、元朝的謝宗可、明朝的瞿佑等人皆有詠菊詩。然而在眾作品之中，其他人或純粹摹菊、或借菊興感、或見菊懷陶淵明（此類占多數），只有薛濤是以菊喻人，且不論此舉是否恰當，但確是一特別的寫法。

綜觀薛濤屬於「借物喻他」的這兩首作品，雖然數量少，但著眼特別、娓娓道出所要象徵的意義，在品質上已可稱中等以上。

五、借物興感

所謂「興」，原是賦比興的「興」。賦比興是漢人從《詩經》中總結出來的三種寫詩方法。「興」的寫法就是「托事於物」（鄭眾《周禮》注引），或「托物興詞」（朱熹《晦庵詩說》）。所以牟世金說：「古典詩歌的所謂『興寄』，主要就是透過具體事物的描寫以表達作者的思想感情。」又說：「它不僅僅是一種『托事於物』的寫詩方法，而更側重於用這種方法所寄托或興起的情。」沈秋雄為「借物興感」下了一更精確的定義：「多以描摹物象為主，作者擾懷所占之比重較輕，且作者之情懷多因物而觸發，往往見於篇末，起統攝全篇作用。」這部分所要介紹的薛濤作品，就是此類借著描摹事物進而抒發自己思想感情的詠物詩。

〈池上雙鳥〉寫著：「雙棲綠池上，朝去暮飛還。更憶將雛日，同心蓮葉間。」「雙棲」句寫兩隻鳥雙宿，早晨出去到了晚上便回巢。「更憶」句描述回憶母鳥攜帶幼鳥的情況。想來是薛濤看見池上有雙鳥，生活情形猶如人的家庭生活，不

禁心生羨慕，因此寫下此詩以慰己心。由此詩可知她對天倫之樂的嚮往，和無法如願的無奈。鍾惺曾謂：「總見情種生想，物理人情互相關切。」是切近薛濤作此詩的心的。

又如〈鴛鴦草〉：「綠英滿香砌，兩兩鴛鴦小。但娛春日長，不管秋風早。」此詩因詩人本身並無註解，所以眾說紛紜，詮釋的角度也不同，鍾惺曰：「把鴛鴦草如此狠狠責數之，負怨不堪。」他是認為薛濤因怨恨而責備鴛鴦草。然而依個人之見，此說有些不妥，觀薛濤之現存作品，極少怨氣十足的詩作，不同於一般閨怨派女詩人，頂多是淡淡之哀愁，情感很委婉含蓄。蘇珊玉則是云：「是薛濤對頹廢驕矜的生活型態，提出一種自我警醒的惋嘆。」她是將此詩視作有規諫意味的作品，此說不無可能。筆者之淺見，認為有可能薛濤見到兩兩相向的鴛鴦草彷彿如同雙宿雙飛的情侶，因此心生羨慕，最後二句則是她輕聲的咕噥和戲謔。沈秋雄老師提供了反方面的思考，此詩是否有可能是勸人及時行樂呢？其實也不無可能。

接下來看〈酬郭簡州寄柑子〉一詩：「霜規不讓黃金色，圓質仍含御史香。何處同聲情最異？臨川太守謝家郎。」此詩主要是藉橘子來懷友，並感謝郭簡州送來柑子的情意。前兩句形容橘子生長在寒冷中，外面色澤金黃，形貌渾圓，香味濃郁且持久。從屈原〈橘頌〉到後來梁吳筠〈橘賦〉、魏曹植〈橘頌〉、齊虞羲〈橘詩〉都是用橘子來象徵高風亮節，此處薛濤也有可能藉以稱讚郭簡州的志節高潔。後兩句可能是指郭簡州做了〈柑賦〉和〈橘賦〉，就像謝惠連曾作〈柑賦〉、〈橘賦〉一樣，然而這位姓郭的簡川刺史因生平無可考而使此詩成了一個疑問。

再來看一首同是詠水果的：

〈憶荔枝〉：

> 傳聞象郡隔南荒，絳實豐肌不可忘。
>
> 近有青衣連楚水，素漿還得類瓊漿。

　　題目為憶荔枝，應是有所回憶而作。前二句，似乎是其回憶內容，推測薛濤以前可能吃過廣西西部一帶盛產的美味荔枝。後二句，是指薛濤現今位於四川吃到的荔枝，雖然僅僅是素漿，另一種在廣西的是瓊漿，但也已經類似了。從此詩可知薛濤曠達和自我安慰的心理，吃荔枝觸動了她對前塵往事的回憶，兩相比較之下，雖今不如昔，但也能隨遇而安。《名媛詩歸》曰：「題意本難雅稱，此皆其漫興率書爾。」認為此詩是隨手書之，或許可能，但如從上述的角度詮釋，也好像未嘗不可。

　　其後〈月〉一詩寫著：「魄依鉤樣小，扇逐漢機團。細影將圓質，人間幾處看？」前半寫月的形貌，由月初、月底將明將滅的微光到十五的滿月，周而復始。第二句出自班捷妤〈怨歌行〉：「裁成合歡扇，團團似明月。」似乎挑起了如同秋扇見捐的哀愁。後半寫人們能看到弦月至滿月的時間有多少？興起人們好景不長、人生苦短的感嘆。一首〈月〉包含了摹寫月的形貌、閨中遭棄女子的悲哀、良辰好景和人生短暫的疑問，緊湊而豐富。後半除了給人良辰美景短促的感慨外，似乎也有薛濤在想人間有多少人也和她一樣在不同的地方賞著同樣的月色，又有多少人和她的心情相同？如此一來，這句話就有了歧義，留給讀者去思考此句涵義的空間。歷代詩人常將

「月」的主題和三種意義相關:一、思鄉憶人,如:李白〈靜夜思〉:「舉頭望明月,低頭思故鄉。」元·揭傒斯〈白楊河看月〉:「今夜江南憶遊子,空瞻銀漢上昭回。」二、大公無私,德被萬物,例如:杜甫〈月圓〉:「故園松桂發,萬里共清輝。」明·張子容〈璧池望秋月〉:「玉田金界夜如年,大地人間事後千。」三、瑩淨皎潔的象徵,如:明·張紳〈湖中翫月〉:「一塵不向空中住,萬象都於物外求。」宋·王阮〈姑蘇汎月〉:「但覺滿身皆雨露,絕無一點著塵沙。」從此看來,又有一事要探究,薛此作的後二句和常用的月的代表意義之二——大公無私、德被萬物,似乎也有相同之處,雖然她問有幾處在看,但事實可知,月光是大公無私的照耀各地,所以是處處在看,不正表示月是公平地德被萬物嗎?

再看一首詠頌自然景物的:

〈秋泉〉:

　　冷色初澄一帶煙,幽聲遙瀉十絲弦。

　　長來枕上牽情心,不使愁人半夜眠。

秋天本有淒清之感,加上泉水幽咽的聲音,使人不禁胡思亂想起來,薛濤之詩寫得就是這種感覺。秋天微涼,煙霧瀰漫著泉水,泉水緩緩地流著,聲音幽咽細微,遙遙地聽起來就像是十弦的琴聲,牽引著枕上睡著的人的情思,使人無法安眠。其實應是人們自身感情影響了自己對泉聲的觀感,在心中有愁的人聽來自是幽咽,若在愉快的人聽來卻可能是一首自然的安眠曲呢!是故黃周星《唐詩快》曰:「自是愁人心中有秋泉

316

耳，與耳畔嘈切何關！」

最後一首屬於此類的，我們看：

〈朱槿花〉：

　　紅開露臉誤文君，○○芙蓉草綠雲。

　　造化大都排比巧，衣裳色澤總薰薰。

　　第一、二句形容朱槿花之紅豔若美女之臉色。芙蓉上缺二字，故以○代替。三、四句是最主要表達的主題，讚嘆大自然安排得巧妙，因為有了花朵，使得人間增添了色彩和香味。這是對大自然由衷的讚賞和感謝。大陽系九大行星中，只有地球有生物，正因有生物，詩人筆下才有了豐富的景物和感情，才造成了詠物詩這種體裁。

　　薛濤「借物興感」的詩作，並無統一的內容，根據所見之物抒發不同的聯想，有的是對愛情和家庭生活的嚮往，有的是懷友和憶昔之作，有的聯想到人生道理，還有的歌頌大自然，內容包羅萬象。

第三節　結　語

　　現存的薛濤詩作中，詠物詩占了相當大的比例，數量上共二十九首也算很多，範圍很廣，類型大致有四種型態：純粹摹物、借物自況、借物喻他、借物興感等，所詠之物有自然景觀、花卉草木、鳥獸蟲魚、日常用品，幾乎無所不包，藉著詠物所欲表達的情感也是包含了喜怒哀樂等各種情緒。總而言

之，她的詠物詩作足以表現她慧黠廣闊的才思和伶俐細膩的文筆。

　　薛濤詠物詩中，純粹摹物一類能刻劃細膩神似、善於氣氛營造，掌握住詠物詩的基本原則；「借物以自況」一類則可以做到物我合一的境界，表現出自己的人格理想、力量和心情；「借物喻他」一類，數量雖少，但著眼特別，生動詳盡地道出象徵內涵，成就亦可觀；「借物興感」一類，蘊含內容無所不包；由此可知，她的詠物詩作有相當的成就。

　　一路寫來，感覺文學是一片汪洋，許多作家在其中浮浮沈沈，被時間淹沒或是琢磨，於是有人被淘汰，有人被後人一再提起。唐代女詩人很多，然而很多人存詩甚少，薛濤在其中已屬存詩較多的了，存詩少，現代對她的評論也僅有一、二篇，歷代的評論大多以一、兩句籠統概說，註解也很少，不論翻譯或賞析，一切都得自己來，疏失在所難免，所以誠心地盼望先進們的賜教。

【參考書目】

1. 《才調集》，唐・韋縠編，台北：新文豐，1980年2月。
2. 《萬首唐人絕句》，宋・洪邁編，影印文淵閣四庫全書，台北：臺灣商務，1983年。
3. 《全唐詩》，清・聖祖御定，台北：文史哲，1985年。
4. 《巴蜀文苑英華》，何崇文等著，台北：四川人民，1984年7月。
5. 《詩藪》，明・胡應麟撰，台北：廣文書局，1972年8月。
6. 《四部備要》，台北：中華書局。

7. 《唐女詩人集三種》，陳文華校注，台北：仁愛，1985年10月。

8. 《百種詩話類編》，臺靜農編著，台北：藝文，1974年5月。

9. 《中國婦女文學史》，謝无量著，台北：臺灣中華，1979年8月臺二版。

10. 《歷代婦女著作考》，楊家駱主編，台北：鼎文，1973年。

11. 《薛濤及其詩研究》，蘇珊玉撰，高雄：國立高雄師範大學國文研究所碩士論文，1994年6月。

12. 《歷代詠物詩選》，易縉雲、孫奮揚合註，清‧俞琰輯，台北：廣文。

13. 《花落又關情～中國古典詩歌中的詠物》，陳啟佑著，台北：故鄉，1981年2月。

14. 《漢唐貴族與才女詩歌研究》，張修蓉著，台北：文史哲，1985年3月。

15. 《詩歌分類學》，古遠清著，台北：復文圖書，1991年9月。

16. 《詩文鑑賞方法二十講》〈什麼是古詩中的「興寄」〉，牟世金著，台北：木鐸，1987年7月。

17. 《李義山詠物詩探析》，沈秋雄著，台北：國立臺灣師範大學文學院，1991年5月。

——85年《朝霞集》第三集

第十章
《唐詩三百首》中
律詩修辭技巧舉隅

提　要

　　欲以此論文討論《唐詩三百首》中律詩的修辭技巧,從而借用修辭學來詮釋唐詩之美。。本論文將以一般常用的修辭作為分類,列舉《唐詩三百首》中符合的律詩作為例證,嘗試從修辭學的角度來重新體會唐詩,補充歷來註解的不足,並且希望提供喜歡唐詩的學人另一種欣賞唐詩的方式,進而更加了解唐詩的藝術;另一方面也可提供教學者一些相關的資料,促使教學更方便,並引導學生由詩歌進入修辭的殿堂,從而對修辭更明白,對詩歌更喜愛。

關鍵詞:唐詩　唐詩三百首　修辭技巧　修辭學　律詩　文學

仰看明月詩當枕
——論中國古典詩

第一節　前　言

　　唐代文風興盛，諸如詩歌、古文、傳奇、變文、曲子詞，都有輝煌而傑出的作品。尤其唐詩一項，更可說是中華文學的精髓之一，其詩人之多，作品之豐，遠遠超越前代。唐詩精緻，情采兼備，譬如「浮雲遊子意，落日故人情」、「出師未捷身先死，常使英雄淚滿襟」這些千古絕唱的名句，使人心有戚戚焉，為之動容。

　　歷來唐詩選本不少，重要的有殷璠《河岳英靈集》、洪邁《萬首唐人絕句詩》、王士禎《十種唐詩選》、沈德潛《唐詩別裁集》……等，真是不勝枚舉。然而其中最膾炙人口的誠屬蘅塘退士的《唐詩三百首》，俗諺云：「熟讀唐詩三百首，不會作詩也會吟。」便可見出端倪。

　　蘅塘退士，真正的姓名是孫洙，字臨西，清江蘇無錫人。他在〈唐詩三百首題辭〉中言：「因專就唐詩中，膾炙人口之作，擇其尤要者，每體得數十首，共三百餘首，錄成一編為家塾課本，俾童而習之，白首亦莫能廢。」[1]可知當時是為了孩童學習方便而編，直至今日，仍是中小學教授唐詩的依據，猶記小學時代晨間早讀，大家一起吟誦《唐詩三百首》的情景，仍覺親切有味。

　　不過時至今日，卻沒有哪一本書完全是以其中的詩歌來說明修辭學，大多是零星的舉證，故此文嘗試從修辭學的角度來重新體會《唐詩三百首》，補充歷來註解的不足，使欣賞條理化，表達時也比較言之有物。以常用的修辭分類為主要依據，然而因篇幅所限，其中小類將不一一細分舉例。而關於修辭學

的定義和學理依據，將以黃師慶萱的《修辭學》為主[2]，旁參董季棠《修辭析論》、吳正吉《活用修辭》、沈謙《文心雕龍與現代修辭學》……等。《唐詩三百首》的註釋版本採用三民版為主[3]，旁參黃永武《唐詩三百首鑑賞上下冊》、嚴一萍《唐詩三百首集釋》、朱益明《唐詩三百首評注》……等。此外，對於歷來學術論爭將不於本文中討論。又因字數受限制，且唐詩又首推律詩成就最高，故僅就《唐詩三百首》中八十首五言律詩、五十三首七言律詩作為舉證範圍，以下每類以五言、七言各一首為例，並列舉其他例證，以明不為孤證。

第二節　分類並舉例

一、引　用

在語文中徵引別人的言語，或俗諺、典故等等，藉以使自己言論有分量，為人信服，或是委婉表達己見和情意的方式，稱作「引用」。黃師慶萱將其分為明引、暗用，以其是否將引自何處說明為分類方法，而這兩類又可根據是否將文句加以刪節更改分為全引、略引、全用、略用[4]。

在《唐詩三百首》所選的律詩中，「引用」使用情況眾多，下面先來看列為五言律詩中第一首的作品〈經鄒魯祭孔子而嘆之〉：

夫子何為者？西西一代中。地猶鄹氏邑，宅◎即◎魯◎王◎宮◎。嘆◎鳳◎嗟◎身◎否◎，傷◎麟◎怨◎道◎

窮◎。今看兩◎楹◎奠◎，當◎與◎夢◎時◎同◎⁵。

　　唐玄宗在此全用有關孔子的典故或言語，首聯先以一提問
開頭，彷彿想了解孔子為何戚戚不安地過了一生。頷聯、頸聯
為律詩固定的對偶，頷聯上句指出孔子的故鄉在鄒縣，下句說
明魯恭王為擴建其宮室，破壞孔子舊宅的史事。頸聯上句引用
孔子之言，《論語·子罕》：「子曰：『鳳鳥不至，河不出
圖，吾已矣夫！』」下句用孔子某次見到麒麟被捕捉而死，因
此哀傷言曰：「麟也。麟出而死，吾道窮矣。」的故事。兩
句皆用孔子藉以自傷的言語，來回應首句的提問。末聯使用
《禮記·檀弓》中記載孔子晚年夢見自己被祭祀於兩楹之間，
預測將不久於人世的資料，邱師燮友註云：「玄宗用此典，
正切當時之祭祀。」⁶

　　可見玄宗因經過鄒魯祭祀孔子，產生對其懷念與追思，首
句提問引出下文，頷聯說明孔子宅第之後遭恭王為擴建而被破
壞，其中自然隱含惋惜之意，又可回應首句問題，嘆息孔子惶
惶不安地過了一生，宅第還遭人破壞。頸聯用孔子之言回答前
面問題，實為妙答，從此可見，玄宗早知前問之答：孔子是為
了自己的理想而惴惴不安啊！而其中用鳳對麟既符典故，又可
對偶，真為巧妙。最後再使用典故回到現實中的祭祀，可謂處
處用典卻環環相扣，時時呼應開端之問。

　　接下來再看七言律詩〈錦瑟〉中的一句：

　　莊◎生◎曉◎夢◎迷◎蝴◎蝶◎，
　　望◎帝◎春◎心◎託◎杜◎鵑◎。

　　此聯對仗工整，上句用的是莊子〈齊物論〉中夢蝶的故事：莊子夢到自己變成了蝴蝶，夢醒後不知是自己真是蝴蝶，還是莊周為真？下句說明望帝變成杜鵑鳥為了挽留春天而泣血。兩句用典說明人生如夢，青春消逝之感。而其中「曉夢」、「蝴蝶」、「春心」、「杜鵑」這些語詞都給人一種淒美的氛圍，可見雖然是用典但仍經過選擇，修飾之後符合所要呈現的情緒與意境。

　　除上例子，律詩中還有王維〈山居秋暝〉：「隨意春芳歇，王◎孫◎自◎可◎留◎。」引用楚辭；崔顥〈黃鶴樓〉：「昔◎人◎已◎乘◎黃◎鶴◎去◎，此地空餘黃鶴樓。」引用傳聞；杜甫〈詠懷古跡〉其三：「畫◎圖◎省◎識◎春◎風◎面◎，環珮空歸月夜魂。」引用王昭君的故事；……等例可以明白：詩人們由於學識豐富，所以在經過景物之時，能夠產生聯想，並且加上自己的巧心安排，寫作成詩；或是在詩作中運用適當典故，表達情意，委婉含蓄卻能引人深思，使自己的言論更有說服力，可見引用的好處，也可見讀書的重要。

二、誇　飾

　　誇飾是在行文中誇張地修飾，將事物的特徵或現象加以強調，而超過了客觀的現實，也就是運用了藝術的手段，達成言過其實的方式。《語法與修辭》一書將其簡約地分為擴大誇張和縮小誇張兩種[7]。

　　在〈漢江臨汎〉一詩中王維寫下這樣兩句話：

江◎流◎天◎地◎外◎，山色有無中。
郡邑浮前浦，波◎瀾◎動◎遠◎空◎。

　　此二聯對仗工整之外，也給人一種新奇的刺激。前一聯形
容江水奔流到天地以外，山色若隱若現的樣子。後一聯描寫城
郡和村邑浮現在前方浦口處，波瀾震動了遠方天空的景象。其
實江水怎麼可能流出天地之外，那豈不是到了外太空嗎？波瀾
又怎麼可能搖動得了遠方天空？這就給了讀者一種強烈的鮮明
印象，如此一來，氣勢變磅礴了，江中的流水和波瀾的雄偉壯
闊便也呈現出來了。
　　作為國中教材的〈聞官軍收河南河北〉全詩也是使用誇飾
的明顯例子：

劍外忽傳收薊北，初聞涕◎淚◎滿◎衣◎裳◎。
卻看妻子愁何在？漫卷詩書喜◎欲◎狂◎。
白日放歌須縱酒，青春作伴好還鄉。
即◎從◎巴◎峽◎穿◎巫◎峽◎，便◎下◎襄◎陽◎向
◎洛◎陽◎。

　　首聯一開始便用了誇飾，涕淚怎麼可能滿衣裳呢？而且一
聽到，涕淚就滂沱而下，這不正是誇大了嗎？頷聯先用一設
問，令讀者一看便知答案就在反面，妻子當然是沒有了憂愁。
下面說到收拾詩書驚喜得快要發狂，也是一個誇張的形容，難
道真是要發狂嗎？末聯中層層遞進，一個地名緊接一個地名，
這也是誇飾，回鄉豈有如此快速之理？這在在都表現了杜甫欣
喜雀躍，展現了人民對於國家太平的殷殷期盼。此處種種誇飾

的運用都使節奏加快，這也就是為什麼黃永武說：「這是一首在時間速度上極快的詩。」[8]的原因了，然而黃先生雖在文中一再解說此詩呈現非常快的時間速度，卻未將修辭理論配合上，以知其迅速的原因，顯得解釋上理由略顯薄弱。

詩人在現實的基礎上，用豐富的想像將事物誇張，使得形象突出，達到加強讀者注意的藝術效果，也表現了詩人對於景色或心情的主觀感受，從以上例子都可看出，此外還有常建〈題破山寺後禪院〉：「萬籟此俱寂，惟◎餘◎鐘◎磬◎音◎。」；李白〈渡荊門送別〉：「仍憐故鄉水，萬◎里◎送◎行◎舟◎。」是誇飾兼轉化；杜甫〈詠懷古跡〉其五：「諸葛大◎名◎垂◎宇◎宙◎，宗臣遺像肅清高。三分割據紆籌策，萬◎古◎雲◎霄◎一◎羽◎毛◎。」……諸多例證。

三、借　　代

將原本常用的名稱放棄不用，而改用其他名稱，這就是借代。不過雖不是原本名稱，也必然和此事物有某種關聯，並非完全是兩種事物。借代格依據兩者的關係分為好幾類，徐芹庭分為十三類[9]，黃師分為八類[10]，而董季棠則認為只分七類即可[11]。譬如：以事物的特徵或標幟、所在或所屬、作者或產地、質料或工具代替，或部分和全體、特定和普通、具體和抽象、原因和結果互相代替，……等等，此處就不一一說明。

李白有一詩〈贈孟浩然〉：

吾愛孟夫子，風流天下聞。

　　紅◎顏◎棄軒◎冕◎，白◎首◎臥松◎雲◎。

　　「紅顏」即是指孟浩然少年之時，朱益明注曰：「因少年
時血氣壯旺，面色紅潤，所以稱少年為紅顏。今稱年輕女
子，也用紅顏兩字。」[12] 這裡就是以事物的特徵來代替。
「軒冕」一詞是指官爵，朱益明注曰：「軒，是一種高的車
子。冕，是古時一種大禮帽。軒冕，都是官員所用的，因
此稱做官的人，就用軒冕兩字。」[13] 這裡是以標幟代替。
「白首」是指孟浩然老年之時，此詞原是指白頭髮，現以約定
俗成為「老年」之意，此處亦是以特徵代替。「松雲」是山林
中的一部分事物，這裡是指孟浩然晚年歸隱山林，過著隱士的
生活。「松雲」在此便是以部分代替全體的用法。這首詩用
「紅顏」、「白首」代替孟浩然，便可跟上文孟夫子不重複，產
生變化，而「紅顏」對「白首」，不僅顏色上漂亮，對仗工
整，意思上對襯也很強烈。而「軒冕」、「松雲」的使用，便
產生了新穎、迂迴的間接表達情趣。
　　秦韜玉的〈貧女〉：

　　蓬◎門◎未識綺◎羅◎香，擬託良媒亦自傷。
　　誰愛風◎流◎高◎格◎調◎？共憐時世儉梳妝。
　　敢將十◎指◎誇鍼◎巧？不把雙◎眉◎鬥◎畫◎長◎。
　　苦恨年年壓金線，為他人作嫁衣裳！

　　首聯「蓬門」一詞，原是指貧窮人家所居住地方的門是用
蓬草編成，這裡即是借代為貧窮人家，這是以所在代替。「綺」
是一種細綾，「羅」是一種輕軟的絲織品，「綺羅」這裡代替

為美好的華服，是以質料代替。頷聯中以一設問提起注意，「風流高格調」是指貧女的高尚品格和才華，以抽象代替具體的人。頸聯上句中「十指」、「鍼」是指刺繡等女紅技術，這是以使用的工具借代。下句「雙眉鬥畫長」意思是爭奇鬥豔，其實鬥得又豈止是眉長而已，這是以部分代替全體。全詩雖是詠貧女，其實正是寫自己，說明自己出身寒門，但是品格高尚、才華洋溢，又不喜和人爭勝，故以貧女借喻，其中欲託之良媒，也是借喻一位好的推薦人。末尾則以「為人作嫁」自憐，而且用「年年」此一疊字，顯出年復一年的悵惘，藉貧女之無人賞識，寫己身的懷才不遇。全詩由於使用大量的借代與借喻，處處一語雙關，所以語意隱藏而不露骨，顯現委婉含蓄的典雅之美，比起自賣自誇真是優雅得多。

　　《唐詩三百首》律詩中使用借代的例子，除了上述之外，又如岑參〈寄左省杜拾遺〉：「聯步趨丹◎陛◎，分曹限紫微。」「丹陛」借代朝廷；李白〈登金陵鳳凰臺〉：「吳宮花草埋幽徑，晉代衣◎冠◎成古丘。」「衣冠」借代顯貴官吏；杜甫〈詠懷古跡〉其一：「羯◎胡◎事主終無賴，詞客哀時且未還。」「羯胡」借代安祿山；……等等借代的例子，都可看出詩人們為了不落俗套、避免重複的用心，藉此也達到了令人耳目一新、引起注意的效果，使得平凡變為殊奇，陳腐化為嶄新。

四、轉　化

　　在描寫一樣事物時，將原來的性質轉變成另一種截然不同的性質，再加以形容的稱「轉化」。蔡謀芳用文法的概念說得

很明白:「用人性的謂語來述說物性的主語,……就是『轉化』的例子。……用物性的謂語去述說人性的主語,道理亦同。」[14] 這裡用主謂結構來說明此格,所謂謂語就是用來形容主語的部分,此一說法要比單純定義清晰易懂。

〈和晉陵陸丞早春遊望〉中杜審言寫著:

> 雲◎霞◎出◎海◎曙◎,梅◎柳◎渡◎江◎春◎。
> 淑◎氣◎催◎黃◎鳥◎,晴◎光◎轉◎綠◎蘋。

這裡寫著雲霧、朝霞走出海面,天色便亮了,梅花、柳樹渡過江水帶來春天的訊息。溫暖的天氣催促著黃鶯唱出好聽的旋律,晴朗的日光照耀著,使蘋草轉為綠色。這種種寫法自然是轉化的用法,將雲霞、梅柳、淑氣都給予了人的生命,所以他們可以和人一樣,做出人一般的行為。兩聯對仗工整,也因為轉化的運用,給人一種有生命力、活潑生動的感覺。「出」、「渡」、「催」、「轉」等字用得很巧,將動態的活動展現出來,也賦予了人的行動,把氣候的轉變靈妙而傳神地展現了,並且緊緊地扣住了詩題「早春」二字。

〈送魏萬之京〉中首聯和頸聯分別是:

> 朝聞遊子唱離歌,昨夜微◎霜◎初◎度◎河◎。
> 關◎城◎樹◎色◎催◎寒◎近◎,御苑砧聲向晚多。

這首詩首聯用一對襯,早上聽到你要離去的消息,晚上薄霜便渡河而來。頸聯描寫關城附近的曙色催逼著冬天到來,京城一帶的擣衣聲,越靠近傍晚越多。薄霜如何會渡河?曙色又

怎會逼來冬天？這就是因為李頎把薄霜、曙色、冬天都人性化了。

　　詩人們將世界中的萬物，變成了有人的行為、個性，就使得讀者容易產生共鳴，容易用人的心情去理解，也可以轉移自身的感情，這當然也要歸功於詩人的想像力。此外如孟浩然〈歲暮歸南山〉：「白◎髮◎催◎年◎老◎，青◎陽◎逼◎歲◎除◎。」；沈佺期〈雜詩〉：「可◎憐◎閨◎裡◎月◎，長◎在◎漢◎家◎營◎。」；杜甫〈客至〉：「舍南舍北皆春水，但見群◎鷗◎日◎日◎來◎。」……皆是使用此筆法。

五、雙　關

　　雙關是一種兼含兩種事物或兩種意義的修辭方式，包括諧音、諧義，語意的暗示等等，而諧音和諧義最大的不同，張春榮說得很簡潔扼要：「諧音雙關的字詞不相同，諧義雙關則同一字詞。」[15]

　　孟浩然〈望洞庭湖贈張丞相〉全詩為一顯例：

> 八月湖水平，涵虛混太清。
>
> 氣蒸雲夢澤，波撼岳陽城。
>
> 欲◎濟◎無◎舟◎楫◎，端居恥聖明。
>
> 坐◎觀◎垂◎釣◎者◎，空◎有◎羨◎魚◎情◎。

　　表面上是在描寫洞庭湖的景致：湖水平靜，涵泳著空明，連接蒼天。頷聯為此詩名句，《然鐙記聞》漁洋夫子云：

「蒸字撼字,何等響,何等確,何等警拔也。」[16]此聯氣勢
磅礡,對偶工整。頸聯一開始,還真的會讓人以為是洞庭湖太
大,而作者想要過河卻找不到舟楫呢!然而一看到下句,便恍
然大悟,原來是一語雙關,正如〈貧女〉一樣,是想要拜託張
丞相,為自己引薦,作為舟楫,才不會讓自己無所事事,愧對
明君。尾聯也是雙關,彷彿是羨慕釣魚人得魚,其實是指作者
也想有一官半職,好為國家效勞,不是空自羨慕而已。這樣便
產生了聯想的趣味,富有巧思,讓讀者了然於心,感覺別出心
裁,雖是求職之詩,卻能含蓄委婉,別有一番風味。

李商隱〈無題〉中:

春蠶到死絲◎方盡,蠟炬成灰淚◎始乾。

此處的「絲」就是雙關「思」,是諧音雙關;「淚」是蠟
燭溶液,也是相思淚,是諧義雙關。乍看之下,寫春蠶到死才
把絲吐盡,蠟燭燃燒成灰才會讓蠟淚燒乾,仔細一想又雙關指
愛情至死方休。李商隱之詩,歷來難解,此首因雙關的運用,
亦讓人產生不同的揣測,若指愛情,在此便可看出李氏的功
力,用一普通事物來雙關愛情,寫得恩愛纏綿,堅貞不渝,卻
不低俗氾濫,難怪成為千古傳誦的名作。

還有如李商隱〈蟬〉:「本◎以◎高◎難◎飽◎,徒◎
勞◎恨◎費◎聲◎。」雙關人的清高難;王維〈積雨輞川莊
作〉:「野◎老◎與◎人◎爭◎席◎罷◎,海◎鷗◎何◎
事◎更◎相◎疑◎?」雙關自己已辭官隱退;秦韜玉〈貧
女〉:「蓬門未識綺羅香,擬◎託◎良◎媒◎亦◎自◎傷
◎。」雙關自己欲人推薦;……透過雙關的使用,文學家把

兩種不同的事物，經由隱微的相似，出人意表地作了連結，展現了作者的機智，非常耐人尋味，活潑而風雅。

六、映　襯

把兩種不同的，特別是相反的觀念、或事實、現象，放在一起，對立相較，使意義突顯出來的叫作「映襯」

李白〈送友人〉：

> 此地一為別，孤◎蓬萬◎里征。

「孤蓬」此處借喻為友人，是說在此地一分別，友人就像蓬草一般，要萬里飄零了。而「孤蓬」、「萬里」作當句對，是兩個截然不同的概念，一個形單影隻，一個浩瀚無涯，大小輕重懸殊，這便是映襯，「孤」字的精神就特別顯現了；朋友固然不會真的遠行萬里，是作者誇飾了，然而在這種想像的示現中，對比之下，更加孤單，更加不捨，使此句語氣增強，給讀者深刻的印象。

李商隱〈無題〉：

> 身無◎彩鳳雙飛翼，心有◎靈犀一點通。

身上沒有彩鳳般的翅膀，心靈如同犀角兩頭一樣相通。這一有一無之間，對比差異大，然而卻正因身上沒有翅膀，而更突顯了擁有靈犀的可貴，作者就用了映襯的筆法，寫出形體隔離而心意相通，這種既矛盾又稍可安慰的情形。

──論中國古典詩

詩人們運用映襯將情境對比，形成強烈的對比，景象鮮明而意蘊豐富，特別引人注意而發人深思，既衝突又和諧地形成文字張力。其他尚有岑參〈寄左省杜拾遺〉：「白◎髮◎悲◎花◎落◎，青◎雲◎羨◎鳥◎飛◎。」；杜甫〈登岳陽樓〉：「親朋無◎一字，老病有◎孤舟。」；崔顥〈黃鶴樓〉：「黃鶴一◎去◎不◎復◎返◎，白雲千◎載◎空◎悠◎悠◎。」……等。

七、示　現

示現是一種充分利用想像力，把目前沒有見到的事物，描繪得如親見親聞，依據時空的性質，可以分成追述示現、預言示現、懸想示現，也就是過去的、未來的、想像的三種陳述[17]。

杜甫〈月夜〉全詩幾乎全用示現的筆法，相當特殊：

今◎夜◎鄜◎州◎月◎，閨◎中◎只◎獨◎看◎。
遙◎憐◎小◎兒◎女◎，未◎解◎憶◎長◎安◎。
香◎霧◎雲◎鬟◎濕◎，清◎輝◎玉◎臂◎寒◎。
何時倚◎虛◎幌◎，雙◎照◎淚◎痕◎乾◎。

首聯在《唐詩三百首詳析》[18]中曾在做法解說欄說道：「此詩章法，有一特別之處，是不從自己長安這裡說，卻偏從鄜州那邊妻子說。首聯不說自己見月憶妻，單說妻子見月憶己。」其實這種筆法便是從視覺上摹寫，運用懸想示現，想像妻子在鄜州的閨房內獨自看著今夜的月亮。而頷聯也是懸想示現，想像自己的小兒女，在遙遠的那頭，還不懂得懷

334

念在長安的父親，也就顯得母親的想念更加堪憐。此處的長安便是以所在代替杜甫的借代格。頸聯用了各種摹寫法將妻子望月的情形，描寫得如在目前，「香」為嗅覺摹寫、「濕」為觸覺摹寫、「清輝」為視覺摹寫、「寒」為觸覺摹寫，這些當然也是杜甫的想像，是懸想示現的筆法。尾聯以一疑問留下無盡的思念，餘音繞樑，情意纏綿，此中亦用了預言示現，表示未來的一天，將要一起依偎在窗簾下賞月，好讓兩人不再流淚。

　　李商隱〈隋宮〉一詩也用了這種筆法：

　　紫◎泉◎宮◎殿◎鎖◎煙◎霞◎，
　　欲◎取◎蕪◎城◎作◎帝◎家◎。
　　玉璽不緣歸日角，錦◎帆◎應◎是◎到◎天◎涯◎。
　　於今腐草無螢火，終古垂楊有暮鴉。
　　地◎下◎若◎逢◎李◎後◎主◎，
　　豈◎宜◎重◎問◎後◎庭◎花◎？

　　首聯訴諸視覺，追述示現以往紫色泉水圍繞著隋宮，一片煙霧瀰漫的情形，而作者也知道隋煬帝想要把蕪城作為帝京的心意。頷聯說明若不是天意要唐高祖作皇帝的話，想像中隋煬帝的錦繡華舟應該已經游遍全國了，此聯是懸想示現的使用。這裡的「玉璽」是借代政權，「日角」是借代唐高祖。頸聯在有無的映襯下，今昔對比，給人無限感慨。尾聯用一預言示現，倘若隋煬帝未來在九泉之下碰到陳後主，是否適合詢問〈後庭花〉這首舞曲的事呢？此詩運用隋煬帝及李後主的典故，穿越時空，虛實交錯，充分表現了詩人的想像力，把幻想中的過去、未來，刻劃得栩栩如生，使讀者感到親切，猶如一

同在欣賞，彷彿身歷其境，產生共鳴。

又如王灣〈次北固山下〉：「客◎路◎青◎山◎外◎，行◎舟◎綠◎水◎前◎。」為追述示現；杜甫〈詠懷古跡〉其三：「畫◎圖◎省◎識◎春◎風◎面◎，環◎珮◎空◎歸◎月◎夜◎魂◎。」為追述示現和懸想示現；元稹〈遣悲懷〉：「昔◎日◎戲◎言◎身◎後◎事◎」為追述示現⋯⋯等都使用這種修辭法，使得讀者的感官受到刺激，引起想像，形成今非昔比的對照，正符合林月仙所言：「把讀者帶領到預設的情境中，體會到非常的樂趣。」[19]

八、設　問

在行文時改變敘述的方式，成為詢問的口氣，這就稱為「設問」。

韋應物〈淮上喜會梁川故人〉尾聯：

何◎因◎北◎歸◎去◎？淮上對秋山。

此詩描寫和一別十年的友人在淮上異地相逢，驚喜之餘，沒想到一下子便要分別，感慨之下，就造成這一設問：「你為何要向北回去呢？我只好惆悵地在淮水之上，空對秋山。」在結尾時，故意有此一問，對於闊別的朋友，彷彿是有些埋怨他太早離開，但也可看出作者對相逢的喜悅，更是留下依依不捨的餘音，增強了感情的濃度。

李商隱〈籌筆驛〉頸聯：

管樂有才終不忝，關◎張◎無◎命◎欲◎何◎如◎？

　　這裡感慨諸葛亮有和管仲、樂毅一般的才幹，然而關羽、張飛不能終壽，共成大業，又能為之奈何？這一有才、一無命之間的映襯，更逼出此一設問的無解，讓人不知如何是好，為諸葛亮感到難過和遺憾，又由於此句位於中間，很能將全詩在此提起注意，啟發讀者的思考，加深印象，並且直接引出下句：「他年錦里經祠廟，梁父吟成恨有餘。」真是令人體會出「恨有餘」的意義。杜甫曾說：「出師未捷身先死，常使英雄淚滿襟。」商隱在此亦有同感，將惋惜變為更激烈的憤慨、不平，故用一設問，問讀者也問蒼天。

　　詩人運用設問，使詩意產生波瀾起伏，激發讀者的興趣，描寫自己的內心活動和抒發激情，另外如宋之問〈題大庾嶺北驛〉：「我行殊未已，何◎日◎復◎歸◎來◎？」；杜甫〈春宿左省〉：「明朝有封事，數問夜◎如◎何◎？」；韋應物〈寄李儋元錫〉：「聞道欲來相問訊，西◎樓◎望◎月◎幾◎回◎圓◎？」……都是其例。

九、轉　品

　　語文中一個詞彙改變原來的詞性出現，就叫轉品。「品」即是文法上「詞的品類」。漢語中決定一詞的詞性，是在於其在句中的位置而定，並不像英文是字型變化而成，這種詞彙沒有固定詞性的現象，有些人稱為「詞類活用」[20]，也是可以參考的說法。

　　王維〈輞川閒居贈裴秀才迪〉首聯：

寒山轉蒼翠，秋水日◎潺湲。

為一對偶，所以其中詞性亦相對，「轉」對「日」，從此可知，「日」從一般所知的名詞，也就是太陽這個名稱，轉變為含有「天天變化」涵義的動詞了。正因為這個轉品的使用，將秋天薄暮的景色裡，那種寒山漸漸轉變成一片墨綠，秋水天天緩緩地流著，動態的感覺微妙地呈現了出來，有很高的藝術效果。如此一來，語言靈活得多，使得運用上多采多姿，整句詩都鮮活了起來，「日復一日」動的感覺就引發了讀者的想像。也由於這樣，一字就表達了多義，文辭簡練，內涵卻豐富，濃縮了字數，提高字義稠度。

杜甫〈蜀相〉頷聯

映階碧草自◎春色，隔葉黃鸝空◎好音。

對偶工整，用視覺摹寫和聽覺摹寫，來寫諸葛武侯祠的景色。喻守真曾言：「此詩章法，前半寫景，以『自』『空』二字為骨，寓感嘆意。」[21] 然何以為骨，卻未言明，筆者以為這便是轉品運用之妙了。「自」原是象人之鼻，後指自己，通常為名詞，此處又變為動詞，表示綠草映照著台階，自己獨自地呈現出春意。「空」本是空曠的樣子，是形容詞，這裡用為動詞，指黃鸝隔著濃密的樹葉，白白地唱出好聽的聲音。轉品在此一用，蒼涼、孤獨的韻味就出來了，雖是寫景但意在言外，也在感慨諸葛亮身歿後，祠堂一片荒涼。

「轉品」若不造成意義的晦澀，可以使讀者有一種解謎的趣味，心領神會到詞性改變後，便也給人耳目一新的感覺，而

且由於字句濃縮，豐富意涵外，字字實意，句勢凝鍊，加強語氣。譬如：岑參〈記左省杜拾遺〉：「曉隨天◎仗入，暮惹御◎香歸。」「天」、「御」皆為名詞轉品為形容詞；元稹〈遣悲懷〉其二頷聯：「衣裳已施行◎看盡，針線猶存未忍開。」「行」由動詞轉變為副詞；李商隱〈無題〉：「身無綵◎鳳雙飛翼，心有靈◎犀一點通。」「綵」、「靈」本為名詞，此作形容詞；……諸如此類。

十、譬　喻

譬喻是指兩種或以上不同的事物，因其中共同的特點或類似的性質，通常是由其中一個具體易懂的說明另一個抽象難解事物的修辭技巧。關紹箕說得很妙：「『比喻』是一位媒人，把長成夫妻臉的兩個人『送作堆』。」[22]

王勃〈送杜少府之任蜀州〉：

　　海內存知己，天◎涯◎若◎比◎鄰◎。

此句引用曹植：「丈夫志四海，萬里猶比鄰。」變化而成，雖為誇張的說法，但一經此譬喻，說明只要心中把彼此視為知己，不管在哪裡，天涯海角都同一條心，就好像是鄰居一樣。天涯之遠就如同咫尺之近，氣象何等開闊，雄心壯志多麼豪邁，安慰之情又是深厚無比。如此一來，這個抽象的感情意義，便以具體的事物來比方，使讀者易懂，而且由於其差異懸殊，遠近對比之下，給人新奇激烈的刺激。

柳宗元〈登柳州城樓寄漳汀封連四州刺史〉頸聯：

　　嶺樹重遮千里目，江◎流◎曲◎似◎九◎迴◎腸◎。

　　這句是寫嶺上的樹木，濃密地遮住了視線，江水彎彎曲曲的好像是百轉千回的腸子一般。由於這個容易理解的譬喻，讀者很輕鬆地便將兩者的類似點聯想在一起，也很清晰地將江流的型態描寫出來，讓讀者知道江水是彎的，不是直的，彷彿是眼睛看到的一樣。這裡彷彿在寫景，其實也表達了當時柳宗元和其他四人因參加王叔文集團，而遭貶謫的愁苦，「九迴腸」即是指自己內心的愁腸曲折，用外在的景和內在的情互相譬喻，情景皆苦，愁上加愁，更顯悲苦。也是引用司馬遷〈報任安書〉「腸一日而九迴。」的典故。

　　還有李白〈渡荊門送別〉：「月◎下◎飛◎天◎鏡◎，雲生結海樓。」指月亮像飛天的明鏡；杜甫〈旅夜書懷〉：「飄◎飄◎何所似◎？天◎地◎一◎沙◎鷗◎。」指自己有如沙鷗一般漂泊；杜甫〈登樓〉：「北◎極◎朝◎廷◎終不改，西山寇盜莫相侵。」指中國朝廷像北極星似的永不改易……都是譬喻之例。詩人藉著熟悉具體的事物，使讀者對於抽象的情緒，產生正確的聯想，使之認識，並且利用兩者維妙維肖的相近點，選擇適合情境，符合詩意又雅致不俗的譬喻，生動合理的給人意外新穎的驚喜。

十一、類　疊

　　將同一個字詞語句反覆接連地使用，稱為類疊。從詩經以來，詩歌便有了這種筆法，譬如人所皆知的：「關關雎鳩」，就是明例。

白居易〈賦得古原草送別〉：

首聯：「離◎離◎原上草，一◎歲一◎枯榮。」
尾聯：「又送王孫去，萋◎萋◎滿別情。」

　　一詩中用了「離離」、「一，一」、「萋萋」三個類疊。首聯形容古原上的野草清晰，歷歷可見，茂盛長垂，一年有一次繁盛和一次枯萎。「離離」的使用，將其茂盛歷歷的情形，反覆地擴大出來，感覺更多，更大量了。而一歲一枯榮，也把一年復一年，一遍又一遍，一而再再而三，無窮無盡的那種重複的時間迴環連續貼切地表達出來。尾聯「萋萋」是指草繁盛的樣子，這裡是說送王孫歸去，離別的不捨就如同草木一般繁盛；筆者以為或者也可說是雙關，即是「悽悽」之意。正因此詩有如此多的類疊，方便記憶，所以許多孩童小時候便朗朗上口。

　　王維〈積雨輞川莊作〉頷聯：

漠◎漠◎水田飛白鷺，陰◎陰◎夏木轉黃鸝。

　　用類疊作對偶，工整有致。「漠漠」一詞將水田密布廣大的情形描寫出來，「陰陰」一詞將樹木濃密，天氣陰沈的狀況形容貼切。由於這裡類疊的使用，形式上把空間廣大的狀態再現出來，語調上也促使對偶更和諧，聲音反覆，音韻更有節奏。也因為兩類疊的使用，才能更符合此詩的時空，展現久雨綿綿，一直未放晴的情形，金性堯就曾說：「有此四字，才給讀者帶來積雨中的秋郊景色。」[23]

仰看明月詩當枕
——論中國古典詩

詩人避免掉類疊單調枯燥的弊端之後，造成一種統一對稱，單純的規則變化之美，藉著類疊表現事物的眾多，時間的連貫，動作的持續，使讀者感受反覆的聲音，所以一般來說，類疊之詩易記易念。此外如李白〈送友人〉：「揮手自茲去，蕭◎蕭◎班馬鳴。」；韋應物〈寄李儋元錫〉：「世事茫◎茫◎難自料，春愁黯◎黯◎獨成眠。」；李商隱〈無題〉其二：「颯◎颯◎東風細雨來，芙蓉塘外有輕雷。」……等等也是。

十二、對　偶

沈謙言：「凡是說話或寫作時，將字數相同，語法相似，平仄相反的文句，成雙作對地排列的修辭方式，就叫對偶。」[24] 律詩因為格律規定，通常頷聯和頸聯都是對偶，例子不勝枚舉，以下稍作欣賞。

駱賓王〈在獄詠蟬〉：

西◎陸◎蟬◎聲◎唱◎，南◎冠◎客◎思◎深◎。
不◎堪◎玄◎鬢◎影◎，來◎對◎白◎頭◎吟◎。
露◎重◎飛◎難◎進◎，風◎多◎響◎易◎沈◎。

此詩從首聯到頸聯皆是對偶，其中相對工整，形式極為漂亮，含意也很深邃。如「西陸」對「南冠」，「蟬聲唱」對「思客深」，「玄鬢」對「白頭」，「露重」對「風多」等詞性一致，對得四平八穩。首聯是說秋天蟬兒鳴叫，作者在獄中聽了引起鄉愁。「西陸」是以秋天時太陽行經西陸這種現象借代

秋天。「南冠」原指楚囚，此借代全體囚犯。頷聯言不能忍受
蟬翅如黑鬢，卻來對著作者這樣滿頭白髮的人鳴叫。「玄鬢」
譬喻蟬黑色的翅膀，「白頭」邱師解作作者自己[25]，若此則為
借代；另有人解作：「借用卓文君作白頭吟事，以感傷自己
清直卻遭誣謗之冤。」[26]頸聯形式為對偶，意義上則為一語
雙關，表面上指蟬在秋露很重之時，難以起飛，風大聲音亦被
掩蓋，其實也指自己因被讒言所害，含冤莫白。以露重比喻武
后之專制，風多比喻小人眾多，以蟬喻己，因全詩比喻、雙關
的運用，更加含蓄委婉，卻十分沈痛。

　　杜甫〈登高〉：

風◎急◎天◎高◎猿◎嘯◎哀◎，
渚◎清◎沙◎白◎鳥◎飛◎迴◎。
無◎邊◎落◎木◎蕭◎蕭◎下◎，
不◎盡◎長◎江◎滾◎滾◎來◎。
萬◎里◎悲◎秋◎常◎作◎客◎，
百◎年◎多◎病◎獨◎登◎臺◎。
艱◎難◎苦◎恨◎繁◎霜◎鬢◎，
潦◎倒◎新◎停◎濁◎酒◎杯◎。

　　全詩八句兩兩相對，皆為對仗，可以看出杜甫作對的功力
相當雄厚，才華豐富，正因此錘字練句的細膩，人稱其為「律
聖」，實名不虛傳。中文由於一字一音，一字一形，所以才能
出現「對偶」這種平衡對稱的美文，這是英文做不到的，而杜
甫的對偶則是將此技巧發揮到淋漓盡致的地步。此詩前二聯寫
景，首聯穩妥，相似的材料並列，而且對中有對，「風急」可

對「天高」,「渚清」可對「沙白」,這就是一般稱得句中對,而「風急天高」又對「渚清沙白」。頸聯用疊字對偶,音韻鏗鏘,富有節奏,而且所寫之景,一無邊一不盡,氣勢磅礴,雄偉壯麗。此二聯形式精工外,意涵上也不損害,營造出一種蒼涼悲壯的氛圍,場面遼闊,又因「猿嘯哀」把猿轉化為人,將下面的「情」襯托出來,並不是硬拼強湊,斧鑿堆砌的。頸聯「萬百對」誇飾出人生的悲歡離合,顯示出自己最深沈的飄零孤寂。尾聯以「繁霜鬢」此一譬喻,說明作者已垂垂老矣,卻又時局艱難,肺疾纏身,連唯一的消愁方法:喝酒,都必須停止,那種煩悶悽慘,幾乎已達飽和,快要噴發出來了。情感的強烈加上行文的對偶,可說是形式與內涵都很充沛,內外兼具。從此詩觀之,可見其自然流暢,情意真摯,並不會有矯揉造作、勉強湊合的對偶之弊。

其他如杜甫〈春望〉:「感◎時◎花◎濺◎淚◎,恨◎別◎鳥◎驚◎心◎。」;王維〈酬張少府〉:「松◎風◎吹◎解◎帶◎,山◎月◎照◎彈◎琴◎。」;高適〈送李少府貶峽中王少府貶長沙〉:「巫◎峽◎啼◎猿◎數◎行◎淚◎,衡◎陽◎歸◎雁◎幾◎封◎書◎。」……等等,詩人用對偶的形式表達情致,形式美,情意也生動,就煥發出珠聯璧合的光輝,成為情感真切,意境高遠的藝術品,而不是徒具形式的文字遊戲。

十三、摹　寫

寫作時,把對宇宙自然和人生各種事物的感覺,包括視覺、聽覺、嗅覺、味覺、觸覺等,具體地摹擬描寫,使讀者感

同身受,就稱為摹寫。

李白〈聽蜀僧濬彈琴〉:

蜀◎僧◎抱◎綠◎綺◎,西◎下◎峨◎眉◎峰◎;
為我一◎揮◎手◎,如◎聽◎萬◎壑◎松◎。
客◎心◎洗◎流◎水◎,餘◎響◎入◎霜◎鐘◎。
不覺碧◎山◎暮◎,秋◎雲◎暗◎幾◎重◎?

整首詩幾乎全為摹寫,首聯我們便可想見一位四川省的和尚,手裡抱著一把有名的綠綺古琴,從峨眉西邊的山峰走下來。頷聯看見他動手彈琴,接下來用一譬喻摹寫琴的聲音:猶如是在萬個坑谷之中,聽見風吹入松林裡面,那樣清朗,宏亮壯偉。頸聯中「流水」也是譬喻,摹寫琴聲好像流水聲,時而潺潺涓流,時而滾滾澎湃,而作者就在這優美的曲調中,心靈被洗得乾淨澄澈。另外朱益明認為是雙關,既指聲音似流水,也指其為「石上流水」調,是引用了伯牙、子期為知音的典故[27]。下句形容餘音不絕,隨著寺院的鐘聲,傳入耳中。尾聯摹寫碧綠的山中,已到了傍晚,秋天的雲層,黯淡地有多少呢?章燮認為此句亦是描寫琴聲,雙關天色暗,也指天地為琴聲動容,故天地變色。此詩將作者主觀所聽到的客觀聲音重新運用摹寫呈現出來,觀察細微,再加上譬喻的使用,貼切地讓讀者引起聯想,「抱」、「西下」、「揮手」、「流水」、「入」都使得畫面動了起來,而且有聲音有色彩,視覺和聽覺都有表現,讀者的感官彷彿也有同感,產生信服。

王維〈酬郭給事〉首聯:

洞◎門◎高◎閣◎靄◎餘◎輝◎，

桃◎李◎陰◎陰◎柳◎絮◎飛◎。

　　形容給事的衙門深邃，高大的閣樓映照著太陽濃烈的餘
光，門前的桃樹、李樹繁盛茂密，白色的柳絮飛舞著。從此處
具體的描述，可以鮮明的想像出這裡門閣高深，富麗堂皇的景
觀，加上光影的照射，璀璨耀眼地印在讀者的心中。門前桃李
生氣蓬勃，柳絮飛舞，更是五彩繽紛，美麗動人。柳絮會飛，
這便是轉化的使用，使其更活潑靈動了。兩句話我們見到了實
物，見到了光線，感到了動態，彷彿在欣賞一幅優美的畫作，
難怪人言王維是「詩中有畫，畫中有詩」。

　　詩人使用摹寫，綜合地訴諸各種感官，描繪聲音、形狀、
色彩、香氣、味道、觸感，使得詩作多采多姿，豐富地刺激讀
者感受，猶如是自己親耳所聞，親眼所見，親鼻所嗅，親口所
嘗，親身所感一般，一同享受作者所感受的情境。此外尚如孟
浩然〈過故人莊〉：「綠◎樹◎村◎邊◎合◎，青◎山◎郭
◎外◎斜◎。」摹視；張九齡〈望月懷遠〉：「滅燭憐光
滿，披衣覺◎露◎滋◎。」摹觸；劉長卿〈長沙過賈誼
宅〉：「秋草獨尋人去後，寒◎林◎空◎見◎日◎斜◎時
◎。」摹視……等等例證眾多。

第三節　結　語

　　近年來，越來越多學者將中國文學中的寫作方法，歸納成
修辭學，有了這種學問之後再來欣賞古人的作品，就容易說出

優點在哪，不會只知其好不能知為何好，有如有眼無口一般。在唐詩寫作的當時，詩人有許多修辭概念是未完整的，有時也並非刻意運用修辭來寫作，然而透過修辭的理論，也可對唐詩做更進一步的分析和欣賞，雖然有了修辭的學問，未必能作出好文章或詩作，但筆者以為應可促使大家對文藝作品有更好的認識，更容易去欣賞和了解。

此文根據大家耳熟能詳的《唐詩三百首》中所收錄的律詩作為材料，對於學子常用的修辭格，加以舉證，希望對於還沒有懂得修辭學的學生，能夠幫助其理解，透過其已知的作品，才能明白未知的部分，否則，若例證和理論皆陌生，必將使其茫然蒙昧。對於教學者而言，也可利用此文教學，減去準備教材的時間和精力。對於一般研究者，此文可以提供一些有關修辭學配合律詩例證的資料，擴大修辭學實證的範圍，更進而掌握到唐詩的精神。然而修辭格眾多，仍難免有遺珠之憾。

在詮釋唐詩時，除訴諸情感或求證於古代和現代文學批評理論外，從此文亦可發現採用修辭學的理論，是可以精當地解說出其優美的，讓更多人了解修辭學是值得運用在文藝賞析的。並且發現唐詩詩人寫作之用心，錘字練句功夫之深，技法變化豐富，能夠傳誦千古絕非偶然，另外也可嘗試著以歸納前人寫作方式，作為現代創作的養分，促使現代文藝作品更加茁壯，品質上能超越前人。未來，不妨可以利用修辭學去分析《唐詩三百首》中的絕句、古詩、樂府……，甚或其他唐詩作品，促使今古結合，我國古代文學精髓得以藉由現代理論發揮闡述得更趨輝煌。

【參考書目】

一、專書（依照出版年排列）

（一）台灣：《唐詩三百首》類

《唐詩三百首詩話薈編》，彭國棟，台北：中華文化，1958
　　年。

《唐詩三百首注疏》，孫洙、章燮、孫孝根，台北：蘭臺，1969
　　年。

《新譯唐詩三百首》，邱燮友註譯，台北：三民，1973年。

《唐詩三百首詳析》，喻守真編，台北：台灣中華，1984年。

《唐詩三百首集解》，孫洙、王進祥，Sun, Chu., Wang, Chin-
　　hsiag.台北：頂淵，1985年。

《唐詩三百首鑑賞》，黃永武、張高評，Huang, Yung-wu.,
　　Chang, Kao-p'ing.台北：黎明，1986年。

《新注唐詩三百首》，孫洙、金性堯，台北：學海，1986年。

《唐詩三百首》，孫洙，台北：文化，1987年。

《唐詩三百首欣賞》，劉大澄，台北：文化，1988年。

《唐詩三百首新注》，金性堯，Chin, Hsing-yao.台北：文津，
　　1988年。

《唐詩三百首》，孫洙、辛農，台北：地球，1989年。

《唐詩三百首新註》，金性堯，台北：書林，1990年。

《新譯唐詩三百首》，孫洙、邱杜，台北：文津，1991年。

《唐詩三百首集釋》，嚴一萍編，台北：藝文，1991年。

《唐詩三百首評注》，朱益明評注，台北：國家，1999年。

（二）大陸：唐詩類（關於唐詩三百首先置）

《新註唐詩三百首》，朱大可校註，中華書局香港分局，1958年。

《新編唐詩三百首》，中華書局編輯，中華書局，1958年。

《唐詩三百首詳析》，喻守真編註，中華書局香港分局，1959年。

《新評唐詩三百首》，蘅塘退士編，人民社出版，1982年。

《唐詩三百首評注》，王啟興、毛治中著，人民社，1984年。

《唐詩三百首》，鄭紹基、史良選注，大連，1992年。

《唐詩一百首》，中華書局上海編輯所編，中華書局，1959年。

《唐詩研究論文集》，人民文學出版社編輯部，人民文學，1959年。

《唐詩研究論文集》，中國語文學社編，龍門書店，1969年。

《唐詩研究論文集》，中國語文學社編，龍門書店，1970年。

《唐詩今譯》，徐放著，人民日報，1983年。

《唐詩叢考》，王達津著，上海古籍，1986年。

《唐詩人行年考》，譚優學著，巴蜀書社，1987年。

《唐詩書錄》，陳伯海、朱易安編撰，齊魯書社，1988年。

《唐詩學引論》，郭揚著，廣西人民社，1989年。

《唐詩紀事校箋》，王仲鏞，校箋，巴蜀書社，1989年。

《唐詩精選》，霍松林編選，江蘇古籍，1992年。

（三）台灣、日本：修辭學類

《修辭法講話》，佐佐政一著，1921年。

《實用修辭學》，郭步陶撰，世界，1934年。

《修辭學》，鄭業建撰，正中，1946年。

《修辭學講話》，陳介白著，啟明，1958年。

《修辭學釋例》，陳望道，學生，1963年。

《修辭學論叢》，洪北江主編，樂天，1970年。

《修辭學發微》，徐芹庭，台北：台灣中華，1973年。

《修辭學》，黃慶萱著，三民，1975年。

《實用修辭學》，林月仙，台北：偉文，1978年。

《修辭學研究》，陳介白等撰，信誼，1978年。

《修辭析論》，董季棠著，益智，1981年。

《活用修辭》，吳正吉，高雄：復文，1984年。

《修辭及華文》，文部省編，青史社，1986年。

《古漢語語法與修辭研究》，何淑貞，台北：福記，1987年。

《修辭學發凡》，陳望道著，文史哲，1989年。

《表達的藝術》，蔡謀芳，台北：三民，1990年。

《語法與修辭》，張志公、劉蘭英等主編，台北：新學識，1990
    年。

《文心雕龍與現代修辭學》，沈謙，益智，1990年。

《現代漢語修辭》，黎運漢、章維耿，書林，1991年。

《修辭學》，沈謙編，空中大學，1991年。

《修辭散步》，張春榮著，東大，1991年。

《修辭方法析論》，沈謙著，宏翰，1992年。

《實用修辭學》，關紹箕著，遠流，1993年。

《修辭新天地》，譚全基著，書林，1993年。

《修辭精華百例》，譚全基著，書林，1993年。

《修辭萬花筒》，張春榮著，駱駝，1996年。

《修辭行旅》，張春榮著，東大發行，1996年。

《修辭通鑑》，成偉鈞主編，建宏，1996年。

《修辭概要》，張志公著，書林，1997年。

《修辭常見的毛病》，吳燈山作，光復，1997年。

《修辭助讀》，胡性初編著，書林，1998年。

《中國現代修辭學通論》，吳禮權著，臺灣商務，1998年。

《修辭作文技巧》，張三通著，經史子集，1999年。

《修辭論叢》，中國修辭學會，臺灣師大，洪葉文化，1999年。

（四）大陸：修辭學類

《修辭概要》，張瓖一著，中國語文學社，1971年。

《修辭新例》，譚正璧編著，中國語文學社，1971年。

《修辭概要》，張志公著，上海教育，1982年。

《修辭學習》，復旦大學中國語言文學，復旦大學，1982年。

《修辭漫議》，黃漢生撰，書目文獻，1983年。

《修辭學》，李維琦編著，湖南人民，1986年。

《修辭學研究》，中國華東修辭學會編，語文，1987年。

《修辭學發凡》，陳望道著，上海書店，1990年。

《修辭學通詮》，王易著，上海書店，1990年。

《修辭的理論與實踐》，中國修辭學會編，語文出版，1990年。

《修辭通鑑》，成偉鈞、唐仲揚、向宏業，中國青年，1991年。

（二）學位論文
（博士論文置前，依照畢業學年度排列）

（一）唐詩類

〈唐人論唐詩研究〉，陳坤祥博士，中國文化大學中國文學研究
　　所，1985年。

〈唐代唯美詩之研究——以晚唐為探討對象〉，朴柱邦博士，國
　　立政治大學中國文學研究所，1986年。

〈唐代文人的園林生活——以全唐詩人的呈現為主〉，侯迺慧博
　　士，國立政治大學中國文學研究所，1990年。

〈唐詩中的樂園意識〉，歐麗娟博士，國立台灣大學中國文學
　　系，1996年。

〈今存十種唐人選唐詩考〉，呂光華碩士，國立政治大學中國文
　　學研究所，1985年。

〈唐詩中夫婦情誼之研究〉，吳秋慧碩士，國立政治大學中國文
　　學研究所，1989年。

〈唐詩雄渾風格之研究〉，何修仁碩士，國立中央大學中國文學
　　研究所，1989年。

〈初唐詩意觀念與詩語理論研究〉，陳怡蓉碩士，輔仁大學中國
　　文學研究所，1990年。

〈唐詩中的女性形象研究〉，李孟君碩士，輔仁大學中國文學研
　　究所，1991年。

〈中唐詩歌中之夢研究〉，莊蕙綺碩士，國立政治大學中國文學
　　研究所，1994年。

〈初唐詩歌中季節之研究〉，凌欣欣碩士，文化大學中國文學研
　　究所，1995年。
〈雁在唐詩中所呈現意義之研究〉，楊景琦碩士，逢甲大學中國
　　文學研究所，1996年。
〈唐詩中的罪與罰——唐代詩人貶謫心態與詩作研究〉，張玉芳
　　碩士，國立台灣大學中國文學系，1996年。
〈唐詩中的兩性意象研究〉，李鎮如碩士，國立中央大學中國文
　　學系，1997年。
〈初唐前期詩的解讀—以詩人與唐太宗朝庭的切入點為主〉，陳
　　猷青碩士，淡江大學中國文學系，1997年。
〈晚唐詩歌中黃昏意象研究〉，黃大松碩士，國立政治大學中國
　　文學系，1998年。
〈唐詩中「雲」意象之承襲與延展——以初、盛唐為主〉，彭壽
　　綺碩士，國立中興大學中國文學系，1998年。
〈唐詩視覺意象的語言呈現—以顏色詞為分析對象〉，邱靖雅碩
　　士，國立清華大學語言學研究所，1998年。

（二）修辭學類

〈杜詩修辭藝術之探究〉，林春蘭碩士，國立高雄師範大學中國
　　文學研究所，1984年。
〈中國語文特性造成文學遊戲性質之研究——從遊戲觀點探討
　　運用中國語文特性的文學修辭現象〉，陳姿蓉碩士，國立政
　　治大學中國文學研究所，1986年。
〈王構修辭鑑衡研究〉，王妙櫻碩士，東吳大學中國文學研究
　　所，1986年。

（三）期刊論文（依照時間順序排列）

（一）唐詩類（關於唐詩三百首先置）

〈「唐詩三百首」編著者蘅塘退士及其家世〉，趙承中《中國書目季刊》卷期29：4，頁65-69，1996年。

〈初唐詩之復古與啟新——以四傑與沈宋為例〉，黃忠天《大陸雜誌》卷期85：4，頁43-48，1992年。

〈論唐詩〉，楊牧《中外文學》卷期21：11=251，頁43-51，專輯「古典詩詞之傳承」專輯——詮釋與開創，1993年。

〈唐詩的心靈清流——王維竹里館與孟浩然宿建德江比較評析〉，李宜靜《蘭女學報》卷期4，頁99-111，1994年。

〈唐詩教學研究〉，李華英進修[推廣]部學士《學位進修班獨立研究專輯》卷期4，頁169-188，1995年。

〈唐詩鑑賞〉，李再添《新埔學報》卷期14，頁1-19，1996年。

（二）修辭類

〈修辭學新圖象〉，周慶華《基督書院學報》卷期3，頁75-89，1996年。

〈略論傳統文化與修辭格的結構效應〉，邱飛廉《語文建設通訊》卷期55，頁55-60，1998年。

〈由「複疊」修辭格看字詞重複的運用〉：The Repetitious Uses of Wordsas Seen from the Figure of Speech, "Repetition"，黃麗貞《中國現代文學理論》卷期11，頁324-337，1998年。

〈修辭理論與作文教學〉，蔡宗陽《人文及社會學科教學通訊》
　　卷期9：3＝51，頁52-62，專輯：修辭理論與語文教學，
　　1998年。

〈活用現成的「仿擬」修辭〉：Flexible Uses of the Ready-Made
　　Figure of Speech, "Imitation"，黃麗貞《中國現代文學理論》
　　卷期12，頁484-502，1998年。

〈疊字的修辭功用〉，高平平《中國語文》卷期83：6＝498，
　　頁47-51，1998年。

〈關於「互文」與「錯綜」修辭格的辨析〉，涂釋仁《中國語文》
　　卷期84：2＝500，頁37-40，1999年。

〈論詞性修辭〉：On Parts of Speech and Their Rhetorical Functions
　　金正起《中國現代文學理論》卷期13，頁35-53，1999
　　年。

〈海峽兩岸修辭學研究的比較〉，蔡宗陽《修辭通訊》卷期1，
　　頁27-33，1999年。

〈作文與修辭〉，黃慶萱《修辭通訊》卷期1，頁25-26，1999
　　年。

註 釋

1　《唐詩三百首集釋》，頁5，嚴一萍編，台北：藝文，1991年1月初版。

2　台北：三民書局，1975年1月初版，1979年12月三版。

3　邱燮友註譯，台北：三民，1973年5月初版。

4　參閱註2，頁99-119。

5　打◎處為使用此格之處，其後皆然。

6　同註3，頁174。

7　頁421-422，張志公、劉蘭英等主編，台北：新學識文教，1990年1月初版。

8　《唐詩三百首鑑賞》下冊，頁603，黃永武、張高評著，台北：黎明，1986年11月初版，1990年11月再版。

9　《修辭學發微》，頁61-68，台北：台灣中華，1973年初版，1974年8月二版。

10　同註2，頁251-267。

11　《修辭析論》，頁209-229，台北：大中國，1981年10月初版，1988年7月四版。

12　《唐詩三百首評注》，頁304，台北：國家，1999年1月初版。

13　同前註。

14　《表達的藝術》，頁11-18，台北：三民，1990年12月初版。

15　《修辭行旅》，頁265-278，台北：東大，1996年1月初版。

16　同註1，頁278。

17　參閱黃師慶萱的說法，同註2，頁365-377。

18　頁175，喻守真編，台北：台灣中華，1984年1月。

19　《實用修辭學》，頁63，台北：偉文，1978年9月初版，1981年1月再版。

20　例如何淑貞，《古漢語語法與修辭研究》，頁1-78，台北：福記，1987年4月初版。

21　同註18，頁230。

22　《實用修辭學》，頁8，台北：遠流，1993年2月16日初版。

23　《唐詩三百首新註》，頁249，台北：書林，1990年10月一版。

24　《修辭學》下冊，頁630，台北：空大，1991年。

25　同註3，頁179。

26　同註8，上冊，頁364-365。

27　同註12，頁308。

——89年《第二屆中國修辭學國際學術研討會論文集》

第十一章

《唐詩三百首》中
絕句律詩誇飾的藝術表現

提　要

　　欲以此論文討論《唐詩三百首》中絕句律詩的誇飾手法，從而借用修辭學來詮釋唐詩中的誇飾藝術。本論文將試圖從內容與形式兩方面來探析唐詩中運用誇飾的情況，從而了解對於時空、物像、人情、情節、速度、數量、情景、意境、意象、哲思、結構、語言所造成的藝術效果。

關鍵詞：唐詩　唐詩三百首　修辭技巧　修辭學　絕句　律詩　文學　誇飾　誇張

——論中國古典詩

第一節 前 言

　　歷來唐詩選本不少，重要的有殷璠《河岳英靈集》、洪邁《萬首唐人絕句詩》、王士禎《十種唐詩選》、沈德潛《唐詩別裁集》……等，真是不勝枚舉。然而其中最膾炙人口的誠屬蘅塘退士的《唐詩三百首》，俗諺云：「熟讀唐詩三百首，不會作詩也會吟。」便可見出端倪。

　　蘅塘退士，真正的姓名是孫洙，字臨西，清江蘇無錫人。他在〈唐詩三百首題辭〉中言：

> 因專就唐詩中，膾炙人口之作，擇其尤要者，每體得數
> 十首，共三百餘首，錄成一編為家塾課本，俾童而習
> 之，白首亦莫能廢。[1]

　　可知當時是為了孩童學習方便而編，直至今日，仍是中小學教授唐詩的依據，猶記小學時代晨間早讀，大家一起吟誦《唐詩三百首》的情景，仍覺親切有味。

　　詩貴含蓄，中國詩教歷來溫柔敦厚，運用誇飾法來表達詩人情緒，可說是強烈而引人注意的，例如：日人著作中舉用「白髮三千丈」作為誇飾例證[2]，可見唐詩中誇飾的影響力。然而前人研究誇飾多為短小篇幅，且以舉例為主，較少分析和說明，而其中有較深入討論誇飾運用效果者寥寥無幾[3]。

　　一首詩可從內容與形式兩方面來鑑賞分析，是故此文欲試圖從上述方向，來探析《唐詩三百首》中所收錄之絕句律詩運用誇飾從而了解其對於時空、物像、人情、情節、速度、數

量、情景、意境、意象、哲思、結構、語言各方面所造成的藝術效果。關於修辭學的定義和學理依據，將以黃師慶萱的《修辭學》為主[4]，旁參董季棠《修辭析論》、吳正吉《活用修辭》、沈謙《文心雕龍與現代修辭學》……等。《唐詩三百首》的註釋版本採用三民版為主[5]，旁參黃永武《唐詩三百首鑑賞上下冊》、嚴一萍《唐詩三百首集釋》、朱益明《唐詩三百首評注》……等。此外，對於歷來學術論爭將不於本文中討論。又因字數受限制，且唐詩又以絕句律詩成就最高，故僅就《唐詩三百首》中八十首五言律詩、五十三首七言律詩、五言絕句二十九首、七言絕句五十一首作為舉證範圍。

第二節　內容上的藝術呈現

黃師慶萱《修辭學》中將誇飾法所形容的對象，分為時間、空間、物像、人情、速度等五種，可以運用此五類來看唐詩使用誇飾所描述的對象，由於唐詩所蘊含的內容豐富多樣，除了此五類外還有一些值得關注的，以下將略有出入，探討詩人針對不同方面運用誇飾，所產生不同的藝術效果。

一、穿越時空

對於時間空間，詩人常用誇飾加以形容，在誇飾的描述下，時間可以加快加長，也可以縮短變慢；空間可以高度增高，面積加廣，體積變大，也可以縮短變窄減小，於是詩歌作品便擁有一把萬能鑰匙，可以穿越時空，馳騁其縱橫變化，達

到文學豐富的想像和驚人的藝術技巧。

〈蜀先主廟〉：

　　天⊙地⊙英⊙雄⊙氣⊙，千⊙秋⊙尚⊙凜⊙然⊙。[6]

　　劉禹錫在首句中形容英雄氣概充塞於天地之間，利用一個極大的空間來誇大了英雄所懷抱的志向之大，使雄豪之氣與雄偉的天地相結合，自然氣宇軒昂，氣勢磅礴。次句言其英雄之氣可以經歷千秋而不衰，仍使人凜然敬畏，這裡用了時空的誇大，表示此股英雄之氣不僅廣大，也是足以綿延長久，利用時空的延展，突顯了精神不死的意涵，給予讀者深刻的印象，有一股撞擊力，震撼心魄。

〈長沙過賈誼宅〉：

　　三年謫宦此棲遲，萬⊙古⊙惟⊙留⊙楚⊙客⊙悲⊙。

　　劉長卿首句寫賈誼在長沙過了三年的謫居生活，次句用誇飾說明長久以來，此地就有屈原被放逐的悲哀。怎會有「萬古」之久，又怎麼可能只有屈原悲呢？這「萬古」便是用誇飾來說明屈原的精神影響久遠，而說只有屈原悲則是突顯屈原悲哀的強烈，代表了賈誼為何寫弔屈原賦的原因，也解釋了自己的感慨。《唐詩三百首注疏》曰：

> 屈原做離騷，聲極悲惻，而賈誼作弔屈原詞則悲楚客之悲，至今惟見楚詞，不見屈原，只見弔屈原之詞，不見賈誼，故曰萬古惟留楚客悲。[7]

　　這便說明了作者運用誇飾使得悲傷之感穿越時空，得到無限延續，力量更大，更沈痛。

　　祖詠〈望薊門〉：「萬⊙里⊙寒⊙光⊙生積雪，三邊曙色動危旌。」也是一例。詩人們運用誇飾來描述時空，使時空得到無限的擴大或縮小，讀者對於其所描繪之情景更能形象化，穿梭於時空之中，來去自如的感覺更使人為之驚嘆暢快，做到文學無處不在，恆久遠達的效果。在日本語中有所謂「海千山千」的說法，意思是海與山都是需要經過千年時間的累積才能得到的成果，這是暗喻奸詐狡猾的人。因為成海需要千年，成山也要千年，而合計兩千年功力的結果是任誰都不敢相信他。此亦是運用誇飾來達到穿越時空的藝術效果，進而表達涵義的例證。

二、渲染人情

　　運用誇飾手法，描繪人物形象，可使其氣象狀貌、體態形勢……等極盡的誇張具體化，讓讀者感到其形象躍然紙上，光彩鮮明，達到渲染人物的藝術效果。

〈淮上喜會梁州故人〉：
　　江漢曾為客，相⊙逢⊙每⊙醉⊙還⊙。

　　韋應物此處描寫自己曾在江漢一帶作客，每次和友人（也就是題中的梁州故人）碰面時必定是喝醉了才回去，這自然是誇飾，然而透過此一誇飾，便可得知他們之間相談甚歡的情形，兩個至交好友的形象便被渲染了出來。誇飾本身就有加強

力量的作用,正如《文章例話》中所言:「墊拽者,為其立
說之不足聳聽,故墊之使高;為其抒議之未能折服也,故
拽之使滿。」[8] 可知作者為了增強語言的力量,便會使用誇
飾,讓文章更動人,更引起讀者注意,在這首詩中就是如此,
而強化了人物交情之好的形象,讓讀者感受他們友誼的深切。

〈逢入京使〉:

故園東望路漫漫,雙⊙袖⊙龍⊙鍾⊙淚⊙不⊙乾⊙。

岑參在此詩中形容自己向東方眺望,看到回家的路漫長遙
遠,眼淚便撲簌簌直下,連用兩隻袖子也擦不乾,如此的眼淚
流量,恐怕眼睛要哭瞎了吧!這當然是用了誇飾,正因此,一
個想家而極度悲傷的人物形象,便在面前栩栩如生地出現。在
七言絕句這樣的小詩中,詩人用最精練的字數,表現出最濃烈
的感情,這就是誇飾之妙了,試想如果在此情況下,詩人平鋪
直敘,正常的說眼淚沾濕了手帕一小角,那真是平淡無味,缺
乏吸引力。

用誇飾來刻劃人物,會使得人物形象得到藝術上的渲染,
從原本的樸實變為絢麗,由單純成為豐盛,把事理加上了情
趣,不僅將狀態描寫的生動,也可展現深層的情意,使讀者難
忘,此外如杜甫〈登高〉:「萬⊙里⊙悲⊙秋⊙常⊙作⊙客
⊙,百⊙年⊙多⊙病⊙獨登臺。」用誇飾渲染自己飄零多病
的際遇。日本語:「連把火吹熄的力氣都沒有」,把因為生
病,所以體力非常衰弱的人物形象表現出來,因為就算體力再
差,把火吹熄應該是很容易的事。這裡就是用了比實際情況更
保守的比喻來加深印象。

三、增強情景

．

唐詩中「情」與「景」常是重要的兩大部分，然而不管是情景交融，或是由景入情、由情入景、以景結情、以情結景……等等情況，詩人如果運用誇飾，多可強調或突出情與景之間的關聯，在現實的基礎上對情景的特徵做藝術上的增強。

〈送友人〉：

　　此地一為別，孤⊙蓬⊙萬⊙里⊙征⊙。

李白在此寫出送別的情況，一分開之後，朋友便如同孤單的蓬草一般，獨自飄飛萬里之外，「孤蓬萬里征」一方面描寫景況，一方面透過征途萬里這個誇飾映襯出孤單飄零的不捨之情。隱藏了遊子的心情，也將作者送別的深情，藉著這個誇飾得到增強，而引起讀者對此景象產生情感上極強烈的感應。

〈征人怨〉：

　　歲⊙歲⊙金⊙河⊙復⊙玉⊙關⊙，朝⊙朝⊙馬⊙策⊙與⊙刀⊙環⊙；

　　三春白雪歸青塚，萬⊙里⊙黃⊙河⊙繞黑山。

柳中庸在詩中寫著年年不是戍守金河，就是駐守玉關，天天執著馬鞭和環刀，和人爭戰。這「歲歲」、「朝朝」都是誇大了事實，然而就在這種寫景的誇張中，不難體會他對在邊塞戍守一事彷彿遙遙無期的惆悵，以及對於歸家之期的盼望，和

對重複爭戰的厭倦。而下面寫得都是征夫在塞外所見之景，全非家鄉之景物，再加上見到白雪飄落青塚，更感生死難明，怎不惹人傷感？《唐詩三百首欣賞》「末句寫邊塞形勢，山河永在，征人不還，結意自是十分悲涼。」[9] 這正是因用了誇飾，將黃河誇大成萬里之後，便更增強了悲涼之情。

李商隱〈無題〉：「劉郎已恨蓬山遠，更⊙隔⊙蓬⊙山⊙一⊙萬⊙重⊙。」也是藉著誇飾增強情景的力量。《語法與修辭》中言：「運用誇張，好像表面上違反了事物的真實，但實際上卻是更突出地反映了事物的本質特徵。」[10] 誠然如此。唐詩中常寓情於景，藉著誇飾則更將情景的本質特性明顯地展露無疑，收到藝術的表達效果。Jane Austen 也曾運用此法來增強情景：「The Mysteries of Udolpho when I had once beganit, I could not lay downa gain；-I remember finishing it in two days-my hair standing on end the whole time.」說明他一開始看《由多爾福的秘密》，整整兩天停不下來，而其間頭髮一直豎立的景象。藉由誇飾強調出此書之懸疑刺激造成作者心情之緊繃高亢的情景。

四、突出情節

詩人在使用誇飾時，不僅僅是為了形容速度的快慢，也利用誇飾將全詩的節奏感加強，詩中常會敘述一件事情之經過，這個過程便是情節，而詩人若在此情節中用誇飾的手法，會達到突出情節的效果。

作為國中教材的〈聞官軍收河南河北〉全詩是使用誇飾的明顯例子：

劍外忽傳收薊北，初聞涕⊙淚⊙滿⊙衣⊙裳⊙。
卻看妻子愁何在？漫卷詩書喜⊙欲⊙狂⊙。
白日放歌須縱酒，青春作伴好還鄉。
即⊙從⊙巴⊙峽⊙穿⊙巫⊙峽⊙，便⊙下⊙襄⊙陽⊙向
⊙洛⊙陽⊙。

　　首聯一開始便用了誇飾，涕淚怎麼可能滿衣裳呢？而且一
聽到，涕淚就滂沱而下，這不正是誇大了嗎？頷聯先用一設
問，令讀者一看便知答案就在反面，妻子當然是沒有了憂愁。
下面說到收拾詩書驚喜得快要發狂，也是一個誇張的形容，難
道真是要發狂嗎？末聯中層層遞進，一個地名緊接一個地名，
這也是誇飾，回鄉豈有如此快速之理？這在在都表現了杜甫欣
喜雀躍，展現了人民對於國家太平的殷殷期盼。此處種種誇飾
的運用都使節奏加快，這也就是為什麼黃永武說：「這是一
首在時間速度上極快的詩。」[11] 的原因了，然而黃先生雖在
文中一再解說此詩呈現非常快的時間速度，卻未將修辭理論配
合上，以知其迅速的原因，顯得解釋上理由略顯薄弱。此詩因
為誇飾的運用，造成全詩情節快速向前推進，突出了情節的景
象。

〈早發白帝城〉：

朝辭白帝彩雲間，千⊙里⊙江⊙陵⊙一⊙日⊙還⊙。
兩岸猿聲啼⊙不⊙住⊙，輕⊙舟⊙已⊙過⊙萬⊙重⊙山
⊙。

　　李白以此詩記錄旅途中所見，由於使用誇飾，使得詩意特

別輕快迅速，次句中「千里」誇張地說明路程的遙遠，而「一
日還」則極言舟行之快，兩相對比之下，更顯出快捷的速度
感。第三句訴諸讀者的聽覺，卻鋪敘出猿聲不斷的情況，就在
這猿聲中，緊接著下一句竟是「輕舟已過萬重山」，舟輕正可
見水量深速度急，透過萬重山這樣數量之多的誇飾，則加深了
暢快淋漓的感受。閱讀之中，彷彿坐船遊了一遍三峽，聽兩岸
猿聲，在迅疾的船速中看遍峽谷旁萬重山，正因此詩中運用誇
飾推動情節，才使得情節生動突出，整個過程流暢而不拖泥帶
水，這便是為何《唐詩三百首集解》中分析言：「舟行不稍
停留，詩筆也一瀉直下，毫不泥滯。」[12]的原因。

　　誇飾修辭法可以做到遠離事實卻又讓讀者不至於懷疑他的
真實性，也就是使得言過其實，卻又讓人信以為真的藝術技
巧。而利用誇飾描述情節便會使情節突出，使過程生動有趣，
覺得作者設辭巧妙，滿足讀者求新好奇的欲望，使讀者大呼痛
快。譬如王維〈和賈舍人早朝大明宮之作〉：「九天閶闔開
宮殿，萬⊙國⊙衣⊙冠⊙拜冕旒。」也是用誇飾來描述情
節。外國劇作家也以誇飾來突出戲劇中的情節，如William
Shakespeare在Antony and Cleopatra第二幕第二景中，先以誇張
的形容描述船隻，再誇張的描寫「連風都極其愛戀」，「船下
的水緊密跟隨，彷彿樂於接受槳的拍打」，其次渲染埃及豔
后的絕代魅力，「比畫家筆下的維納斯像還光彩奪目」，連
被掌舵女郎操控的繩索都得意非凡，而「那空氣，如果不是
怕造成空隙，早就跑去看她」，如此一來，把埃及豔后初睹
安東尼而一下子擄獲其心的情節，描繪得活潑美妙。

　　唐詩作品常表達著優美而深刻的意境，經由誇飾則能造成
不同的藝術效果。要構成意境，先要研究其意象的呈現，以下

分別由意象和意境兩方面來看誇飾的藝術呈現。

五、鮮明哲思

詩人常在感受到一人事變化的震撼後，經由自己的心靈轉化之後，傳達給讀者，而背後常蘊含著詩人所體悟的哲理和思想，若此時詩人採用誇飾的技巧，便會產生鮮明哲思強度的藝術效果。《唐詩三百首》絕律作品中，以下例證即可得知。

〈酬張少府〉：

　　晚年惟好靜，萬⊙事⊙不⊙關⊙心⊙。

王維誇張地在此述說自己不關心所有事，一「萬」字，以一極大的數量詞，極言數量之多，將詩人不關心的程度推至極限，更突顯出其「好靜」的心意，而「靜」是王維所要告知讀者的哲理，朱益明評曰：「通首用靜字做主。」[13]現在更可進一步看出，這便是通過誇飾的方式，把所要傳達的道理，鮮明而強烈的留在讀者心中。

〈瑤池〉：

　　八⊙駿⊙日⊙行⊙三⊙萬⊙里⊙，穆王何事不重來？

李商隱此處極力寫出八匹好馬速度之快，可以日行三萬里，「三萬里」顯然超過好馬實際一天所能行走的度量，於是就在這誇飾之中，將後面的疑問顯得巧妙：如果人不死，又有八匹駿馬，何以不再到瑤池來呢？表示詩人對於求仙一事荒誕

的譏笑嘲諷，也含有神仙不可期，對無法長生不老而嘆息的寓意。

此外如白居易〈賦得古原草送別〉：「野⊙火⊙燒⊙不⊙盡⊙，春⊙風⊙吹⊙又⊙生⊙。」也表現了另一層涵義。詩人將原本的事物，透過誇飾法，造成寫出的事物和原物有一段懸殊的差距，正因這樣的落差使得讀者去思考，也就對作者要隱含的哲理留下鮮明的印象。日本的諺語也有這類表達哲思的例子，如：「貧窮的農民耕著像貓額頭一樣大小的田地。」「貓額頭一樣大小」便是一誇飾，陸松齡對此句便有如下的解說：「而933當中，只能耕種跟貓額頭一樣大小的田地，這樣是再怎麼耕也無法生活啊，讀者因此很容易就能聯想貧苦農民的生活，而為他們擔心。」[14]可見中外皆有用誇飾來達到鮮明哲思強度的情形。

六、矛盾數量

數量也是詩人常常加以誇飾的對象。倘若數量寫得很精準，讀者可以對於事物有清晰的輪廓，然而作家卻把數量無限地擴大或縮小，使數量變得不準確，造成一種矛盾，聳動讀者的視聽，使文句有力。例如下證。

〈聽蜀僧濬彈琴〉：

為我一揮手，如聽萬⊙壑⊙松。

李白在此形容琴聲如同萬壑松濤之聲，藉由「萬壑」這樣的誇大數量，可以想見其聲之雄偉宏亮，雖然數量上不可思

議，形成矛盾的衝突，但卻抒寫了詩人的特殊感受，使用巧妙的比喻將琴聲描摹出來。

〈送梓州李使君〉：

萬⊙壑⊙樹參天，千⊙山⊙響杜鵑。山中一夜雨，樹杪百⊙重⊙泉。

王維此處用非常誇大的數量描繪出蜀州山川壯麗的景色。紀昀曾評此詩前四句：「高調摩雲。」何以令人有此感覺，筆者以為正是誇飾運用之功。詩人用誇飾在此氣勢磅礡的大筆揮灑出豪邁的勝景。張高評先生曾言：「只是刺激我們眼耳等感官意象，去作更真切的體認，而使意象鮮明活現而已。」[15]透過數量的誇大，想見山上的林樹幾乎頂天，俯視萬壑；杜鵑啼叫，聲音響徹千山。一夜下雨導致樹梢有百重泉水。景象和聲音壯觀，自然使讀者的眼耳感官受到刺激，使意象鮮明活現，然而仔細一想，其實體認並不真切，因為數字全為作者改造，是虛構的，卻使得讀者相信，並且為之驚嘆。

詩人運用誇飾將數量改變，造成矛盾的數量，傳達主觀感受到的情狀，使筆勢奔騰，語力伸展，增強感人的力量，聳動讀者的視聽。日本的諺語：「像麻雀眼淚一樣多的月薪。」是將數量極端的縮小，陸松齡解釋為：「麻雀到底有沒有眼淚，這大概誰都無法得知，因此，『領到跟麻雀眼淚一樣多的薪水』這樣縮小式的誇飾，會令人聯想明天的生活該怎麼過都不知道的慘狀，確實能夠加深印象。」《唐詩三百首》中另如李白〈渡荊門送別〉：「仍憐故鄉水，萬里送行舟。」也是一例。

七、強化意象

當作者感受到一個事物,而將這個客觀事物經由主觀的轉化傳達出去,讀者接收到的訊息,以非原來之事物,這樣的事物便是「意象」。《詩歌修辭學》對此有以下說明:「『意象』是『意』和『象』的統一,是滲透著詩人主觀情意的客觀物象。」[16] 誇飾法可說是被文人用作將事物轉為意象的手法之一。以下來看《唐詩三百首》中的誇飾意象例證。

在〈漢江臨汎〉一詩中王維寫下這樣兩句話:

江⊙流⊙天⊙地⊙外⊙,山色有無中。
郡邑浮前浦,波⊙瀾⊙動⊙遠⊙空⊙。

此二聯對仗工整之外,也給人一種新奇的刺激。前一聯形容江水奔流到天地以外,山色若隱若現的樣子。後一聯描寫城郡和村邑浮現在前方浦口處,波瀾震動了遠方天空的景象。其實江水怎麼可能流出天地之外,那豈不是到了外太空嗎?波瀾又怎麼可能搖動得了遠方天空?這就是經由作者主觀的感受之後,加上他心靈所受的震撼,再透過誇飾融會之下轉達出去,便給讀者一種強烈的鮮明印象,如此一來,氣勢變磅礡了,江中的流水和波瀾的雄偉壯闊便也呈現出來了。

〈江雪〉:
千⊙山⊙鳥⊙飛⊙絕⊙,萬⊙徑⊙人⊙蹤⊙滅⊙。

　　柳宗元此詩寫江上雪景，這兩句彷彿是一幅圖畫，描繪出天地之間全無一物的景觀，然而仔細一想，人有可能同時見到「千山」和「萬徑」嗎？鳥兒會全然絕了，人蹤會完全滅了？如果人蹤全滅，那又怎會見到下文的「簑笠翁」呢？所以可知此景象實為作者巧心安排的意象，通過誇飾來營造出一種孤絕的氛圍，並且暗藏著「雪」字。這也就是何以《唐詩三百首詳析》中解為：「此二句是故作奇險語。」[17]的原因。

　　唐詩中運用誇飾將客觀的人事物，透過主觀情意的誇張渲染、鋪飾形容之後，便會達到成為強烈意象的藝術效果，會使得平淡無奇的人事物成為新奇而扣人心弦，增強其感人力量，讓這些事物的特點格外鮮明突出，讓讀者有強烈的感受和深刻的印象。

　　盧綸〈李端公〉：
　　路⊙出⊙寒⊙雲⊙外⊙，人歸暮雪時。

　　也是用誇飾製造強烈的意象，經營所欲達成的氣氛。

八、深刻意境

　　詩中所見之景象和情感，其實是為展現作者所欲呈現的境界，然而有文字未必有意境，但意境必須依附文字才能表現。《詩歌修辭學》：「『意境』常就全詩而論，『意象』則多半指構成全詩意境的較小的組成部分。」[18]有些詩人會運用誇飾來呈現深刻意境的藝術，並寄託全篇主旨，以下試看數例。

〈送杜少府之任蜀州〉：
　　海內存知己，天⊙涯⊙若⊙比⊙鄰⊙。

　　王勃此言只要彼此視為知己，即使到了天涯海角，仍像鄰居一般，雖是誇張之言，使人耳目一新，但也擴大了全詩的意境，點出只要心相牽繫，縱使身相隔離，距離對於友誼的真摯並不會造成問題，正因此句才使得此詩雖為贈別之作，卻無哭哭啼啼之感，意境之開闊從此而拓展，難怪為千古之名句，是故陳婉俊評曰：「贈別不做悲酸語，魄力自異。」[19]

〈題破山寺後禪院〉：
　　萬⊙籟⊙此⊙俱⊙寂⊙，惟⊙餘⊙鐘⊙磬⊙音⊙。

　　常建此處說所有的聲音都消失了，只剩下寺廟中鐘磬之音，當然是誇張的寫法，然而卻表現出一個寂靜的境界，經由自然的音聲表達出作者領悟到的禪機，一種撇開世俗雜念的心境在此句中隱藏著，讀者憑著閱讀而體會到一個澄淨不染的完美寂靜世界。

　　另如盧綸〈晚次鄂州〉：「三湘愁鬢逢秋色，萬里歸心對月明。」亦然。《文心雕龍與現代修辭學》曾言如果濫用誇飾，缺失在於「虛用濫形，事義瞎刺」[20]，可見若誇飾運用的太浮濫，會造成走火入魔，妨害真意的弊端。然而經由以上之例，也可看出唐詩詩人的功力，運用誇飾不致浮泛，卻又使得意境更加超然擴大，給讀者塑造心象，展現更光彩深刻的意境。

第三節　形式上的藝術呈現

一、結構的表現

《詩歌修辭學》中將詩的結構分為三個部分：開頭、結尾、承轉[21]。由於絕句、律詩有固定的句數，故可將絕句的第一句視為開頭，二、三句看作承轉，第四句則是結尾。律詩的首聯是開頭，頸、頷兩聯為承轉，尾聯則是結尾。現在依照出現的先後，來討論誇飾用在不同部分所造成的藝術效果[22]。

（一）現於開頭，震撼吸引

蔡謀芳曾言：

> 當作者感受到一個事象的震撼而將之轉達出去，讀者所接收到的，已不是原始的事象，而是作者一己之心象。這個心象就是原始事象與作者心靈的融合體。作者不但轉達它，而且也不自覺地強化它，「誇飾」活動於焉形成。[23]

「誇飾」是經由作者強化原始物象而成，這不僅代表文人對事物體會到的震撼，也同樣會帶給讀者撼動心靈的感受，倘若在一開始的地方出現，將會強烈的吸引讀者。以下就來看《唐詩三百首》絕律作品中，運用誇飾開頭的詩作。

〈客舍與故人偶集〉：

天秋月又滿，城⊙闕⊙夜⊙千⊙重⊙。

戴叔倫在此五言律詩之中，首聯即運用誇飾描寫場景，使得景象壯觀。首句點明時間，秋令時節，月光盈滿，次句記敘地點，夜幕千重，城闕在夜裡也彷彿有千重深一般。夜只有一重，城闕也只有一重，而這裡形容成千重，超過了客觀事實，便使得讀者在一開始聯想到遼闊深邃的情況，吸引讀者的目光，想去探究究竟在這樣的景況中，會發生什麼樣的事情？

〈詠懷古跡〉其五：

諸⊙葛⊙大⊙名⊙垂⊙宇⊙宙⊙，宗臣遺像肅清高。

杜甫這裡一開頭便用誇飾法頌揚諸葛武侯的偉大和聲名永垂不朽，主要著重於主觀情意的暢發，不是客觀事實的記錄，可見杜甫對諸葛亮的推崇，在他的心目中，武侯的英名將永遠流傳於天地之間，而讀者也因這樣的開頭，感受到諸葛亮的功績卓著，難怪《杜臆》中對此讚嘆：「言諸葛名垂宇宙，遺像清高，此何等人品！」[24]

嚴羽《滄浪詩話》：「對句好可得，結句好難得，發句好尤難得。」唐詩的詩人常利用誇飾法來創作出好的「發句」，又如：柳宗元〈江雪〉：「千山鳥飛絕，萬徑人蹤滅。」也是一例。這不僅是由於詩人本身受到事物的感動，因而加以誇張才能表達自己動容之深，也使得讀者因震撼而受到吸引。《修辭類說》也說：「我們主觀的情意，每當感動深切時，往往以一當十，不能適合客觀的事實。」[25] Sir

Walter Scott在Patriotism一詩的開頭即寫道：「Breathes there the man with soul sodead, Who never to himself hath said, 『This is my own, my native land！』」誇張形容靈魂已死的人從不對自己說此地為吾國吾土，強烈地抨擊那些無根游移、心不繫祖國的人，也因這樣的突兀而感染了讀者，可見中外的詩人，皆會運用誇飾來起頭，達到震撼吸引的效果。

（二）置於承轉，提振貫串

《詩歌修辭學》言：「詩的承接轉折不是孤立自為的，它上要承接開頭，下要轉出結尾。」[26] 詩人若在詩的承轉部分用到誇飾，此一誇飾便有承上啟下的貫串責任，而且因位於中間，對於文氣的提振，也有相當大的貢獻。試看下列例證。

〈望洞庭湖贈張丞相〉：
　　氣蒸雲夢澤，波⊙撼⊙岳⊙陽⊙城⊙。

孟浩然在此詩的頷聯中寫出這樣宏偉的景色：水氣蒸騰，籠罩整個廣大的雲夢澤，波濤洶湧，震盪了全岳陽城。洞庭湖的波浪如何會搖動岳陽城呢？這自然是誇飾。正因此處運用誇飾，便使得景色雄壯，氣勢壯闊，整首詩的文氣為之一振，讀者聯想出如此壯觀的場景，《中國古籍大觀－唐詩三百首》才會評曰：「這首詩前四句將洞庭秋色寫得氣勢磅礡，雄渾壯美，有如一幅潑墨畫。」[27] 此聯不僅承接首聯所見到的洞庭之景，也因誇張描寫洞庭面積之大與波浪之強，而引出下句「欲濟無舟楫」的困難。

〈利洲南渡〉：

　　數叢沙草群鷗散，萬⊙頃⊙江⊙田⊙一鷺飛。

　　溫庭筠在頸聯中誇飾江田有萬頃之大，讀者可以想見田地之寬廣，也對比出一隻白鷺在上面飛翔的渺小，生動有致。此句承接上文「南渡」，寫出江水兩岸之景色，也準備引出尾聯的心意：「五湖煙水獨忘機。」藉此比喻自己一人在此山光水色中，忘卻人間的機心狡詐，猶如一鷺在江田之中。可見遼闊的天地帶給詩人多麼深遠的啟示，詩人又把此客觀事物加以放大，傳達給讀者。

　　另如：杜甫〈登樓〉：「北⊙極⊙朝⊙廷⊙終⊙不⊙改⊙，西山寇盜莫相侵。」也是一例。詩人們即使在短小的詩作中也相當重視結構，講究「起承轉合」，若是在承轉處出現誇飾，此一誇飾便負有貫串之責，而詩人也很巧妙地運用誇飾的特性，使文氣得到提振，使作品雖然篇幅短小卻結構嚴密、富於變化。外國詩人也會運用這樣的手法來增加藝術張力，如美國十九世紀詩人 Henry Wadsworth Longfellow 在 *The Sea Hath Its Pearls* 的第二段寫著：「Great are the sea and the heaven. Yet greater is my heart, And fairer than pearls and stars Flashes and beams my love.」誇張的說明充滿愛的心，是比天空和海洋還要無限；愛的光芒比珍珠、星光還要璀璨；此段一方面接續上文中所述的「海洋有珍珠，天空有繁星」而來，另一方面引出下文，歌詠愛的熱力，使全詩浪漫而驚奇。

（三）收於結尾，回味無窮

　　利用誇飾來收束詩作，常可將氣氛渲染至極致，使得含意

警醒有力，也因誇飾的強烈使得讀者受到感染，讀完之後久久
沈浸其中，無法離去，有著回味無窮的藝術效果。如以下之
證。

〈蜀相〉：
　　出師未捷身先死，常使英⊙雄⊙淚⊙滿⊙襟⊙。

此末聯千古傳誦，杜甫對於諸葛亮出師無法成功卻不幸先
死一事發出沈痛的感慨，誇張地描寫英雄對此將會淚流滿襟，
使得所要表達的英雄形象、惋惜情意鮮明突出，讀者更可見出
壯志未成的悲傷激憤，無怪乎歷代對此聯吟詠不已。

〈春雨〉：
　　玉璫緘札何由達？萬⊙里⊙雲⊙羅⊙一雁飛。

李商隱在此末聯先用一設問：哪些耳珠和信件要如何寄達
你的身邊？然後以一誇飾寫出遼遠的景色：萬里無邊的厚如羅
網般的雲層下，有一雁兒飛過。藉由寬闊的天空景致，更顯得
衷情無法寄達，惆悵思念之情綿邈，留給讀者無窮無盡的愁緒
和想像。此聯的好處在於雖是寫情，卻運用空間上的誇飾，使
情感不致浮誇，也不會太露骨，以景結情，留下一個生動的畫
面。《新注唐詩三百首》曾評曰：「由春雨帶來的悵念遠人
的情緒，卻真像雨絲那樣不絕如縷地隱現紙上了。」[28]正
是受此觸發。
　　劉勰《文心雕龍・夸飾》曾說如果善用誇飾，將可以
「發蘊而飛滯，披瞽而駭聾矣。」可見誇飾之震撼力。詩人

——論中國古典詩

便運用如此強大的藝術效果，置於詩末，造成回味無窮的震盪，餘音久久不絕。

劉長卿〈江州重別薛六柳八二員外〉：
　　今日龍⊙鍾⊙人⊙共⊙棄⊙，媿君猶遣慎風波。

也用了此手法。外國詩人也有用此方法者，如英國詩人 Elizabeth Barrett Browning 在〈Sonnets from the Portuguese 43〉一詩結尾寫著：「I shall but love thee better after death.」

二、語言的表現

詩人創作詩歌以歌詠情志、表現思想。從《唐詩三百首》的作品中，可見到詩人配合其他修辭格的語言來表現誇飾，從而展現情思，呈現出藝術成果。

（一）配合疊字

〈留別王侍御維〉：
　　寂寂竟何待？朝⊙朝⊙空⊙自⊙歸⊙。

孟浩然誇張地描述自己日日都白跑一趟，由此一誇飾，更突顯出前一句「是在寂靜的等待什麼」的情意，把詩人的疑問推入無可自拔的哀傷之中。透過「朝朝」此一疊字格，深刻地表現出詩人執著於理想以及對朋友離去的不捨，「朝朝空自歸」一句則強烈的表達了詩人的失望和落寞，如此運用誇飾，描述自己的感情，更加動人心弦，使讀者感受感情的深

度，體會到詩人內心的怨誹之情，這就是《新譯唐詩三百首》中分析所言：「十分沈痛」的原因[29]。以上例證可見唐詩的作者，將自己的情感誇張描寫，配合疊字，語出驚人，達到擴大感情深度的效果。

（二）配合譬喻

〈登柳州城樓寄章汀封連四州刺史〉：

城上高樓接大荒，海⊙天⊙愁⊙思⊙正茫茫。

柳宗元此處將愁思誇大成如大海、天空一樣的廣大浩瀚，使得悲苦的愁緒有了具體的形象，更可見相隔遙遠、愁思瀰漫的雄渾悲壯，透過譬喻將情意誇張地描寫出來，不僅寫情也兼寫景，是故張高評言：「本詩前六句寫景，卻是句句含情，正是所謂『情與景會，景與情合』情景交融的境界。」[30]

徐芹庭言：「鋪張者誇飾其辭，張揚其意，以深切之至情，而抒暢發之情意，以求動人者。」[31]《唐詩三百首》絕律作品中，使用誇飾來描述詩人真切的情感，正因情感之激烈，所以不得不運用誇飾來表現，造成擴大情感深度的藝術效果。不僅中國詩人如此，William Shakespeare 在〈十四行詩〉中寫著：「You are my all the world.」誇張地道出他認為「你是我整個世界」，用隱喻將自己的感情強烈的表達出來，讓讀者感受其情感深度，卻不覺得虛偽怪異。

（三）配合摹寫

〈闕題〉：

道⊙由⊙白⊙雲⊙盡⊙，春與青溪長。

仰看明月詩當枕
——論中國古典詩

　　劉劾虛在此用視覺上的摹寫，描寫道路一直延伸到白雲的盡頭，春天的時光和青溪一樣長，一白一青之間，色彩斑爛。喻守真曾言：「全詩以『春』字為主，……是何等的風光。」[32]因為以春字為主，透過青溪此一具體事物將春天時光此一抽象概念表達出來。而為何使讀者動容，稱讚其為「何等的風光」，則是由於運用誇飾，極言道路之長。正因誇飾和摹寫互相配合，使得景色亦真亦假，如夢似幻，構成一幅明媚的春天圖畫。

　　詩人用摹寫配合誇飾，生動地形容所見景觀、所聽聲音、所吃味道、所感觸覺。Spencer Roger曾言：「There were times my pants were so thin I could sit on a dime and tell if it was heads or tails.」也是以誇飾靈活地說明其觸覺。

　　由於詩人運用其他修辭格的語言表現誇飾的種類繁多，此處就不一一細舉，僅以各一例說明一類，而藉由此三類應可舉一反三。

第四節　結　語

　　唐代文風興盛，諸如詩歌、古文、傳奇、變文、曲子詞，都有輝煌而傑出的作品。尤其唐詩一項，更可說是中華文學的精髓之一，其詩人之多，作品之豐，遠遠超越前代。唐詩精緻，情采兼備，譬如「浮雲遊子意，落日故人情」、「出師未捷身先死，常使英雄淚滿襟」這些千古絕唱的名句，使人心有戚戚焉，為之動容。

　　此文欲將誇飾和唐詩結合，藉以了解誇飾在唐詩中所呈現

的藝術表現，並且更深入地詮釋唐詩之美。從以上可知，善用
誇飾可以在內容方面達到突出情節、穿越時空、渲染人情、增
強情景、矛盾數量、鮮明寓意、強化意象和深刻意境的效果；
形式方面，從結構來看，現於開頭，則會有震撼吸引的效果；
置於承轉，則有提振貫串的效果；收於結尾，則有回味無窮的
效果；從語言來看，則會配合其他辭格靈活表現；本文並以外
國作品作為旁證，以明中外文學作品皆有用誇飾達到上述藝術
表現的情況。然而畢竟詩無達詁，且能切入之角度眾多，必有
筆者未言及之藝術呈現，日後科技整合將可配合更多其他學科
之理論，提出更多精采豐富之討論，則有待來茲了。

【參考書目】

一、專書（依照出版年排列）

（一）台灣：《唐詩三百首》類

《唐詩三百首詩話薈編》，彭國棟，台北：中華文化，1958
　　年。
《唐詩三百首注疏》，孫洙、章燮、孫孝根，台北：蘭臺，1969
　　年。
《新譯唐詩三百首》，邱燮友註譯，台北：三民，1973年。
《唐詩三百首》，陳婉俊補註，台北：華正，1974年。
《唐詩三百首詳析》，喻守真編，台北：台灣中華，1984年。
《唐詩三百首集解》，孫洙、王進祥，Sun, Chu., Wang, Chin-

hsiag.台北：頂淵，1985年。

《唐詩三百首鑑賞》，黃永武、張高評，Huang, Yung-wu., Chang, Kao-p'ing.台北：黎明，1986年。

《新注唐詩三百首》，孫洙、金性堯，台北：學海，1986年。

《唐詩三百首》，孫洙，台北：文化，1987年。

《唐詩三百首欣賞》，劉大澄，台北：文化，1988年。

《唐詩三百首新注》，金性堯，Chin, Hsing-yao.台北：文津，1988年。

《唐詩三百首》，孫洙、辛農，台北：地球，1989年。

《唐詩三百首新註》，金性堯，台北：書林，1990年。

《新譯唐詩三百首》，孫洙、邱燮友，台北：文津，1991年。

《唐詩三百首集釋》，嚴一萍編，台北：藝文，1991年。

《中國古籍大觀—唐詩三百首》，沙靈娜、何年譯注，台北：台灣古籍，1996年。

《唐詩三百首評注》，朱益明評注，台北：國家，1999年。

（二）大陸：唐詩類（關於唐詩三百首先置）

《新註唐詩三百首》，朱大可校註，香港：中華書局，1958年。

《新編唐詩三百首》，中華書局編輯，香港：中華書局，1958年。

《唐詩三百首詳析》，喻守真編註，香港：中華書局，1959年。

《新評唐詩三百首》，蘅塘退士編，人民，新華發行，1982年。

《唐詩三百首評注》，王啟興、毛治中著，人民，1984年。

382

《唐詩三百首》,鄭紹基,史良選注,大連,1992年。

《唐詩一百首》,上海編輯所編,中華書局,1959年。

《唐詩研究論文集》,人民文學編輯部,人民文學,1959年。

《唐詩研究論文集》,中國語文學社編,龍門書店,1969年。

《唐詩研究論文集》,中國語文學社編,龍門書店,1970年。

《唐詩今譯》,徐放,人民日報,1983年。

《唐詩叢考》,王達津著,上海古籍,1986年。

《唐詩人行年考》,譚優學著,巴蜀書社,1987年。

《唐詩書錄》,陳伯海、朱易安編撰,齊魯書社,1988年。

《唐詩學引論》,郭揚著,廣西人民社,1989年。

《唐詩紀事校箋》,王仲鏞校箋,巴蜀書社,1989年。

《唐詩精選》,霍松林編選,江蘇古籍,1992年。

(三)台灣、日本:修辭學類

《修辭法講話》,佐佐政一著,1921年。

《實用修辭學》,郭步陶撰,世界,1934年。

《修辭學》,鄭業建撰,正中,1946年。

《修辭學講話》,陳介白著,啟明,1958年。

《修辭學》,傅隸樸著,正中,1969年。

《修辭學論叢》,洪北江主編,樂天,1970年。

《修辭學發微》,徐芹庭,台北:台灣中華,1971年。

《修辭學》,黃慶萱著,三民,1975年。

《實用修辭學》,林月仙,台北:偉文,1976年。

《修辭學研究》,陳介白等撰,信誼,1978年。

《修辭析論》,董季棠著,益智出版,1981年。

《活用修辭》,吳正吉,高雄:復文,1984年。

——論中國古典詩

《修辭及華文》，文部省編，青史社，1986年。

《古漢語語法與修辭研究》，何淑貞，台北：福記，1987年。

《修辭學發凡》，陳望道著，台北：文史哲，1989年。

《表達的藝術》，蔡謀芳，台北：三民，1990年。

《語法與修辭》，張志公、劉蘭英等主編，台北：新學識文教，
　　　1990年。

《文心雕龍與現代修辭學》，沈謙，益智，1990年。

《現代漢語修辭》，黎運漢、章維耿，書林，1991年。

《修辭學》，沈謙編，空中大學，1991年。

《修辭散步》，張春榮著，東大，1991年。

《修辭方法析論》，沈謙著，宏翰，1992年。

《實用修辭學》，關紹箕著，遠流，1993年。

《修辭新天地》，譚全基著，書林，1993年。

《修辭精華百例》，譚全基著，書林，1993年。

《日本語修辭學》，陸松齡著，台北：亞太，1994年。

《文章例話》，周振甫著，台北：五南，1994年。

《修辭萬花筒》，張春榮著，駱駝，1996年。

《修辭行旅》，張春榮著，東大，1996年。

《修辭概要》，張志公著，書林，1997年。

《修辭常見的毛病》，吳燈山作，光復，1997年。

《英語修辭學》，顏靄珠、張春榮著，台北：文鶴，1997年。

《修辭助讀》，胡性初編著，書林，1998年。

《中國現代修辭學通論》，吳禮權著，臺灣商務，1998年。

《修辭作文技巧》，張三通著，經史子集，1999年。

《修辭論叢》，中國修辭學會，臺灣師大，洪葉，1999年。

（四）大陸：修辭學類

《修辭概要》，張瓖一著，中國語文學社，1971年。

《修辭新例》，譚正璧編著，中國語，文學社，1971年。

《修辭概要》，張志公著，上海教育，1982年。

《修辭學習》，復旦大學中國語言文學，復旦大學，1982年。

《修辭漫議》，黃漢生著，書目文獻，1983年。

《修辭學》，李維琦編著，湖南人民，1986年。

《文學和語文裡的修辭》，楊子嬰、孫方銘、王宜早著，香港：
　　麥克米倫，1987年。

《修辭學研究》，中國華東修辭學會編，語文，1987年。

《修辭學發凡》，陳望道著，上海書店，1990年。

《修辭學通詮》，王易著，上海書店，1990年。

《修辭的理論與實踐》，中國修辭學會編，語文出版，1990年。

《修辭通鑑》，成偉鈞、唐仲揚、向宏業，中國青年，1991
　　年。

《詩歌修辭學》，古遠清、孫光萱著，湖北教育，1997年。

二、學位論文
（博士論文置前，依照畢業學年度排列）

（一）唐詩類

〈唐人論唐詩研究〉，陳坤祥博士，中國文化大學中國文學研究
　　所，1985年。

〈唐代唯美詩之研究——以晚唐為探討對象〉，朴柱邦博士，政

治大學中國文學研究所，1986年。

〈唐代文人的園林生活——以全唐詩人的呈現為主〉，侯迺慧博
　　士，政治大學中國文學研究所，1990年。

〈唐詩中的樂園意識〉，歐麗娟博士，台灣大學中國文學系，
　　1996年。

〈今存十種唐人選唐詩考〉，呂光華碩士，政治大學中國文學研
　　究所，1985年。

〈唐詩中夫婦情誼之研究〉，吳秋慧碩士，政治大學中國文學研
　　究所，1989年。

〈唐詩雄渾風格之研究〉，何修仁碩士，中央大學中國文學研究
　　所，1989年。

〈初唐詩意觀念與詩語理論研究〉，陳怡蓉碩士，輔仁大學中國
　　文學研究所，1990年。

〈唐詩中的女性形象研究〉，李孟君碩士，輔仁大學中國文學研
　　究所，1991年。

〈中唐詩歌中之夢研究〉，莊蕙綺碩士，政治大學中國文學研究
　　所，1994年。

〈初唐詩歌中季節之研究〉，凌欣欣碩士，文化大學中國文學研
　　究所，1995年。

〈雁在唐詩中所呈現意義之研究〉，楊景琦碩士，逢甲大學中國
　　文學研究所，1996年。

〈唐詩中的罪與罰——唐代詩人貶謫心態與詩作研究〉，張玉芳
　　碩士，台灣大學中國文學系，1996年。

〈唐詩中的兩性意象研究〉，李鎮如碩士，中央大學中國文學
　　系，1997年。

〈初唐前期詩的解讀—以詩人與唐太宗朝庭的切入點為主〉，陳

猷青碩士，淡江大學中國文學系，1997年。

〈晚唐詩歌中黃昏意象研究〉，黃大松碩士，政治大學中國文學
　　系，1998年。

〈唐詩中「雲」意象之承襲與延展——以初、盛唐為主〉，彭壽
　　綺碩士，中興大學中國文學系，1998年。

〈唐詩視覺意象的語言呈現-以顏色詞為分析對象〉，邱靖雅碩
　　士，清華大學語言學研究所，1998年。

（二）修辭學類

〈杜詩修辭藝術之探究〉，林春蘭碩士，高雄師範大學中國文學
　　研究所，1984年。

〈中國語文特性造成文學遊戲性質之研究——從遊戲觀點探討
　　運用中國語文特性的文學修辭現象〉，陳姿蓉碩士，政治
　　大學中國文學研究所，1986年。

〈王構修辭鑑衡研究〉，王妙櫻碩士，東吳大學中國文學研究
　　所，1986年。

三、期刊論文（依照時間順序排列）

（一）唐詩類（關於唐詩三百首先置）

〈「唐詩三百首」編著者蘅塘退士及其家世〉，趙承中《中國書
　　目季刊》卷期29：4，頁65-69，1996年。

〈初唐詩之復古與啟新——以四傑與沈宋為例〉，黃忠天《大陸
　　雜誌》卷期85：4，頁43-48，1992年。

〈論唐詩〉，楊牧《中外文學》卷期21：11=251，頁43-51，專

輯「古典詩詞之傳承」專輯——詮釋與開創，1993年。

〈唐詩的心靈清流——王維竹里館與孟浩然宿建德江比較評
　　析〉，李宜靜《蘭女學報》卷期4，頁99-111，1994年。

〈唐詩教學研究〉，李華英進修[推廣]部學士學位進修班獨立研
　　究專輯卷期4，頁169-188，1995年。

〈唐詩鑑賞〉，李再添《新埔學報》卷期14，頁1-19，1996
　　年。

（二）修辭類

〈中學修辭講座——誇飾的解說與活用〉，蔡宗陽《國文天地》
　　卷期100，頁83-87，1993年。

〈誇飾修辭教學探討〉，鄭同元《國語文教育通訊》卷期9，頁
　　55-68，1994年。

〈修辭學新圖象〉，周慶華《基督書院學報》卷期3，頁75-
　　89，1996年。

〈「誇張」修辭格（上）〉，黃麗貞《中國語文》卷期489，頁15-
　　21，1998年。

〈「誇張」修辭格—下〉，黃麗貞《中國語文》卷期490，頁28-
　　32，1998年。

〈略論傳統文化與修辭格的結構效應〉，邱飛廉《語文建設通訊》
　　卷期55，頁55-60，1998年。

〈由「複疊」修辭格看字詞重複的運用〉：The Repetitious Uses
　　of Words as Seen from the Figure of Speech, "Repetition"，黃麗
　　貞《中國現代文學理論》卷期11，頁324-337，1998年。

〈修辭理論與作文教學〉，蔡宗陽《人文及社會學科教學通訊》
　　卷期51，頁52-62。專輯：修辭理論與語文教學，1998

年。

〈活用現成的「仿擬」修辭〉：Flexible Uses of the Ready-Made Figure of Speech, "Imitation"，黃麗貞《中國現代文學理論》卷期12，頁484-502，1998年。

〈疊字的修辭功用〉，高平平《中國語文》卷期498，頁47-51，1998年。

〈關於「互文」與「錯綜」修辭格的辨析〉，涂釋仁《中國語文》卷期500，頁37-40，1999年。

〈論詞性修辭〉：On Parts of Speech and Their Rhetorical Functions，金正起《中國現代文學理論》卷期13，頁35-53，1999年。

〈海峽兩岸修辭學研究的比較〉，蔡宗陽《修辭通訊》卷期1，頁27-33，1999年。

〈作文與修辭〉，黃慶萱《修辭通訊》卷期1，頁25-261999年。

註　釋

1　《唐詩三百首集釋》，頁5，嚴一萍編，台北：藝文，1991年1月初版。

2　《日本語修辭學》，頁246-250，陸松齡著，台北：亞太，1994年4月初版。因未見中譯本，本文引用皆為暫譯。

3　包括：
　　沈謙提到一、極態盡妍，突顯聲貌。二、聳動情感，加強印象。並舉李白〈蜀道難〉做篇章運用之例。（其書同注29）
　　吳正吉分文體、文章、次數、種類、修辭等方面來談，然而其中未談效果，只提出例子。（《活用修辭》，頁145-157，高雄：復文，1984年初版）
　　顏靄珠、張春榮提出一、極態盡妍，活潑逗趣。二、強烈渲染、深撼人心。三、荒謬不經，諷刺寓意三種功用。（《英語修辭學（二）》，頁24-49，台北：文鶴，1997年一版。）

4　台北：三民書局，1975年1月初版，1979年12月三版。

5　邱燮友註譯，台北：三民，1973年5月初版。

6　⊙號處為使用誇飾之處，其後亦然。

7　《唐詩三百首注疏》，卷下，無著者，台北：蘭臺，1969年6月初版。

8　《文章例話》，卷三，周振甫著，台北：五南，1994年5月初版。按：此處的「墊高拽滿」指得正是誇飾法。

9　《唐詩三百首欣賞》，頁303，劉大澄述注，台北：文化，1974年8月再版。

10　《語法與修辭》，頁423，張志公、劉蘭英、孫全洲著，台北：新學識，1990年1月初版。

11　《唐詩三百首鑑賞》下冊，頁603，黃永武、張高評著，台北：黎明，1986年11月初版。

12　《唐詩三百首集解》，頁488，王進祥集解，台北：國家，1981年1月再版。

13　《唐詩三百首評注》，頁330，朱益明評注，台北：國家，1999年1月初版。

14　《日本語修辭學》，頁246-250，陸松齡著，台北：亞太，1994年4月初版。因未見中譯本，本文引用皆為暫譯。933為此句在書中之編號。

15　同註11，頁376。

16　《詩歌修辭學》，頁115，古遠清、孫光萱著，湖北教育，1997年6月初版。

17　《唐詩三百首詳析》，頁278，喻守真編，台灣中華，1984年台二十版。

18　同註16。

19　《唐詩三百首》，卷五頁二，陳婉俊補注，台北：華正，1974年7月台一版。

20　《文心雕龍與現代修辭學》，頁266-268，沈謙著，台北：文史哲，1992年5月初版。按：此處闡明《文心雕龍》對濫用誇飾所引起的缺失。

21　同註16，頁137-177。

22　《詩歌修辭學》中將承轉部分置於最後，而本文置於中間。

23　《表達的藝術》，頁26，蔡謀芳著，台北：三民，1990年12月初版。

24　《唐詩三百首集釋》，頁368，嚴一萍著，台北：藝文，1991年1月初版。

25　《修辭類說》，頁131，文史哲編輯部編，台北：文史哲，1980年9月再版。

26　《詩歌修辭學》，頁137-177，古遠清、孫光萱著，湖北教育，1997年6月初版。

27　《中國古籍大觀—唐詩三百首》，頁276，沙靈娜、何年譯注，台灣古籍，1996年7月初版。

28　《新注唐詩三百首》，頁287，無注者，台北：學海，1986年8月初版。

29　同註5，頁215。

30　《唐詩三百首鑑賞》下冊，頁603，黃永武、張高評著，台北：黎明，1986年11月初版，1990年11月再版。

31　《修辭學發微》，頁94，徐芹庭著，台灣中華，1971年3月初版。按：
　　其稱誇飾法為鋪張法。
32　同註17，頁186。

【附錄】 《論詩絕句》

一、論曹操

曹公古直甚悲涼，萬里傷時對酒昂。

橫槊賦詩伏櫪志，那堪演義作奸狼？

注：（一）此詩用七陽韻，平起格平聲韻定式，首句用韻。

　　（二）鍾嶸謂：曹公古直，甚有悲涼之意。

　　（三）萬里：指〈萬里行〉。

　　（四）對酒：一指〈短歌行〉：「對酒當歌」，一指〈對
　　　　　酒〉之政治抱負。

二、論燕歌行

秋風蕭瑟燕歌行，一曲七言細膩張。

陌上痛惜失友伴，何因昆仲義凝霜。

注：（一）此詩用七陽韻，平起格平聲韻定式，首句用韻。

　　（二）燕歌行是我國現存最早最完整的七言詩。

　　（三）陌上：指〈陌上桑〉。

三、論曹植

白馬連翩西北騁，縱懷壯志筆凌雲。

野田黃雀投羅入，萬里孤憂換玉文。

注：（一）此詩用十二文韻，仄起格平聲韻定式，首句不用韻。

四、論王粲

西京寇亂荊蠻向，望婦棄兒發愀愴。

伯樂相知竭報忠，秀文羸質何人諒？

注：（一）此詩二十三漾韻，平起格仄聲韻定式，首句用韻。

（二）鍾嶸評王粲：「發愀愴之詞，文秀而質羸。」

五、論陶淵明

憶其少壯騫翮思，兩鬢一心從役羈。

舊鳥戀林歸有道，此中真意幾人知？

注：（一）此詩四支韻，平起格平聲韻定式，首句不用韻。

六、論元好問

天生雲朔心豪邁，玉立青山開始元。

欲作詩中疏鑿手，爭相後輩定清渾。

注：（一）此詩十三元韻，平起格平聲韻定式，首句不用韻。

七、論唐代女詩人

柳絮之才唐代富，玄機煉艷冶情佳，

錦江巧取九官舌，怎奈幽淒少壯懷。

注：（一）此詩九佳韻，仄起格平聲韻定式，首句不用韻。

（二）玄機：魚玄機；冶：李冶；錦江：薛濤。

（三）元稹曾謂薛詩：「言語巧偷鸚鵡舌。」

——90年《思辨集》第四集

國家圖書館出版品預行編目資料

仰看明月詩當枕：論中國古典詩／張娣明編著，

-- 初版 -- 臺北市：萬卷樓，2004[民 93]

面；　　　公分

參考書目：面

ISBN 957－739－491－4 (平裝)

1. 中國詩－歷史－三國(220-280)　　2.中國
詩－歷史－唐(618-907)　3.中國詩－評論

820.91023　　　　　　　　　　93010939

仰看明月詩當枕
——論中國古典詩

編　　　著：張娣明

發 行 人：許素真

出　版　者：萬卷樓圖書股份有限公司

　　　　　　臺北市羅斯福路二段 41 號 6 樓之 3

　　　　　　電話(02)23216565．23952992

　　　　　　傳真(02)23944113

　　　　　　劃撥帳號 15624015

出版登記證：新聞局局版臺業字第 5655 號

網　　　址：http://www.wanjuan.com.tw

E －mail：wanjuan@tpts5.seed.net.tw

承 印 廠 商：晟齊實業有限公司

定　　　價：380 元

出 版 日 期：2005 年 10 月初版
　　　　　　2009 年初版二刷
　　　　　　2013 年初版三刷

ISBN 957－739－491－4